中國新聞史研究輯刊

三 編

主編　方漢奇
副主編　王潤澤、程曼麗

第9冊

中國古代報刊法制發展史

倪延年　著

花木蘭文化出版社

國家圖書館出版品預行編目資料

中國古代報刊法制發展史／倪延年 著 — 初版 — 新北市：花
木蘭文化出版社，2016〔民105〕

序 6+ 目 4+288 面；19×26 公分

（中國新聞史研究輯刊 三編：第 9 冊）

ISBN 978-986-404-530-3（精裝）

1. 中國報業史 2. 法制史

890.9208   105002060

ISBN-978-986-404-530-3

中國新聞史研究輯刊

三 編 第九冊   ISBN：978-986-404-530-3

中國古代報刊法制發展史

作　　者　倪延年
主　　編　方漢奇
副 主 編　王潤澤、程曼麗
總 編 輯　杜潔祥
出　　版　花木蘭文化出版社
發 行 所　花木蘭文化出版社
發 行 人　高小娟
聯絡地址　235 新北市中和區中安街七二號十三樓
　　　　　電話：02-2923-1455／傳眞：02-2923-1452
網　　址　http://www.huamulan.tw 信箱 hml810518@gmail.com
印　　刷　普羅文化出版廣告事業
初　　版　2016 年 3 月
全書字數　269382 字
定　　價　三編 9 冊（精裝）新台幣 18,000 元

中國古代報刊法制發展史

倪延年　著

作者簡介

倪延年 筆名嚴曉。南京師範大學教授，博導；南京師範大學民國新聞史研究所所長，中國新聞史學會理事。出版《中國現代報刊發展史》、《中國古代報刊發展史》、《中國古代報刊法制發展史》、《中國報刊法制發展史》（古代卷、現代卷、當代卷、史料卷、台港澳卷）和《中國新聞法制史》等著作。主持完成江蘇省教育廳、江蘇省政府和教育部社科基金一般項目和國家社科基金 2007 年度重點項目「中國新聞法制通史研究（編號 07AXW001）」，正在主持國家社科基金重點項目「中華民國新聞史研究（1895-1949）」（編號 13AXW003）；並擔任國家社會科學基金重大項目「中華民國新聞史」（編號 13&ZD154）首席專家。獲教育部第六屆高校優秀研究成果二等獎一次和江蘇省優秀成果三等獎兩次。

提　要

　　本書以中國古代報刊法制起源、萌芽、產生、發展和變革的歷史進程爲研究對象，從古代報刊與新聞傳播的互動角度，分析社會因素對古代報刊及古代報刊法制產生發展和變化的影響，探討中國古代報刊發揮新聞傳播功能與朝廷爲維持其社會秩序穩定和政權的鞏固而統制朝政新聞傳播之互動關係，以便爲後人思考和研究提供初步基礎。

　　全書共五章。包括：緒論：中國報刊與報刊法制。闡述「中國報刊」的涵義和特徵，敘述中國古代報刊法制發展史略及其形式流變；第一章：中國報刊法制的起源。探討中國報刊法制起源的社會和報刊活動背景及「溯源」了中國報刊法制；第二章：宋朝時期的中國報刊法制。敘述宋朝報刊法制產生和發展的背景及內在動因，介紹宋代報刊法制的主要內容，分析宋朝報刊及報刊法制的特點。第三章：元明時期的中國報刊法制。介紹元朝報刊及報刊法制概況，分析明朝報刊法制發展的社會背景，敘述明朝報刊法制的主要內容，探討明朝報刊法制的主要特點和發展。第四章：清初至清中葉的中國報刊法制。介紹清初至清中葉報刊法制發展的社會背景，敘述這一階段報刊法制的主要內容；探討報刊法制建設的發展和特色。第五章：清中葉至清末的中國報刊法制。介紹這一階段報刊法制發展的背景，梳理這一階段報刊法制的發展歷程，介紹報刊法制的主要內容；探討這一階段報刊法制的特點和發展。

序言一

方漢奇

　　倪延年教授在出版了《中國現代報刊發展史》（南京大學出版社 1993 年版）和《中國古代報刊發展史》（東南大學出版社 2001 年版）之後，南京師範大學出版社又計劃出版他的由「古代卷」、「現代卷」、「當代卷」和「史料卷」組成的新著《中國報刊法制發展史》，這是一件令新聞史學界同人高興的事，我對此表示衷心的祝賀。

　　中國的報刊，如果從唐宋時期的邸報和進奏院狀算起的話，有一千年以上的歷史。如果把早期的近似報刊的傳播媒介也計算在內的話，則有兩千年以上的歷史。中國報刊法制的歷史和中國報刊事業的歷史，基本上是同步發展的。自打早期的報刊問世之日起，就有相應的法制和類似於法律的詔旨文告與條令出現。一部中國報刊事業發展的歷史，也是一部中國報刊法制發展的歷史。

　　中國的歷史文獻中，蘊藏著異常豐富的有關報刊法制的材料。它們散見於二十五史的本紀、表、志、列傳，通鑒，通典，各朝的會典、會要、實錄、時政記、政府公報和大量的野史及私人的詩文集中。從零星的詔旨、條例、文告，到系統的《報章應守規則》、《大清報律》、《民國暫行報律》、《報紙條例》、《管理新聞營業條例》、《出版法》和《圖書雜誌審查辦法》等單行法，代有師承，綿延不絕。其中多數以查禁、約束和限制為主，如上引的早期的各項律令，就帶有明顯的封建專制體制的特徵。西風東漸以後，又稍稍增加了帶有資產階級民主性質的若干保護性的內容，如《臨時約法》中的個別條款。從整體看，查禁、約束和限制是主要的，具體的，經常的。保護是個別的，抽象的，往往被忽略的。這種情況，在南京國民政府統治時期表現得尤

爲突出。這就是建國前的一部中國報刊法制發展的歷史。

新中國成立後，中國人民在中國共產黨的領導下，推翻了三座大山，人民大眾享有充分的言論出版自由。從《共同綱領》到現行的《憲法》，都有維護人民的這項權利的相應條款。但有關報刊出版事業的單行法至今尚未出台，和其他領域已經制頒了大量單行法的情況比較起來，這方面的法制建設相對滯後。

爲了促進社會主義民主與法治的發展，新聞法制的建設越來越受到人們特別是新聞傳播學研究工作者們的關注。新聞法的研究已經開展了近 20 年，已有不少這方面的研究成果問世，但迄今還缺少一部從歷史的角度審視中國新聞法制發展軌跡的傳著。有之，自這部《中國報刊法制發展史》始。它的出版，不僅豐富了中國新聞史研究的內容，爲新聞傳播學者及新聞法研究者和制定者提供歷史的鏡鑒，對新聞領域內的法治建設也將起到一定的推動作用。

我和倪延年教授相稔十餘年，深知他是一個十分勤奮的學者，在新聞史研究特別是古近代中國新聞史方面，作過深入的探索，已有很多成果問世。這部近 140 萬字的煌煌鉅著，是他的又一新的成果。對此，我樂觀厥成，並期待他不斷地有所開掘，有所發現，有所前進，爲中國新聞史的研究作出新的貢獻。

2004 年 4 月 3 日

註：方漢奇先生爲中國人民大學新聞學院教授、博士研究生導師，國務院學位委員會學科評議組成員，中國新聞史學會會長，吳玉章獎金基金會委員。

序言二

方曉紅

　　1994 年，我調進南京師範大學。不久，便認識了延年先生，當時他正主持一項大「工程」——主編《中國報刊史誌》，邀請我參加，於是就熟悉起來。此後，便不斷聽到他出成果的消息，不斷看到他的新作出現，也不斷得到他饋贈的大作。後來，由於工作的需要，他調進了校黨委辦公室任主任，但這種「不斷」卻仍然「不斷」著。

　　最近，他撰寫的《中國古代報刊法制發展史》又已殺青，即將出版，囑我為其新作寫幾句話。以我之力，本難以勝任，但一來朋友相邀，不該拒絕，二來我也樂意成為此部專著的最初讀者。於是拜讀，並寫下初讀的感想。

　　古代中國以人治為主，律法並非沒有，也未必不嚴，卻不恆遠，隨著時代更替，江山易主，律法時時在變動著，缺少應有的延續性。與報刊相關的法規法令同樣如此。但，這並不妨礙報刊律法隨著時代的流走而發展、豐富，而漸趨完備。它們經歷了從「事無專名、法無專條到事有專名、法有專條」的過程，它們曾「被蘊涵在早期綜合性的法律法令制度之中」，逐漸「在綜合性的法律法令制度中設有專章（條）」，然後「獨立出來，成為以專用名稱相稱的專門的報刊法律法令制度」。在這個過程中，它們萌芽、生長、發展、成熟。

　　尋找它們的萌芽與生成點，發掘它們之間的關聯與沿革，系統地梳理這一過程，為近現代、為當代的新聞法制的發展建立一種歷史的、民族的聯繫，是很有意義的工作。

　　然而，在浩瀚的典籍中，追本窮源，推敲琢磨，咬文嚼字，以「法」眼淘金於沙漠，揀珠於滄海，並輔之以政治、文化的背景，貫之以歷史的經線，

又是件非常艱難、非常寂寞的工作。延年先生正是利用無數個假日與黑夜，艱難地跨越時空與寂寞的古代對話。在艱難與寂寞中，作者耕耘著並最終收獲了這部學術專著。

以我之陋見，目前尚未有比較系統的關於中國報刊法制的專著出版，延年先生的著作，正可以填補此類研究的空白。

這部屬於史學範疇的學術著作，其顯著的特點是：資料翔實，脈絡清晰，結論中肯準確。從文中引用的大量資料，我們可以看到作者曾經的孜孜搜尋；從文章的條分縷析與措詞的審慎，我們可以看到作者的求眞與求實。

由於著述中引用了大量的古文，同時由於這些文字散見於各類典章制度之中，單獨摘錄出來不給予解釋，有時容易產生理解上的障礙。因此，作者在文中還隨時根據需要進行準確的解說，保證了讀者在理解上的流暢。

每章結尾，作者都用了一段簡潔的文字對全章的要點進行歸納小結。對於一部提供了大量的文章典籍資料的史學專著來說，這種提綱挈領的歸納能幫助讀者重拾思路、回顧起全章的要點，從而增加理解與記憶。例如，在第一章的「本章結語」中，作者指出：「本章介紹了自春秋戰國到秦統一全國前後、兩漢時期及隋唐時期的中國古代報刊活動及報刊萌芽；在此基礎上，提出了中國的報刊法制始於商周盤庚時期的『言禁』制度、興於秦漢時期的『書禁』制度、成形於漢唐時期的『驛傳』制度的觀點。」這就給讀者勾勒了一條報刊法制從起源到發展的軌跡。

由於政治的、民族的原因，元代是報刊發展脈絡最不明晰的朝代。新聞史學界有一種觀點，報刊發展到元代一度中斷，至明代而重生。倘如是，則元代當然不可能存在著報刊法制。延年先生在本專著中，根據所得史料，分析了元代的官職設置以及官員的職責，從而爲元代仍然存在著官報提供了佐證。文中第三章指出：元代建立有比較完整的信息傳遞體系；從元朝的機構設置和官員職責的歷史文獻記載中，可以知道元朝存在著以「宣傳朝政，溝通情況」為目的封建政府官報；在元朝統治時期，不僅有中央政府編印的以蒙古族文字記載、以手抄方式行世、僅在蒙古貴族官員之間傳播的官報，而且還有被政府屢禁的民間報紙。同時，作者還根據許多文獻的記載，提出「儘管元王朝沒有頒布過諸如宋朝皇帝的諭旨詔書、臣僚言等明確規定報刊業內容及運行機制的專門條文，但在元王朝對國家機器及運行機制的規定中，仍然可以窺知其中與報刊業有關內容的一些蛛絲馬跡」的觀點。在著述中，作

者通過解析上述文獻資料，令我們「發現或推知」了元代報刊法制的大致情況。儘管作者對這種「發現或推知」的自我評定是「由於史料的缺乏和個人認識的局限，對這些內容的敘述是十分不夠的，有時甚至是一己之見、一得之見」，但它的價值與意義仍然是顯而易見的。

延年先生積螢雪之功完成是書，作為友人，為其欣然；作為同道，佩服其執著與多產；作為專事教學者，則不免相形而汗顏。

於是，記錄下讀後感，為友之序，為己之箴。

2002 年 5 月 12 日於月光齋

註：方曉紅先生為南京師範大學新聞與傳播學院副院長、教授，新聞學和傳播學碩士研究生導師，江蘇省新聞工作者協會理事，上海復旦大學新聞與傳播學博士後。

目

次

緒論　中國報刊與中國報刊法制

　　在進行全書內容敘述之前，我們必須對中國報刊與中國報刊法制的理性界定以及兩者間的關係作一鋪墊性的論述。因為這是我們展開思維分析翅膀所背負的藍天，也是進而展現不同歷史場景的舞台。

第一節　中國報刊及其主要特徵

　　中國報刊是產生、發展、壯大於中國這一土地，並由居住在這一土地上的中國人創造、培育並逐步成長起來的。中國報刊不僅是中國的，更是世界的。但它又不僅僅是世界的，因為它既有著與世界各個國家、民族報刊產生、發展、壯大及發揮作用的方式、途徑方面的共性，又有著「中國」在地理、歷史、文化、觀念等方面的特徵，因而更具有了「中國」的特點。

一、「中國報刊」的涵義

　　探討「中國報刊」涵義的目的很明確，就是要確定「中國報刊」這一命題的內涵和處延，而不僅僅如人們常言所稱是「中國」的「報刊」，或「在中國這塊土地上產生的報刊」。

1. 就「中國」而言，既是一個特指的、歷經時代變遷、屢有變化的概念，又是一個相對穩定的地理、民族、文化和國家的概念

　　從遠古時代開始，我們的先人就在這一土地上生活、繁衍、創造、發展，創造了輝煌的、足以與其他地區的人類祖先媲美的古代文明。雖然它歷經滄桑，且疆域多有變化，但在中英鴉片戰爭爆發之前一直是處於擴張態勢。只

是在鴉片戰爭失敗以後，由於閉關鎖國和封建專制，導致國力衰退，使它遭到西方列強及諸如日本等東方帝國主義的侵略，尤其是沙皇俄國從中國攫取了大片的土地和豐富的資源，疆域才成爲現在的範圍。但我們認爲，這些後來因各種原因劃入其他國家版圖的地區在被外敵攫取之前，仍然應當是「中國」的時空範圍，生於斯、長於斯、發現於斯的報刊或報刊萌芽仍然應當是「中國」報刊的組成部分，這是我們從時代變遷角度認定古代「中國」涵義的基本立足點。

研究中國古代報刊的時空範圍，應當是以歷史的「中國」的時空爲範圍，而不是以現在的「中華人民共和國」爲時空範圍。也就是說，「中國」這個概念，在不同的朝代或歷史時期，所涵蓋的空間範圍可能有所不同。

中華民族是由 56 個民族組成的大家庭。這些民族的先人及其傳人在漫長的生活歷程中創造的、連續制作並傳播的信息媒介，即具有報刊萌芽性質的實物，也都應該是「中國」古代報刊的組成部分。也就是說，我們這裏講的「中國報刊」的概念，並不是狹義上的「中文（漢語）報刊」的概念，而是在「中國」這一土地上萌芽、產生、發展或存在過的所有中華民族大家庭成員——不同的民族成員或是用漢語、或是用本民族的語言文字，也或者是這一民族的成員使用其他民族語言文字編印（製）的報刊或其萌芽。總之，「中國報刊」是指在「中國」這一土地上存在著（過）的所有具有報刊基本特徵的信息載體和媒介。

2.「報刊」是一個歷經不斷變革、日趨完善的信息媒介體概念，經歷了一個長期的發展過程

從目前文獻的記載中可知，較早出現的相關概念是「報」。而「報」這一概念又是從原先作動詞的「報」，即報告、報導、通報、傳報等意思，逐步演化爲用作傳報信息的工具的名詞性概念「報」。所謂「邸報」，在最早的文獻中可能是「邸吏來報」的意思，後來才逐步演化爲「由邸吏編寫抄傳的報導有關消息的東西」。同樣，明朝的「塘報」，早先的意思也可能是「塘兵報告」，到後來才演化定型爲「由塘兵編寫的報導軍事動態的書寫品」。「報」的概念，一直沿用到 20 世紀 20 年代，仍然被人們用來稱謂那些「分期刊行的以報導新聞消息爲主要內容的出版物」。最典型的莫如研究中國新聞史的開山鼻祖戈公振先生在其拓荒性著作《中國報學史》第一章緒論的第一節「報學史之定名」中的表述，他認爲「本書之所謂報，嘗包括雜誌及其他定期刊

物而言」。〔註1〕在「報」之後，又慢慢地出現了「報章」、「報章雜誌」、「雜誌」、「報紙」、「新聞紙」以及「叢刊」、「集刊」等概念。由此可見，「報刊」的概念經歷了一個長期的發展過程，才逐步形成了社會上比較認可的「報紙是以散頁發行的報導新聞消息為主要內容的出版品」、「雜誌是以裝訂成冊發行的報導學術信息為主要內容的出版品」的概念。兩者都是分期連續發行，區別主要在於其不同的內容側重點和外觀上是否裝訂成冊。

　　3.「中國報刊」是指在中國這一土地上的所有報刊

　　就「中國報刊」概念的外延而言，它包括中國人在「中國」創辦的所有報刊，不管是什麼時代、什麼民族、什麼階級、持有什麼觀點，只要是「中國人」所辦的報刊，毫無例外都是「中國報刊」。同時，作為廣義上的「中國報刊」，還應當包含在中國的其他國籍人氏所創辦、經營的報刊，它們可能是用漢語出版也可能是用漢語以外的其他語言文字出版，但只要是在「中國」出版的報刊，都應當視為「中國報刊」的範圍。

　　在界定「中國報刊」這一概念的外延時，我們認為很有必要把「中國報刊」和「中文報刊」區別開來。簡而言之，「中國報刊」更多地側重於地域特徵，是指在「中國」這一土地上創辦、出版的所有報刊的集合體；而「中文報刊」則是指使用「中文」（傳統意義上大多指「漢語」，亦即是中國這塊土地上的「通用語言文字」）出版的報刊，它更多地側重於語言文字方面的特徵，是指使用「中文」作為信息內容的表達形式而形成的報刊文獻。只要是用「中文」出版，都是「中文報刊」的範圍，而不必去區分是在中國出版的，還是在英國、美國或法國出版的，以及是中國人還是華僑或是外國人出版的。當然，「中國報刊」中的絕大部分是用「中文」出版的，但兩者之間有明顯的差異，應該是十分清楚的。

二、「中國報刊」的主要特徵

　　作為報刊，「中國報刊」必然具備報刊所特有的共性，但它又必然受到中國的政治、經濟、文化以及社會進步等特有因素的影響（制約或促進），從而表現出與其他民族或國家的報刊明顯不同的特點，這就是我們要探討的報刊的「中國」特徵。

〔註 1〕戈公振：《中國報學史》，中國新聞出版社，1985 年版，第 3 頁。

　　因此，我們在這裏探討和分析「中國報刊」的特徵，實際上就包括了兩個方面的內容，即「中國報刊」所具有的可以用來區別於其他「非報刊文獻」——如圖書、檔案等文獻的特徵，這裏不妨把它簡單地概括爲「報刊」的特徵，這也是世界各國或各民族報刊所具有的共同特徵，這是一個方面；另一個方面則是指「中國報刊」所具有的可以用來區別於「其他國家或民族報刊」（簡稱爲「非中國報刊」）——如美國報刊、日本報刊、英國報刊、俄羅斯報刊等文獻的特徵，也就是說可以區別於「非中國報刊」的「中國」特徵，依據這些特徵可以從「報刊」這個大概念中，把「中國報刊」和「非中國報刊」區分、凸現出來。

1. 中國報刊的「報刊」特徵

　　如前所述，「中國報刊」的「報刊」特徵，主要是指在「報刊」這個文獻類群特點上所表現出的區別於圖書、檔案等文獻的特點。主要表現在以下四個方面：

（1）計劃無限期分期連續刊行

　　首先，「報刊」是分期刊行的。即在確定了要編印某種報刊以後，都是一期接著一期地編印，而不是一次就把一種報刊編印完。倘若是一次編定，那就不是報刊而是其他非報刊如圖書類文獻了。其次，「分期（連續）刊行」的特點。因爲是分期刊行，所以當上一期的報刊編印結束向社會傳播後，編印者就考慮或接著編印下一期。第三，「計劃無限期」地分期連續刊行的特點。即報刊的創辦者創辦、編印、出版報刊，總是打算一期接一期地編下去、印下去。但是，由於各種原因，報刊未能「無限期」地刊行，如宋朝「小報」的屢遭查禁、國民黨政府統治時期對革命者所辦報刊的封殺等，都使這些報刊「無疾而終」。但這都是外力作用的結果，而不是報刊自身的問題。第四，報刊有獨特的外在形式特點。諸如有相對穩定的題名，如「邸報」一稱用了幾個世紀；《京報》從明末出現一直沿用到清初，直到清末；上海的《申報》連續出版了 77 年之久，其名稱也沿用了數十年。又如有相對穩定的版式，例如《人民日報》自創刊後採用了毛澤東同志的手跡作報名後，已經延續了50 多年；同樣，江蘇的《新華日報》、《群眾》雜誌，上海的《文匯報》等都有相對穩定的版式，形成了獨特的版面版式風格。再如在出版單元之間標示有表明各出版單元出版時間先後次序的序號標誌。漢朝、唐朝、宋朝、明朝的古代報紙是否編有序號，我們未見到過實物，不敢妄猜胡言。但根據方漢

奇先生的《中國新聞事業通史》（第一卷）介紹，中國人民大學新聞學院資料室收藏的署有「陳懋德呈」的轅門抄上，每一個單份上都有編者所賦予的編號；同樣，當我們看到《新華文摘》2000 年第 3 期時，就可以知道這一期雜誌是在 2000 年第 2 期和第 4 期之間出版的。從另一個角度看，正因為報刊上有了編號，才為人們確定其出版時間和內容的先後提供了依據。

（2）內容連續並不斷延伸

這一特徵實際上是上一特徵在報刊內容上的反映。

首先是就整體而言的內容延續性。例如唐朝的「開元雜報」，就連續不斷地報導了宮廷的活動消息。「繫日條事，不立首末。」其略曰：某日皇帝親耕籍田，行九推禮。某日百僚行大射禮於安福樓南。某日安北奏諸蕃君長請扈從封禪。某日皇帝自東封後，賞賜有差。某日宣政門宰相與百僚廷爭一刻罷。如此，凡數十百條。〔註 2〕也就是說，唐朝人通過「開元雜報」每天報導的宮廷消息，積「數十百條」後就有了宮廷消息的連續性。在這一天，皇帝幹什麼；那一天百僚大臣們幹了什麼；另一天安北奏了什麼事；再一天皇帝賞賜了什麼下人臣子；還有在某一天，宰相與百僚在宣政門廷爭等等。人們從每天（隔天或隔幾天）刊刻（或手抄）出版的「雜報」上，看到了不斷發展著的宮廷動態，可以從不同的側面較完整地了解當時的宮廷生活和活動。

其次是通過多份（冊）報刊的分期刊行，相關的幾個分冊或幾張報紙在特定文獻的內容信息上，表現出清晰的連續性。如梁啟超鼓吹維新變法思想的力作《變法通議》，就在維新派人士創辦的《時務報》上連載了 21 期。〔註 3〕又如學術報刊上對某一學術問題的商榷、爭鳴，也往往是從針對某一個問題的爭鳴引出不少爭鳴文章，報刊從中擇優續刊載和發表。這樣，人們從連載出版的報刊上，就可以看出對特定學術問題爭鳴、研討的延續性。當然，更不用說報紙連載小說，無論在人物還是在故事情節等方面，都具有不可分割的連續性。

再則是通過對特定事物進展情況的連續報導，不斷跟蹤、不斷深入報導事態的最新進展。據尹韻公先生研究，連續報導的形式在明朝邸報上就已經出現，其中比較典型的是明萬曆二十五年對中朝、中日關係動態的連續報導，

〔註 2〕參見孫樵：《讀開元雜報》，見《經緯集》卷三。轉引自白潤生編著：《中國新聞通史綱要》，新華出版社 1998 年版，第 13 頁。

〔註 3〕參見方漢奇主編：《中國新聞事業通史》（第一卷），中國人民大學出版社 1992 年版，第 561 頁。

時間跨度延續了一年多時間。從「春正月」開始，邸報載：「朝鮮國王李日公以倭情緊急請援。」2月，邸報又載：「朝鮮陪臣刑曹鄭其遠痛哭請援。」3月，邸報報導明朝政府決定：「以楊鎬經理朝鮮軍務，照譚綸例，奪情說事。」8月，邸報載：「倭破朝鮮閑山、南原等處。」9月，邸報又連連刊載：「倭據朝鮮全羅等處。」10月，邸報載：「總督邢階渡朝鮮。」即親臨前線指揮。12月，邸報載：「巡撫楊鎬進搗蔚山等處倭巢，報捷。」直到萬曆二十六年春正月，邸報又載「征倭將士撤師回還朝鮮王京」，這一連續報導方到此結束。〔註4〕

（3）主流報刊和非主流報刊並存。

對於主流報刊，我們認爲可以從比較寬泛的角度來進行界定和認識。它基本上包含兩個方面：一方面是指可以代表統治階級思想、意識、觀念，並作爲統治階級的喉舌來宣傳並維護統治階級的統治而發揮獨特作用的信息傳播工具之一。這一類報刊，一般都由統治階級或其代表人物主辦，其報刊活動直接受到統治階級或其代表人物的控制、支配。這一類主流報刊，有時也被稱爲官辦報刊、政府報刊、政黨報刊等。另一方面，是指那些反映大多數社會成員的價值觀念、道德觀念，並且代表著比較文明、進步、民主、科學的社會成員思潮的報刊。在這些報刊中，既有代表統治階級的思想、意識和觀念，爲統治階級的統治服務的內容，又包含了那些不直接受統治階級控制，但反映了社會成員共有的道德、價值觀念的內容。因此，有人稱之爲「代表民意」、「反映民情」，是非官辦的民間報刊，它們按照社會共有道德、價值標準運作，在運作過程中表現出維護社會共有道德、價值標準的思想尺度，同時又在這一過程中獲取了報刊活動的經濟和社會利益（經營利潤和社會讚譽）。從這一意義上講，主流報刊應當包括政府（官方）報刊和民間報刊兩個方面。

明確了主流報刊的基本含義，相對於主流報刊的非主流報刊的界限也就清楚了，即大致上包含了與官辦報刊相對立的報刊。即其產生、存在和發展的目的就是要宣傳與統治階級及其政府主導的價值、道德觀念相背的內容和精神，而且要通過宣傳這些觀念來動搖統治階級及其政府主導的價值、道德觀念，最後達到否定進而推翻代表這些觀念的政府的報刊，通常也有人稱之爲「反對派報刊」。除了政治上的反對派報刊外，非主流報刊還包括那些宣傳

〔註4〕參見尹韻公：《中國明代新聞傳播史》，重慶出版社1990年版，第91～93頁。

與社會成員共有道德、價值觀念相背的道德、價值觀念的報刊。它們往往迎合社會成員群體中具有畸形心理或好奇心理的一部分成員的閱讀需求，以報導社會生活中的野蠻、落後、愚昧、色情、暴力事件來滿足畸型的消遣閱讀需求，從而謀求一「報」私利，危害了社會的穩定和安全。對這類報刊，新聞界通常稱之以「黃色報刊」。

在中國報刊發展的歷程中，主流報刊當然居於有利的一面，但非主流報刊也是屢禁不絕。這主要表現為：在代表官方意志的報刊佔主流地位甚至是統治地位的社會環境裏，掌握政權的統治階級集團可以憑借自己支配社會資源的優勢地位，為自己的報刊大開綠燈，同時又極力壓制反對派報刊，有時甚至動用國家機器來遏制或力圖摧殘並使之消亡。但在更多的情況下，非主流的「反對派」報刊並沒有被趕盡殺絕，而是猶如壓在巨石之下的草根，頑強地存在著並力圖有所發展。這種情況舉不勝舉，遠的如宋朝的小報、明朝的偽造邸報、清朝的偽傳奏章小報，近的如在國民黨政府統治地區的革命派人士所辦的報刊，甚至還有在當今環境下宣傳與現今政府的政策、方針、路線觀念相悖的報刊等。這是非主流報刊與主流報刊並存的一種情況，實際上也就是政治上觀點完全相左的兩類報刊，借助特定的社會條件共同存在於同一社會中的現象。這種現象不僅在中國存在，在世界各國、各民族的報刊發展史上也屢見不鮮，所以是人類報刊發展的共同特徵。

另一情況是某些代表社會成員群體中沒落、野蠻、愚昧、迷信、色情、暴力等不良思想傾向的報刊，因為市場上存在畸形閱讀的需要，這就為那些牟一報私利的「黃色報刊」提供了存在的條件。從社會學觀點看，某一事物之所以能在社會中出現並存在，是因為社會存在對這一事物的需求。而社會成員對某一特定事物的需求，又可依據其與社會發展整體趨勢、人類共同道德與價值觀念的一致性程度而區分為文明或野蠻、科學或迷信、崇高或卑鄙、光明或陰暗、正常或畸形等不同類型。代表人類共同的道德、價值觀念的眞、善、美等思想傾向，往往對社會的進步和發展，具有積極的意義；但那些宣揚人類的動物性的一面，即宣揚色情、暴力、陰謀、殘忍等劣根性的報刊，因為總有那麼一些具有陰暗或獵奇心理的社會成員的需求，故儘管受到社會環境的制約以及人類共有美好道德及價值觀念的唾棄但仍可能有存在的市場。因此，主流報刊可能佔據有利的位置，但那些非主流報刊也不會完全絕跡，這在古今中外的報刊發展史上絕非僅見，而是一個普遍的現象。

（4）時代和區域發展不平衡

首先，時代發展的不平衡。這可以從兩個方面來理解：第一，在報刊產生、發展和變化的歷史進程中，各個歷史時代（期）報刊的發展水平、規模、影響及作用是不平衡的。如萌芽階段的報刊，與發展成熟階段的報刊在發展水平、規模、影響和作用等方面是不平衡的。第二，即使是緊緊銜接的兩個歷史時期（如漢朝與魏晉南北朝、隋唐與宋朝、宋朝與元朝、元朝與明朝、明朝與清朝，甚至是明初與明末、清初與清末）之間，報刊的發展狀況也是不平衡的。〔註5〕很顯然，統治階級報刊政策的不斷調整，必然會直接制約或推動報刊的發展，使不同時期的報刊發展情況出現差異，這就出現了不平衡。即使到了近代、現代或當代，也會因統治階級對報刊政策的調整而導致報刊發展的不平衡，呈現出曲線發展的軌跡。例如，在國民黨政府統治中國大陸的 20 多年間，其十年內戰時期和抗日戰爭時期的報刊政策就有明顯的不同，主要反映在對待以共產黨所創辦報刊為代表的進步報刊的態度和政策上，所以這兩個時期各類報刊的發展狀況表現出此消彼長的特徵，出現了抗日戰爭時期進步報刊發展非常迅速的局面。又如中國大陸在 20 世紀 50 年代到 80 年代的幾十年中，尤其是 60 年代到 70 年代，由於極「左」思想路線的影響，報刊發展也呈現出急劇升漲和下落後又迅速發展的特點。〔註6〕

其次，區域發展的不平衡。就大的範圍而言，區域發展不平衡是報刊發展的普遍性特徵。即使到了 21 世紀，歐美發達國家和亞非拉發展中國家之間在報刊發展上的不平衡也十分突出。據有關文獻報導，在 20 世紀 70 年代，德國的報刊萬人佔有率達到 100 多份，而在非洲國家則僅有 2 份，僅僅是德國的五十分之一。從中國報刊發展的歷史進程中，我們更可以看出地區發展不平衡的特徵。一般情況下，國家的政治、經濟、文化中心所在地區的報刊發展比較迅速和集中，而遠離國家政治、經濟、文化中心地區的報刊發展相對就比較緩慢和分散；經濟、文化、科學技術比較發達地區的報刊發展比較迅速而集中，反之報刊發展就相對緩慢和分散。從古代報刊看，京城地區因是皇帝和國家的政治活動中心，新聞消息多，人們對新聞消息的需求大（因為往往直接關係到朝廷命官個人的生死榮辱），所以報刊發展比較快，因而歷

〔註 5〕 參見倪延年：《中國古代報刊發展史》，東南大學出版社 2001 年版，第 29～370 頁。

〔註 6〕 參見方漢奇、陳業劭主編：《中國當代新聞事業史》（1949～1988），新華出版社 1992 年版，第 176～228 頁。

史上的朝報（官報、邸報、進奏院狀報）的發源地都在京城，然後再由京城傳向四方。與此同時，在經濟、文化比較發達的地區，城市化水平發展較快的地區，報刊的出現就較早、發展就較快。例如轅門抄，就是一種「以報導地方官場消息爲主的私營報紙，出版於各省省會和一些重要的府城，由當地熟悉官場情況的抄報人分別編印發行」。〔註7〕這一類轅門抄之所以首先出現在省會城市和一些較爲發達的城市，就是因爲這些地方的人們有條件和有需要更多地關注社會的政治、經濟動態，所以促進了報刊的發展。與此相反，在一些經濟不發達的地區，由於人們忙於勞作以獲得衣食，所以較少地關注相對離自己的生存需要間接一些的發生於他人、他地、他時的新聞，因而報刊就產生得遲、發展得慢。

2. 中國報刊的「中國」特徵

所謂「中國報刊」的「中國」特徵，是特指那些區別於其他國家和民族，只有中國報刊才具備的特徵。從這一點講，也可以說是中國報刊的本質特徵。主要表現在以下幾個方面：

（1）以宮廷或官府消息為主體內容

中國報刊，從起源到發展，再從發展到成型，至少在古代報刊（從起源到辛亥革命成功之前）發展時期，其主體內容都是宮廷、官府或各級政府產生的消息，亦即戈公振先生在 20 世紀 20 年代總結的「官報獨佔」現象。當然，隨著「西學東漸」，資本主義的民主、文化傳入中國，一部分思想解放的先驅者率先辦起了脫離官報體系的民間報紙，但這是到清末才出現的事。總體上講，中國古代報刊報導的內容或者說中國古代報刊的主體內容都是宮廷或官府消息。這一特徵在中國古代報刊的發展歷程中表現得十分清晰。

先秦時期出現的《春秋》，其內容就主要是宮廷消息，諸如宮廷軼事、王室傾軋、兄弟爭王、諸侯結盟、兩國交戰、外交爭端、君臣治國等等。說這些消息的來源主要是宮廷或官府，應當是毫無疑問的。

東漢許慎編撰了我國第一部以部首排序的字典《說文解字》。該書對「邸」字的釋義是「屬國舍也」。《漢書》注稱：「郡國朝宿之舍，在京師者率名邸。邸，至也，言所歸至也。」根據《史記·封禪書》中「其泉作諸侯邸」的記載，戈公振先生認爲：「邸之制度，由來舊矣。邸中傳抄一切詔令章奏以報

〔註7〕方漢奇主編：《中國新聞事業通史》（第一卷），中國人民大學出版社 1992 年版，第 223 頁。

於諸侯，謂之『邸報』。(邸)，猶今日傳達消息之各省駐京代表辦事處也。」根據《西漢會要》中有「大鴻臚屬官有郡邸長丞」，並且其注稱「主諸郡之邸在京師者也。按：郡國皆有邸，所以通奏報，待朝宿也」一說，戈公振先生進一步認為：「通奏報之者，傳達君臣間消息之謂。即『邸報』之所由起也。」〔註8〕可見漢代邸報的內容也是以詔令奏章、君臣消息為主體內容的。

　　唐朝出現了「開元雜報」這一出版物。「開元雜報」這一名稱，因孫樵在《經緯集》中有《讀開元雜報》一文而得名，但對於開元雜報的性質眾說不一。吳廷俊先生在研究了孫樵文章記載的內容後認為：他（指孫樵）在《讀開元雜報》中，前後敘述了兩種「報」。一種是他在襄漢間居留期間看到的「繫日條事，不立首末」的「數十幅書」，上面的內容都是朝廷政事動態；另一種是孫樵在唐宣宗大中九年中了進士之後，「及來長安，日見條報朝廷事者」，雖然分條通報得極為簡單，但內容也還是朝政大事。〔註9〕

　　宋朝的主流報刊是「進奏院狀」及後來的「朝報」。其內容如《宋會要輯稿・刑法》二下所載「臣僚言：恭維國朝置進奏院於京師，而諸路州郡亦各有進奏吏，凡朝廷已行之命令，已定之差除，皆以之達於四方，謂之『邸報』」和「國朝置都進奏院，總天下之郵遞，隸門下後省，凡朝廷政事施設、號令、賞罰、書詔、章表、辭見、朝謝、差除、注擬等令播告四方。令通知者，皆有令格條目，具合報事件譽報」。〔註10〕由此可見，宋朝報紙的主要內容仍然是宮廷消息和官府消息。即使是當時的民間報紙「小報」，也因其「出於進奏院，蓋邸吏輩為之也」，所以也仍然是「今日某人被召、某人罷去、某人遷除」之類的官場消息。

　　明朝也有邸報，其內容正如萬曆年間的禮部尚書余繼登在其《典故紀聞》中所說的：「故事，章奏既得旨，諸司抄出奉行，亦互相傳報使知朝政。」《明史・何楷傳》和《劉世揚傳》中也有諸如「故事，奏章非外抄，外人無由聞；非奉旨，邸報不許抄傳」和「祖宗制，凡降詔旨必書於題奏疏揭，或登聞鼓狀，乃發六科，宣於諸曹」的記載。由此可見，明朝邸報的內容也和前朝一樣，同樣是以宮廷和官府消息為主體內容的。正如尹韻公先生所說：「通過朝報和邸報，京官和各地官員便知道了朝廷政事和動態，知道了皇帝

〔註8〕戈公振：《中國報學史》，中國新聞出版社，1985年版，第22頁。
〔註9〕吳廷俊：《中國新聞傳播史稿》，華中理工大學出版社1999年版，第14頁。
〔註10〕《宋會要輯稿》二之五一。轉引自朱傳譽：《宋代傳播媒介研究》，見《先秦唐宋明清傳播事業論集》，（台灣）商務印書館1988年版，第129頁。

對某些事情的態度、想法和意見，知道了發生過哪些事情，以及哪些事情已經解決，哪些事情正在處理之中等等。」〔註11〕至於明朝的民間報紙，除了少量的「都下邸報有留中未下先發鈔者，邊塞機宜有未經奏聞先有傳者」外，大部分內容仍然是抄自於朝報和邸報，正如方漢奇先生指出的：「民間報房問世後，它的官方消息仍然得自六科，或間接地得自提塘報房，因此兩類報房（筆者注：即刻印朝報、邸報的官辦報房和刻印民間報紙的抄報房）所抄發的官方消息，內容基本一致。」〔註12〕

清王朝建立全國政權後，參考明朝的做法，繼續在全國範圍內發行邸報。據永榕等撰的《歷代職官表》中記載：「國朝（筆者注：指清朝）定制，各省設在京提塘官，隸於兵部，以本省武進士及候補候選守備為之，由督撫遴選送部充補，三年而代。凡疏章郵遞至者，提塘官恭送通政司，通政副使、參議校閱，封送內閣。五日後，以隨疏賷到之牒，應致各部院者，授提塘官分投。若有賜於其省之大吏，亦提塘官受而賷致之。諭旨及奏疏下閣者，許提塘官謄錄事目，傳示四方，謂之邸鈔。」清朝的官報，通常被稱為邸報，其內容基本上是宮門鈔——主要報導皇帝起居、大臣陛見陛辭以及禮賓祭祀賞賜等朝廷動態消息。上諭——皇帝就某一件事作出的決定，代表最高的權威。臣僚章奏——京師及外地臣僚就國家事務向皇帝遞呈的表達自己想法、建議或請求的文書。一言以蔽之，都是朝廷或官場上的消息。民間私自刻印的小報，又稱小鈔，所刊載的內容也主要是提塘官們和提塘報房的刷寫報文者們自行採錄的消息，目的是為有關省份的官員們提供更多的朝廷信息。〔註13〕即使是地方出版的「轅門鈔」，其內容也是以報導地方官場消息為主，並且主要由當地熟悉官場情況的抄報人分別編印發行。

從上面分析中，我們可以清楚地看出，中國古代報刊的主體內容是宮廷或官府消息。不僅朝廷所辦官報如此，而且民間私刻小報、小鈔以及假朝報、邸報等也是如此，這或許與中國長期的封建集權統治、皇帝具有至高無上權威、官場派別鬥爭此起彼伏以及中國知識份子的入世觀念等因素有關。其中的深層次原因，值得我們進一步研究和思考。

〔註11〕尹韻公：《中國明代新聞傳播史》，重慶出版社 1990 年版，第 27 頁。

〔註12〕方漢奇主編：《中國新聞事業通史》（第一卷），中國人民大學出版社 1992 年版，第 153 頁。

〔註13〕參見方漢奇主編：《中國新聞事業通史》（第一卷），中國人民大學出版社 1992 年版，第 200 頁。

（2）側重於人文或社會消息的報導

綜觀中國報刊從起源、發展至逐步成型的發展歷程，從先秦西漢至清朝末期的報刊都不約而同地以人文或社會消息爲主，而較少、甚至基本上很難見到關於科學技術方面的專門報導。

據方曉紅先生研究，盛行於商周、流行於漢朝的鑄鼎銘文，「以今人的眼光來看，大多銘文極具新聞的特性」。據她考證，曶鼎銘文記載著一位名叫匡季的小采邑主在荒年時，帶著奴隸去搶了一位名叫曶的采邑主的糧食，後來被東宮判決加倍償還的事件；而利簋銘文記載的是武王伐商的事件；大孟鼎銘文、克鼎銘文主要記載的是分封與賞賜的內容；散氏盤銘文則記載了國家與國家之間關於疆界劃分的契約，等等。「凡關涉政治、軍事、外交、祭祀、刑罰、訴訟、契約等重大事件或社會生活方面的問題，幾乎都要鑄刻於青銅器上，留傳於子孫後代。」〔註14〕其餘的新聞傳播形式，諸如勒石刻文、竹木刻文、露布懸書及春秋成書等，其內容也十分明顯地側重於人文或社會生活方面的消息。

兩漢時代，報刊的萌芽得到進一步發展，如出現了由皇帝簽發、宮廷御史具體負責，向全國文武百官、軍民人等就某一件事頒布的公告式的不定期朝廷公報；出現了以皇帝詔書爲主要內容的中央政府發行的報紙（甘肅省博物館文物隊和敦煌縣文化館考古隊於 1979 年 10 月在敦煌馬圈灣和居延長城烽火台遺址考古時發掘出來的木牘和竹簡中發現的）；〔註15〕有爲了「通奏報」而由邸吏編印的定期或不定期、以竹簡或木牘爲載體的「邸報」；以及邊郡機關的戰情抄報、懸掛在「雙闕」之上的「舊章」等具有報刊萌芽性質的信息傳播媒介物，等等。綜觀其內容，大都是皇帝封侯、武力誅滅異姓王等朝廷動態和京城新聞以及傳令三軍、報告邊情和軍政法令等方面的消息，目前還沒有發現關於科學技術發明內容報導的記載。

唐朝的報刊，形式上比前朝有了豐富和發展，但內容上仍然和前朝大同小異。唐朝的報刊按編印部門、內容範圍和傳播層次的不同可分爲三種類型，即由中央政府（朝廷）的職能部門如中書省或樞密院等編印的、具有中央政府公報性質的「報狀」；由藩鎮節度使設在京師的進奏院官吏編印的、大致相當於後世地方政府駐京辦事處編印的情況通報性質的「進奏院狀報」；還有節

〔註14〕方曉紅：《中國新聞簡史》，南京師範大學出版社 1996 年版，第 3 頁。
〔註15〕參見張濤：《西漢末年已經有了報紙》，載《中國教育報》1998 年 10 月 20 日。

度使在得閱「報狀」和「進奏院狀報」以後，指派其副手「觀察使」從「報狀」或「進奏院狀報」中選擇一些具有新聞性的內容和本地區的軍政動態後編印下發的「觀察使牒」等。但究其報導的內容而言，仍然是以皇帝活動、皇室動態、朝廷政事、官員任免、京師新聞及地區軍政消息等人文或社會生活爲主，而少有關於自然科學和科學技術發明的方面的報導。

　　宋朝的報刊比唐朝更加發展，官報和小報的分野更爲清晰。《宋會要輯稿·職官》二之五一中說：「國朝（筆者注：指宋朝）置都進奏院，總天下之郵遞，隸門下後省。凡朝廷政事施設、號令、賞罰、書詔、章表、辭見、朝謝、差除、注擬等令播告四方。」可見宋朝官報報導的仍然是政治社會新聞。至於小報，與宋朝官報仍然有較多的相似之處，都是關於官吏的任免、皇帝的聖旨詔書。區別僅僅在於，宋朝官報以政治動態爲主，其中又以京城政治動態爲主，以各級官吏而且主要是中上層官吏爲讀者對象，所以除了一些朝廷消息外，還有相當一部分是人們關心的問題，諸如戰爭、章奏等；〔註16〕而小報則不過是有限地增加了一些社會新聞和民間傳聞的內容。總而言之，不管是宋朝的官報還是小報，都是以人文或社會生活消息爲主，仍然沒有關於科學技術發明方面的專門報導。

　　到了明朝，在宋朝官報、小報的基礎上，又出現了塘報以及農民起義軍所使用的旗報、牌報等形式。從內容上看，不僅塘報的內容仍然是以軍事、邊事情況爲主的社會生活消息，就是旗報和牌報，也被農民起義軍用於宣傳政策、通報戰果和壯大聲勢，其內容也未超出社會生活的範圍。至於明朝的官報（邸報），據尹韻公先生研究，其內容主要包含了皇帝活動、皇室動態、詔諭、皇恩浩蕩、擢黜官員、經濟報導、教育報導、軍事報導、社會動亂、外交往來、災異現象、社會新聞及（政治性）評論等方面。〔註17〕由此可見，明朝報刊的內容也仍然以人文和社會生活消息爲主要內容。至於《京報》，似乎是官報內容的摘抄或翻版，儘管由民間報房自主經營管理，也增加了一些社會生活新聞的內容，但仍然是以社會生活消息爲主要內容。到目前爲止，我們仍然沒有發現對科學技術和發明方面的專門報導。

　　清朝是中國歷史上最後一個封建王朝。正因爲是「最後」，所以其社會政治環境必然要發生劇烈而深刻的變化，因而有清一代的報刊也表現出歷史性

〔註16〕參見倪延年：《中國古代報刊發展史》，東南大學出版社2001年版，第59～110頁。

〔註17〕參見尹韻公：《中國明朝新聞傳播史》，重慶出版社1990年版，第38～70頁。

的突變。首先是官報這一繼承了清前歷代的做法，並在清朝前期、中期牢牢穩坐第一把交椅的主流新聞媒介，在清末發生了變化，由原來在封建官僚內部運作蛻變爲以《政治官報》、《內閣官報》等名稱公開向社會發行，使之更明顯地具備了現代報刊的特徵。其次是民間報刊也發生了變化，一是民間可以公開地出版報刊——當然要向政府部門諸如巡警衙門等申報登記。自維新派代表人士康有爲等人創辦政論性報刊《萬國公報》（後改名爲《中外紀聞》）以後，民間報刊儘管屢受當局壓制摧殘，但基本上是「春風吹又生」，從未被禁絕過。二是在民間報刊中，除了反映社會政治生活及社會消息的新聞類報刊得到迅速發展外，還同時出現了報導、宣傳科學技術知識的報刊，如創刊於 1876 年的《格致匯編》、《益智新錄》等以科學內容爲主的科技類報刊，後來又出現了第一批科學技術類報刊如《利濟學堂報》（醫學報刊）、《算學報》（數學類雜誌）等等。但客觀地說，即使到清末，報刊內容的主體仍然是以人文和社會生活消息爲主，因爲一是科技報刊數量太少，簡直不足掛齒；二是所報導的也主要是翻譯的文章或經驗總結，很少有創造發明的內容；三是當時國人中仍有相當一部分人把科學技術僅僅視爲「術」（即手段），視之爲雕蟲小技，所以這些科技類報刊在社會生活中沒有產生較大的影響，並沒有從本質上改變報刊內容以人文社會生活消息爲主體的特徵。

（3）以儒學爲正統思想的政治傾向

儒學，在此特指儒家的學說，是中國學術思想中崇奉孔子學說的學派。其內容主要是「祖述堯舜，憲章（效法）文武」，崇尚「禮樂」和「仁義」，提倡「忠恕」和不偏不倚、無過不及的「中庸」之道，政治上主張「德治」和「仁政」，重視倫理道德教育和自我修身養性。漢武帝時，董仲舒等人進言「罷黜百家，獨尊儒學」，被武帝採納，儒家學說逐漸成爲中國封建社會文化主流。後來，不同朝代的儒家學說代表人物從孔子學說中演繹出各種應時的儒家學說，以適應當時封建統治階級的需要。它統治中國學術思想界兩千餘年，其經典曾是封建統治階級的最高信條，因而也就成爲中國古代報刊最爲主要和明顯的政治傾向。這一特徵主要表現在以下幾個方面：

首先是在報刊內容的格局上，中國古代報刊無一例外地按照「君權神授」的法統，把皇帝奉爲至高無上的聖人，所以也就無一例外地把報刊報導的焦點集中在皇帝身上，集中在皇帝活動的主要空間——宮廷活動的消息上，集中在以皇帝爲中心的王室王族活動上。表現在中國古代報刊（邸報、朝報甚

至小報）的格局上，其內容編排的次序幾乎形成了不成文的規則：首先是宮門鈔，其次是上諭，然後才是臣僚奏章。至於民間報刊上偶有出現的社會新聞，本無它的位置，而僅僅是民間報刊的編輯者們從各地官吏向朝廷遞呈的奏摺或專項報告中選擇出來以提高人們閱讀興趣的方法之一。皇帝及王室成員活動的消息在中國古代報刊上佔有極其重要的位置，簡直到了登峰造極的地步。因為在一般情況下，假如沒有宮門鈔、皇上聖諭以及經皇帝朱筆御批可以發抄的臣僚奏章，那麼邸報、朝報及小報的內容幾乎就是空白。

　　其次是在內容的選定上。古代報刊（尤其是朝廷和政府編印下發的官報）的編輯者，也幾乎是無一例外地以皇帝的意志為意志。而歷代皇帝，尤其是自西漢以後的歷代各朝皇帝，又幾乎無一不宣稱自己是受德於天的儒道信徒，而且是當世修行最高的信徒。古代報刊以官報為主體，而官報又是以宮門鈔、皇帝聖諭及經皇帝朱筆御批可以發抄的臣僚奏章為主要內容。由此可見，在報刊內容的選定上，皇帝擁有最高的決定權，發什麼內容、什麼時候發，這一決定權始終掌握在皇帝手裏。這類事例在古代報刊發展史上數不勝數。這一切都是建立在封建倫理道德的「君為尊，臣為卑」的基礎之上的，而「君臣、父子、夫妻」的道德倫理正是儒家學說的重要組成部分。

　　再則是在古代報刊內容的評判上。對於報刊內容的評判，完全以封建傳統道德為標準。報刊內容是報刊編印者思想意識傾向的載體，它通過對報刊內容的取捨、褒貶等，來表達報刊編印者對某一事物（件）的好惡、支持或反對。由於報刊編印發行的主動權掌握在統治階級手裏，所以「統治階級的思想就是統治思想」。報刊內容所傳播的思想傾向也就必然以儒家學說為指導思想（即古人所說的「綱常」）。為了維護王權，可以把老百姓為求生存而舉義旗的行動稱之為「匪」、「盜」；為了維護王權，可以找出不是理由的理由來誅滅異姓王和同姓王；為了維護王權，南宋皇帝可以不顧民意下令查處在邸報上刊載假聖諭以反對蔡京的報人；為了維護王權，康熙皇帝可以把聽信偽傳邸鈔而奏請皇帝採用「分清邊界」辦法解決與蒙古貴族矛盾的貴州巡撫劉蔭樞，「發往傅爾丹等地方種地」；更不用說王莽為了樹立自己的權威，而把誅滅安眾侯劉崇的經過用詔書摘要的形式通過邸報從中原南陽傳發到了西北邊陲之地敦煌。總之，邸報完全是按照皇帝的意志對內容進行取捨剪裁，以正統思想的法官自居，來評判人世間所發生的事情，甚至把一些本來很正常的事塗上了神聖或卑瑣的色彩，從而發揮社會輿論的導向作用，更好地為古

代封建統治者服務。

第二節　中國古代報刊法制發展史略及其形式流變

　　中國報刊法制是一個特定的概念，簡而言，是特指與中國報刊的產生、發展及運作直接相關，由社會管理職能機構按照一定的法律程序制定、頒布並予以強制性執行的法令法規制度。

一、中國古代報刊法制發展的歷史進程

　　在「中國報刊法制」這個特定概念和所特指的對象上，它與「報刊法制」和「法制」一樣，經歷了一個不斷發展的歷史進程。尤其要說明的是，「中國報刊法制」是在「中國法制」發展到相當階段——社會生活中出現了需要對報刊活動採用法制手段進行規範時才產生的專門性法制。因此，在「法制」發展的初期階段，還沒有甚至不可能出現專門的報刊法制，只可能在一些綜合性的法令法律制度中，包含了後來專門性報刊法制內容的萌芽。綜觀中國報刊法制及其母體——中國法制的發展歷程，大體上包含了三個發展階段。

1. 從習慣法到成文法的發展階段

　　「習慣法」時期是中國法制發展的第一個歷史階段。一般即指夏、商、西周及春秋時期的法制，也就是通常所說的奴隸制時代的法律制度。時間上指公元前 21 世紀到公元前 476 年這一歷史階段，其突出特點是以習慣法為基本形態，法律是不公開、不成文的。習慣法階段的終結時期，也是當時法制的內容和形式發展的鼎盛時期，或者說中國習慣法發展的最高階段是中國奴隸制時代的末期——西周時期。在這一時期形成的「以德配天」、「明德慎罰」的法制指導思想，老幼犯罪減免刑罰，區分故意和過失等法律原則以及「刑罰世輕世重」的刑事政策，都是具有當時世界最高水平的法律制度，對中國後世的法制產生了重要的影響。〔註18〕

　　公元前 770 年，周平王把國都東遷至雒邑（今河南洛陽），此前史稱「西周」時期。自周都東遷至公元前 476 年間的 290 餘年間，即是史稱「春秋」的歷史時期。這一時期中國法制建設的一個重大發展，就是各諸侯國公布了

〔註18〕參見曾憲義主編：《中國法制史》，北京大學出版社、高等教育出版社 2000 年版，第 4～5 頁。

以保護私有財產為中心的成文法。其中法制建設史上有代表性的事件如晉文公四年即周襄王十九年（公元前 633 年），晉文公「蒐於被廬之地，作執秩以為六官之法」（《漢書‧刑法志》）；晉文公六年（公元前 631 年），趙宣子「始為國政，制事典，正法罪，辟獄刑……既成，以授大師陽子與大師賈佗，使行諸晉國，以為常法」；鄭簡公三家年即周景王九年（公元前 536 年），鄭國子產「鑄刑書於鼎，以為國之常法」；魯昭公二十九年即周敬王七年（公元前 513 年），把范宣子作於晉平公時期的刑書「宣示下民」，即史書所載「冬，晉鞅、荀寅帥師城汝濱，遂賦晉國一鼓鐵，以鑄刑鼎，著范宣子所為刑書焉」（《左傳‧昭公二十九年》）；鄭獻公十三年即周敬王十九年（公元前 501 年），「鄭駟顓殺鄧析，而用其竹刑」；此外，還有楚文王時「作僕區法」（《左傳‧昭公七年》）和楚莊王時作「茆門法」（《韓非子‧外儲說》）等等，從可以由奴隸主隨心所欲地懲罰奴隸的習慣法時代，進入刑書公布於世，奴隸主（後來即演變為封建地主階級）在憑藉國家機器懲罰農民階級時，必須受到已經公布於世的刑法的限制的成文法階段，無疑是法制發展史上的一大進步。當然，奴隸主仍可以找出許多理由甚至不是理由的理由來作為懲罰、鎮壓奴隸階級反抗的藉口。

2. 從百家法向獨家法的發展階段

春秋戰國時期思想領域的一個基本特徵，就是「天子」不再是具有至高無上權威的「天子」，「諸侯」也不再是滿足在天子所封的一地一區當諸侯的「諸侯」，而是個個想稱王。因此，代表不同階級、階層和集團利益的各派思想家展開的「百家爭鳴」，在戰國時期達到了頂峰。在這一階段，由於奴隸起義、平民暴動以及諸侯國之間的兼並戰爭，原來周天子分封的 100 多個諸侯國只剩下 20 多個，其中有資格爭霸的諸侯國有秦、楚、齊、魏、趙、韓、燕等七國。在這些諸侯國掌握政權的新興地主階級，為了在兼並混戰中保存、發展、壯大自己，進而實現統一中國的目的，紛紛變法。他們以代表新興地主階級利益的法家思想為前提，但又各有側重，甚至是在同一國家，不同的君王也往往採用不同學派的思想，因而在法制上也各不相同。最後，以秦始皇為代表的新興地主階級掌握政權的秦國統一了全國，建立了中國歷史上第一個統一的中央集權政府。

西漢時期是封建專制的中央集權制度的鞏固和發展時期。西漢統治者吸取了秦朝暴政、兩代而亡的歷史教訓，實行輕徭薄賦政策，使人民得以休養

生息，社會經濟很快得到恢復和發展。在法制建設上，西漢王朝崇尚黃老思想，並輔以法家的立法指導思想，推行「約法省刑」的治國策略，如劉邦在咸陽時就宣布廢除秦朝苛法；漢惠帝四年時，「省法令妨吏民者，除《挾書律》」；高后元年，「除三族罪，妖言令」以及「復弛商賈之律」；文帝元年，又「盡除收孥相坐律令」等。統治者推行「無爲而治」的結果是生產得到了發展，社會增加了財富，人民得到了安定。這一階段，從本質上講仍然是「百家法」，即以多種思想流派混合爲特徵的法制階段。漢宣帝曾將這一階段的法制特點歸納爲「霸王道雜之」。所謂霸道，是指春秋五霸、戰國七雄務耕戰，富國強兵，惟利是圖，惟力是尚之道，主張法術勢，不講仁義禮信。所謂王道，是指禹湯文武周公之道，即以儒家禮義爲紀綱，確立並鞏固君君、臣臣、父父、子子的政治社會秩序。〔註19〕

　　爲了協調諸侯王勢力與中央集權政府的矛盾，漢武帝採取了「詔舉賢良方正，極言納諫之士」的對策。董仲舒在被詔「以《春秋》大一統」思想的對應中，認爲「今師異道，人民論，百家殊方，指意不同，是以上亡以持統一」，即認爲只有確立全社會統一的思想，才能建立大一統的中央集權制，否則就談不上統一。他向漢武帝進言「罷黜百家，獨尊儒術」，「諸不在六藝之科、孔子之術者，皆絕其道，勿使並進」。漢武帝採納了他的建議，確立了「德主刑輔」的主法指導思想，即先用德禮進行教化，教化無效再輔之以刑罰，「大其德而少其刑」，德刑結合，剛柔相濟，以達到維護統治階級地位的根本目的。由此，中國法制建設進入了以儒家思想爲主、輔之以法家思想的階段。儒家思想自此成爲社會生活的主流思想，並且一直延續到清朝滅亡爲止。

　　正是在這樣的立法指導思想下，中國自漢以降的各封建王朝，都制定、頒布了各自的法律制度，形成了一以貫之地具有中國思想文化特色的法律體系和傳統。如三國時期的《魏律》，兩晉時期的《晉律》，南北朝時期的《北魏律》和《北齊律》，隋朝時期的《開皇律》和《大業律》，唐朝的《武德律》、《貞觀律》、《永徽律》、《開元律》以及中國歷史上第一部法規大全《唐六典》等，宋朝有《刑統》，元朝有《至元新格》、《大元聖政國相典章》（簡稱《元典章》），明朝有《大明律》和《大明會典》，清朝有《大清律例》和《清會

〔註19〕參見徐祥民、胡世凱主編：《中國法制史》，山東人民出版社 2000 年版，第 100 頁。

典》等等，無一不是以儒家思想爲主、輔以法家的「德主刑輔」立法原則的產物。只不過隨著當時政治、經濟、文化等社會背景的變化而對法制內容的重點進行了相應的調整、強化或細化，使以維護和鞏固封建主義中央集權專制爲主要目的法律制度更爲完整和嚴密。

3. 從綜合法向專門法的發展階段

這裏的「綜合法」，是一個比較廣義的概念。一般是指在一部法律法令中，包括了規範多方面（如政治、經濟、刑事、民事、文化）內容的法律現象，而並不是說在歷史上有過名爲「綜合法」的法律法令。「專門法」則是指朝廷或政府爲了規範某一方面的社會活動而制定、頒布、施行的專門性法律法令，報刊法制即是其中的一類。涵蓋社會生活各個（多個）方面的綜合法和專門規範某一方面社會活動的專門法相結合，構成了特定社會歷史時期相對完整的法律法令體系。

我們認爲，專門法可以從兩個不同層面的意義來認識：一是概指性的，指適用於規範特定方面社會活動的專門性法律法令，如刑法、行政法等；二是特指適用於規範特定社會時期特定社會活動如報刊活動的專門性法律法令，諸如皇帝針對邸報、小報等頒布的諭旨及後來的《大清報律》、《欽定報律》等，都屬於專門性的報刊法律法令。從綜合法到專門法，尤其到出現專門適用於規範報刊活動的專門法，經歷了漫長的發展過程。

從法律法令的發展軌跡來看，從綜合法到專門法，實際上經歷了一個先由個別到一般、又由一般到個別的螺旋式上升過程。一方面，開始的法律法令是爲了規範某一方面的社會成員行爲而制定的，當其發展到一定水平後，法律法令的制定、頒布者爲了協調、兼顧多方面的關係，於是就在一部（項）法律法令中對涉及的多方面關係進行明確的界定，使單一的法律法令內容向綜合法方面發展；另一方面，當統治者感到特定的社會活動對其統治地位、政權穩定、經濟安全、思想觀念造成根本的或重大的衝擊，靠蘊涵在綜合法裏的某些條文已不足以規範特定的社會活動時，就必然產生制定專門性法律法令以規範特定的社會活動的需求，於是就出現了一批既納入整個法律法令體系，又在內容上專有所指的專門性法律法令。報刊法制就是在這種大的社會背景下產生的。

早在西漢王朝建立不久，「四夷未附，兵革未息，三章之法不足以禦奸，於是相國蕭何捃摭秦法，取其宜於時者，作律九章」（班固《漢書·刑法志》）。

《九章律》是漢的正律，係蕭何在秦律六篇的基礎上增加三篇所成。其中有「廄律」一篇，內容主要包含了逮捕、告反、逮受、登聞道辭、乏軍之興、奉詔不謹、不承用詔書、上言事變、以京事告急等罪名。〔註20〕雖然其內容已無考，但從其所列的「奉詔不謹」、「不承用詔書」、「上言事變」等罪名分析，主要就是對那些沒有恭敬地接受皇帝的詔書或沒有把皇帝詔書中的要求認眞執行以及向皇帝謊報情況等罪行的處罰。尤其是接著上述幾個罪名之後的「以京事告急」的罪名，更是直截了當地規定對把「京城發生的事情」以最快速度匯報給各諸侯（「告急」）的行爲必須進行處罰。「告」有點相當於後來的動詞「報」，也就是諸侯王派駐在京師的官吏，把京城的政治、社會新聞及宮廷、王室成員活動的消息向諸侯王匯報的行爲——這一行爲似乎與後來出現的「邸報」有比較直接的關係。從漢朝正律（綜合性刑律）《九章律》的內容中，我們似乎已經可以看出漢朝爲禁止、規範「京事」傳報行爲而制定的專門性法律條文的雛形，這就走出了在綜合性法律的基礎上向專門性法律發展的第一步。

要特別指出的是，漢朝除了「九章」正律外，還沿襲秦制頒行了一些政治、經濟等方面的單行法律，它們是漢朝法律制度的重要組成部分，與正律具有相同的法律效力，並行不悖。主要有：《金布律》、《尉律》、《朝律》、《酎金律》、《上計律》、《左官律》、《尚方律》、《挾書律》、《錢律》及《田律》等。其中《挾書律》就是一項專門管理圖書刻印、流傳的法律。在漢及以後相當長的時期內，報刊都處於萌芽狀態，往往被人們混同於書而不單獨列出，所以秦漢時期的《挾書律》實際上也包含了規範萌芽時期古代報刊的活動。因爲即使到了近代，圖書館已大量收藏、管理及提供報刊文獻的服務，但不少圖書館學專著仍然把包括圖書、報刊等類群的圖書館文獻資源，統稱爲「圖書館藏書」，而不專門指出「報刊」。從這一點而言，說《挾書律》的規定至少在當時涵蓋了包括古代報刊萌芽在內的所有「圖書」文獻的編印、傳播活動，應當是不難理解的。由此再推進一步，我們認爲，說漢朝的「挾書律」是漢朝制定、頒布的包含了適用於報刊活動在內的規範所有文獻活動的專門性法律，也不是毫無道理的。

從隋朝的《開皇律》中規定的「十惡」罪，到《唐律疏議》中的「十惡」

〔註20〕參見徐祥民、胡世凱主編：《中國法制史》，山東人民出版社 2000 年版，第 95 頁。

罪，其中都有「大不敬」、「謀反」、「謀大逆」等罪名。其中「大不敬」罪主
要是指盜取皇帝服用物、盜取或偽造皇帝印璽、給皇帝配藥不按本方、做飯
犯食禁、指責皇帝、誹謗朝政、對皇帝使臣無禮等行為。《唐律疏議》還進一
步規定，對那些即使是僅僅「口陳欲反之言，心無真實之計，而無狀可尋者」，
也要「流二千里」。《唐律疏議》的律文部分總計十二篇五百零二條，第一篇
《名例律》相當於唐律的總則，其餘十一篇相當於分則。其中名列第三篇的
《職制律》共有五十七條，規定對於偽造皇帝八寶玉印者，處以斬刑；甚至
「不錄所用，但造即坐」，即不管是否使用，只要有了偽造的行為，就要定罪。
更為重要的是，《職制律》中規定，對於「偽寫官文書印者」，處「流二千里」。
〔註21〕這裏的「偽寫官文書印者」，在某種意義上就是專指我們認為是中國古
代報刊萌芽的「報狀」、「進奏院狀報」中的一些與朝廷發布的京城動態不一
致的內容——或者說是小道消息，以及未經皇帝同意擅行傳抄聖諭、奏章等
的行為。這個罪名中最重要的有兩個字，一是「偽」，一是「印」。關於「偽」，
即是「作偽」的意思，是指在「官文書」的名目下傳抄不准傳報的文字內容；
至於「印」，是否可以理解為「印傳、印發」。倘是如此，那就表明唐朝的民
間報刊——宋朝小報的前身，即唐朝在「進奏院狀報」、「報狀」的名目下秘
密傳報的書寫印製品，已有一定的社會需求，並且已經採用「印」這一在當
時比較先進的文獻複製方式來擴大一次生產量。為了遏制這種對封建統治階
級地位有直接危害的信息傳播活動，朝廷規定「流二千里」，可見懲罰之重。
這是在唐朝綜合性法律中出現的專門針對（規範）報刊活動的專門性法律條
款。和漢朝《挾書律》中的有關規定相比，唐朝《職制律》中對「偽寫官文
書印者」行為的處罰規定，所指的對象更為明確，處罰的標準也更為明確，
因而其專門性法律條款的性質也更為明確。

　　假如從唐帝國於公元 907 年被後梁朱溫所滅算起，幾乎是在整整一千年
之後，即公元 1911 年 10 月 10 日在湖北武昌首先發難的辛亥革命，結束了中
國封建專制制度，建立了以孫中山為臨時大總統的中華民國政府。在這近千
年的封建專制統治時期，歷代封建皇帝及朝廷都制定、頒發、施行了各個朝
代的法律，其中既有諸如《宋刑統》、《大元通制》和《元典章》、《大明律》、
《大清會典》、《大清現行刑律》及《大清新刑律》等綜合性的法律法令制度，

〔註21〕曾憲義主編：《中國法制史》，北京大學出版社、高等教育出版社 2000 年版，
　　　　第 164 頁。

又在一些綜合性的法律法令制度中專列了用以規範（朝廷）邸報等官報的編印傳抄活動，限制、禁止和懲處民間報刊的編印、傳抄活動的專門條款，並使之逐步趨向專門化，從而提高了法律法令的針對性。

尤其要指出的是，鴉片戰爭以後，列強入侵，西學隨之東漸，被稱為「新式報刊」的近現代報刊迅速發展，這使清朝政府迅速感到自己的統治地位受到了衝擊和威脅，於是採取各種措施進行遏制和防範。就是在這樣的社會背景下，清政府於光緒三十二年公布了由商部、巡警部、學部會同鑒定的《大清印刷物件專律》，其中有「第三章　記載物件等」一章，對後來被人們稱作「報刊」的「或定期出版或不定期出版，即新聞叢錄」等出版物的有關事項作了規定；同年又發布了《報章應守規則》，就目前所知，它是我國第一部獨立發布的專門性報刊法規。光緒三十三年十二月，清廷又發布了《大清報律》，這是中國歷史上第一個以「報律」作為標題的法律文本，標誌著中國的報刊法制建設從綜合法中正式獨立出來，成為一種由政府正式頒布施行的專門性法律，宣統二年十二月經修改後又以《欽定報律》為名頒行。《大清報律》的頒布、施行，在中國報刊法制建設發展歷程中具有里程碑的意義，標誌著中國報刊法制建設進入了一個嶄新的發展階段。

二、中國古代報刊法制的主要形式及其流變

和世界上許多事物一樣，中國報刊法制也經歷了由萌芽、產生、發展、成熟的各個階段。這突出表現在它的存在形式上，先後經歷了從事無專名、法無專條到事有專名、法有專條，再到出現專門的報刊法律法令制度這一過程。因此，就中國報刊法制的存在形式而言，也就經歷了一個被蘊涵在早期綜合性的法律法令制度之中、在綜合性的法律法令制度中設有專章（條），然後才獨立出來，成為以專用名稱相稱的專門的報刊法律法令制度的過程。從這個意義上認定中國報刊法制的存在形式，就不僅僅是指以專用名稱相稱的專門的報刊法律法令制度文件，而且還包括了在報刊法律法令制度發展過程中產生的、包含有規範報刊活動專章（條）內容的法律制度文體形式，還應當包括蘊涵有規範報刊活動內容的早期綜合性法律法令制度的存在形式。只有這樣，似乎才能比較完整、客觀地探求中國報刊法制形式發展的來龍去脈。據文獻記載，中國報刊法制及其母體中國法律法令制度在其漫長的發展歷程中，主要有以下形式：

1. 禮

「禮」是中國古代社會長期存在的、旨在維探宗法血緣關係和宗法等級制度的一系列精神原則和言行規範的總稱。從客觀上看,「禮」的精神貫穿於整個中國古代文化之中。「西周時期禮制的發展,是中國古代社會「禮治」文化發展過畫中的一個最爲重要的階段。」〔註 22〕據《禮記》等文獻記載,周武王死後,作爲文王之子、武王之弟的「周公」(名姬旦),在攝政周成王(姬誦)和周康王(姬釗)期間,一方面悉心輔佐年幼的成王和康王,實現了歷史上著名的「成康之治」;另一方面還曾將夏、商兩代的禮制加以「折衷損益」,和周族自己長期形成的精神原則與言行規範相融合,制定了一套通行於全國的王家禮制,這一事件被史學界稱之爲「周公制禮」。經過周公的「制禮」,長期以來形成的各奴隸主貴族階級的精神原則和言行規範更爲統一,成爲當時調整周代社會各方面社會關係的重要的基本的社會生活準則,實際上也就具有了早期的部分法律規範的功能。由於中國報刊法制及其母體中國法制的精神原則和道德規範可以溯源於「周禮」,所以我們不妨也認爲,產生於公元前 10 世紀左右的「周禮」是中國法制的源泉之一,也是當時重要的法律規範形式之一。又由於西周時期尚未出現專門的報刊活動,而與後來報刊活動直接相關的思想、文化、經濟等方面信息收集和傳播的傾向性、導向性等規則「因子」,也可追溯到「周禮」,因此也不妨把「周禮」視作中國報刊法制的源頭。

2. 刑

「刑」,即刑法,是規定犯罪、刑事責任與刑罰的法律規範的總稱。「廣義的刑法包括刑法典、單行刑法和附屬刑法。狹義的刑法僅指刑法典。」〔註 23〕以「刑」稱「法」的,最早可能是「呂刑」。周武王死後,周公輔佐周成王、周康王,使國家發展、人民安定。周康王之後是周昭王和周穆王,此時已出現「王道衰微」的跡象。爲了遏制國家頹敗的勢頭,周穆王命令朝廷重臣呂侯「作呂刑」(又稱「甫刑」,係因呂侯又稱爲「甫侯」而得名)。要特別說明的是,收錄在《尚書》中的「呂刑」篇,並不是呂侯所作的刑法

〔註 22〕曾憲義主編:《中國法制史》,北京大學出版社、高等教育出版社 2000 年版,第 41 頁。
〔註 23〕辭海編輯委員會:《辭海》(1999 年版縮印本),上海辭書出版社 2000 年版,第 218 頁。

本身，而僅僅是記載這次以「作呂刑」為主要內容的法律制度改革情況的文獻。「呂刑」的具體內容已無考。在「呂刑」之後，則有「九刑」。所謂「九刑」，是指這部法律包含了九篇刑書。有人認為「九刑就是周初成王時政治家周公旦所名的刑書九篇」。〔註24〕我們認為，說「九刑」即「刑書九篇」是比較客觀的，但說「九刑」是周初成王時政治家周公旦所名似乎不妥。因為周公輔佐成王、康王時期，社會安定，且主要以「禮」來約束人們的言行，尚未發展到必須藉助國家機器的強制力量即法律手段來維護其統治地位，因而「九刑」應是在周公之後出現的，而不是與「周公制禮」同時出現的。

自「呂刑」到「九刑」，基本上確立了以「刑」來命名刑法標準的先例，所以後世也就出現了一些以「刑」來命名的法律法令制度如「刑書」，史載鄭簡公三十年，鄭國子產「鑄刑書於鼎，以為國之常法」。「竹刑」，史載鄭獻公十三年，「鄭馴顓殺鄧析，而用其竹刑」。「刑鼎」，即特指鑄有刑法內容的鼎。《左傳‧昭公二十五年》載：「冬，晉趙鞅、荀寅帥師城汝濱……以鑄刑鼎，著范宣子所為刑書焉。」「刑符」，據史載，在三家分晉之始，韓國任用申不害進行變法，制定「刑符」以伸君權。「刑統」，唐以後即進入五代十國時期，後周顯德年間（公元954～959年）編成《顯德刑統》二十一卷。宋太祖建隆三年，宋太祖趙匡胤命工部尚書判大理寺竇儀等人更定《顯德刑統》，次年八月修成三十一卷的《建隆重詳定刑統》，法學史界稱之為「宋刑統」。「刑律」，如《大清現行刑律》和《大清新刑律》，由清政府先後於1910年5月15日和1911年1月25日公布。由此可見，自「呂刑」開始，以「刑」稱「刑法」一直沿用到清末的《大清新刑律》，綿延數千年，並且在清後的各個時期也都有以「刑」代稱或指稱「刑法」的現象。因為報刊法制屬於刑事或民事處罰的範圍，所以在早期及後來的刑法中，就或多或少地包含了對報刊活動進行限制、禁止等規範性措施的法律內容。從這一點上認識，在中國報刊法制及其母體中國法制的發展歷程中，與「刑」這一稱謂有著密不可分的聯繫。

3. 法

「法」是指國家制定或認可、並以國定強制力保證實施的行為規範的總和。它與最廣義的「法律」通用，包括憲法、法律（狹義）、行政法規、規章、判例、慣例、習慣法等各種成文法和不成文法。在中國法制發展史上，

〔註24〕薛梅卿主編：《中國法制史教程》，中國政法大學出版社1988年版，第25頁。

最早稱「法」的可能是李悝所著的《法經》，這是我國封建社會最早的一部粗具體系的法典。漢武帝時代有《沈命法》。「法」和「律」合稱為「法律」，秦朝即有《法律答問》。湖北雲夢睡虎地所出土的秦簡中有此一書，共有 187 條，是朝廷和地方主管法律的官員對律令所做的權威性解釋，它們與法律條文一樣具有普遍的約束力。歷代典章制度匯編「會要」中都有「刑法」一目，內容主要收錄朝廷頒布的法律或制定頒布法令法律的事件記載。我們認為在「刑法」一稱中，已經比較明顯地具有了專門法的含義。

4. 律

「律」是中國古代主要法律規範的名稱，或是指朝廷就某一專門事類正式頒布的法令、規章。秦孝公三年（公元前 359 年）商鞅變法，以李悝的《法經》為藍本，改「法」為「律」，制定並頒布了包含盜律、賊律、囚律、捕律、雜律、具律等內容的刑律。由此開了以「律」稱「法」（一般情況下「律」是指某一方面專門法）的先例，並一直延用到後世。據湖北雲夢睡虎地出土的秦墓竹簡記載，「秦朝除上述的盜律、賊律、囚律等刑律外，還有田律、倉律、金布律、除吏律、戍律等二十九種秦律，構成了秦朝法制的主體。」〔註25〕自秦以降，漢朝不但有綜合性的《九章律》，還有專門性的《挾書律》；三國時期的吳國有《新律》；晉武帝司馬炎泰始四年（公元 267～268 年）頒行了《晉律》（又稱《泰始律》）；南朝有《永明律》、《梁律》及《陳律》等；北朝有《北魏律》、《北齊律》等；隋有《開皇律》和《大業律》；唐有《武德律》、《貞觀律》、《永徽律》、《開元律》以及各代的「律疏」等；明朝朱元璋在建國之初即著手法制建設，先後頒布了《律令直解》和《大明律》；清朝則有《大清律》、《大清律例》，等等。從上述發展看，「律」基本上經歷了一個由專門法向綜合法發展的過程，當然，綜合法所包含的篇、章則又具有專門的法律法令的某些屬性。

要特別說明的是，「律」在作為綜合性的法典式的法律名稱的同時，有時也用作專門的法律稱謂。前者如秦朝的《法律答問》、《法律文告》以及唐朝的《唐律疏議》、《永徽律疏》等，後者則如清朝政府制定頒布的《大清印刷物件專律》（光緒三十二年頒布施行），其稱謂中的一個「專」字十分明確地

〔註25〕睡虎地秦墓竹簡整理小組編：《睡虎地秦墓竹簡》，文物出版社 1978 年版。轉引自曾憲義主編：《中國法制史》，北京大學出版社、高等教育出版社 2000 年版，第 72 頁。

昭示了它的專門法特徵。假如說「印刷物件」還是所有「印刷品」的總括性稱呼的話，那麼，後來由清政府制定頒行的《大清報律》（光緒三十三年十二月，即公元 1907 年 1 月頒行），則由於其標題中的一個「報」字，更確切地表明它是一個專門爲規範社會「報」刊活動而制定的專門性法規，這也是中國歷史上第一項關於報刊的專門法律。以後於 1911 年頒布的《欽定報律》，進一步強調了皇權色彩，在內容上並沒有實質性的變化和進步。

5. 例

「例」的最早義是「比照」。在古代又引申爲專指審判案件的成例。經朝廷批准，可作爲審判案件的法律根據。秦朝法律中稱之爲「廷行事」，漢律中稱之爲「決事比」，到《晉書‧刑法志》中才正式定名爲「例」，稱曰「集罪例以爲刑名」。北魏的《新律》在內容格局上，改漢朝《九章律》中原處於第六篇的《具律》爲《刑名》篇，並列於律首，又新增《法例》一篇，緊隨《刑名》篇之後，此爲中國法律制度中「例」的開端。《北齊律》將二者合爲《名例》一篇，此後相沿未改，直至於清。〔註 26〕隋朝《開皇律》中把《名例》列爲第一，定名爲《名例律》。唐朝的《唐律疏議》總計十二篇五百零二條，其中位居首篇的《名例律》即有五十七條之多，並且第一次對《名例律》的性質進行了解釋，即「名者，五刑之罪名；例者，五刑之體例」，「命諸篇之刑名，比諸篇之法例」，「命名即刑應」，「比例即事表」，「故以名例爲首篇」。有宋一朝，「例」更爲發展。宋仁宗（趙禎）慶曆年間，詔令「刑部、大理寺以前後所斷獄及定奪公事篇爲例」，作爲附錄，位列編敕之後。神宗熙寧時又將「熙寧以來得旨改例爲斷，或自定奪、或因比附辯定，結斷公案堪爲典型者，編爲例」（《續資治通鑑長編》卷二百五十四）成爲《熙寧法寺斷例》十二卷。神宗時期有《元豐斷例》六卷，哲宗時期有《元符刑名斷例》三卷，徽宗時期有《崇寧成斷例》，南宋高宗時期有《紹興編修刑名疑難斷例》二十二卷，孝宗時期編有《乾道新編特旨斷例》二十卷，寧宗時期編有《開禧刑名斷例》十卷。明朝的《大明律》中有《名例律》一篇。清朝先後有《盛京定例》（明崇禎五年廢清太宗天聰六年，即公元 1632 年）、《大清律集解附例》（雍正五年，公元 1727 年）和《大清律例》（乾隆五年，公元 1740 年）頒布。其中《大清律例》中含有「附例」一千零四十二條（一說一千零四十九條）。

〔註 26〕參見曾憲義主編：《中國法制史》，北京大學出版社、高等教育出版社 2000 年版，第 123 頁。

在清朝的法律法令中，除了綜合性的法律法令中含有「例」，並在法令名稱中以「例」相稱外，另外還有一些以規範政府各部門政務活動爲要旨的單行法規和一些專門性法規，也以「例」相稱。前者如《刑部現行則例》、《欽定吏部則例》、《欽定戶部則例》、《欽定禮部則例》、《欽定工部則例》、《理蕃院則例》等，後者如《兵部督捕則例》、《番例》（又稱《西寧青海番夷成例》）。自乾隆朝起，因擔心「典例並載」會使後人無所適從，遂決定將法典條款後所附的「則例」分出，另行編輯，形成「以典爲綱，以則例爲目」的法律結構。由此，在編輯《乾隆會典》的同時，編成了《乾隆會典則例》；嘉靖十七年編成《嘉靖會典》八十卷，而同時編成的《嘉靖會典事例》則有九百二十卷；光緒二十五年編成的《光緒會典》僅一百卷，而《光緒會典事例》則有一千二百卷。專門性法規方面，還有清光緒三十四年（公元 1908 年）頒行的《銀行則例》等。

從上述的發展沿革介紹中，我們可以比較清楚地看出，「例」的外延範圍呈擴大的趨勢，從專門的「成例」，到皇帝專門下詔的「斷例」，再到附於會典之後的「事例」，又發展成爲單行法規的「則例」。至於後來的「條例」（如1914 年的《報紙條例》），似乎也是「例」的延伸。因此，作爲「例」而言，實際上是一個逐漸發展、逐漸獨立的過程。

6. 式

「式」，最早的意義是式樣、格式。《北史·周高祖本紀》中稱：「議權衡度量，頒於天下，其不依新式者，悉追停之。」在中國法律法令制度發展的歷史進程中，曾把「式」作爲規定官署公文程式的法規名稱。據史料載，以「式」稱「法」最早的是秦朝，是指由朝廷統一頒布的規定官吏審理案件的準則以及書寫審訊筆錄、現場勘查筆錄、查封筆錄等法律文書程式的法律文件。「式」在文字上有「榜樣，模範；法度、規矩；規格，樣式；效法，仿效」等意。〔註27〕1975 年 12 月，我國考古工作者在湖北省雲夢縣睡虎地發掘了十二座戰國至秦朝的墓葬，其中八號墓出土了大量的秦朝竹簡，其內容大部分是法律、文書，如有《封診式》，共二十五節，從中可以看到秦朝關於「治獄」、「訊獄」的要求和「爰書」的書寫格式。

以「式」稱法在多個朝代沿用，如南北朝時期的西魏，於大統十年（公

〔註27〕漢語大字典編輯委員會：《漢語大字典》（縮印本），湖北辭書出版社、四川辭書出版社 1992 年版，第 235 頁。

－27－

元 544 年）命蘇綽等人在「太祖前後所上二十四條及十二條新制」的基礎上修刪增補，成為《大統式》，總為五卷，頒於天下。到唐朝則有《武德式》、《貞觀式》和《開元式》，並且把上述諸「式」稱之為「永式」，是帶有行政法規性質的永遠適用的法律規範。宋朝明確「式」的涵義是「使彼效之之謂式」，並且編定了《淳化令式》和《貢舉敕式》等行政法規。南宋時期的金國曾於泰和二年（公元 1202 年）頒行過《六部格式》三十卷等，都是以「式」稱「法」的例子。

7. 令

「令」，命令之義。早先是指君主或皇帝針對一時之事或一人之事、一事之人，以命令形式發布的文件或文告。由於君主或皇帝對於臣民而言具有至高無上的權威性，所以臣民對君主或皇帝的「令」只能無條件地執行，或即使不願執行也不得不執行。由此，皇帝的「令」就具有了後來法律法令「強制性執行」的特徵。

以「令」稱「法」，始於秦朝。秦始皇統一天下後，更名定號，臣民必須稱君主為「皇帝」，只有天子可以自稱為「朕」，並規定，皇帝的「命」為「制」，「令」為「詔」，其他人不得使用「令」、「詔」及「朕」等專門象徵皇帝權威、尊嚴、威儀的詞。這一方面把皇帝發布的命令與其他人發布的命令區別開來；另一方面，由於這些「令」出自於皇帝之手之口，所以代表最高權威，具有超越任何法律的效力。如秦始皇三十四年頒布了「焚書令」，其中明確規定：「非秦記，皆燒之。非博士官所職，天下敢有藏《詩》、《書》、《百家語》者，皆詣守尉雜燒之。有敢偶語《詩》、《書》者，棄市。以古非今者，族。吏見知不舉者，與同罪。令下三十日不燒，黥為城旦。」〔註 28〕早在秦統一天下前，就頒布過《墾草令》、《為田開阡陌令》、《分戶令》等法令。秦亡漢興，漢朝統治者在制定頒布《九章律》等綜合性法律的同時，又頒布了大量的詔令。《漢書‧宣帝紀》文穎注稱：「天子詔所增損，不在律上者為令。」即「令」起了增加修改法律內容的作用，並且與律具有同等的法律效力。僅從漢高祖到漢武帝，頒行的令已多達 395 章。漢成帝時，「律令繁多，百有餘萬言」。〔註 29〕據史料載，三國時期蜀國的諸葛亮擬撰過《科令》上、下篇，《軍令》上、中、下篇；魏國頒布過《州郡令》、《尚書官令》

〔註 28〕司馬遷：《史記》卷六，上海古籍出版社、上海書店 1986 年版，第 30 頁。
〔註 29〕徐祥民、胡世凱主編：《中國法制史》，山東人民出版社 2000 年版，第 97 頁。

及《軍中令》等以「令」爲稱謂的法律法令；晉代頒布過包含二千三百零六條的《晉令》四十篇，並且首次界定了律與令的區別，認爲「律以正刑名，令以存事制」。〔註30〕由此，對「令」的理解發生了變化，它不再是帝王詔令的簡稱，而是與律並行的法典。「律令」一稱自此沿用開來。

「令」實際上可視作「律」的補充形式或不同稱謂。漢朝有些單行律如《除錢律》、《除挾書律》也稱作《除錢令》、《除挾書令》等，直到晉時才明確區分，即「律」是固定性規範（主要是刑事法律），「令」是暫時性制度（主要規定國家制度）。違「令」有罪，但定什麼罪則必須依「律」而行。到了唐朝，「令」成爲法律制度的重要形式之一，稱「令以設範立制」（《唐六典》），「令者，尊卑貴賤之等數，國家之制也」（《新唐書·刑法志》）。唐朝重要的「令」有《武德令》、《貞觀令》及《開元令》等。到了宋朝，「令」仍然是法律的重要形式之一，以至宋神宗將前朝沿傳下來的「律令格式」法律體系更名爲「敕令格式」。儘管是皇帝的「敕」上升到了第一位，但「令」仍然穩居第二，可見「令」之重要性。南宋時的金國，於泰和元年（公元 1201 年）修成《泰和律義》的同時，也同時修成了《律令》二十卷七百零六條，這不還不包括《官品令》、《職員令》等。元太宗闊台六年（公元 1234 年）大會諸王時，發布了《條令》，其內容主要是對宮禁、軍紀、盜馬等作了禁約，明確了處罰規定。朱元璋在建立明王朝前，曾自立爲吳王。就在他稱吳王的當年（公元 1367 年）冬十月，就修成包含律一百八十五條、令一百四十五條的《律令》。爲了使臣民能理解執行《律令》，朱元璋又命大理卿周楨等人訓釋其法義，成爲《律令直解》，頒發於州縣，成爲後來制定《大明律》的基礎。清王朝的前身是 1615 年由滿族貴族努爾哈赤創建的後金政權。在努爾哈赤及其子皇太極時期，也曾經頒布過《禁單身行路令》（公元 1621 年），這是一個以保護八旗兵民安全爲內容的單行法令。

8. 程

「程」，最早具有法式、規章之義。程式、規程、章程等即是其本義的延伸。《韓非子·難一》中稱：「賞罰使天下必行之，令曰：『中程者賞，弗中程者誅。』」以「程」稱之爲「法」，也始於秦朝。《睡虎地秦墓竹簡·秦律二八種》中收有《工人程》一篇，其內容是關於勞動定額等確定額度的法規。以

〔註30〕《太平御覽》引杜顏《律序》。轉引自徐祥民、胡世凱主編：《中國法制史》，山東人民出版社 2000 年版，第 124 頁。

後各朝，用「程」稱法比較少見。但到了清朝，以「程」稱「法」的又多了起來，如乾隆初年頒布的《欽定西藏章程》以及後來頒布的《苗漢雜居章程》，在《大清律例·戶律》中還有「課程」條款。1910 年 12 月頒布的《大清新刑律》中，還以「暫行章程」的名義，被張之洞、勞乃宣等人加了 5 條附則，以符合朝廷關於「凡我義關倫常諸條不可率行變革」的修律宗旨。在清朝頒布的專門性法律法令中，還有諸如《公司註冊試辦章程》（商部制定，光緒三十年五月奏准頒行）、《商標註冊試辦章程》（商部制定，光緒三十年六月奏准頒行）、《銀行註冊章程》（度支部訂，光緒三十四年六月奏准頒行）、《大小輪船公司註冊給照章程》（郵傳部訂，宣統二年三月奏准頒行）以及《運送章程》（農工商部起草，宣統二年八月奏交資政院審議，十二月奏准頒行）、《各級審判廳試辦章程》（光緒三十三年十一月編成）以及《著作權章程》（宣統二年頒布）等等，都是以「程」或「章程」稱「法」的例子。

9. 敕、詔、諭旨

「敕」、「詔」、「諭旨」等，都是以皇帝名義隨時發布的口頭或書面指示。「敕」是以單條形式出現的。為了使其具有系統性和可操作性，自唐開元年以來，朝廷就派專人對皇帝發布的「敕」進行整理，使其成為具有普遍適用效力的法律條文。朝廷把這種整理活動稱之為「編敕」，是立法活動的一種形式。宋初曾參用唐五代律令格式及刑統編敕。宋太祖建隆四年（公元 963 年）八月修成並頒布的《建隆重詳定刑統》，曾宣布它與令、式及《新編敕》並行，可見「編敕」也是宋朝基本的立法活動之一。在詳定《顯德刑統》成為《建隆重詳定刑統》（即《宋刑統》）的過程中，曾於《顯德刑統》中「削出式令宣敕一百九條」，將它們或另作「編敕」，或歸入原式令中，保留了原附的自唐開元二年來自五代的敕令格式，加上新增入的宋初制敕十五條，共計一百七十七條，仍附列於律文之後，成為正式的法律條文。宋神宗時還編輯了依照律目十二篇順序排列的「編敕」，出現了所謂的「律敕並行」甚至「以敕代律」的局面。

除了「敕」令以外，皇帝還經常採用下「詔令」、批「諭旨」的方式來表達自己對報刊方面的意志，從而使之具有法律的效力。例如《宋會要輯稿·職官》一八之七八載：「真宗咸平四年（公元 1001 年）八月詔：『進奏院每五日一具報，實封上史館。』」又如《宋會要輯稿·職官》二之四七載「高宗建炎元年（公元 1127 年）六月三日詔：『進奏院自今年六月一日以後，依

格合傳報諸路州軍文字，限三日盡數抄錄傳報。』」等等，皇帝的這些詔令，實際上就成爲必須執行的法律。至於皇帝發布諭旨即成爲法律的例子更是屢見不鮮。據《東華錄》載，清咸豐三年（公元 1853 年）十二月，諭：「丙申，張芾奏請刊刻邸鈔，發交各省等語，識見錯謬，不知政體，可笑之至。……張芾於陳奏事件，屢經嚴旨斥責，仍不知敬畏，復逞臆見，率行瀆請，實屬謬妄，著傳旨嚴行申飭，將此由四百里諭令知之。」〔註31〕又如清光緒二十四年六月二十五日（公元 1898 年 8 月 16 日），光緒皇帝就總理衙門代奏工部主事康有爲《條陳請興農殖民以富國本摺》發布上諭：「……其各省府州縣，皆立農務學堂，廣開農會，刊農報，講農器，由紳富之有田業者試辦，以爲之率。」〔註32〕皇帝筆一動就是「法」，嘴一講也是「法」，由此更可見中國封建社會的專制。在這樣的社會背景下，現代意義上的報刊及報刊法制是很難發展的。

10. 經皇帝認可後具有法律效力的「臣僚言」

臣僚向皇帝呈遞的奏摺或進言經皇帝認可後也可以具有法律效力。如《宋會要輯稿·職官》二之四六載：「宋神宗熙寧四年（公元 1071 年）十一月九日，樞密院檢詳吏房文字劉奉世言：舊例每五日令進奏官一名於閤門抄箚報狀，申樞密院呈定，錄供各處。仍實封一送史館，一送本院時政記房。然進奏官自己傳報，則五日行遣，頗屬煩文，欲乞罷此。諸道進奏官依例供報，係朝廷已行差除指揮及內外常程事，得奏報外，應干實封，並涉邊機及臣僚章疏，或增加僞妄，並重置法。其報狀仍委本院監官月抽摘點檢。」皇帝閱知劉奉世的「言」以後，傳下話來「從之」。至於臣僚或職能部門向朝廷或皇上遞呈奏摺，後經朝廷或皇上批准即成爲法律的，也有很多。如清光緒三十四年十二月十五日，憲政編查館奉旨考核由民政部、法部等擬定的報律草案後，給光緒皇帝遞呈了《憲政編查館奏考核報律摺》，折中對報律的有關條文內容提出修改意見。此摺經皇帝同意之後也就成爲執行的法律依據。又如清宣統二年十二月二十九日《資政院奏議決修正報律繕單呈覽請旨裁奪摺》中稱：「是此項報律第十二條，既經軍機大臣聲敘原委事由，咨送復議，臣院第二次議決所見，仍復有殊，自應匯入前次議決各條繕具清單，遵章分別具奏，恭候聖裁。一俟命下，再由民政部通行各省，一體遵照辦理。

〔註31〕倪延年：《中國古代報刊發展史》，東南大學出版社 2001 年版，第 266 頁。
〔註32〕梁啓超：《戊戌政變記》，中華書局 1954 年版，第 38 頁。

謹奏。宣統二年十二月二十九日奉旨，已錄首冊。」〔註33〕意即這些奏摺經「聖裁」之後，「各省」必須「一體遵照辦理」，也就是說，它實際上具有法律的效力。

結　語

　　本章分兩節論述了中國報刊的概念、主要特徵和中國報刊法制的發展及流變。中國既是一個特指的概念，又是一個歷經時代變遷、屢有變化但又相對穩定的地理、民族、文化和國家的概念。我們所指的報刊是一個歷經長期發展、不斷變革、日趨完善的信息媒介體概念；「中國報刊」這一概念的外延包括了在中國這一土地上的所有報刊。關於中國報刊的特徵，本章著重從「報刊」特徵和「中國」特徵這兩個不同的層面予以分析，指出中國報刊的「報刊」特徵主要有計劃無限期分期連續刊行、內容連續並不斷延伸、主流報刊和非主流報刊並存以及時代和區域發展不平衡的特徵；至於中國報刊的「中國」特徵，則主要表現在以宮廷或官府消息爲主體內容、以人文或社會消息爲主要內容和以儒學爲正統思想的政治傾向等方面。關於中國報刊法制的發展歷程，本章提出了從習慣法到成文法、從百家法到一家法、從合法到專門法的三個發展階段的劃分方法。在中國報刊法制的表現形式上，主要列舉了禮、刑、法、律、例、式、令、程、敕（詔、諭旨）及臣僚言等。

　　要特別說明的是，在中國報刊法制及其母體中國法制漫長的發展歷程中，還曾經採用過諸多的稱謂來代表或蘊涵特定的法律法令內容。諸如：志——如「刑法志」，歷代正史中都有這一類內容；誥——明朝有《明大誥》；制——如清乾隆朝有《西藏通制》；典——較早的有《唐六典》，爾後各朝幾乎都編有「會典」，如《元典章》、《明會典》，《清會典》中又包括了《康熙會典》、《雍正會典》、《乾隆會典》，嘉靖皇帝還編成《會典》八十卷和《會典事例》九百二十卷，光緒朝則編成《會典》一百卷和《會典事例》一千二百卷等；格——如東魏時期的《麟趾格》，唐朝的《武德格》、《貞觀格》及《開元格》等。除此以外，還有「條例」、「條法事類」、「通制」、「通則」、「法例」等，也都曾一度成爲法律法令的代稱。

〔註33〕劉哲民編：《近現代出版新聞法規匯編》，學林出版社1992年版，第37頁。

第一章　中國報刊法制的起源

　　科學而客觀地認識中國報刊法制的動因和起源，既是研究中國報刊法制發展史的首要問題和基本前提，也是本章的中心內容。

第一節　中國報刊法制起源的社會背景

　　報刊法制是法律制度的一個專門類型，儘管它具有與報刊的產生、發展、運作活動直接相關的鮮明的個性特徵，但同時也具有普遍意義上的法律制度的共性。法律制度往往以一種最強烈的方式，集中而突出地表達一種體制，體現一種觀念，作出種種規定。也就是說，法律制度作爲國家實現統治的基本工具，作爲社會關係的重要調節器，往往以國家的強制力爲後盾，對當時的社會成員作出種種要求和限制。因此，在一種法律制度中，集中反映著一個民族、一個社會的基本價值觀念，反映著人們對於當時自然、社會和人與人關係的種種看法與做法。在具體的法律制度、法律條文背後，有著極爲複雜的社會思想因素。所以說，法律制度是一個國家、一個社會在一定時期內的物質生活條件的綜合反映，是當時社會生活的整體折射。〔註1〕

　　同理，報刊法制之所以在這一個時間、空間，而不是在那一個時間、空間中起源，就不僅僅是某一方面的動力作用，而是因爲受到特定社會環境中的各種物質生活條件的綜合作用，是社會生活中諸要素整體推動的結果。當然，不可否認，報刊法制之所以成爲「報刊法制」，社會生活中的「報刊」要

〔註1〕參見曾憲義主編：《中國法制史》，北京大學出版社、高等教育出版社2000年版，第1頁。

素是在社會生活諸要素中起決定作用的因素。只有先有報刊並且客觀上需要報刊法制來約束或促進報刊活動，才能使報刊按照統治階級的意願存在或發展時，才產生了制定頒行報刊法制的需要，才有了報刊法制起源的可能。「物質決定意識」，「經濟基礎決定上層建築」，「精神變物質」，這些辯證唯物主義哲學的基本觀點同樣也揭示了中國報刊法制起源和發展的普遍規律，成為研究這一問題的指針。

一、關於中國報刊起源時期的認識

1. 中國古代報刊可溯源至春秋戰國時期各國的「春秋」

我們認為，中國古代報刊的起源可溯源至春秋戰國時期各國的「春秋」，〔註2〕其後經歷了緩慢的發展過程，直到中唐時期，才出現了較多地表現出報刊雛形特徵的「進奏院狀報」。

對於唐朝出現的「開元雜報」，我們認為它僅僅是廣義上的「進奏院狀報」的一個個別的表現形式，也是一個經歷了起源、孕育、發展後出現的具有較多報刊雛形特徵的代表物。也正因為如此，唐朝新聞史研究專家指出：「比照哲學的突破，我們可以把『開元雜報』視為中國新聞傳播史上一個至關重要的超越與突破，古代的新聞傳播由萬古長夜的蠻荒狀態，一躍而進入精確成形、系統有序的境界。」「『開元雜報』的這一歷史地位與象徵作用，讓人很自然聯想到西方傳播史上那份誕生於古羅馬時代，堪稱『新聞的突破』之標誌的《每日紀聞》（Acta Diurna）。巧的是，『開元雜報』與《每日紀聞》都屬於公報，都是每日發布，都為單本『榜示』，而非批量散發，表面上都與後來的報業沒有直接關係但又無不具有『千里伏線，至此結穴』式的遺傳基因。這並非偶然的，它恰恰顯示了文明古邦在傳播演進中的歷史共性。」「既然西方學者可以坦然地將《每日紀聞》視為自己文化傳統中新聞一脈的緣起，那麼我們為什麼不能將與之具有同等歷史地位與象徵意義的開元雜報，當成中國報業的濫觴呢？」〔註3〕

2. 中國古代報刊從萌芽到成形的過程具有階段性的特點

馬克思主義的基本觀點告訴我們：世界上的一切事物都在運動發展中，

〔註2〕參見倪延年：《中國古代報刊發展史》，東南大學出版社 2001 年版，第 2～19 頁。

〔註3〕李彬：《唐朝文明與新聞傳播》，新華出版社 1999 年版，第 73 頁。

每一個具體事物在它自己的發展過程中又分出階段來。由原始形態報紙逐步發展到現代形態報紙，就體現了報紙在它自己發展過程中的階段性。這種階段性又體現爲報紙在一定的社會歷史條件下，由不完善發展到完善，由低級發展到高級。〔註4〕

即使是在報刊發展歷史進程中的某一階段中，如古代報紙階段、近代報紙階段，甚至是古代報紙的起源萌芽階段，也可以按照它所表現出來的特徵差異，再劃分爲若干個小的階段，甚至是更小的時段。這也就是我們把從春秋戰國以降到唐朝中期「開元雜報」產生之前的歷史階段，都認定爲是中國古代報刊起源階段的出發點。同樣，在這樣一個跨度達千餘年的發展階段中，又可以按照中國古代報刊萌芽所表現出來的特徵差異再劃分爲若干個小的階段或時段，以便對其進行更深的考察和認識。

二、中國報刊法制起源的動因

1. 報刊法制是爲了適應社會統治者規範化管理社會成員的報刊活動的需要而產生的

報刊與報刊法制產生的先後次序上，必然是先有社會成員的報刊活動及報刊活動的物質成果——報刊，並且在客觀上有了對報刊法制的需要之後，才有可能產生報刊法制的萌芽。法制史研究專家指出：「我國早在公元前 21 世紀的夏代便產生了習慣法，取代了夏朝的殷商進一步發展了奴隸制法律制度，至西周則臻於完善。夏商周三代法制的發展，爲中國封建法制的發展開拓了道路，尤其是西周的禮樂、刑罰制度，更爲封建法制的形成奠定了基礎。戰國中期李悝的《法經》，創封建法典之體制，開成文法典之先河。繼秦的宏大規模，漢唐諸代君臣並巨儒又熔禮義刑德於一爐，使中國封建法制成爲所謂『天理、人情、國法』的融合體⋯⋯而《唐律疏議》以其完備的體例，嚴謹而豐富的內容成爲封建法典的楷模。」〔註5〕也就是說，中國法制的起源可以追溯到公元前 21 世紀的夏朝，發展到唐朝的《唐律疏議》時，已具有「完備的體例，嚴謹而豐富的內容」，成爲後世學習借鑒的典範。然而，作爲專門適用於社會報刊活動及報刊管理需要的報刊法制，因爲其管理（針對）的對

〔註4〕參見黃卓明：《中國古代報紙探源》，人民日報出版社 1983 年版，第 1～2 頁。
〔註5〕徐祥民、胡世凱主編：《中國法制史》，山東人民出版社 2000 年版，第 1～2 頁。

象即報刊的產生要遠遠滯後於人們的社會活動，也遠遠滯後於人類社會圖書典籍的產生，所以其起源的時間也遠遠遲於一般意義上的，適用於管理人們普遍社會活動的法制，而且也只有在社會生活中產生了需要它產生並適宜它產生的因素，報刊法制才可能起源並得到逐步發展。

2. 報刊法制直接源於社會統治者對社會報刊活動及報刊進行法制化管理的需要

統治者之所以會產生對報刊活動及其成果——報刊——進行法制化管理的需要，是因為他們感到諸如「教化」等其他管理手段難以使社會報刊活動及報刊適應其統一人們思想、維護和鞏固其政權統治的需要，而只有依靠國家政權的強制力量，即制定、頒布和實施法律制度才能實現，因而產生了專門的報刊法制。但是社會報刊活動及其成果報刊從起源、萌芽到發展到可以對統治者的統治權威產生影響或威脅，又需要一個相當的積蓄過程，也正因為如此，我們才把從春秋戰國時期到唐朝中期這一段不算短的歷史時期，認定為是中國報刊法制的起源時期。

三、中國報刊法制起源的社會背景

春秋戰國時期到唐朝中期作為中國報刊法制的起源階段，表現出如下的社會背景特點：

1. 社會經濟發展到較高的水平，為中國報刊及報刊法制的起源奠定了物質基礎

（1）春秋戰國時期的社會經濟特點

春秋戰國時期，我國的社會制度開始由奴隸制度轉入封建制度。上層建築的這一本質性變化，帶來了經濟的超常規發展；同時社會經濟的迅速發展，又進一步加快了社會制度從奴隸制度向封建制度的轉化。正是在這一社會背景下，幾個大國的統治者順應時代潮流，採取了不同方式推動社會生產關係和生產方式的改革，使社會生產力得到了迅速發展，從而經濟繁榮，國力強盛，軍隊也強大起來，形成了「戰國七雄」的諸侯爭霸格局。社會生產力的發展和生產效率的提高，使社會上有了更多的物質生產剩餘產品，這為在社會生活中出現和存在可以脫離生存必需品生產第一線而專門從事腦力勞動的政府官員、文人學士提供了物質條件。

　　早在春秋戰國時期，政府（宮廷）中就開始設置太史、內史、外史、小史和御史等史官。「這些史官有的侍奉在國王（國君）左右，記言記事；有的參加國家政治、經濟、軍事、外交等各種會議，採集新聞，並把採訪所得及時公布或留爲歷史檔案。」〔註6〕史官把參加各種活動所採集到的內容在朝廷官員之間「及時公布」，即如《春秋》中所記載的董狐記下了「趙盾弒其君」後，迅速「示之於朝」，因而就具有新聞傳播的「時宜性、公告性、一般性」的基本屬性；而那些不斷「及時公布」的內容和形式，按照現在比較一致的觀點，似乎就有點類似於當今社會中那些不定期公開印行的小報。既然社會上出現了以傳播政治、經濟、軍事、外交新聞爲主要內容的社會新聞傳播活動的現象，也就出現了把這些新聞消息通過一定途徑「及時公布」（「示之於朝」）於眾的做法。爲了使這些活動有利於諸侯君王的統治，起碼是不對其社會統治產生不利的影響，統治者就必然要採取各種手段來規範、制約這些活動。在所有可使用的各種手段中，除了家族制約的手段、經濟處罰的手段、倫理道德教育的手段外，法律的手段即依靠國家政權力量的強制手段，也必然成爲社會統治者的選擇。只不過當時法律制度自身還處於發展的初級階段，更不用說報刊法制了。因此，春秋戰國時期還沒有出現專門條文的報刊法制。但毫無疑問，這一階段社會政治、經濟的發展，爲報刊活動的發展提供了必不可少的物質基礎。既然已經出現了萌芽狀態的報刊和報刊活動，那麼離出現報刊法制的時間也就爲期不遠了。

（2）兩漢時期社會經濟發展的特點

　　漢承秦制，實行中央集權。但爲了拉攏那些在打江山的征戰中建立過卓著功勳的文官武將，穩定局勢，漢高祖劉邦分封了許多異姓和同姓諸侯王。但當劉邦坐穩了皇帝之位後，爲了鞏固其中央集權統治，又先後誅滅了韓信、彭越、英布等異姓諸侯王；遷六國舊貴族和地方豪強到關中，以強化控制；實行重本（農）抑末（商）的經濟政策，打擊商賈，發展農業生產，增加社會產品；以秦律爲主要依據，制定並頒布了《漢律》九章，所有這些措施對當時經濟的恢復和中央集權政權的鞏固起到了積極的作用。文帝時期推行「與民休息」的經濟政策，鼓勵人們從事農桑生產，減輕田租、賦役和刑獄，使社會經濟尤其是農業生產得到了更快的恢復和發展；同時繼續採取措施，削

〔註 6〕梁家祿等：《中國新聞業史》（古代至一九四九年），廣西人民出版社 1984 年版，第 3 頁。

弱諸侯王勢力，禁止他們互相往來，不斷鞏固中央政權對全國的控制，使漢王朝的實力逐漸強盛起來。文帝之後的景帝，繼續實行文帝時期制定推行的「與民休息」的經濟政策，改田賦「十五稅一」為「三十稅一」；繼續推進「削藩」政策，嚴格限制藩王的活動，削弱藩王的實權，進一步鞏固了中央集權。這樣，到漢武帝時期的西漢王朝，在政治、軍事、經濟等各個方面都達到了漢王朝的頂峰。漢武帝通過頒行「推恩令」以削弱割據勢力；徵收商人資產稅以打擊和限制富商大賈；採納桑弘羊建議，將冶鐵、煮鹽、鑄錢收歸官營；把經營運輸和貿易等獲利較豐的行業改由官府經營；鼓勵農民興修水利，移民西北屯田，實行「代田法」，促進了農業生產和西北地區經濟的發展。與此同時，他還積極開拓對外交流，派張騫兩次出使西域，在加強對西域地區統治的同時，也發展了和西域地區的經濟文化交流；派唐蒙到夜郎，在西南建立了七郡，拓展了漢王朝的疆域；遣衛青、霍去病帶兵北征，進擊在北方邊境地區對中原屢屢騷擾的匈奴貴族，保障了北方地區的穩定和經濟的發展。這一系列的舉措迅速增強了西漢王朝的綜合實力，初步展現出一個東方大國的風采。

　　隨著中央集權的加強和漢朝疆域的拓展，為了溝通中央政府和各諸侯王轄區的信息交流，保證政令暢通，漢王朝准許各諸侯王在京師設邸，其主要功能是「通奏報，待朝宿」。戈公振先生認為：「邸之制度，由來舊矣。邸中傳抄一切詔令章奏以報於諸侯，謂之『邸報』。」〔註 7〕由此可見，漢王朝強大的經濟基礎和開放的文化交流，為中國古代報刊雛形的出現提供了必要的物質基礎和可能。儘管目前仍然缺乏必要的、可信的文獻記載和實物來予以驗證，但我們認為西漢時期是具備產生邸報雛形的可能性的。既然這樣，那就必然先出現雛形狀態的社會報刊活動，而當這些報刊活動及報刊雛形可能與社會統治者的意願相悖時，古代報刊法制和報刊法令制度的萌芽也自然應運而生。

　　（3）唐朝經濟發展的特點

　　唐朝的社會生產力更加發達，與外界的文化、經濟交流更加頻繁。據文獻記載，唐朝京城大街上，經常可以看到高鼻子凹眼睛的西方人或身著「胡服」的邊疆少數民族來旅遊或經商；唐朝高僧玄奘歷經數十載去西天佛國（今印度）取經；鑒真和尚則歷經磨難，東渡扶桑，傳播中國佛教及文明。唐朝

〔註 7〕戈公振：《中國報學史》，中國新聞出版社 1985 年版，第 22 頁。

京城長安成為世界政治、經濟、文化的中心城市之一。特別是貞觀到開元這一階段，不僅國力更加強大，而且驛運較秦漢時期有了更大的發展，形成了以國都長安為中心的輻射狀的物資、文報及信息傳播網絡，這就為藩鎮設在京師的進奏官們傳抄、傳遞朝廷發布的「報狀」或「進奏院狀報」提供了傳播保障。可以說，唐朝發達的驛傳系統正是以強大的經濟力量為基礎的。

因此，不管是否發現春秋戰國和兩漢時期中國古代報刊的萌芽——因唐朝出現中國古代報刊雛形已成定論，故不再提出討論——但從這三個歷史階段共同表現出來的基本特徵，即社會經濟都發展到了一個相對高峰來認識，我們認為，說春秋戰國及漢朝可能出現古代報刊活動及其成果——報刊的萌芽的觀點，不是完全沒有道理的。因為只有社會經濟得到較快的發展，或者進一步說，社會經濟發展的水平超過了圖書文獻所具有的傳播知識和信息功能可能適應的水平之後，才有可能為報刊這一新的信息傳播媒介的產生和出現創造必要的經濟基礎和社會需求條件。為了維護既有的國家管理體制和社會生活秩序，為了使報刊這一新信息傳播媒介能更好地為其統治服務，統治者總是千方百計地想把它納入原有的國家信息傳播機制。或者說為了更好地發揮古代報刊信息傳播的功能，統治者必定按照其統治設想來規範古代報刊活動的各個環節，從而客觀上產生了對古代報刊運用法制手段進行管理的需要，這也成為古代報刊法制產生的動力之一。

社會經濟發展到相對的高峰時期，為古代報刊萌芽或雛形的出現提供了條件和可能；而古代報刊活動及其成果——報刊萌芽或雛形的出現，又使社會統治者日益感受到對其統治的重要性，進而產生了制定、頒布、施行報刊法制的客觀需要，這就是中國報刊法制得以起源的社會背景因素之一。

2. 在經歷了春秋戰國、楚漢之爭等近千年的社會動蕩之後，到唐朝中期，已出現通過法制手段使社會報刊活動及報刊規範化運行的客觀需要

（1）戰國時期報刊萌芽的出現及對報刊法制誕生的呼喚

春秋戰國時期，周王朝大勢已去，諸侯王蜂擁而起，擁兵自重。有識有才之士為尋找施展自己才華的機會，紛紛離故國、擇高枝，故有蘇秦掛七國相印之佳話。在大動蕩、大組合的社會背景下，絕對的理論權威風光不再，人人都可以宣布自己學派的理論為唯一正確的理論，而且十分需要一種手段把自己的思想學說盡可能傳播給更多的人；同時為了使自己的學派理論被更

多人接受，也更需要通過非常的渠道來獲取各個「國家」和地區的最新情況，並把這些最新的情況（動態或事件）記錄下來，傳播出去。

　　儘管出現古代報刊萌芽的條件還沒有完全具備，但不可否認，當時出現的史書即各諸侯國的《春秋》，客觀上已經承擔了記錄並傳播特定社會的政治、軍事新聞的任務。由於史官們還經常把所記錄的內容「示之於朝」，因此產生了如後人所稱的「新聞報導，興論監督」的客觀效果。我們可以想像，當崔杼因其妻與莊公私通而射殺莊公，被齊太史記載了「崔杼弒其君」後，儘管懾於齊太史兄弟三人「捨生取義」的史官精神而最後放棄了殺人滅口的念頭，但他當時或後來可能就會考慮採用什麼辦法才能使史官們對於宮廷事件的記載和傳播活動，既有利於國家統治，又不致對自己產生限制和尷尬。當然，最好的辦法就是事前對收集信息傳播消息的內容、地點、對象、範圍、方式等有關內容做出明確的規定並且公布於眾，使史官們事先知道、事中執行、事後對照。這樣，對未執行這些規定的史官就可用君王「已有言在先」而「明知故犯」的理由予以處罰並警誡。倘是這樣，實際上就已經存在一個制定和頒行使宮廷史官記載和傳播宮廷事件活動有關行為規範的需要了，這成為中國報刊法制產生的一個直接動因。

（2）兩漢時期的報刊活動與驛傳制度進一步完善

　　漢高祖劉邦起於布衣，親身經歷了秦王暴政、陳涉首義、秦王朝二世而終的歷史進程，清楚地懂得人心向背對朝廷的利害關係。所以，他採取了寬鬆的統治策略，把精力主要放在消滅異姓王勢力、防止六國舊貴族復辟等方面；實行重本（農）抑末（商）、發展農業生產的政策，同時減輕徭役稅賦；在思想興論方面則基本上不加以限制。儘管漢武帝接受了董仲舒「罷黜百家，獨尊儒學」的建議，但儒家學說真正成為社會統治思想已經是唐朝以後的事，所以兩漢時代的思想環境是比較寬鬆的。也正因為思想環境比較寬鬆，所以文人學士才可以較自由地發表自己的觀點，或者是在「邸抄」之類的官文書中夾寫進與朝廷聲音有所不同的內容。這種社會環境為中國古代報刊萌芽的產生提供了良好的外因。

　　西漢疆域廣闊，各屬國可以在京師設邸，章奏詔令經過邸吏傳報全國，同樣全國各地的情況也經過邸吏之手匯報到京師，驛傳制度進一步完善。在這種情況下，中國古代報刊萌芽的出現似乎就具有了一定的必然性。如同其他事物一樣，古代報刊萌芽的出現也猶如一柄雙刃劍，一方面承擔了社會新

聞消息傳播的職能，另一方面也難免出現「該報不報，不（該）報亂報」的
自由主義現象。而後一種情況的出現，毫無疑問對漢王朝的權威和統治有十
分明顯的負面影響。在這種情況下，邸報由誰編、刊發什麼內容、如何向社
會傳、傳給哪些人等問題就需要有一些較為具體、可操作的規定。這些規定
的表現形態是口頭的或文字的無關緊要，但似乎已經是必不可少的。

（3）唐朝報刊的正式誕生及驛傳制度中的報刊法制因子

漢去唐來，雖然其間經歷了近四百多年的動盪分合，但由於一代聖主李
世民的才幹，隨之而來的即是史稱「貞觀之治」的盛世時期。此時的唐帝國，
思想更加開放，國力更加強盛，疆域更加廣闊，對外交流更加頻繁，朝廷的
思想統治也比較寬鬆，以至皇帝和朝廷的活動也開始定例地向人們通報。正
是在這種比較寬鬆的政治環境裏，社會政治新聞的傳播需求迅速上升。為了
適應國家管理活動過程中對信息（政令、軍令）傳播的需要，大唐帝國的驛
傳系統發展迅速，成為國家機器運行機制中不可缺少的組成部分。進奏院狀
報也開始出現了。正是在這種特定的背景下，出現了被稱為「我國古代新聞
事業創生的標誌」〔註8〕——開元雜報。

進奏院狀報的出現，使我們的研究增加了兩個新的關注點，一是進奏院
狀報的運行既然是國家機器的組成部分，就應當與國家機器的運行密切相
關。運行得當，是發揮了朝廷預想的「通奏報」的職能；然而，假如有人違
規操作，報了不該報的內容，那就會對朝廷甚至皇帝產生不利影響。為了杜
絕此類事件發生，朝廷及進奏院狀報的管理部門勢必要設想各種可能出現的
情況，並採取措施予以防範。而對那些可能出現的違「規」情況，事先予以
明「令」禁止則是措施之一。這裏的「規」或「令」，實際上已經帶有比較明
顯的對進奏院狀報活動進行管理、規範的法令條規的痕跡。另一個關注點是，
驛傳制度既然是國家管理機器的組成部分，是溝通皇帝、朝廷和地方重臣、
地方大臣與地方大臣的信息通道，因而國家統治者必然是苦心經營、嚴格管
理，以確保驛傳的準確、準時和安全。為此，他們勢必要對驛傳的工作紀律
做出明確而具體的規定。進奏院狀報主要是通過驛傳途徑傳向全國各地的，
唐朝對驛傳事業的管理制度就或多或少地與進奏院狀報的傳播有關。朝廷制
定、頒布並施行的那些對驛傳事業進行管理的制度和法令，似乎也就多少帶
有報刊傳播制度的萌芽。從《唐律疏議》載有唐朝政府規定的「諸驛使稽程

〔註8〕李彬：《唐朝文明與新聞傳播》，新華出版社1999年版，第99頁。

者，一日杖八十，二日加一等，罪止徒一年」等內容，聯想到清朝中央政府創辦《內閣官報》時，在其條例中明確規定了官報從京城到全國各省城的遞送時間，就好像有點規定驛傳時效的意思，由此可以看出唐朝驛傳制度對後世影響之一斑。

總之，唐朝出現了進奏院狀報，出現了專為傳送「進奏院狀報」等朝廷文報而運行的驛傳系統。在這種背景下，客觀上也就產生了對進奏院狀報和驛傳系統進行規範化管理的需要。從報刊法制角度認識，它們也就或多或少地烙上了古代報刊法制萌芽的印記。

3. 統一的政治、經濟、文化環境為古代報刊法制的萌芽創造了一個內在的發展動因

（1）國家的統一是報刊法制產生的內在動因

事物都是一分為二的，雖然在周朝末期的春秋戰國、秦亡以後的楚漢之爭、東漢以後的三國、魏晉南北朝及五胡十六國等歷史階段，因為社會處於動蕩、組合過程中，統治階級對社會成員的思想統治相對較寬鬆，新思想的產生、傳播比較容易，為中國古代報刊及報刊法制萌芽的出現創造了一個比較寬鬆的社會環境。但是，從法制產生的社會動因來分析，卻往往是由於國家疆域的擴大、國家機器運行的成熟以及國家統治思想的確立及經歷了較長時間的穩定而又蘊涵著複雜政治軍事危機的社會環境，即社會環境的各種因素的綜合作用，使統治者感到只有借助國家機器的強制性手段即法律手段，才有助於維護其政權統治時，社會的法制建設才會得到統治者的重視，並得到迅速地發展和健全。

（2）社會主流思想和民族語言文字的統一是報刊法制產生的前提

統一的思想、統一的文化、統一的意識形態、統一的語言文字和統一的國家管理機制，是法制建設得以發展的基本前提。較長時間穩定的社會環境，使得統治階級出於行使管理國家職能的目的而有可能建立起比較完善的文報傳遞工作體系——中國古代報刊的萌芽正是從朝廷官方文報傳遞活動中逐漸產生，並且逐漸發展成為一種新的信息傳播媒介的；比較明確穩定的社會主流思想，使得社會統治階級可以此作為建立社會政治、道德規範的立足點來制定有關法律，並以此去規範社會成員的行為。正因為社會統治者確立了一種思想為社會主流思想，而「統治階級的思想就是統治思想」，所以在這種政治思想環境下的社會成員就必須接受以社會主流思想為主導制定出的法律制

度的約束。這就使社會統治者所制定的法律可以收到預期的效果，進而促進
其不斷完善和發展較統一的文化背景，從而也從另一個方面促進了法律制度
的形成和發展。至於統一的語言文字，不但是中國古代報刊萌芽產生、存在
和發展的基本前提，更是制定、頒布和施行統一的法律制度的前提。

第二節　中國報刊法制起源的報刊活動背景

　　如前所述，在中國報刊法制與中國報刊之間，是先有中國古代報刊，後
有中國古代報刊法制；或者更為具體地說，中國古代報刊法制的萌芽必須是
在中國古代報刊有了較大發展，並在社會生活中產生較大影響，甚至發展到
如不採取法制手段管理，報刊活動中的某些違規行為及其結果可能對皇帝、
朝廷及政府產生較大威脅時，統治階級才迫不得已採用法制的形式來規範社
會性的報刊活動，因而才有可能出現報刊法制這種特殊類型的法律制度。因
此，研究中國古代報刊法制的起源，必須客觀地分析不同歷史時期的報刊活
動及報刊的發展情況。

　　我們認為，中國報刊活動的萌芽期可追溯至產生了《春秋》的春秋戰國
時期，其間經歷了秦漢、三國、晉及十六國、南北朝和隋朝，直到唐朝中葉
的開元年間，中國古代報刊才基本成形，其標誌就是依託四通八達的驛傳系
統由唐朝京師長安傳向全國各地的進奏院狀報。由於史料的欠缺及為敘述之
便，本章主要介紹春秋戰國時期、秦統一全國前後、兩漢時期及隋唐時期報
刊活動的大致情況。

一、春秋戰國時期的報刊及報刊活動

1. 對中國報刊起源的認識

　　對春秋戰國時期是否出現古代報刊的萌芽，學術界有不同意見。正如方
漢奇先生所指出的：「報紙或稱新聞紙，是一種以報導新聞、揭載評論為主，
定期向公眾發行的出版物。這種出版物，嚴格地說來，是在近代資本主義社
會產生的。」〔註9〕因此，學術界一些專家認為：唐朝以前不可能產生中國古
代報紙，因為當時紙張尚未被普遍使用。東漢布衣蔡倫發明了造紙方法之後，

〔註 9〕方漢奇主編：《中國新聞事業通史》（第一卷），中國人民大學出版社 1992 年
　　　　版，第 27 頁。

才出現了以紙張爲載體的信息荷載物，但「東漢宮廷和市民中仍繼續使用簡。經過三國、西晉，直到紙被廣泛用作書寫材料之後，簡的使用才逐漸減少。直到東晉桓玄帝（公元四世紀）下令『以紙代簡』，我國古代書史的簡牘時期才結束」。〔註10〕因此，我們認爲在東晉之前尚未出現以紙張爲信息載體的中國古代報紙的結論，應當是比較可信的。

但又正如方漢奇先生所說：「世界上的一切事物，有其自身的發展過程。這種完全意義的報紙（筆者注：即如戈公振先生在《中國報學史》中所界定的報導新聞、揭載評論爲主的現代『報紙』或稱『新聞紙』），也並不是突然一下子從天上掉下來的，而是經歷了一定的過程，逐步孕育發展起來的。在中國，這一過程十分悠久而漫長。中國早在上古時期，就已經有了報紙的萌芽；早在中古時期，就已經有了報紙的雛形。儘管和現代的報紙相比，它們還比較原始，不夠完善，但畢竟反映了中國報紙發生發展的歷史軌跡，是中國新聞事業史的重要組成部分。」〔註11〕應當說，這一觀點是符合辯證唯物主義和歷史唯物主義基本原理的。我們認爲，必須用歷史的與發展的眼光來認識和研究中國古代報刊發展歷程中的有關問題。

在古代報刊起源的認定上，我們認爲它應具備以下幾個基本條件：一是有以傳播新聞爲主旨的社會成員和社會活動；二是有荷載並用於傳播新聞的較爲固定的物質材料；三是新聞的收集和傳播活動在當時的政治社會生活中產生了一定的影響，並且已經表現出社會新聞收集、整理、荷載、發布（傳播）的社會運作體制的初步輪廓。只要具備了上述基本條件，儘管當時還沒有出現以紙張爲傳播媒介的古代報紙——可能是把新聞消息的內容刻在木牘、竹簡或其他材料上，儘管當時用於傳播新聞消息的媒介物還沒有出現當今報刊的基本形態要素——如穩定的題名、統一的版式、連續的編號、儘管當時還沒有表現出如當今社會這樣強烈的借助報刊傳播新聞、表達傾向性的意識——但只要社會上客觀存在新聞收集、傳播活動，並在客觀上已經對社會政治生活產生較明顯的影響，那麼，就可以確認古代報刊已經開始「起源」了。

〔註10〕鄭如斯、蕭東發：《中國書史》，書目文獻出版社 1991 年版，第 5 頁。

〔註11〕方漢奇主編：《中國新聞事業通史》（第一卷），中國人民大學出版社 1992 年版，第 28 頁。

2. 中國報刊起源於春秋戰國時期

根據以上分析和認識，我們認為，「古代報刊起源於春秋戰國時期的《春秋》，即《春秋》是我國古代報刊的最早萌芽或初始性的萌芽，這並不是一點根據都沒有」。〔註12〕

（1）《春秋》之名與遊學文人或官府派遣文官所進行的民間採風記事活動有關，而這些採風記事活動與後來的報刊記者採訪活動有類似的性質

我國近代著名報人梁啟超在《論報館有益於國事》一文中認為：「報館於古有徵乎？古者太師陳詩以觀民風；飢者歌其食，勞者歌其事，使乘輶軒以採訪之，鄉移之於邑，邑移於國，國移於天子，猶《民報》也。」〔註13〕

（2）《春秋》之謂早先並非是一種史籍的專有名稱，而是以記錄和傳播社會政治、經濟、軍事、文化新聞為主要內容和目的而形成的文獻類型的通稱或共用名稱

據文獻記載，在春秋戰國前後，《春秋》並非是魯國國史的專有名稱，因為同時期中存在的其他諸侯國也編有《春秋》。《墨子·明鬼篇》中說：「杜伯之鬼，射殺周宣王，周人從者莫不見，遠者莫不聞，著在周之《春秋》；壯子儀之鬼，荷朱杖擊燕簡公，燕人從者莫不見，遠者莫不聞，著在燕之《春秋》；袜子稾觀辜殪之壇上，宋人從者莫不見，遠者莫不聞，著在宋之《春秋》；羊觸中里徼，殪之盟所，齊人從者莫不見，遠者莫不聞，著在齊之《春秋》。」〔註14〕「射殺周宣王」、「荷朱杖擊燕簡公」、「袜子稾觀辜殪之壇上」、「羊觸中里徼，殪之盟所」等，都是當時轟動一時的社會政治新聞，具有時效性、真實性和可讀性，而這些社會政治新聞又都是記載在由不同諸侯國所編但都稱之為《春秋》的文獻裏。這裏面似乎蘊涵了某種規律，即各國都把記載有當時發生的且有傳播價值或史實價值的社會新聞的文獻都稱之為《春秋》。這樣，《春秋》也就成了當時主要社會政治新聞消息的荷載物和傳播媒介，因而它就具有了原始形態的古代報刊的基本特性和功能。

（3）《春秋》記錄歷史事實的寫法和作者隊伍的素質，具有後人所界定的新聞消息的要素和新聞記者的主要特徵

〔註12〕倪延年：《中國古代報刊發展史》，東南大學出版社2001年版，第9頁。
〔註13〕梁啟超：《論報館有益於國事》，載《時務報》第1冊（1896年8月9日）。
〔註14〕轉引自戈公振：《中國報學史》，中國新聞出版社1985年版，第20頁。

《春秋》對歷史事實的記載強調可信性。爲了保證《春秋》所載內容的歷史眞實性，負責採訪、了解和記錄史實的「太史」們，有時甚至「不惜此頭」進行抗聲。《左傳・襄公二十五年》記載了崔杼爲太史所記的「崔杼弑其君」五個字連殺太史兄弟三人，最後只因懾於齊太史第三個弟弟的凜然正氣「乃捨之」的故事。這一故事典型地反映了當時的太史爲保證史書內容眞實性捨生抗爭的職業品質，堪稱後世記者的楷模。據新聞史學家研究，《春秋》記錄歷史的事實，已經具有後人歸納的新聞消息構成的完整要素。朱傳譽先生認爲：「在形式或編排上，如果我們用新聞學的眼光來看，《春秋》的『經』，可以說是（新聞的）標題；釋經的『傳』，可以說是新聞的本文。『經』也可以當作新聞的引言（lead）來看，如『夏五月鄭伯克段於鄢』，這短短幾個字，就包括了新聞引言所應有的時、人、事、地等幾項要素。」〔註15〕

（4）《春秋》在當時發揮作用的方式，具有後來新聞輿論監督的某些特點

《春秋》的撰稿者（太史）們在記載了史實以後，迅即公布於眾，以便形成輿論監督的壓力，從而收到輿論監督的作用。例如太史董狐記下了「趙盾弑其君」這件事後，立即「示之於朝」。因爲這一記錄在朝廷官員中產生了反響，使趙盾感受到一種如「十目所視」、「十指所指」的輿論壓力，才導致趙盾來找董狐論理，企圖說服、壓服董狐改變所記的譴責其不忠行爲的內容。假如董狐不「示之於朝」，那麼不僅其他官員就是趙盾也不知道所記內容，當然也就不可能出現對趙盾的輿論壓力，趙盾也就不會匆匆去找董狐論理了。又如「崔杼弑其君」事件，儘管《左傳》中沒有說齊太史「示之於朝」，但可以想見，迫使崔杼做出連殺太史兄弟三人殘暴舉動的根本原因，也正是崔杼考慮到齊太史把此事「示之於朝」後可能產生的輿論壓力。倘若董狐、齊太史乃至南史等太史所記載的內容，不是很快「示之於朝」，「崔杼們」又何必爲了一條對自己不造成任何影響的史官記錄去殺人呢？爲了顧全面子，趙盾去找董狐論理；爲了維護尊嚴，崔杼連殺三人，這正是《春秋》所記內容在「示之於朝」後產生的新聞監督作用的集中體現和畸形反彈，而新聞監督正是現代報紙最爲明顯的社會功能。

綜上分析，我們認爲《春秋》不是完全意義上的史籍，而是當時新聞的匯編，並且在當時就發揮了類似現今報紙的新聞監督作用，具有古代報刊的

〔註15〕 朱傳譽：《新聞的起源》，見《先秦唐宋明清傳播事業論集》，（台灣）商務印書館 1988 年版，第 1 頁。

某些特徵，可說是中國古代報刊的初始性萌芽。因此我們認為，中國古代報刊早在春秋戰國時期就已經起源。

二、秦統一全國前後的報刊及報刊活動

在秦王統一全國（公元前 221 年）前後的數百年中，以秦國為代表的春秋戰國後期的各諸侯國已經出現了以傳播信息為主要功能的物質載體。這些以傳播社會政治新聞為主要功能的物質載體，儘管還不具備後世報刊的完全特徵，但它們傳播的對象具有社會性和廣泛性，傳播的內容具有時效性、真實性和可讀性，傳播的途徑具有穩定性，傳播的方式具有公開性，所以我們不妨把它們視為廣義上的中國古代報刊的萌芽。其中主要的形式有以下幾種：

1. 鑄鼎銘文以傳播新聞

鼎為古代炊器，多用青銅製成。盛行於商周時期，漢代仍流行。鑄鼎為古代部落、民族及諸侯國之盛事，故鑄鼎者往往在鼎上鑄或刻上一些文字，內容多是祀典、錫命、征伐、契約等有關的記事，屬於「歌功頌德」或「立此為證」性質的文字居多。隨著時間的推移以及社會對特定消息記錄和傳播的需要，鑄鼎銘文的文字內容涉及的範圍越來越廣，「凡關涉政治、軍事、外交、祭祀、刑罰、訴訟、契約等重大政治事件或社會生活方面的問題，幾乎都要鑄刻於青銅器上，留傳於子孫後代。以今人的眼光來看，上述大多銘文極具新聞的特性」。〔註16〕既然「大多數銘文極具新聞的特性」，那麼，這些鑄刻有銘文並以此向別的社會成員傳播「極具新聞的特性」的內容為主要功能的鼎或簋等，本身也應當具有後來新聞媒介體（信息荷載物）的某些功態，只不過它不是竹簡、木牘，更不是紙張，而是青銅鑄成的鼎。

2. 勒石刻文以傳播新聞

秦始皇統一中國後，為了「示強威，服海內」，並宣示統一四海的功績，「出巡郡縣凡五次」。所到之處，他往往下令勒石記事，記錄他到此巡察的事跡和過程，以張揚秦朝之威勢，頌揚始皇之功德。現存有泰山石刻、芝罘山石刻、琅琊山石刻、碣石山石刻、會稽山石刻等。有學者認為：「泰山、琅琊台刻石記功的文字，公開傳播了秦始皇統一中國，外出巡遊，統一度量衡，書同文、車同軌的歷史功績。這多少帶有新聞公報的性質。」〔註17〕到後來，

〔註16〕方曉紅：《中國新聞簡史》，南京師範大學出版社 1996 年版，第 3 頁。
〔註17〕白潤生：《中國新聞通史綱要》，新華出版社 1998 年版，第 11 頁。

石刻的內容逐步擴大到農民起義、自然災害、平定叛亂等內容，涉及社會生活的多個方面，就更具有了新聞性、真實性和可讀性，其功能也擴大到供後人摹印、校訂、查證和流傳等多個方面。由此可見，勒石刻文是當時傳播新聞的一個重要途徑，勒石具有後世以傳播新聞為主要功能的報刊的某些特性，尤其在公開性、社會性方面更為顯著。

3. 竹木刻文以傳播新聞

在紙張發明前，竹簡、木牘曾經是我國記錄文字內容的最主要的材料。據考證，甲骨文中已經有「冊」和「典」兩字，《尚書·多士》篇中有「唯殷先人，有典有冊」的記載，西周金文中也已經有「典」和「冊」的應用。可見我們的先人在遠古的殷商時期，就發明了用竹片和木牘來刻文記事。春秋戰國時期，諸子百家蜂起，思想充分解放，各學派政治人物周遊列國，向諸侯王遊說宣傳自己的治國方略和政治主張。在他們的著作中，有不少內容就是在周遊列國歷程中的所見所聞，文人諸子在竹簡木牘上把這些內容記下來、傳開去，藉以論證自己的一家之言。而記有「一家之言」的竹簡、木牘，就具有了傳播他們所見所聞內容信息的功能，成為信息傳播的媒介體。為了擴大自己「一家之言」的社會影響，各學派人物都開辦私學，招收門生。要辦學，就要有課本，孔子曾竭半生之力「刪定六經」，並使其廣為傳播。無論是諸子「一家之言」，還是孔子「刪定」的六經，都是刻在竹簡、木牘上的。因為在竹簡、木牘上刻寫有關內容的目的是向人們傳播，所以這些竹簡、木牘就具備了後世新聞傳播媒體的部分特性。有人認為，1979 年在湖北雲夢縣睡虎地秦墓出土的名為黑夫和驚的兩名秦國士兵從前線寫的家信，「實際上就成了傳播秦國軍隊伐楚淮陽之役戰地新聞且戰況不利消息的傳播媒體」，已經具備了西方 16 世紀才出現的「新聞信」的部分功能。〔註18〕

4. 露布懸書以傳播新聞

露布亦稱露報、露版，有文書不加封檢、公開宣布之意。早在戰國時期，魏國貴族後裔張儀在遊說楚國過程中，因未受到楚王的信任重用，就把楚王不合君王禮儀和品行要求之處，羅列成條款，寫在幅寬為一尺二寸的布面上，在楚國都市大街上遊走，以發泄不平，爭取民心。這就是劉勰在《文心雕龍·檄移》篇中所提及的「張儀檄楚，書以尺二，明白之文，或稱露布，

〔註18〕倪延年：《中國古代報刊發展史》，東南大學出版社 2001 年版，第 20 頁。

播諸視聽也」。張儀這樣做的結果當然是適得其反。但從這件事中我們可以知道，早在秦始皇統一中國之前，露布這一形式就成爲人們發表觀點、引導輿論的工具。劉勰所言「播諸視聽也」中的一個「播」字，不正是道出了「露布」這一形式對事實、觀點、新聞進行傳播的功能嗎？也正因爲露布所具有的這種傳播新聞的功能，所以它後來成爲「古代軍事長官發布戰報的手寫新聞形式」。〔註19〕

5. 匿名懸書以傳播新聞

在秦統一全國前後的這一時期，還出現過以「懸書」形式傳播新聞的現象。「懸書」就是庶民將意見寫在綿帛上懸掛出來，公諸於眾。據文獻記載：曾一度流亡的晉文公回國當了國君後，跟隨他流亡的五名大臣只有介子推沒有得到爵賞，介子推的門客深感不平，就在綿帛上書寫了「龍欲上天，五蛇爲輔。龍已升天，四蛇各入其宇，一蛇獨怨，終不見處所」的內容，懸掛在眾人聚集處。因事關國君，這一舉動很快被禁止。但這一懸書還是向人們傳播了介子推本應封爵而沒有得到晉文公賞爵的新聞，並且引起了反響。懸書作者匿名但內容公開，其效果具有後世新聞傳播媒體的部分功能，這是否與後世在民間散發的匿名揭帖或匿名小報有某種聯繫呢？我想應該是有的。

總體來看，在秦始皇統一中國前後的數百年中，當時的社會生活中已經存在或出現了鑄鼎銘文、勒石刻文、竹簡木牘刻文以及採用露布、懸書等傳播新聞的方式。雖然這時都尚未使用紙張，也沒有固定名稱和出版週期，但都表現出在特定物質載體上承載那些具有可讀性的社會政治新聞，向社會成員傳播，進而影響群情民意的特點。我們認爲，上述多種形式具有新聞傳播媒體的某些特徵，並與後來的中國古代報刊有淵源，因而不妨視之爲中國古代報刊的萌芽。

三、兩漢時期的報刊及報刊活動

漢高祖劉邦挾農民起義的颶風建立了漢王朝。漢承秦制，實行中央政府（皇帝）集權，但漢高祖又分封了許多諸侯王。分封王名義上受皇帝統轄，但卻是各據一方，食地而肥，幾乎形成了皇帝之下的國中之國。各諸侯王爲了保存和發展自己的勢力，需要及時了解皇帝的意向、京城的人事變更、皇

〔註19〕方曉紅：《中國新聞簡史》，南京師範大學出版社1996年版，第7頁。

室成員的動態等消息。隨著社會對新聞傳播的需求迅速增加，中國古代報刊也日趨成形，進入了一個新的發展階段。在這一階段中，中國古代報刊的主要形式有四種。

1. 由皇帝發布的詔書告示

據《漢書》記載，西漢元狩年間，漢武帝劉徹封蕭何的曾孫蕭慶為鄮侯時，就專門向全國發布了旨在傳播這一新聞事件的詔書告示。《漢書·蕭何傳》中有「武帝元狩中，下詔御史，以鄮戶兩千四百封（蕭）何曾孫（蕭）慶為侯，布告天下，令明知朕報蕭相國德也」的記載。有研究者認為，「這是目前我們所知道的皇帝向民眾發布的官方新聞的最早記錄」，並且進一步認為，「從這段文字可知，漢代確實存在由中央到地方發布的官方『新聞』，它是經過史官（御史）向外發布的」。〔註20〕我們認為，皇帝通過「下詔……布告天下」，起到了溝通上下情的作用，應當可以將它看作是後世官報的萌芽。

2. 由中央政府發行的刊載詔書的報紙

1979 年 10 月，考古工作者在敦煌馬圈灣和居延長城烽火台遺址發掘出一批木牘和竹簡。其中有一些是由中央政府發行的報紙。這些報紙的內容主要是皇帝詔書的摘要，據統計至少有 100 多件。有學者認為：「這些木牘和竹簡是報紙，因為它比較符合報紙的基本特性。一是公開性。敦煌發現的一份詔書摘要宣布了王莽處死安眾侯劉崇的經過；而居延的一份詔書摘要則宣布了王莽平定沿海一些地方起事的消息。前者發生於中原南陽，後者發生於江淮等地，和遠處西北邊陲的敦煌、居延毫無關係。烽火台是最基層的軍事單位，政府發行的詔書摘要頻繁地發行到這裏，可見發行範圍之廣，完全符合報紙公開性的特點。二是出版發行的經常性。馬圈灣和居延發現的報紙有一百多件，顯然不是偶爾遺失在這裏的，而是有意連續不斷地發行到這裏的。」因此，他得出兩條結論：「一是西漢末年和王莽新朝時期是經常發行專載詔書摘要的報紙的；二是完全可以把中國古代報紙出現的最早時間推前到西漢末年。」該學者還進一步認為在王莽時期的地方政府也發行報紙，只不過其內容不是「皇帝詔書的摘要」，而是「地方政府負責人向中央政府呈遞的奏章的抄件」，「由西北地方政府和軍事單位發行專門刊載奏章抄件的報

〔註20〕王洪祥主編：《中國新聞史》（古近代部分），中央民族學院出版社 1988 年版，第 24 頁。

紙更是經常的事。否則不會在荒涼的烽火台遺址裏一次發掘出一百多件」。
〔註21〕

3. 郡國在京師（首都）設「邸」編發「邸報」

　　《說文解字》對「邸」的解釋是「屬國舍也」。《史記・封神書》中有「方士多言古帝王有都甘泉者，其後天子又朝諸侯甘泉，甘泉作諸侯邸」的記載。《漢書》中說：「郡國朝宿之舍，在京師者率名邸。邸，至也。言所歸至也。」《西漢會要》卷六十六中有「大鴻臚屬官有郡邸長丞」的記載，顏師古對「大鴻臚」一官職所作的注解是：「主諸郡之邸在京師者也。按：郡國皆有邸，所以通奏報，待朝宿也。」我國著名新聞史專家戈公振先生則進一步認為：「邸之制度，由來舊矣。……猶今日傳達消息之各省駐京代表辦事處也。」「邸中傳抄一切詔令章奏以報於諸侯，謂之『邸報』。」〔註22〕根據上述記載可知，在漢朝中央政府設有「大鴻臚」一官職，其管轄的範圍是「諸侯王、列侯」和「藩國之歸義者」。在「大鴻臚」的屬官中有「郡邸長丞」一職，其職責是「主諸郡之邸在京師者也」，即分管各郡或諸侯國在京城設置的「邸」。

　　這些「邸」是「通奏報，待朝宿」的，即擔負著兩大職能：一是「待朝宿」，即接待安排諸侯國來京城朝見皇帝的官員隨從；二是「通奏報」，即負責諸侯國與中央政府、中央政府與諸侯之間的聯繫。這裏的「通」是「溝通」或「使之通暢」、「通達」的意思，「奏」是地方官員向皇帝或中央政府部門遞呈的用於匯報、請示工作的「奏章」，而「報」則是把京師的動態、皇帝的意向、宮廷王室的新聞等收集整理後向諸侯王匯報。戈公振先生認為：「通奏報云者，傳達君臣間消息之謂，即『邸報』之所由起也。」〔註23〕鑒於上述文獻記載和前輩學者的分析闡釋，我們認為，儘管目前還沒有發現「邸報」的實物，但只要不局限於「紙」的形態，而主要著眼於「報」的內容和實際功能，那麼，由漢朝諸侯國在京師所設的「邸」編印和傳抄的定期或不定期的、不是以紙張為載體而是刻寫在竹簡或木牘上、以「通奏報」為主要功能的「邸報」，是完全有可能存在的。正如尹韻公先生所指出的：「我們不能同意那種因此而否認西漢帝國擁有類似邸報的報紙存在的可能性。」同時，我們也贊同他的結論，即「如果是西漢帝國有類似報紙的傳播媒介的話，那它

〔註21〕　張濤：《西漢末年已經有了報紙》，載《中國教育報》1998 年 10 月 20 日。
〔註22〕　戈公振：《中國報學史》，中國新聞出版社 1985 年版，第 22 頁。
〔註23〕　戈公振：《中國報學史》，中國新聞出版社 1985 年版，第 22 頁。

的傳播媒介承擔者肯定是，也只能是竹簡和綿帛」。〔註24〕

4. 築「雙闕」懸「舊章」以傳播新聞

東漢孫炎在《爾雅‧釋宮》中說：「宮門雙闕，舊章懸焉。使民觀之，因謂之觀。」這是說漢王朝在皇宮正門外，以王道爲中線，修築了一對樓台，因其成對，故稱作「雙闕」。朝廷把王宮裏不久前傳出的一些大臣向皇帝呈交奏章的內容摘要以及皇帝活動的消息、官員擢黜的情況等內容，抄寫在竹簡或木牘上，然後懸掛在樓台前供人觀看周知。因爲把這些竹簡木牘「懸」掛出去的目的是方便臣民來觀看，所以就把樓台稱之爲「觀」。有專家認爲，宮門雙闕上懸掛政府公告的方式，直到南北朝仍有記載。因此，後世稱爲古代報刊重要形式的「朝報」——即朝廷對外宣布事務的報告和「宮門抄」——即從宮門「懸書」摘抄下來的內容等，顯然都與漢代「築觀懸章」的新聞傳播方式有關。

「懸章」顯然不會只掛一次，而應是不斷更換新的內容。因此，我們認爲漢朝的懸章已經具有後世報刊的公開性、經常性、社會性、時效性的特點。聯想到當今的一些報社在報館門前設置閱報欄，當天報紙印出後即在報欄中掛出來，供人們觀看了解新聞的做法，從中我們可以想像出一點漢代築觀懸章的影子。由此看來，懸章除未使用紙張外，其他方面似乎更接近古代報紙，而且這種做法也一直延續至今。

總之，兩漢時期尤其是東漢時期，中國古代報刊的萌芽已經成熟，並且已經形成通過多種方式向社會各個層面傳播新聞的運作體系：朝廷設有御史負責發布皇帝詔書，布告天下；各諸侯國在京師設置以「通奏報、待朝宿」爲主要功能的「邸」；在「邸」的基礎上，由於邸吏們的編寫抄發活動，產生了「邸報」；爲了向臣民廣泛地傳播政治社會新聞，漢王朝築觀懸章經常更換，等等。上述各種途徑除了未使用紙張外，已經具有明顯的報刊傳播新聞的特徵了。

四、隋唐時期的報刊及報刊活動

從東漢末年到三國紛爭，司馬炎代魏元帝曹奐而後稱晉武帝。晉歷四帝共 50 年，即入東晉。接著就是十六國、南北朝。公元 589 年，隋文帝楊堅改國號爲隋，僅 30 年就被農民起義所推翻。公元 617 年，太原留守李淵乘機起

〔註24〕尹韻公：《中國明代新聞傳播史》，重慶出版社 1990 年版，第 4 頁。

兵，攻克長安。次年隋亡，李淵在關中稱帝，改國號爲唐，建都長安，開創
了唐朝近 300 年的帝業，國家又進入了一個較長時期的相對安定階段。在這
樣的社會背景下，原本因社會動亂環境壓抑而未得到正常發展的中國古代報
刊，蓄足了力量，一下子就進入了它的「青春期」（尹韻公先生語）。有唐一
代，中國古代報刊得到了全方位、多層次的發展，形成了更爲完整的社會報
刊體系，並對後世的報刊發展產生了直接而明顯的影響。這一社會報刊體系
包含了三種形式。

1. 報　狀

這是唐朝中央政府根據皇帝的旨令，定期或不定期編發的用以通報朝廷
官吏任免情況的出版物。由於其內容來自朝廷，且又大都是皇帝的諭旨聖意，
所以在官員中的影響很大，地位也很重要。

唐武宗會昌年間（公元 841～846 年）的宰相李德裕所撰《李衛公會昌一
品集》中收錄有《論幽州事宜狀》一文。文中說：「右：臣伏見報狀，見幽州
雄武軍使張仲武已將兵馬赴幽州雄武軍使。今日奏事官吳仲舒到臣宅，臣扶
病與之相見。細問雄武只有八百人在，此外更有土團子弟五百人，臣問兵馬
至少，如何去行？仲舒答臣云：只係人心歸向，若人心不從，三萬人去亦無
益。」〔註25〕唐朝裴庭裕撰《東觀奏記》（卷上）中也提到「報狀」。文稱：「杜
琮通貴日久，門下有術士李，琮待之厚。琮任西川節度使，馬植罷黔中赴
闕。……發日，厚幣贈之，仍令吏爲植於都下買宅，死生之計無闕。植至闕，
方感琮，不知其旨。尋除光祿卿，報狀至蜀。琮謂術士曰：『貴人至闕，作光
祿卿矣。』術士曰：『姑待之。』」〔註 26〕關於「馬植罷黔中」（一說黔南）、
不久「除光祿卿」、「報狀至蜀」的事，在唐人鍾輅所撰的《前定錄》中也有
記載，只不過文字略有出入，如把「罷黔中」記作「罷黔南」等。〔註 27〕另
外，據朱傳譽先生在《唐代報紙研究》一文中稱，《舊唐書·唐本紀》中載：
唐明宗（後唐）長興三年（公元 932 年），史館奏：「宣宗以下四廟未有實錄，

〔註25〕復旦大學新聞系新聞史教研室編：《簡明中國新聞史》，福建人民出版社 1986
　　　　年版，第 5 頁。
〔註26〕裴庭裕撰：《東觀奏記》，見王文儒主編：《筆記小說大觀》，上海進步出版社
　　　　1986 年版，第 5 頁。
〔註27〕鍾輅撰：《前定錄》，見王文儒輯：《說庫》第 1 冊，上海文明書局石印本 1915
　　　　年版，第 178 頁。

請下兩浙、荊湖，購募野史及除目報狀。」詔：『從之。』」〔註 28〕這是說當時的編史館向皇帝上了奏章，要求皇帝下旨在兩浙、荊湖地區購買和募集民間所撰史書及朝廷下發的任命官吏的報狀，以補自宣宗以下四個皇帝時期沒有留下宮廷實錄的不足並得到明宗批准的事。

根據上述文獻記載，我們認爲唐朝確實存在一種名爲「報狀」的官方出版物。它由唐朝中央政府編發，代表皇帝的旨意，所以連當朝宰相李德裕在文中都稱「伏見」，即接「報狀」和接聖旨一樣的莊重，都要頂禮膜拜。其內容主要是官吏任命或免職的情況，而且經常定期或不定期地編印發布。因爲朝廷對官員的任命、免職是不斷地進行的；發布範圍是公開而較爲廣泛的，假如不是廣泛發布，兩浙、荊湖地區的民間就不會有除目報狀供後來的政府購募，後人也就不會要求皇帝下旨在兩浙、荊湖地區購募「除目報狀」。從李德裕的文辭中，我們認爲應當把「報狀」定位在「中央政府官報」的位置上。正如對中國古代報刊發展史研究很有造詣的黃卓明先生指出的那樣：「唐朝的『報狀』，應是一種具有中央政府公報性質的原始形態報紙。」〔註 29〕

2. 進奏院狀報

從唐高祖到唐玄宗，唐朝一直保持著中央集權高度統一的政治局面，這到開元和天寶年間達到了頂峰。但隨著時間的推移，唐王朝的王室與外室及王室成員之間的爭權矛盾，不但沒有緩解，而且日益尖銳。爲了協調矛盾，唐睿宗不得不在景雲二年（公元 711 年）任命涼州大都督賀拔延爲河西節度使，授予他「對地方事務隨宜應付，臨時可全權處理地方軍政事務」的權力，這實際上就是讓一個擁有兵權的地方軍事將領掌握一方的政治軍事權力。後來節度使越設越多，節度使的權力也越來越大，發展到不但可以指揮一方軍事，還可以管理一方財政，甚至可以自主任命官吏的地步。節度使制度成爲名義上服從皇帝和朝廷，實際上在所轄地區獨霸一方的「藩鎮割據制度」，致使唐朝皇帝及中央政府的權威被大大削弱。

早先，藩鎮將軍爲了溝通和朝廷的聯繫，接待安排到京城向朝廷匯報請示工作的官員，代替藩鎮向朝廷遞呈文書報告以及通過正式或非正式途徑打探京城消息，一般都自擇官吏在京城設置「上都邸務」。所有的事務均由「上

〔註 28〕朱傳譽：《唐代報紙研究》，見《先秦唐宋明清傳播事業論集》，（台灣）商務印書館 1988 年版，第 120 頁。

〔註 29〕黃卓明：《中國古代報紙探源》，人民日報出版社 1983 年版，第 25 頁。

都邸務留後使」負責，不屬於朝廷編制，所需經費也由藩鎮提供。唐代宗大曆十二年（公元 777 年），代宗下旨改「上都邸務」爲「上都進奏院」，並定官職爲「上都進奏院官」。藩鎮將軍爲了解朝廷的政事動態，要求駐京師的進奏官及時從朝廷公開發布的「報狀」上摘抄與本地區有關的內容，加上他們在京城利用工作之便探聽到的朝廷動態、官員任免意向等內部消息，迅速傳報給藩鎮。由於這些文字是由進奏院官員採寫和傳達的，在形式上又與朝廷的正式官報「報狀」相近，故時人稱之爲「進奏院報狀」或「進奏院狀報」。

　　關於「進奏院狀報」的記載在唐人著作中屢見不鮮，其中尤以崔致遠的《桂苑筆耕集》中爲多見。如該書第一卷中收有《賀改年號表》一文，稱：「今月某日，得進奏院狀報，奉十一日宣下，改廣明元年爲中和元年者。」《賀回駕日不許進歌樂表》中稱：「臣得進奏院狀報，伏審敕旨，回駕日應沿路州縣，切不得輒進歌樂及屠殺者。」第三卷中有《謝就加侍中兼實封狀》一文，稱：「右：臣得進奏院狀報，伏奉某月日恩制，加授臣侍中，余並如故，仍加食實封一百戶者。」第四卷中有《謝除侄男瓊授彭州九隴縣令狀》一文，稱：「前守京兆府鄠縣尉高瓊右件官，是臣侄男。今得進奏院狀報，伏蒙敕旨，除授彭州九隴縣令，仍賜緋魚袋者。」第五卷中有《奏論抽發兵士狀》一文，稱：「次又得進奏院狀報，迎奉詔旨，更於諸州催促兵士者。」第六卷中有《賀內宴仍給百官料錢狀》一文，稱：「右：得進奏院狀報，七月一日於內殿宴百官，仍令度支各給三個月料錢。」第十二卷中有《致海陵鎮高霸書》一文，稱「報高霸：得進奏院狀報，知轉授右散騎常侍」等等，不一而足。據方漢奇先生考證，現收藏在英國倫敦不列顛圖書館的編號爲 S1156 的文獻和收藏在法國巴黎國立圖書館的編號爲 P.3457 的文獻，就是兩份歷經滄桑而幸存於世的唐朝進奏院狀報，它們「實際上已經成爲我國同時也是世界上僅存的、年份最早的兩份原始狀態的報紙」。〔註30〕

　　綜合有關文獻記錄的內容，我們認爲至少可以明確以下幾點：第一，「進奏院狀報」這一稱謂在當時已被朝野官吏普遍接受和使用，成爲對由進奏院抄發的以通報京城消息動態爲主要功能的書寫品的約定俗成的稱謂。第二，「進奏院狀報」報導的內容、範圍已經遠遠超出了具有中央政府公報性質的「報狀」，如已經不再局限於官員任職或免職的消息（「除目」），而涉及皇帝

〔註30〕方漢奇主編：《中國新聞事業通史》（第一卷），中國人民大學出版社 1992 年版，第 58 頁。

改年號、官員任命和轉授、公主冊封、月食、鎮壓民變、軍隊調動、與南蠻通和（外交活動）等方面，因而更具有社會性和廣泛性。第三，「進奏院報狀」傳播新聞的功能更加明顯。從崔致遠所提到的高駢接到的進奏院狀報的內容看，這些進奏院狀報的內容與他所跟隨的高駢本人之間大部分沒有直接聯繫。由此可以推論，高駢派駐在京師的進奏院官吏是根據所探得消息內容的「新聞性、有效性和可讀性」進行取捨來編入「進奏院狀報」內容的，而並非根據「是否直接與高駢有關係」爲標準來選編「進奏院狀報」的。由此可知，諸如高駢等藩鎮將軍派遣在京師的進奏官編發「進奏院狀報」的直接目的（或者說是最主要的目的），不是向「當道」的藩鎮節度使提供有直接利害關係的「情報」。因爲這些進奏院狀報中的信息，大部分是朝廷公開發布、使人周知的消息，而不是與高駢本人有直接利害關係的秘密信息。因此，進奏院狀報在當時的傳播範圍上有一定的社會性和廣泛性。第四，「進奏院狀報」是得到朝廷甚至皇帝的允許而編印抄發的，至少是默許的。崔致遠在《桂苑筆耕集》中多次提到「臣得進奏院狀報，伏審敕旨」，「右：臣得進奏院狀報，伏奉某月日恩制」，「今得進奏院狀報，伏蒙敕旨」等。很顯然，這幾份表或狀是他代高駢執筆向皇帝遞呈的。既然給皇帝上的表或狀中可以公開說明消息的來源是「進奏院狀報」，這就不但說明進奏院狀報的存在和傳播受到皇帝和朝廷的承認，而且也說明進奏院狀報的內容基本上是可信的、眞實的。

3. 觀察使報（牒）

唐朝中央政府把全國劃分爲十道，道的最高軍政長官是節度使。節度使的副職稱作「觀察使」，負責協助節度使處理公務。在一般情況下，由唐朝中央政府編寫抄發的政府公報「報狀」和由節度使派駐京師的進奏院官吏編寫抄發的「進奏院狀報」，大多直接發至節度使。節度使在閱過「報狀」或「進奏院狀報」以後，視內容機密性或可讀性程度，把一些可以讓觀察使閱知的「報狀」和「進奏院狀報」轉給觀察使閱讀，並要求觀察使把「報狀」或「進奏院狀報」上的有關內容，加上本地區的一些軍政動態，抄寫成「觀察使報（牒）」，向下屬將領、官吏傳發。這就形成了唐朝的又一個新聞傳播媒介——觀察使報（牒），這是在「報狀」和「進奏院狀報」之下的又一層次的報刊形式。

關於「觀察使報（牒）」，唐人著作中屢有記載。崔致遠在《桂苑筆耕集》第一卷中有《賀收復京闕表》一文，稱：「臣得河中節度使王重榮牒報，四月

十日，當道與雁門節度使李克用及都監楊復光下諸都馬軍，齊入京城，與賊交戰……」劉禹錫在其所撰《蘇州賀皇帝疾愈表》中稱「臣某言：臣得本道觀察使報，伏承聖躬痊癒，已於紫宸殿視朝者。一人有慶，萬國同歡」。又如柳宗元在《柳州賀破東平表》中稱「臣某言：即日被觀察使牒，李師道以月日克就梟戮者」。從上述三條文獻記錄可知，觀察使報（牒）的內容以新聞為主，如軍事動態、官員生死、皇帝病癒等，具有較強的可讀性；觀察使報（牒）的傳播範圍比「報狀」和「進奏院報」更廣。柳宗元、劉禹錫和高駢三人，都可看到「觀察使報（牒）」，但其中除高駢為節度使外，劉禹錫、柳宗元當時的官職都不大，而且主要是文職官員，然而都能得閱「觀察使報（牒）」，可見傳播的範圍已擴大到中下層知識份子或政府中的文職官員。觀察使報（牒）的傳抄與傳播也是得到朝廷（皇帝）允許的，因劉禹錫在《蘇州賀皇帝疾癒表》中稱「臣某言：臣得本道觀察使報，伏承聖躬痊癒，已於紫宸殿視朝者……」從所述內容可知，此表是上給皇帝的「賀表」。既然在「賀表」中可以說明該消息得自「本道觀察使報」，那麼就可以肯定觀察使牒（報）在當時是公開的，至少在一定範圍內或一定級別的官員中是公開的。有人認為，當時的「觀察使報（牒）實際上已經遠遠超出了中央政府公報『報狀』和『進奏院狀報』的傳播範圍，因而更具有了內容的社會性和傳播的社會性特徵，也實際上更接近於後世的報紙了」。〔註31〕

綜上所述，中國古代報刊發展到唐朝，已經初步形成了在編印部門、傳播範圍、編印宗旨、內容特點等方面互有分工的報刊運作體系：中央政府編印抄傳的「政府機關報」是「報狀」，主要發至節度使及京城朝廷各部門的主要官員，其目的是通報官員任職、免職和轉授情況，也就是以人事變動信息為主，因而也被稱之為「除目報狀」。這是唐朝報刊的第一個層次。各藩鎮在京師設置的進奏院官吏編印抄傳的是「進奏院狀報」，主要直接傳報給節度使，其目的是向藩鎮提供京師的消息動態，內容不但有與報狀內容相仿的人事變動信息，還有進奏官們探聽得來的皇室動態和京城消息，有點像後世各省政府駐京辦事處給派出省政府主要官員或有關官員編印的內部參考刊物。這是唐朝報刊的第二個層次。第三層次是「觀察使報」，由觀察使編印傳抄，內容是報狀、進奏院狀報的內容選摘及本地區軍政動態，閱讀者是節度使、觀察使下屬的將領、官吏，目的是溝通有關官員之間的消息。從唐朝報刊所

〔註31〕倪延年：《中國古代報刊發展史》，東南大學出版社 2001 年版，第 55 頁。

達到的水平來看，它確實達到了中國古代報刊有史以來的較高水平，促使古代報刊一下子就進入了「青春期」。〔註32〕

第三節　中國報刊法制溯源

在中國報刊法制發展歷程中，第一部具有規範化意義的報刊法律（制度）是清政府於光緒三十四年二月由商部聯合民政部、法部合奏，奉旨頒布的《大清報律》。然而，「世界上的一切事物都在運動發展中，而且每一個具體事物在它自己的發展過程中又分出階段來。現代報紙是在一定的社會歷史條件下，在近代報紙的基礎上發展起來的。近代報紙同樣是一定社會歷史的產物，不可能突然出現，依然有其發展的基礎。這個基礎就是古代報紙。甚至古代報紙的形成，也有一定的基礎，只不過作為它的發展基礎的事物還沒有轉化到具備報紙的條件罷了。因而，儘管無論內容和形式，古代報紙都與近代和現代的報紙保持著距離，卻不能不承認它是一種雛形的或原始形態的報紙」。〔註33〕我們認為，這段話的基本精神不但符合中國報紙從古代到近代、現代的發展歷程和事實，而且也揭示了中國報刊法制從起源到發展、完善的客觀規律。同理相證，中國現代報刊法制是在一定的社會歷史條件下，在近代報刊法制的基礎上發展起來的。中國近代報刊法制同樣是一定社會歷史條件的產物，不可能突然出現，依然有其發展的基礎。這個基礎就是中國古代報刊法制。甚至古代報刊法制的形成，也有其一定的基礎，只不過作為它的發展基礎的事物還沒有轉化到具備報刊法制的條件罷了。因此，中國古代報刊法制是一種雛形的或原始形態的報刊法制，而中國古代報刊法制發展的基礎也就是中國報刊法制的濫觴之處。

報刊法制是為了規範特定社會環境下的報刊活動而產生的。它的主要功能是從統治階級的意志出發，通過強制的手段來規範報刊的內容收集、編輯印刷及社會化傳播。按照規範報刊活動的三個運作環節的功能，我們似乎可以從那遙遠的過去或多或少地看到一脈相承的、或斷或續的中國報刊法制的發展軌跡。循此軌跡溯源，在中國古代的一些法令制度或具有法令制度效力的皇帝諭旨詔書和臣僚奏章中，已包含有報刊法制的某些「因子」。

〔註32〕尹韻公：《中國明朝新聞傳播史》，重慶出版社 1990 年版，第 4 頁。
〔註33〕黃卓明：《中國古代報紙探源》，人民日報出版社 1983 年版，第 1 頁。

一、始於商周盤庚時期的「言禁」制度

中國報刊的歷史，即使追溯到春秋戰國時期的「春秋」，總共也只有 2700 多年；從漢朝「邸報」算起，距今只有 2200 多年；而假如認爲只有唐朝的「開元雜報」、「報狀」或「進奏院狀報」才眞正具有中國古代報刊的基本特徵，那麼，從開元年間中國報刊起源到今天大約只有 1380 年的歷史。「新聞專業的誕生，至今不過數百年，但新聞信息的傳播活動則與人類社會俱生。在古代社會，新聞信息傳播的主要形式，最初只有口頭的信息傳播活動（即言論），後來又增加了手寫的書面信息傳播活動（即文字，也可以稱之爲原始的出版），最後又出現了印刷信息傳播活動（即印刷出版）。由於言論出版是最基本的新聞信息傳播活動，因而人類早期（以語言交流爲基本形式）的新聞信息傳播活動，一般被徑稱爲言論出版活動。」〔註34〕

但言論出版活動是一柄雙刃劍，對統治階級而言，他們企求憑藉語言傳播的優勢，貫徹統治階級的意志，維護統治階級的統治地位，而力圖避免的則是與自己處於敵對地位的階級、階層、集團或個人，藉助語言的宣傳鼓動功能動搖人心，進而威脅自己的統治地位。因此，從原始共產主義社會瓦解進入奴隸制社會以後，佔據社會統治地位的階級總是採取種種手段，把社會成員的言論活動納入統治階級的規範體系，力求得語言傳播維護其統治地位之利，去語言傳播有損其統治地位之弊。在這種思想的指導下，出現統治階級憑藉國家機器的強制力量對社會成員實行「言禁」的現象，就不但是自然的而且是必然的。

1. 商周盤庚時期的「言禁」

據《尚書‧盤庚》記載：「王（筆者注：即盤庚）命眾悉至於庭。王若曰：『格汝眾，予告汝訓，汝猷黜乃心，無傲從康。……汝不和吉言於百姓，惟汝自生毒。乃敗禍奸宄，以自災於厥身。乃既先惡於民，乃奉其恫，汝悔身何乃？相時憸民猶胥顧於箴言，其發有逸口，矧予制乃短長之命。汝曷弗告朕，而胥動以浮言，恐沉於眾？……凡爾眾其惟致告：自今至於後日，各恭爾事，齊乃位，度乃口，罰乃爾身，弗可悔。」〔註35〕這裏記載的是商朝第十九任國王盤庚對所屬貴族進行一場訓話的內容。大意是：你們站整齊了，我現在就把有些事給你們明說了吧！我要想辦法使你們死了那條心，老老實

〔註34〕黃瑚：《中國近代新聞法制史論》，復旦大學出版社 1999 年版，第 13 頁。
〔註35〕《白文十三經‧尚書》，上海古籍出版社 1983 年版，第 22 頁。

實地跟隨我到安康之處。假如你們不按照我的要求，用美好的語言去動員老百姓和我一道遷移，那你們將是自作自受。你們做的那種事情遲早要敗露並受到追究，到那時禍害也就降到你們身上了。你們在前面做了有害於民的壞事，使自己整天擔心受怕，到那時你們後悔還來得及嗎？不該講話的時候最好把嘴閉起來，假如多嘴多舌而失言，到那時你們的生死就由我決定了。你們不要以為背著我向老百姓散布流言，我會不知道，難道你們真能躲在老百姓中間不被我發現嗎？我已經講了不少了，老實告訴你們：從今以後，你們只有老老實實地幹好自己的事，管好你們屬下的老百姓，說話時注意分寸，否則的話，處罰就會降臨到你們頭上。到那時你們可不要後悔。

這件事發生於公元前14世紀的盤庚遷殷時代，當時盤庚決定把國都遷到「殷」（今河南安陽小屯村）。貴族們不願意，互相發泄不滿，此事傳到盤庚耳朵裏，他大為惱火，就把這些貴族集中到一個地方進行訓話，警告他們「汝不和吉言於百姓，惟汝自生毒」，「其發有逸口，矧予制乃短長之命」，今後只有「齊乃位，度乃口」，才能避免「罰及爾身」，從而開了「說話犯罪」、「說錯話要受罰」的先例。儘管盤庚是在訓話時宣布這種處罰的，但因為他是國王，所以他的話實際上也就成了屬下及百姓必須遵守的法律。這是有史可查的中國古代「言禁」制度的開端。

除此以外，商朝還規定：「析言破律，亂名改作，執左道以亂政，殺。作淫聲異服，奇技奇器以疑眾，殺。行偽而堅，學非而博，順非而澤以疑眾，殺。假於鬼神、時日、卜筮以疑眾，殺。」〔註36〕由此可見商朝「言禁」之多、處罰之嚴。

2. 春秋戰國時期的「言禁」

春秋戰國時期，封建制度在各諸侯國逐步取代了奴隸制度，新興地主階級掌握了政權後，立即和奴隸主制度下的奴隸主貴族一樣，借助法律手段來鞏固其統治地位，其中有關「言禁」的處罰更嚴。魏文侯時李悝所制訂的《法經》，不但繼承了盤庚開創的「言禁」制度，而且首次把「以言論罪」的規定載入《法經》，使之正式成為國家的法律條文。

《法經》中明確規定：「議國法令者誅，籍其家及妻氏。」〔註37〕即規定

〔註36〕《禮記・王制》。轉引自徐祥民、胡世凱主編：《中國法制史》，山東人民出版社2000年版，第12頁。

〔註37〕李悝：《法經》。轉引自蕭永清主編：《中國法制史教程》，法律出版社1987年

議論國家法令不但要判死刑，還要抄沒其家族並連帶到其妻家族。據《史記·商君列傳》載：「秦民初言令不便者，有來言令便者。衛鞅曰：『此皆亂化之民也。』盡遷之於邊域。其後，民莫敢議令。」〔註 38〕這是說秦孝公用商鞅變法，在推行新法之初，據說有近千人對新法發表議論。商鞅認爲這些亂發議論的人都是動搖人心的，不能讓他們留居秦城，於是就把這些人遷移到邊遠地區。自此以後，老百姓中再沒有一個敢議論新法了。

3. 秦統一全國後的「言禁」

秦統一全國後，爲了維護封建專制統治，「言禁」較商周和春秋戰國時期有過之而無不及。秦始皇三十四年（公元前 213 年），丞相李斯給秦始皇上書稱：「私學而相與非法教，人聞令下，則各以其學議之。入則心非，出則巷議，誇主以爲名，異取以爲高，率群下以造謗。如此弗禁，則主勢降乎上，黨與成乎下。」爲此，他向秦始皇建議：「禁之便。……有敢偶語《詩》、《書》者，棄市。以古非今者，族。吏見知不舉者，與同罪。」〔註 39〕意思是一些人互相談論「私學」來詆毀「法教」；當聽到朝廷頒下法令後，就依據自己的理論評議得失；朝見皇帝的時候心懷不滿，出了朝廷就散布指責之語；頌揚秦皇是爲自己撈取名聲，標新立異是表明自己高人一籌，鼓動群氓是製造流言誹謗朝政。如果像這樣的情況再不禁止，君主的威勢必將下降，結黨謀反之事將可能得逞。爲此，他建議對那些膽敢談論《詩》、《書》的人，即使是偶而爲之，也要殺頭並暴屍街頭；對那些以古代德政之舉來否定當朝法令的人，要誅滅全族；對那些知道或看到這些行爲但未舉報的官吏，與上述同罪。僅僅是「偶語」，就要「棄市」，可見秦「言禁」之嚴、處罰之酷。

4. 秦以後的「言禁」制度

自秦以後，歷代封建王朝對「言禁」都絲毫未曾放鬆。漢初設有「誹謗、妖言」之罪名，「過誤之語，以爲妖言」。即使在漢高祖以後，也仍設有諸如「非議詔書」、「非所宜言」、「怨望誹謗政治」、「誹訕朝廷，亂疑風俗」等以言論治罪的罪名。尤其是自漢武帝起，朝廷把誹謗罪的範圍擴展到純思想領

版，第 62 頁。

〔註38〕司馬遷：《史記·商君列傳》卷六，上海古籍出版社、上海書店 1986 年版，第 30 頁。

〔註39〕司馬遷：《史記·秦始皇本紀》卷六，上海古籍出版社、上海書店 1986 年版，第 30 頁。

域，即使無言無行而「非議於心」的也有罪，稱作「腹非之罪」。據史料記載，司農顏異就是因別人說朝廷變革幣制的法令有所不便，而他「不應」（即未答話），僅僅「微反脣」，但就是這一「稍微動了一下嘴脣」，被張湯告發後，即被朝廷以「不入言而腹非」的罪名「論死」，成為文獻記載的第一個因「腹非之罪」的受害者。據《三國志》載：「太祖以為琰腹非心謗，乃收付獄，髡刑輸徒。」崔琰因被太祖以為是「腹非心謗」，就被捕入獄，而且被強行剃光頭發送到外地服勞役。可見直到曹魏時期仍然有「腹非」之罪。

隋唐以後，以思想、言論論罪之法雖然不似以前那樣峻烈，但仍然有不少有關「言禁」的法律條款。如《唐律疏議‧職制》中規定：「諸指斥乘輿，情理切害者，斬。言議政事乖失而涉乘輿者，上請。非切害者，徒二年。」《唐律疏議‧盜賊》中規定：「諸口陳欲反之言，心無真實之計而無狀可尋者，流二千里。」〔註40〕由商周盤庚開先河的「言禁」制度，不但在奴隸社會被沿用，而且在漫長的封建社會裏也一直得到繼承和發揚，成為封建統治階級維護其統治的重要工具。正如黃瑚先生所指出的：「古代社會的統治者為了維護其專制統治，在法律上不僅把一切侵犯君主專制統治的行為宣布為非法，而且還實行以言論、思想、文字論罪的文化專制制度，制定了無數鉗制與鎮壓言論、出版的法律規定。這些法律規定，不僅使中國古代社會始終處於萬馬齊喑之境地，而且還像幽靈一樣在中國近代社會乃至現代社會裏徘徊不去，並構成了中國近代新聞法制的一個重要淵源。」〔註41〕

二、興於秦漢時期的「書禁」制度

1. 中國圖書的起源和演變

在中華民族文獻載體的發展歷程中，有史可考的、最早的載體是甲骨，然後是竹簡、木牘。據專家考證，簡冊產生於西周中葉之後。中國第一本旨在公開傳播的書是周宣王時代（公元前827～公元前782年）史官編的蒙童識字課本《史籀篇》。在此之前，所有的文獻都是檔案典籍。〔註42〕

由於奴隸制社會對生產力的束縛以及當時的科學技術水平低下，所以作

〔註40〕《唐律疏議》卷十，第207頁：卷十七，第325頁。轉引自黃瑚：《中國近代新聞法制史論》，第17頁。

〔註41〕黃瑚：《中國近代新聞法制史論》，復旦大學出版社，1999年版，第14頁。

〔註42〕姚福申：《中國編輯史》，復旦大學出版社1990年版，第22～23頁。

為知識信息載體的書籍形式也發展緩慢。自西周中葉創造出竹簡木牘以後，一直到東漢後期才出現用樹皮和麻類纖維所造的紙，但因十分粗糙，而且紙張的產量也很少，不能用於大規模的書寫。後來由於採用鹼液蒸煮等新工藝，紙張質量大為提高，才被用來作為書寫的材料。自此，紙與簡、帛並用，高級的書用帛抄，稍次一等的書用紙抄，公文往來則沿用簡牘。直到公元 5 世紀初的東晉安帝元興三年，東晉豪族桓玄稱帝，在詔書中公開規定：「用簡者，宜以黃紙代。」從此，簡牘、絲帛退出常用文獻載體的行列，紙張得到普遍的推廣和使用。因此，在公元 404 年之前，社會上流通傳播的書籍基本上是以竹簡木牘作為載體的。

2. 始於秦朝的「書禁」

和語言一樣，書籍也具有雙刃劍的特點，它既可以宣傳統治階級思想，維護統治階級政權；也可以宣揚反統治階級的思想、觀念，動搖人心，進而動搖統治階級的統治地位。有鑒於此，歷代統治階級都十分注重對書刊傳播的控制，凡文章、書信、著作乃至詩詞、戲曲、小說等文藝作品，只要被統治階級認為是「誹謗」、「悖逆」、「嘲訕」、「犯諱」的，都被判定為「大逆」、「大道」、「大不敬」，而遭到冷遇甚至毀滅性摧殘。秦始皇在始皇三十四年（公元前 213 年）頒布的「焚書令」，導致了我國歷史上第一次具有政府行為性質的大規模焚書活動。

據史書記載，始皇三十四年，始皇置酒咸陽宮，博士七十人前為壽。僕射周青臣進頌曰：「他時秦地不過千里，賴陛下神靈明聖，平定海內，放逐蠻夷，日月所照，莫不賓服。以諸侯為郡縣，人人自安樂，無戰爭之患，傳之萬世。自上古不及陛下威德。」始皇悅。博士齊人諄於越進曰：「臣聞殷周之王千餘歲，封子弟功臣，自為枝輔。今陛下有海內，而子弟為匹夫。卒有田常、六卿之臣，無輔拂，何以相救哉？事不師古而能長久者，非所聞也。今青臣又面諛以重陛下之過，非忠臣。」始皇下其議。時任秦國丞相的楚國上蔡（今河南上蔡西南）人李斯說：「五帝不相復，三代不相襲，各以治。非其相反，時變異也。今陛下創大業，建萬世之功，固非愚儒所知。且越言乃三代之事，何足法也。異時諸侯並爭，厚招遊學，今天下已定，法令出一。百姓當家則力農工，士則學習法令辟禁。今諸生不師今而學古，以非當世，惑亂黔首。」為此，李斯向秦始皇建議：「臣請史官非《秦紀》皆燒之。非博士官所職，天下敢有藏《詩》、《書》、《百家語》者，悉詣守尉雜燒之。有敢偶

語《詩》、《書》者，棄市。以古非今者，族。吏見知不舉者，與同罪。令下三十日不燒，黥爲城旦。所不去者，醫藥、卜筮、種樹之書。若欲有學法令，以吏爲師。」秦始皇十分讚賞他的提議。自此，一場聲勢浩大的席捲全國的收書、焚書活動開始了，中國歷史典籍遭到了第一次無法估量的浩劫。

3. 秦漢以後的「書禁」

自秦漢興起的「書禁」制度，一直沿用到後世。西漢初年，禁書之令仍然被載入法典，被稱作「挾書律」。直到漢惠帝四年（公元前 191 年）三月，皇帝舉行冠禮後，才「省法令妨吏民者，除挾書律」。〔註43〕隋末唐初，雕版印刷術問世。到唐末時，雕版印書已十分普遍，民間刻書業發展更快。爲了保證圖書的刻印、流通符合統治階級的意志，歷代封建統治階級都分別採取禁刻、禁印、禁賣的手段，對不利於其統治的圖書進行壓制和摧殘。中國近代乃至現代報刊出現後，歷代統治階級也採取種種包括政治的、經濟的、法律的手段，將那些對他們統治不利的報刊予以查禁、銷毀，甚至封報抓人、判刑流放，這類事例可說是俯拾皆是。從宋朝對小報的查禁，到清朝對違規報人的捕殺，再到袁世凱反動政府對進步報人的迫害；從北洋軍閥政府對林白水、邵飄萍等人的殘害，到國民黨反動派政府對革命報刊的查禁等等，無一不說明「自印刷出版業出現並日趨普及後，歷代封建統治者也開始運用法律手段，對文字、出版業嚴加管制，使新興的印刷出版業成爲維護封建專制統治的工具，禁絕各類不利於封建專制統治的書籍。對文字、出版的法律鉗制，成了歷代封建王朝政府實行文化專制統治的重點」。〔註44〕

在圖書以後出現的報刊，自然也是封建統治階級鉗制的重點。因爲報刊是連續不斷地發行，傳播的範圍比圖書更廣，產生的影響比圖書更大，所以自秦漢以來興起的「書禁」制度，實際上也就包含報刊在內的所有的文字、出版業。因此，由秦漢肇始、歷代封建王朝政府沿用並發揚的「書禁」制度，也就成爲歷代封建專制政府報刊法制有關內容的重要淵源之一。

三、成形於漢唐時期的「驛傳」制度

儘管報刊和圖書都是新聞出版業的重要類型，但因報刊在某種意義上更

〔註43〕班固：《漢書‧惠帝紀》卷二，上海古籍出版社、上海書店 1986 年版，第 377頁。
〔註44〕黃瑚：《中國近代新聞法制史論》，復旦大學出版社 1999 年版，第 22 頁。

注重內容的時效性、新聞性、眞實性和可讀性，所以報刊在問世之後的傳播速度更快，傳播的範圍更廣，因而它對社會成員的影響力大大地超過圖書。正因爲強調時效性，所以現代報刊業大都把報刊的採訪、編印和發行這三大作環節視作一個整體。我們前面探討的「言禁」制度，實際上只涉及報刊的內容，「書禁」制度則主要涉及對報刊編印及編印成果的控制，而「驛傳」制度則主要是探討報刊傳播的起源。從對內容的鉗制到對編印活動及其成果的遏制，再到對報刊傳播過程的控制，構成了一個從報刊內容、形式到流通過程諸多環節的法制體系，也正是在這個意義上，我們才用了「成形」這個詞。這裏的「成形」不是指報刊法制內容的成形，而是指漢唐時期已初步具有了報刊法制的輪廓。

1. 驛傳之制起於商周

秦朝的報刊萌芽基本上是處於固定狀態的鑄鼎銘文、勒石刻文及竹木刻文、露布懸書形式，而尤以鑄鼎銘文、勒石刻文爲多見。竹簡木牘刻文由於生產力低下，形成的文獻數量很有限，加之多在王宮侍臣、博士學者及皇親國戚中使用，所以流通的需求不很迫切。到了漢朝，一方面國家的疆土更加廣闊，爲保持國家機器正常運轉，上下信息溝通成爲必需；另一方面異姓王、同姓王也迫切希望儘早獲知朝廷消息，因而使起源於商周的驛傳漸成定制，並率先以法律條文的形式表現出來。在驛傳系統傳遞的對象中，除了作爲主體部分的官文書外，也免不了捎帶傳播由諸侯王設在京師的「邸」所官員編寫的用以溝通傳遞消息的「邸報」。從這個意義上講，朝廷對驛傳的管理，實際上也包含了對經過驛傳系統傳播的報刊遞送活動的管理。因此，我們認爲起源於商周、成形於漢唐的驛傳制度，也是中國報刊法制中有關報刊發行流通制度的淵源之一。

據戈公振先生考證：「秦築馳道，漢收其利而定驛制。」〔註45〕這是有文獻記載的史實。然而，驛傳的起源據文獻記載還遠遠早於漢朝。據高適在《陳留郡上源新驛記》文中說：「周官行夫，掌邦國傳遽之事，施於政者，蓋有章焉。」〔註46〕即周朝擔任驛傳事務的人稱作行夫，他們在天子與諸侯之間、在各個邦國之間往返穿梭，傳遞各種官方消息。行夫傳命分爲徒傳和遽傳兩

〔註45〕戈公振：《中國報學史》，中國新聞出版社 1985 年版，第 22 頁。
〔註46〕劉開揚：《高適詩集編年箋注》，中華書局 1981 年版。轉引自李彬：《唐代文明與新聞傳播》，新華出版社 1999 年版，第 38 頁。

類，前者步行，後者乘車。據《周禮‧司徒‧行夫》篇載，周王朝當時就對
驛傳的速度和時效提出了明確的要求，「雖道有難而不時必達」，即不管驛道
如何艱險困難，行夫必須按照時間要求把文件送達。這是目前可見的最早的
對驛傳制度帶有法令性質的規定條款。前秦苻堅建都長安後，在王猛的輔佐
下建立起一套比較嚴密規整的驛傳體系，規定：「自長安至於都州……二十里
一亭、四十里一驛，旅行者取給於途，工商貿販於道」。〔註47〕

2. 漢朝的「驛傳」之制

有漢一朝，驛制更爲發達完整。據戈公振先生介紹：漢制每三十里置驛。
有驛馬，亦稱驛騎。驛各有傳，傳置車稱曰傳車。旋又改置馬，稱曰傳馬。
傳車有一乘傳、四乘傳、六乘傳、七乘傳之稱，以其數多寡別之。又有置傳、
馳傳、乘傳諸稱，則以傳馬之良否別之。置傳謂四馬之高足者，馳傳謂四馬
之中足者，乘傳謂四馬之下足者，驛傳而外，有步傳，或稱郵，亦稱馹。驛
馬、傳馬、步傳等「皆以供公家之用，非公事不用。又承秦制，十里置亭，
有亭長。武帝元光六年，始於南夷置郵亭，此外所設諸亭皆秦置。迨武帝通
西域，自敦煌臨澤之間皆置亭。後漢時，亦常有亭傳郵驛之制，或通未開之
地，置亭傳，皆鑿山而設郵驛，以利交通焉」。〔註48〕

3. 唐朝的「驛傳」之制

唐朝的驛傳之制更爲完備，幾成定制，並相沿多朝。就內容而言，唐朝
的驛傳之制更爲嚴密、具體，更具有可操作性。

（1）關於驛傳系統的管理體制

唐朝規定驛傳系統的最高管理部門是向書省下設的兵部，具體職能部門
是兵部下設的與職方部和庫部等並列的駕部。朝廷規定，駕部有郎中一員，
從五品上；員外郎一員，從六品上；主事三人，從九品上；此外還設令史一
人，書令史二十人，掌固四人。其中「郎中、員外郎之職，掌邦國輿輦、車
乘、傳驛、廏牧、官私馬牛雜畜簿籍，辨其出入，司其名數」（《舊唐書》卷
四三）。地方諸道各設館驛巡官四人（《新唐書》卷四六）。諸州由兵曹司兵參
軍分掌，諸縣令兼理。爲督促這些常設部門的工作，唐玄宗開元年中又「以
監察御史兼巡傳驛」。至唐代宗大曆十四年（公元 779 年），正式定「御史人

〔註47〕《晉書》第九冊，中華書局 1987 年點校本，第 2895 頁。
〔註48〕戈公振：《中國報學史》，中國新聞出版社 1985 年版，第 22 頁。

知館驛，號館驛使」〔註49〕（《資治通鑒》卷二四〇）。

（2）關於置驛的有關規定

王宏治先生認為：「三十里置一驛是唐朝法定的驛程（筆者注：這實際上也是從漢代「驛馬三十里一置」的定制繼承而來的）。但在西北、西南等邊遠處，或『須依水草』或『地勢險阻』，驛程往往超過三十里，為六、七十里，甚至達百里之遙，而在京畿腹地，則因事繁劇且急切，又往往少於三十里，甚至僅八里。」〔註50〕驛館設置確定後，就是為驛館配置用以驛傳的交通工具。陸驛配馬，水驛配船。唐朝規定：「京城都亭驛七十五匹；諸道之驛視其繁閑分六等，依次為六十四、四十五匹、三十匹、十八匹、十二匹和八匹。水驛驛船，繁者四隻，次三隻，再次二隻。」〔註51〕

（3）關於驛傳運作中的規定

儘管在驛館配備了足夠的馬匹，但驛者並不是可以隨意騎乘的，唐朝對此有嚴格的規定。據《新唐書・百官志》載，給驛（馬）者自一品八匹遞至七品以下二匹；給傳（車）者一品十匹至八九品一匹，有特敕始可限外加馬。可見唐朝在使用驛傳時等級森嚴。

《唐律疏議》規定：「諸私乘驛者，一匹徒一年，一匹加一等。主司知情者同罪，不知情者勿論。」即朝廷規定對那些私乘驛馬的人，騎一匹判一年徒刑，增加一匹再加一年徒刑。對於私乘驛馬的事，主管官員知而不制止，與私騎驛馬者同罪，不知者不論。另據《唐律疏議》載，在唐朝驛傳過程中還有一系列具體的規定，如「諸驛使稽程者，一日杖八十，二日加一等，罪止徒一年」。也就是耽擱一天要打八十軍棍，耽擱兩天罪加一等，最重的可判一年徒刑。

對驛傳過程中文件接收、轉遞中出現差錯的，唐朝也明確規定了處罰標準：「諸驛使受書，不依題署，諸詣他所者，隨所稽留，以行書稽程論，減二等。若由題署者誤，坐其題署者。」即規定驛傳兵丁在傳遞文書的過程中，假如不按文書上標明的投遞地點準確投遞而錯投到其他地方，因此而耽擱公文事宜的，以「行書稽程」論罪，但減二等處理。假如造成投遞錯誤的原因

〔註49〕 李彬：《唐代文明與新聞傳播》，新華出版社 1999 年版，第 45～46 頁。

〔註50〕 王宏治：《關於唐初館驛制度的幾個問題》。轉引自李彬：《唐代文明與新聞傳播》，新華出版社 1999 年版，第 44 頁。

〔註51〕 中國大百科全書編委會：《中國大百科全書・中國歷史》（縮印本），中國大百科全書出版社 1994 年版，第 888 頁。

是因為投遞者在包裝上錯寫了投遞點，那就追究錯寫者的責任，即由題寫錯誤者「坐罪」。

對一些驛傳兵丁偷懶圖逸而隨意找人捎帶傳遞公文的現象，唐朝法律規定：「諸驛使無故以書寄人行之及受寄者，徒一年。若致稽程，以行者為首，驛使為從；即為軍事警急而稽留者，以驛使為首，行者為從。其為專使之書而便寄者，勿論。」即是說假如驛使非病非傷而把應由自己投遞的文書託人捎投，就和接受捎帶投送文書的人，都判處一年徒刑；假如因為捎帶投送文書而使文事公務耽擱，要追究耽擱公務（即稽程）的法律責任，其中接受捎帶投送的人負主要責任，託人捎帶投送的驛使負次要責任；但是假如明知是「軍事警急」文書而託人捎帶投送的，驛使就必須負主要責任，而答應接受捎帶投送的那個人則只需負次要責任。假如驛使託人捎帶投送的文書不屬於專門投遞的範圍而順帶寄投，那就不追究這種責任。

由於唐朝是驛傳和步傳並存，所以朝廷特別規定對事情緊急的文書必須要用驛傳即乘軒傳遞，以提高傳遞速度，但對一般文書，則應通過步傳來傳遞，以節省車馬之勞。為防止驛使們濫用驛傳而浪費國家財力或該驛傳而不驛傳影響國家公務，唐朝規定：「諸文書應遣驛而不遣驛及不應遣驛而遣驛者，杖一百。」這實際上是對驛館主司官員的制約，要求他們使用驛傳得當，使驛傳在運作過程中既快又省。對那些應當通過驛傳來傳遞以提高速度、保證時效的文書，主司官員不派驛傳投遞的，或是可以通過步傳來傳遞的文書，而主司官員為圖省事而派驛馬傳送的，主司要受罰一百杖。這比前面講到的耽擱公文「一天杖八十」的處罰還要重。大概是朝廷考慮主司官員應負領導管理責任，所以加重處罰，以示警誡。

有少數驛使性喜奔馬，所以可能在馳傳過程中藉公家的傳馬而逞性，使馬多跑路或經過必須換乘傳馬的地方不停步換馬，使傳馬勞累。因此，《唐律疏議》規定：「諸乘驛馬輒枉道者，一里杖一百，五里加一等，罪止徒二年，越至他所者，各加一等。經驛不換騎者，杖八十。」即指驛使騎傳馬投送文書，沒有正當理由而使馬匹多跑一里要處罰「杖一百」，五里加一等，大概是多跑四里杖四百，而達到五里就要加倍懲處，即杖八百，直到判兩年徒刑。超過投遞地點而不停馬者，再加一等。經過驛館應按規定換乘傳馬而未換傳馬者「杖八十」。從中可見唐朝法律中對驛馬保護的程度，讓馬多跑一里冤枉路的處罰，甚至高於所投送的文書耽擱一天所受到的處罰，足見處罰之重，

也可見朝廷對國力的珍惜。

　　大概唐朝的驛使中也有借公濟私的情況，即騎公家的傳馬，在為國家投送文書的同時也捎帶為自己或代別人運送私物，從中獲取份外之酬。為此，《唐律疏議》中規定：「諸乘驛馬齎私物，一斤杖六十，十斤加一等，罪止徒二年。驛驢減二等。」意思是說那些乘傳馬投送文書的驛使假如私自攜（捎）帶私物，按照捎帶一斤私物杖六十的標準處罰，而且超過十斤就罪加一等，最高可以判二年徒刑。可能驛館還飼養有用來運輸官貨的驢，所以唐朝特別規定，使用驛驢私帶貨物者，罪可減二等論處。

　　（4）關於驛傳過程中人員管理的規定

　　為了保證驛傳系統的正常運轉，唐朝對在驛道上來往的人員進行了嚴格的限制。對允許在驛道上來往的人員，發給相當於通行證性質的文書，這類文書當時稱作「紙券」、「傳符」、「符券」、「遞牒」、「總曆」及「過所」等。

　　關於「紙券」，據《舊唐書》卷十三載，（貞元八年）閏月癸酉，門下省奏：「郵驛條式，應給紙券。除門下（省）外，諸使諸州，不得給往還券。至所諸州府納之，別給俾還朝。」這是說按照郵驛的規定，應給有關人員發給「紙券」這種通行證。除了門下省的官員可發給往返均有效的通行證外，其他部門或地方各州的人員不能發給往返有效的紙券，只能發單程通行證。這些人到達所要去的地方後，應當把「紙券」交當地官府收存，再另外發給回程的通行證，以便他們返回。

　　關於「傳符」，《舊唐書》卷四三載：（侍中二員）若發驛遣使，則給其傳符，以通天下之信。」即假如侍中二員要通過驛傳系統來派遣他們的下屬出京，就必須給他們的下屬官員發放「傳符」，以使這些下屬官員能取得人們的信任。傳符的作用主要是證實其身份及明確可享受的驛傳待遇。在京人員的傳符，由中央三省中的門下省審批，在外則由各軍州頒發。

　　關於「符券」、「遞牒」、「總曆」，《唐律疏議》載：「水陸等關，兩處各有門禁，行人來往，皆有公文。謂驛使驗符券，傳送據遞牒，軍防丁夫有總曆，自餘各請過所而度。若無公文，私從關門過，合徒一年。越度者，謂關不由門、津不由濟而度者，徒一年半。」這是說在驛傳馳道上行走的各色人等，都有證明自己身份的文書，這類文書又因各人的社會身份不同而稱謂不同。如驛使的身份文書叫符券，傳送（即步行送信的人）的身份文書叫遞牒，軍防丁夫的身份文書叫總曆，其他的人氏必須向政府申請被稱作「過所」的能

證明其身份並表明准許其通過的文書才能出關門。若沒有身份文書，企圖蒙混過關的，判一年徒刑；若沒有身份文書而又不從關門、或企圖不從渡口通過者，判一年半徒刑，可見唐朝對人們出行管理之嚴。

關於「過所」，這是對非公職人員頒發的證明其身份的文書。《唐六典》載：「關令掌禁末游，伺奸慝，凡行人車馬出入往來，必據過所勘之。」王仲犖先生認為：「唐朝的過所在中央政府機關由尚書省發給，在地方由督府或州府發給。尚書省主管過所事務的是刑部的司門郎中和員外郎，由刑部司門司主判，都官司都官郎中或員外郎判依（審核同判）。在地方，由戶曹參軍主判，諮議參軍等判依。唐朝人向中央或地方請給過所，大概是繕寫二通，一份是正本，由官員加蓋官印，發給請過所的行人；一份是副本，形式和正本一樣，也都要經過判官、通判別官簽名，由刑部司門司或都督府州戶曹歸檔保存。」〔註52〕

綜觀唐朝以驛傳之制為主要內容的法令內容，我們即使不刻意加以探究，似乎也可從中找出後世稱之為報刊法制的一些影子：對驛傳系統的管理體制，與後世歷代政府中分管報刊的機構已比較相似，更不必說唐朝對驛傳路程與時間的嚴格規定，可以在清末的《政治官報》、《內閣官報》的發行規定中看到印記。清末廣為公布的《內閣官報》條例第九條中就明文規定：「《內閣官報》遞送之法，凡到各省各城之督撫及布政司或度支司衙門，暨各將軍都統辦事大臣駐紮地方，應暫照郵局章程及驛遞章程，酌定日限如下：奉天省城，七日；吉林省城，十二日；山東省城，五日……」可以想見，在規定時限內投遞不到，那些負責投遞官報的郵差或驛差肯定會受到嚴厲的處罰。唐朝對於驛傳系統運作過程中的其他規定，諸如對交通工具使用的規定、投遞文書差錯責任處罰的規定、對投遞活動中假公濟私行為的處罰規定等，也都可以從後來歷朝的報刊法制中找到承繼發痕跡。因此，我們認為，唐朝驛傳之制是中國報刊法制的重要淵源之一，它對於後世報刊發行制度的形成和完善具有重要的啟迪和借鑑作用。

結 語

本章主要探討了中國報刊法制的起源問題。首先分析了中國報刊法制起

〔註52〕 王仲犖：《隋唐五代史》（上冊），上海人民出版社 1988 年版，第 485 頁，轉引自李彬：《唐代文明與新聞傳播》，新華出版社 1999 年版，第 239 頁。

源的社會背景，認為從春秋戰國時期到唐朝中期，社會經濟發展到了一個相對高峰時期的水平，為中國報刊及報刊法制的起源提供了必要的物質基礎；唐朝中期，已客觀出現通過法制手段對社會報刊活動及報刊進行規範和管理的需要；唐朝統一的政治、經濟、文化環境，不但為中國古代報刊的萌芽提供了有利的社會條件，也為中國古代報刊法制的萌芽創造了一個內在發展動因。其次，論述了中國報刊的起源可追溯到戰國時期的「春秋」。本章還介紹了自春秋戰國到秦統一全國前後、兩漢時期及隋唐時期的中國古代報刊活動及報刊萌芽；在此基礎上，提出了中國的報刊法制始於商周盤庚時期的「言禁」制度、興於秦漢時期的「書禁」制度、成形於漢唐時期的「驛傳」制度的觀點，從而大致理清了中國報刊法制起源的軌跡。

第二章　宋朝時期的中國報刊法制

從後梁太祖朱溫滅了唐哀帝並正式改年號爲「開平」的公元 907 年起，中國歷史進入了史稱「五代十國」的時期。公元 960 年，宋太祖趙匡胤代後周稱帝，建立宋王朝。以後又先後削滅南唐、吳越等割據勢力，至公元 979 年滅掉了北漢，結束了「五代十國」的紛爭分裂局面，中國又恢復了由帝王主宰、中央政府集權的統一的封建君主制國家。自此，中國古代報刊及報刊法制進入了一個新的發展階段。

第一節　宋朝報刊法制產生和發展的背景

一、宋朝報刊法制發展的社會背景

在前面探討中國報刊法制的起源問題時，我們認爲中國報刊法制可以追溯到商周盤庚時期的「言禁」制度、由李斯奏本經秦始皇同意後實行的「書禁」制度並由此形成的秦漢兩朝「挾書」制度，以及漢唐時期正式出現的較爲定型的「驛傳」制度。但客觀地說，上述制度中只是蘊涵有後世報刊法制的「因子」，沒有也不可能成爲完整意義上的報刊法制。

這種情況在宋朝有了迅速的改變。一方面是古代報刊得到了前所未有的發展，另一方面是社會對報刊更爲大量和迫切的要求使報刊及報刊活動在社會生活中的影響日趨明顯和強烈。這使統治者在發揮報刊獨具的「出納王命、宣傳上情」功能、保持國家機器正常運行的同時，也日益感受到報刊尤其是民間報刊活動對封建專制制度的衝擊和影響。宋朝的這一社會背景尤其是政

治、文化和經濟背景客觀上產生了制定頒布並實施旨在約束和規範社會報刊及報刊活動的法令制度的需要。

1. 宋朝報刊法制產生和發展的政治背景

報刊法制是在特定的政治背景下產生的。因此，報刊法制具有適應報刊及報刊活動發展的客觀需求性和適應社會統治者希望保證社會報刊及報刊活動秩序正常運行的客觀需求性相統一的特點。

宋太祖趙匡胤建立宋帝國後，迅即採取多方面措施來加強和鞏固中央集權。首先，他採用各個擊破的戰略，用近 20 年時間攻滅了荊南、後蜀、南漢、南唐諸國，實現了中原大地的全國統一。其次，他選用得力將領長期帶重兵駐守北方要地，加強對契丹等少數民族入侵的防禦，保持了北方疆域的安定。再則，他在腹中之地推行重文抑武的用人政策，削奪禁軍將領和藩鎮的兵權，陸續派文臣帶京官銜外出，代軍人掌握地方行政並另遣使臣分掌地方財政，加強中央集權；設副相參知政事，並以樞密使掌兵，三司使理財，分散宰相的權力；選精壯地方廂兵為中央禁兵，以削弱地方將領的兵力；立更戍法，使兵將不相知，以防將領擁兵自用，對抗朝廷。〔註1〕對文臣則高官厚祿，籠絡利用，甚至在軍隊中也多用文人而知兵者。與此同時，宋王朝又廣開科舉制度：一方面把用人之門向所有文人開放，只要文章合格，不論出身貴賤，均可錄取；另一方面擴大錄取名額，每年考中者多達二三千人，較唐朝多二三十倍，且中舉後不必經「身、言、書、判」的考試即可為官。〔註2〕這種政治謀略和用人路線使一大批中上層文人進身仕途，使得宋王朝在較短的時間內形成了一大批文臣官僚，成為中央政府的擁護者和國家統一的維護者。他們對朝廷動態十分關心，迫切希望能盡早獲取關於國家政事的消息；而一些朝政消息又因事關國家機密或國家安全，不能隨便外泄，因此，統治者必須對朝政消息的發布活動予以明確和規範，採取一切可能的措施來防止國家機要事務消息的外傳。此外，宋朝政府為防範武將串通作亂，也嚴密控制國家機要事務消息的傳播。

儘管宋太祖從建國初期就注意保持邊疆地區的安定，但實際上在北方疆域就一直先後與遼、金對峙。金兵於宋欽宗靖康元年（公元 1126 年）攻入開封，擄走欽宗趙桓和徽宗趙佶，迫使時任康王的趙構出走到南京（今河南商

〔註1〕參見辭海編輯委員會：《辭海》，上海辭書出版社 2000 年版，第 1216 頁。
〔註2〕參見鄭如斯、蕭東發：《中國書史》，書目文獻出版社 1990 年版，第 164 頁。

丘）即位，並一路南遷，先抵揚州，後又渡江而南，於公元 1127 年建都臨安
（今浙江杭州），改年號為「建炎」。史學界把定都開封時期的宋朝政權稱為
「北宋」，而把南遷到臨安的宋朝政權稱之為「南宋」。蒙古貴族忽必烈（又
稱薛禪皇帝）則率兵不斷南下，在至元元年（公元 1264 年）定都燕京（後稱
大都，即今北京）。至元八年，定國號為「元」。隨後對南宋發動進攻，至元
十三年（公元 1276 年）攻佔南宋都城臨安，繼而又消滅了南宋流亡政權，到
至元十六年統一全國，隨後進入近百年相對安定的元朝。

　　因此，自趙匡胤創建宋帝國以後的十六帝 317 年中，邊疆一直沒有安定
過，思想上的「亂軍壓境，戰和求生」的弦一天也沒有鬆弛過。再加上金人
及後來的元人曾屢派暗探到京城，高價購賣宋朝官府編發的朝報以了解情
報，所以宋朝統治者更是小心謹慎，對旨在傳播朝政大事、邊事機密、災異
急事、民情大事等信息的報刊，一直採取「寧緊勿鬆」的高壓政策，採取多
種手段遏制報刊的產生，禁止報刊的流傳，尤其禁止報刊上傳播不利於國家
政治、社會及民心穩定的消息。為了達到這一目的，宋王朝統治者在利用法
律法令制度規範和約束報刊及報刊活動方面的廣度、力度都遠遠超過了前代
王朝，從而構成了宋朝報刊法制獨特的政治背景。

2. 宋朝報刊法制產生和發展的文化背景

　　宋朝統治者在用人問題上奉行重文輕武的國策。隨著宋王朝對知識份子
的「官門」大開，「以一日之長，取終身富貴」的誘惑吸引人們熱衷於科舉功
名，知識份子的隊伍迅速擴大，與科舉直接相關的圖書編輯與傳播、學館開
設與收徒授學等迅速發展，形成了以往歷朝都不具備的重教、重書、重學的
文化氛圍。在這種社會氛圍裏，知識份子一方面潛心讀書做文章，另一方面
又十分關心科舉考試的行情動態，因而十分關注朝廷政事的消息，這就為當
時報刊的發展創造了條件，提供了市場。但同時也產生了矛盾，即一方面是
文人書生迫切想知道科舉考試及相關的消息，另一方面則是朝廷千方百計控
制這些消息的傳播——這雖然也有防止國內洩密的意思，但更為重要的是防
止被敵對的金人或後來的元軍採取多種手段（如出錢購置、使人盜得、坐探
收集）獲悉國家機密。朝廷或進奏院編印、發行官報的目的，是為了能「溝
通下情」、「宣傳政事」，但同時又要防止因這些官報的流傳而導致洩密。為了
做到既收「溝通」、「宣傳」之利，又避「洩密誤國」之弊，宋王朝只有採取
包括制定、頒布、實施報刊管理法制的諸種手段趨利避害。這樣一種社會文

化背景，就構成了宋朝報刊法制產生、發展的特定動因。

3. 宋朝報刊法制產生和發展的經濟背景

宋王朝的建立，結束了自唐朝安史之亂以來近二百年的戰亂割據局面，除北方尚有契丹少數民族政權的偶爾騷擾外，全國再度統一。但是由於近二百年的戰亂割據，生產力遭到了極大的摧殘，社會成員中青壯年的比例銳減，生產資料也受到了嚴重的甚至是毀滅性的損壞，人民流離失所。

為了較快地恢復生產力，宋太祖採取了一系列重要的經濟政策，諸如廢除了唐五代時期門閥士族按等級佔有土地和農奴的部曲制，代之以地主只能購置田產和對佃客進行租佃剝削的租佃制，使農民有了較大的人身自由，生產的積極性也大為提高。宋朝初期又鼓勵農民墾荒，改進農具，改革耕作技術，開闢圩田，興修水利，整治以汴梁為中心的運河，以提高轉輸能力和發揮水利設施的作用，因而使農業生產很快得到恢復。圩田水利的開闢，冶金礦業的興起，軍器紡造的分工，陶瓷業的進步，航海術的發展，都促使了商業的發達和經濟的繁榮。人口也迅速增長，到 11 世紀 80 年代，全國民戶已由宋初四百一十多萬戶增加到一千七百多萬戶。一大批手工業人員和商貿運輸銷售人員迅速向城市集中，城市的規模迅速擴大。「北宋時的都城開封，已有市民一百多萬，各種手工業行會一百六十多個。」〔註3〕

經濟的發展、商業流通的進步、城市規模的擴大和人口的集中，使得生活在都市裏的人們尤其是與社會上層具有較密切聯繫的知識份子、各級官吏等，對了解國家大事、社會新聞、奇聞異事的信息需求更為迫切，進而促使報刊尤其是民間小報得到迅速發展。為了吸引人們購買閱讀，民間小報的編印刻賣者們，總是想方設法地提高民間小報內容的時效性、新聞性和可讀性，於是千方百計地收集朝廷動態，有時甚不惜冒被殺頭的危險，與宮內人士相互勾結，將未經允許的文書、奏章、聖旨、詔書等內容搶先在小報上刊載。這種情況的出現使統治者大為震驚和惱火。為了遏制這種情況的蔓延，宋朝政府不得不採取各種手段尤其是法制手段來規範和約束當時的報刊活動。經濟的發展激活了人們對報刊傳播信息的需求，而報刊尤其是民間小報的發展又直接影響或損害了朝廷的統治。在這種情形下，報刊法制的產生就是不可避免的了。

〔註 3〕鄭如斯、蕭東發：《中國書史》，書目文獻出版社 1990 年版，第 165 頁。

二、宋朝報刊法制產生和發展的報刊活動背景

　　儘管報刊法制的產生和發展受到多種因素的促進或制約，但其最根本、最直接的動力卻是報刊及報刊活動本身。因為倘沒有「報刊和報刊活動」，社會生活中根本就不可能也無須出現「報刊法制」。所以，要探討宋朝報刊法制產生、發展的歷程及其規律，就必須先對宋朝報刊及報刊活動的情況作一簡單而客觀的分析。

1. 宋朝報刊產生和發展的歷史基礎

　　從歷史沿革的次序看，宋朝報刊發展的直接基礎應當是五代時期的中國古代報刊。據《文獻通考》載：宋緣舊制，皆本州鎮補人為進奏院。「逐州就京師各置進奏院。」〔註 4〕這裏的「宋緣舊制」，從文義上講應是指宋朝沿用了後周政權的原有驛傳體制。但從宋朝官報編印、抄發的實際情況來看，似乎應解釋為宋朝初期基本沿用了由盛唐時期開始形成的官報運作體制，即由各藩鎮將領選派將吏在京師設進奏院，承擔「通奏報，待朝宿」的職責，並向各地藩鎮將領及時傳報京師動態的體制。在進奏院人員的來源上，各州鎮在京師所設置的進奏院人員，仍然全部由各州鎮派員充任；各州鎮在京師所設置的進奏院仍然直接受各州鎮管理，相互之間獨立運作，中央政府不加干預。我們認為，這樣的理解既比較符合唐朝的舊制，也比較符合宋朝初期官報運作的實際。我國台灣著名的新聞史專家朱傳譽認為「宋因唐制，各州鎮都有進奏官在京師」。〔註 5〕可見宋朝繼承更多的正是唐朝的舊制而非漢朝舊制。

　　唐帝國曾經是一個威播四方、國勢強盛的封建帝國，它經濟發展，政治穩定，外交活動頻繁，交通郵運發達，並且形成了以首都長安為中心的交通驛運網絡。「驛站總數量最多時曾達到 1643 所，其中陸驛為 1297 所，水驛為 260 所，水陸兼有者為 86 所。陸驛的驛馬，每驛有 8 至 75 匹不等。水驛的驛船，每驛最低為兩艘，多則四五艘，水陸兼有者則同時備有驛船和驛馬。」〔註 6〕這就為唐朝中央政府編寫抄發的政府公報，即由朝廷抄發的「報狀」向全國各地傳播奠定了基礎並提供了條件；同時也為各藩鎮設在京師的進奏

〔註 4〕馬端臨：《文獻通考》卷六十，職官十四。轉引自方漢奇主編：《中國新聞事業通史》（第一卷），中國人民大學出版社 1992 年版，第 63 頁。

〔註 5〕朱傳譽：《宋朝新聞史》，（台灣）中國學術著作獎助委員會 1967 年版，第 14 頁。

〔註 6〕黃卓明：《中國古代報紙探源》，人民日報出版社 1983 年版，第 27 頁。

院官員小吏編寫的「進奏院狀報」及時向各藩鎮將領傳報，提供了方便。而
這些「進奏院狀報」是進奏官們根據從中央各部門抄錄的文牘奏章以及通過
各種關係打探到的朝廷動態編寫的。因此，在唐朝基本上形成了由中央政府
編寫抄發的政府官報——「報狀」，由各藩鎮在京師所設進奏院官吏編寫抄
報的「要情通報」式的書寫品——「進奏院狀報」，以及由協助藩鎮將領工
作的助手觀察使根據報狀、進奏院狀報的有關內容及本地區的消息編寫抄發
的「觀察使報（牒）」的三個不同層次的在編寫宗旨、目的、編寫人員及傳
播範圍等方面都各有特點的報刊運行體系。

　　據文獻記載，在五代時期，後梁、後唐、後晉、後漢和後周應當是存在
中國古代報刊的原始萌芽的。據清朝著名史學家、考據學家趙翼（公元 1727
～1814 年）所撰的《二十二史箚記》記載，五代時期的後唐長興年間（公元
930～933 年），史館向當時後唐的明宗李嗣源奏請：「宣宗以下四朝未有實錄，
請下兩浙、荊湖等處，購募野史及除目朝報、逐朝日曆、銀台事宜、內外制
詞、百史簿籍上進。」〔註7〕從這一段文字可以知道，至少唐朝的歷代皇帝，
除晚唐時期的唐懿宗李漼、唐僖宗李儇、唐昭宗李曄及後唐莊宗李存勗四朝
外，都留下了宮廷實錄，其內容主要是記載皇帝日常生活及其所處理的朝政
事宜。因為這四朝沒有留下實錄，所以史官們就無法編修國史，故而他們特
別奏請皇帝降下諭旨詔令到兩浙、荊湖等地區，公開從民間徵購私家撰寫的
史籍、當時朝廷發布的以公布官員任免事項和朝廷政事為主要內容的朝報
（《舊五代史》中記作「報狀」）、自唐宣宗以下的四朝所編發的日曆和翰林院、
學士院的有關事項記錄、朝廷對內公布的政策法令、聖旨公告和對外交往中
的往來公函、檔案文書以及其他一些關於歷史事項記載的簿籍等文獻資料，
以便為編修唐朝國史提供素材和依據。由此可見，五代時期的確存在諸如唐
朝的「報狀」、「朝報」之類的政府公報性質的報刊，其主要內容是官員的任
免事項。因此，在史官的奏請中才會出現「除目朝報」（或「除目報狀」），這
正為宋朝報刊的發展奠定了基礎。

2. 宋朝初期報刊的管理體制和運行機制

　　宋朝之初，趙匡胤因忙於攻滅諸侯各國，因此基本上還是沿用了唐朝及

〔註7〕趙翼：《二十二史箚記》卷十六：「舊唐書源委。」（筆者注：據方漢奇先生考
　　　證，趙翼轉引的這一段文字，也見於《舊五代史》卷四十六「後唐明宗紀」
　　　第九，其中《舊唐書》中的「除目朝報」四個字為「除目報狀」，可知「報狀」
　　　確係朝廷所發，具有中央政府公報性質。）

五代十國時期的舊制：「逐州就京師各置進奏院」，並由各州鎮自行管轄運作。據文獻記載，宋初有 250 多個州，而設在京城開封的各州進奏院，最多的時候也在 200 個左右。〔註8〕由於攻滅諸侯的戰事還在進行之中，所以宋太祖趙匡胤覺得還必須借助於諸路將軍手中的兵力，因此對州鎮將軍仍然採取放寬、縱容的態度，故而州鎮有權，州鎮派駐京師的進奏官也很有地位，「有的官可以做到御史大夫」。〔註9〕這些進奏院的任務，除了代各自州鎮將領（督撫）向朝廷轉呈公文、奏章和匯報本地區的政治、經濟、軍事及社會生活動態情況，承擔「下情上達」的職責外，還要把京城所發生的事情，尤其是朝廷發布的御旨、王室動態、朝廷事務以及官員任免事項等信息，收集整理篩選後編寫抄報給「當道」，即派他們駐京的當地軍政首腦將軍或督撫。這就產生了宋初由各進奏院獨立編寫抄發的「進奏院狀報」。其運作體制大致是進奏院的官吏（或進奏官本人）到朝廷有關部門去了解收集藩鎮將領感興趣的消息（抄錄公文或旁敲側擊地打探消息）──回到進奏院對所收集到的內容根據「當道」是否感興趣的原則進行篩選──對經篩選後確定可抄報的消息內容按一定次序排列先後──把這些消息的內容交有關人員（也可能就是進奏官本人）抄寫成單頁或數頁──交（或夾在公文中）由驛傳人員送回到派進奏官駐京的「當道」即藩鎮將領，達到「通風報信」的目的。這是宋朝初期進奏院狀報的運行機制。

　　由於各州鎮自設在京師的進奏院數量眾多，人員繁雜而鬆散，進奏院人員往往由各州鎮選派，由進奏官自行管理而不受朝廷控制；進奏院狀報由進奏官自行編寫抄傳，是朝廷公報內容摘要及京師政治、社會新聞的混合物，因而朝廷難以控制進奏院狀報的內容及傳報活動；進奏院狀報具有工作環節少、傳遞速度快的特點，也難免存在耽誤政令傳遞和泄露朝政秘密的情況。建國初期宋太祖、宋太宗忙於統一國家的戰爭，所以對這種情況採取了寬鬆政策。宋太宗於公元 979 年滅掉了五代十國中的最後一個國家「後漢」、統一了全國後，進奏院狀報原有運作機制和管理體制中存在的弊端就立刻引起他的重視。在攻滅後漢以後的第三年，朝廷即採取強有力的措施，進行了徹底的改革，建立起獨具特色的進奏院狀報及其管理機構──進奏院的有效管理

〔註8〕方漢奇主編：《中國新聞事業通史》（第一卷），中國人民大學出版社 1992 年版，第 63 頁。

〔註9〕朱傳譽：《宋朝傳播媒介研究》，見《先秦唐宋明清傳播事業論集》，（台灣）商務印書館 1988 年版，第 129 頁。

機制。

3. 宋朝進奏院狀報的管理機制

宋太宗太平興國七年（公元 982 年），時任朝廷起居郎的何保樞向皇帝趙光義呈了一本奏章，奏請朝廷改革沿襲唐五代時期的進奏院管理體制，即把各州鎮自行在京師設置的進奏院進行集中管理，建議設置「鈐轄諸道都進奏院」（簡稱「都進奏院」），以統一管理各州鎮在京師設置的進奏院、進奏官及進奏院的文書傳報活動。皇帝批准了這一奏章，命供奏官張文粲、王禮兩人在相國寺行香院把各州進奏知後官（即進奏官）集中到一起，「諸州罷知後之名，簡知後官得李楚等一百五十人並充進奏官」（《文獻通考》卷六十，職官十四），即從各州進奏知後官中選出李楚等 150 人，正式授予「進奏官」的名位身份，未被選中的各州進奏官一律作爲副知。進奏官和副知（進奏官）均由張文粲和王禮統領。同年十月，朝廷下令在中央政府大內側設「都進奏院」，各州鎮原進奏院的房舍全部交給政府的三司管理，三司發給各州鎮進奏院銅製朱印一枚，上面刻有「×州×軍進奏院」的印文，表示該進奏院得到朝廷的認可和授權。對於正式授職的進奏官，朝廷又分別視他們的資歷、才能、文書往來數量的多寡以及地域聯繫便捷程度等情況，有的進奏官被授予分管一個州鎮的進奏通報事宜，即發給一枚銅印；也有的儘管授予分管二三個州軍的進奏通報事宜，但也是發給一顆銅印。朝廷規定一枚銅印代表一個進奏院，分管一路進奏通報事項。所有進奏院（實際上也就是一個正式的進奏官或加上幾名副知）集中到都進奏院內辦公，承發文字按規定也只能在辦公地點進行，所有公文一律不准帶回住處，以免公文內容泄漏。這樣，宋王朝就出現了一個以前各朝都沒有的旨在統一管理各州鎮軍駐京進奏院及進奏官活動的政府機構——「都進奏院」。主管都進奏院事務的官員稱之爲「監進奏院」，一般由京朝官或三班使臣充掌。由於全國分設的州鎮軍數量較多（宋初達 250 個），因此，第一批授予的 150 名進奏官任務大大增加，要管不只一個州鎮軍的進奏通報事務。「到太平興國九年七月，又因選拔了 30 人任殿前承旨，各州進奏官名額實際上又降爲 120 人。」〔註 10〕按照朝廷的分工，一個進奏官往往分管幾個州鎮軍的進奏事務，這就改變了自唐五代以來形成的藩鎮將領選派進奏官並供其經費餉薪，進奏官則打探消息，爲藩鎮將領通風報

〔註10〕 朱傳譽：《宋朝傳播媒介研究》，見《先秦唐宋明清傳播事業論集》，（台灣）商務印書館 1988 年版，第 122 頁。

信的依附關係。尤其是宋朝對進奏官實行了朝廷授予制度，進奏官感到是朝廷給了他們官職，給了他們飯碗，所以應當爲朝廷而不再是爲某一個藩鎮將領服務。這些改革使宋朝形成了有別於唐五代時期的獨特的進奏院及進奏院狀報運作的管理體制，使原來聽命於藩鎮的進奏院及進奏官成爲聽命於朝廷的文書傳報機構和官員。宋朝的「都進奏院」也因此成爲我國歷史上第一個代表中央政府行使新聞發布管理權的職能機構。這是宋朝報刊運作體制中的一個明顯特點。

4. 宋朝進奏院狀報的運作體制

宋朝都進奏院的上級領導機構是銀台司。在唐朝，「銀台」本是皇宮一個城門的名稱，翰林院、學士院等文職官員的辦公地點均集中於此。朝廷的文牘、公函、諭旨、詔令等文書大多出於在此辦公的文官之手，由各地州鎮軍呈報皇帝及朝廷各職能部門的奏章文牘又大都由此入宮，這裏實際上成爲朝廷與地方進行文牘信息交流的必經之處。久而久之，「銀台」就成爲宮廷文報收發機構所在地的代稱。

到了宋朝，朝廷以「銀台」爲名成立了「銀台司」，具體負責「掌受天下奏狀案牘」事宜，也就是負責收受各州鎮地方向皇帝遞呈的文報。由此就形成了宋朝完整的文報運作程序，即：各州鎮的文報由驛卒（兵丁）專程送到京城後，首先投報到分管該州鎮進奏通報事務的進奏院；由進奏院再將此文報呈報給「掌受天下奉狀案牘」的銀台司；然後再由銀台司官員把文報呈送給負責「掌受銀台司所領天下章奏案牘、閤門在京百司文武近臣表疏」的通進司──通進司不但接受由銀台司受收的京師以外地區州鎮軍道官員向皇帝遞呈的奏章文牘，同時也接受閤門（即閤門司，隸屬於門下省，主管皇帝和大臣們的朝會、遊幸、宴享、讚相、禮儀、對召、引見、辭謝等事宜）及在京各司的文武近臣向皇帝遞呈的奏章。由通進司接受的全國（包含了京師及京師以外地區）向皇帝遞呈的奏章文牘經過通進司給事中之手進入門下省，最後由門下省負責呈送給皇帝閱處。

由各地經過上述諸多運作環節呈報給皇帝的奏章、案牘或表、疏等文書，經皇帝批閱後，除留中不出者外，其餘的下行到門下後省；由門下後省官員編定擬供進奏院抄報的文書底本，然後報由門下省分管文報抄傳事務的給事中判報，即審核內容，以符合朝廷關於溝通下情、宣傳朝政而又不致泄密的要求；通過判報這一程序之後的進奏院狀報底本，再下行到都進奏院，

供那些奉旨在此集中辦公（承受和抄發文書）的進奏官們分別抄報給他所分
管進奏通報事務的那些州鎮軍的將領官吏，以達到「通朝政」的目的，這樣
就形成了宋朝進奏院狀報從編輯、審稿、發布、抄寫到下發的一個完整、通
暢的運作機制。「宋朝官報——進奏院狀報的這一循環運行體制，實際上也
就是宋朝主流報刊（官方新聞傳播媒體）的運行體制。」〔註11〕

三、宋朝報刊法制發展的直接動因

從宏觀方面分析了宋朝報刊法制產生的社會背景和報刊活動背景以後，
還有必要再深入探討一下宋朝報刊法制產生和發展的直接動因。

1. 報刊法制產生於特定的社會政治、經濟、文化、軍事以及報刊活動背景，即先有社會自發的報刊和報刊活動，然後才有報刊法律法令制度

無論在哪個朝代或歷史發展階段，報刊法制的產生都既要適應報刊及報
刊活動發展的客觀需求，又要適應社會統治者對維持社會報刊及社會報刊活
動秩序正常運行、有利於社會統治的客觀需求。

由於圖書在制作方面環節眾多，導致了竹簡、木牘或紙張上的信息在與
社會成員直接交流的時效性上相對滯後。儘管那些知識或社會新聞信息在荷
載時（即抄寫或雕版時）是新鮮的，但因書籍製作週期較長，所以不像早期
的報刊一頁一份印完就可向人們傳播新鮮的消息。這對那些希望獲得社會活
動最新動態、最新消息的人們來說，圖書傳播信息的及時性就顯得遠遠不夠。
劇烈動蕩的社會環境，不斷產生變化迅速的社會信息；劇烈動蕩的社會環境
中的人們，更迫切需要獲知最新的社會信息。就是在這樣的社會背景下，報
刊作為印刷（抄寫）簡便、篇幅短小、不需裝訂的信息荷載物出現了，並且
立即發揮了圖書難以發揮的傳播信息迅速、廣泛的特點和優勢。

從春秋戰國時期的諸侯爭雄一直發展到宋朝統一各郡（州、路、軍）在
京城設置的進奏院，成立「都進奏院」，中國古代報刊在傳播上下信息、溝通
中外聯繫等方面都發揮了重要的作用。到了宋朝，報刊在社會信息傳播系統
中已經佔據了足以吸引人們關注的地位，已經比較明顯地表現出引導輿論、
影響政局、動搖民心、達到特定目的的社會功能，的確到了社會統治者必須

〔註11〕倪延年：《中國古代報刊發展史》，東南大學出版社 2001 年版，第 70 頁。

採用特別手段即法律的手段，來管理、規範社會報刊活動及報刊運作體系的時候了。只有這樣，才能使社會報刊為維護社會秩序、引導人們按照統治者意志行事服務，進而實現維護社會統治的目的。正是在這種情況下，專門用於管理、規範報刊活動的法制（法令和制度）應運而生。

2. 宋朝報刊業發展的實際態勢，客觀上需要有具有權威性、強制性執行的報刊法令制度來加以規範

古代報刊的產生既具有必然性，也具有偶然性。人們不是有意識地為了傳播特定信息而去創造「報刊」這一形式，而是在實踐中發現「別錄單狀」、「矯以家書置郵」、「膽報傳外」等方式，有利於實現盡快傳播消息的目的，所以才較多地採用了這種隨時收集消息、隨時抄寫膽報的方式，由此出現了區別於「圖書」、「官文書」、「檔案」等信息傳播載體，在傳播速度上具有特別優勢的「報刊」。報刊在出現之初仍然帶有十分明顯的官文書的痕跡。因此，有人指出：「報紙作為一種新聞手段，從誕生、發展到現在，已經經歷了一千多年（筆者注：這是指從唐朝「開元雜報」算起）的歷史。它不是一下子突然形成的，而是逐漸形成的。形成之後，還有一個完善的過程。……古代報紙和現代報紙畢竟是有區別的，我們只能實事求是地承認這種區別，不能用現代報紙的模式去硬套和苛求古代的報紙。」〔註12〕在從「官文書」到「報紙」的演變過程中，人們必須創造或逐漸明確一些報刊的特定做法或運作的特點。這種創造，在起始階段往往是在人們的無意識中形成的。但作為社會行為的「明確」，則必須通過一些特定的社會手段才能使其具有社會公認性。在已經出現國家機器的社會形態中，代表統治階級意志的法制的制定、頒布及施行，就是最直接有效的一種社會「明確」手段。為了規範報刊的運作程序，提高報刊在信息傳播活動中的效率和效能，社會統治者在總結社會成員無意識報刊行為及其蘊涵的客觀規律的基礎上，就以法制的形式對報刊的運作程序，內容和形式特徵進行規定，以便人們更好地實施報刊行為。從這一點上講，社會統治者頒布的諸如規範報刊運作程序、明確報刊行為責任、規定報刊活動形式、組建報刊工作機構以及任命報刊管理官員等方面的法令制度及規定、指示等，都促進了報刊事業的正常發展，更好地發揮了報刊這一新興的、特殊的信息傳播媒體的社會功能。

〔註12〕朱傳譽：《宋朝傳播媒介研究》，見《先秦唐宋明清傳播事業論集》，（台灣）商務印書館 1988 年版，第 128 頁。

　　爲了保證報刊的內容符合統治階級的根本利益，統治階級必須通過法律來規範報刊活動。一般情況下，統治階級所有行爲的根本目的都是爲了維護、加強自己的統治地位；與之相反，被統治者則無時無刻不想推翻統治者對社會生活的統治，從而使自己所代表的階級登上統治者的地位。爲了獲得或奪回統治地位，被統治者必然會採用包括政治的、軍事的、經濟的、文化的等手段來實現自己的目標。在政治的和文化的手段中，利用報刊來攻擊現有統治者並且美化自己代表的那一部分政治力量，就成爲一種被「不斷襲用」的「老辦法」。而爲了維護自己對社會的統治，統治者又勢必採取各種手段，除了政治的、經濟的、軍事的、文化的手段以外，還要憑藉掌握國家機器的優勢來維護自己的統治，遏制報刊宣傳對社會秩序的衝擊，打擊利用報刊活動來損害社會秩序的敵對者，從而鞏固自己的統治。在這種爭奪與反爭奪的鬥爭中，社會統治者必然要憑藉國家政權，制定、頒布專門限制違規報刊活動的報刊法制，以達到用強制性的力量規範社會報刊行爲的目的。

3. 統治者為了維持報刊活動與其他社會活動的平衡關係而制定相關法令法規，也是報刊法制產生的動因之一

　　在報刊誕生之前，社會生活中已經形成了可以基本滿足當時人們信息需求的以圖書爲中心的信息傳播體系。在這個體系中，除了圖書以外，還有官文書、檔案、榜文、布告，檄令等等。隨著社會的發展，人們對信息的需求迅速強化，原有的圖書、官文書、檔案、布告、榜文、布告、檄令等已經難以滿足社會信息迅速傳播的需要。於是人們就嘗試創造新的更快更方便的信息傳播載體，由此報刊這一新興的新聞傳播載體就出現了。它打破了原來形成的以圖書文獻爲中心的信息傳播體系，在原先社會的信息傳播鏈條中增加了報刊這一鏈節。隨之就出現了在社會信息傳播系統中各傳播媒體的分工調整問題。要在被打破的平衡中尋找新的平衡，就必須通過調整使得圖書、官文書、檔案、榜文、布告、檄令及報刊等不同信息傳播媒介在信息傳播市場上佔據與之功能、特點大體適應的份額。這種平衡的實現，除了報刊和圖書、檔案、官文書、榜文、布告、檄令之間的互動調整外，還必須借助社會統治者的主觀協調，才能保證它們平衡運行。在社會統治者的各種主觀協調手段中，只有法制手段代表國家意志，並具有強制推行的權威性，也就是最重要、最有效的協調手段。正是在這種背景下，社會統治者制定、推行旨在協調社會信息傳播系統中多種媒體關係的專門的報刊法制，也就成爲一種客觀必然了。

第二節　宋朝報刊法制的主要內容

假如以現行的「法制」模式來衡量和評價，宋朝報刊法制的不少內容的確還稱不上是「報刊法制」。但我們認為，必須尊重歷史事實，必須看到某一事物從起源到發展過程中客觀具有的漸進性特徵，必須善於從事物的本質而不是從事物的表象來看問題。因此，我們首先關注的是有關文獻記錄的內容在當時所起的實際作用，關注上述記錄內容的作者在當時的內在動機，關注上述記錄內容在施行之後可能產生的客觀效果及其當時所發揮的社會功能。如果真正發揮了促進人們的報刊活動、規範人們的報刊行為、遏制人們違規的報刊舉動、協調報刊活動與其他信息傳播媒體的關係的社會功能，那麼，我們就認為它們已具有「報刊法制」的基本功能，而不管它是以「詔令」、「臣僚言」，還是以其他什麼形式問世的。

中國古代的封建社會中，皇帝是最高統治者，「朕即是國家」，「聖旨就是法律」，這儘管沒有通過立法程序成為國家頒布的法律，但皇帝的詔令聖旨在當時實際上就具有法律的效力，起著法律的作用，發揮了法律的功能，有時甚至凌駕於法律之上。與之相仿的是「臣僚言」，在某種意義上代表了當時國家職能部門的意志，經皇帝同意後立即就具有法律效力。因此，記載在諸如《宋會要輯稿》、《宋會要稿》等歷史典籍中的那些與社會報刊及社會報刊活動有關的「詔令」、「臣僚言」等內容，客觀上具有法律的效力，是宋朝報刊法制的特定形式。具體地說，宋朝報刊法制包含五個方面的內容。

一、確立報刊活動管理體制的內容

1. 關於新聞發布授權的規定

《宋會要輯稿·職官》二之四四載，太宗雍熙三年（公元 986 年）五月詔：「開封府進奏官，止依例供申本府報狀，諸州不許申發。」宋太宗發布這一詔令的目的，顯然是為了確立開封府進奏官在報刊業體系中的特定地位和職責範圍。因為開封作為當時國家的首都（京城），是全國的政治、經濟、文化中心，開封府進奏官實際上不僅是開封府新聞報導的負責人，更可以說是中央政府發布新聞的代表。因此，宋太宗明確規定，開封府進奏官可以「依例供申本府報狀」，而「諸州不許申發」。這是授予開封府進奏官作為國家（朝廷）新聞發言人的權限。另一方面，他在詔令中又特別強調「止依例」，也就

是說，即使是開封府進奏官，也必須依照朝廷規定的職責範圍和工作程序來「供申報狀」，不能不「依例」去「供申」報狀。此外，又特別規定，開封府進奏官供申的報狀「諸州不許申發」。這樣就明確了「開封府」和「諸州」之間的協調關係，確立了中央集權的報刊體制。

2. 關於官報刊期、責任部門及運作程序的規定

《宋會要輯稿·職官》二之四五載，眞宗咸平二年（公元 999 年）六月詔：「進奏院所供報狀，每五日一寫，上樞密院定本供報。」這一詔令規定了朝廷官報（報狀）的刊期、責任部門和運作程序等問題。由此可知，宋初的進奏院報狀是由進奏院負責向京師以外的地區提供的，而且是每五天向外發一次（大約相當於後世的「五日刊」）；在進奏院向外供報之前，必須先上報到樞密院，由樞密院的官員對內容進行審查刪改，審核通過以後才能向外發布。由此可見，審查進奏院報狀內容的責任部門是樞密院。

3. 關於臣僚郵寄家書的規定

宋太祖從登基開始即注意打破地方割據，文人異地任官，武將頻繁換防，所以有相當數量的武將文臣遠離家鄉親人。爲了穩定臣僚隊伍，讓他們能安心在異鄉爲朝廷任職，仁宗景祐三年（公元 1036 年）五月，宋仁宗頒發詔令：「中外臣僚，許以家書附遞。明告中外，下進奏院。」（盛如梓《庶齋老學叢談》）具體做法是，規定事涉邊關機密事項用「實封」傳遞，而一般的公文則以「通函」謄報，臣僚的「家書」也以「通函」形式附遞。這本來是一件朝廷體恤臣僚思鄉思親之苦、借助國家軍情傳遞系統做的一件好事。然而，由於社會對新聞報導的客觀需求，人們迫切希望通過多種途徑獲得各種消息，尤其是事關國家政治、軍事的大事，但這些內容又是朝廷禁止傳播的。於是一些進奏官就鑽起了朝廷對中外臣僚「許以家書附遞」的政策空子，把京城的政治、軍事消息「矯爲家書以入郵置」，以達到瞞天過海、傳播新聞消息的目的。這樣就對國家機密的保密要求產生了威脅。

於是，朝廷採取了一系列完善報刊管理體制的措施。首先是在宋神宗熙寧三年（公元 1070 年），朝廷在樞密院等機構設置了「檢詳文字」官，專門負責朝廷對外發布消息的檢查把關工作；其次是要求進奏院每五日把所擬發布的消息文稿，編定後上報給樞密院，經樞密院審核後才能「傳之四方」；第三是採納了劉奉世的建議，一般消息不再上報樞密院「定本」，更不准採用「實封」作爲特件傳遞，一律以「通函謄報」，便於「檢詳文字」官檢查。

4. 關於「實封」的規定

關於「實封」傳遞的邊關機密急件，朝廷在內容和形式上作了具體規定。早在宋仁宗乾興元年（公元 1022 年）十一月，仁宗專門就「實封」文件的格式及接收傳遞等問題下了詔令，規定：「都進奏院告報諸州府軍監，自今所奏文字，凡係實封者，並令依常式封書畢，更用紙摺角重封，准前題字，及兩摺角處，並令用印。無印者細書名字。侯到闕，令都進奏院監官，躬親點檢。無拆動即依例進奏。或有損動者，具收接人姓名以聞。」這一詔令申明了宋朝報刊體制的一個重要組成部分，即報刊傳遞體制。朝廷根據不同內容性質的稿件，從封裝的格式到接收的責任人都作了具體而明確的規定，又明確規定發現「拆動」後的追查程式。應當說，這樣的規定在當時是比較嚴密的。

《宋會要輯稿・職官》二之四六載，神宗熙寧四年（公元 1071 年）十一月一日，劉奉世言：「諸道進奏官依例供報，係朝廷已行差除指揮及內外常程事得膽報外，應於實封，事涉邊機及臣僚章疏，或增加僞妄，並置重法。其報狀仍本院監官逐月抽摘點檢。」詔令曰：「從之。」這一條文獻記錄的內容表明，朝廷對官報的報導內容作了明確的規定，即「朝廷已行差除指揮及內外常程事」，「得（可以）膽報外」（即向社會公開）；而對「事涉邊機及臣僚章疏」者必須「實封」運作，不得擅自發布；假如對應當「實封」者不「實封」，或在上述內容中「增加僞妄」，就要「並置重法」。爲了落實這一措施，又進一步提出（進奏院下發的）報狀仍由派駐在進奏院的朝廷命官（監官）「逐月抽摘點檢」，即每月審讀複查。劉奉世的上述建議，經皇帝下了「從之」的詔令之後，就具有了法律效力，諸道進奏官必須執行。由此可見，朝廷對進奏院報狀的運作程序規定得十分清楚和嚴格。

5. 關於祖宗舊制「定本」的規定

《宋會要輯稿・職官》二之四九載，高宗紹興十七年（公元 1147 年）七月二十日，監進奏院朱柔嘉上言：「祖宗舊制，進奏院除承六部取會承發事務供報外，餘並不許侵紊。檢准大觀進奏院令，除刑部許勾喚進奏官，承發非次赦降，及上下半年須降條貫……外，即無六部許勾喚供報，及直送所司斷遣條法，乞依舊制施行。」

《宋會要輯稿・職官》二之五一載，乾道九年三月二十一日詔：「高宗紹興二十六年（公元 1156 年），因臣僚建言，罷去進奏院定本，以復祖宗之舊。至乾道六年，因左右司請將六曹剌報內所報事件，去取選擇，發付進奏院，

方許謄報。向來定本之弊，皆非累朝令格之制，欲望特降指揮，令進奏院一遵祖宗舊制，隸門下後省。令本省錄合報事件，付進奏院報行，庶幾朝廷命令之歲出，天下通知，允合公議，故有是命。」

《宋會要輯稿·職官》二之五一載，孝宗乾道九年（公元 1173 年）臣僚言：「國朝置都進奏院，總天下之郵遞，隸門下後省。凡朝廷政事施設、號令賞罰、書詔章表、辭見朝謝、差除注擬等，令播告四方。令通知者，皆有令格條目，具合報事件謄報。」

通過上述記錄可知，宋朝統治者在總結前人經驗的基礎上，通過詔書、臣僚言並詔令的形式，向社會各界明確了當時報刊的運作、管理體制。首先，朝廷設置了都進奏院，主管全國的新聞發布和傳播活動。都進奏院下轄各軍（郡、州、府）派駐在京城的進奏官，他們都有朝廷製發的銅印，代表某一軍（郡、州、府）駐在京城負責溝通消息——上報地方官員給朝廷的報告，下傳朝廷的文報。這樣就形成了皇帝——→門下後省——→都進奏院——→進奏官（院）的報刊運作體制。其次是明確了新聞傳播的內容，即「朝廷政事施設、號令賞罰、書詔章表、辭見朝謝、差除注擬」等。再則是明確了新聞發布及傳播的運作程序。即：由各中央政府職能部門（六曹或稱六部）根據皇帝旨意確定發布的公文消息，都進奏院的進奏官分赴各部抄錄有關文稿，由派駐都進奏院的監官等編成稿本，上呈樞密院審定，然後再下行到進奏院，由進奏官抄播四方。第四是明確了當時從事新聞發布、傳播活動的有關職能部門的相互關係。一是開封府進奏院與其他部門的關係。作為承擔京城新聞消息發布、傳播職能的開封府進奏院，皇帝明令它可以「依例供申本府（指京城地區）報狀」，而其他州郡府軍的進奏院卻「不許申發」。二是明確了刑部和進奏院的關係。明確規定「祖宗舊制，進奏院除承六部取會承發事務供報外，餘並不許侵紊」。也就是說進奏院只能發布刑部准許發抄的內容，其餘（不准發抄）的內容不能擅自透露傳報。三是明確了不同內容消息的傳播方式，規定對一般消息即「朝廷已行差除指揮及內外常程事」，可以謄報中外，並以「通函」傳報；而對「事涉邊機及臣僚章疏」，則必須「實封」，並對「實封」的格式、投遞接收等環節作出了具體而嚴格的規定。最後是規定了處罰違反朝廷新聞發布傳播法規行為的措施（詳見後述），從而建立起對社會新聞發布、傳播運行體制的保障、控制機制，形成了宋朝完整但尚不完善的報刊的運行、管理體制。這充分體現了報刊法律法規最重要的功能——建立和

維護報刊及報刊活動的正常秩序。

二、規定報刊業運行環節及標準的內容

1. 關於報刊發行週期的規定

《宋會要輯稿・職官》一八之七八載，眞宗咸平四年（公元 1001 年）八月詔：「進奏院每五日一具報，實封上史館。」

《宋史・劉奉世傳》載：「神宗熙寧三年（公元 1070 年）初，置樞密院諸房檢詳文字，以太子中允居吏房，先是進奏院每五日具定本報狀，上樞密院，然後傳之四方。」

《宋會要輯稿・職官》二之四六載，神宗熙寧四年（公元 1071 年）十一月九日，劉奉世言：「舊條進奏院每五日令進奏官一名，於閤門抄箚報狀，申樞密院呈定，錄供各處，仍實封一送史館，一送本院時政記房。」

《宋會要輯稿・職官》二之四六載，神宗熙寧四年（公元 1071 年）十一月一日詔：「應朝廷擢用才能，賞功罰罪，事可勸懲者，中書、樞密院各專令檢詳官一員，每月以事狀報送進奏院，遍下諸路。」

《宋史・職官志》所載的「進奏院」條中稱，神宗熙寧四年（公元 1071 年）詔：「應朝廷擢用才能、賞功罰罪，事可懲勸者，中書檢正、樞密院檢詳官月以事狀錄付（進奏）院，謄報天下。」

《宋會要輯稿・職官》二之四七載，高宗建炎元年（公元 1127 年）元月三日詔：「進奏院自今年六月一日後，依格合傳報諸路州軍文字，限三日盡數抄錄傳報。」

《宋會要輯稿・職官》二之四八載，高宗建炎四年（公元 1130 年）十月十三日詔：「今後官員差除降黜及外路合通知事件，令六曹各隨所行事類聚，每五日一次，行下進奏院，徼速傳，送所屬監司。」

《宋會要輯稿・刑法》載，光宗紹熙四年（公元 1193 年）十月十四日，臣僚言：「朝報逐日自有門下省定本，經由宰執，始可執（報）行。」

從上述文獻記錄的內容中我們知道，綜合了各方面消息內容的進奏院報狀，一般是「每五日」一次傳報的；而關於官員升降賞罰（即「擢用才能，賞功罰罪，事可勸懲」）的內容，則由中書檢正、樞密院檢詳官「每月」把有關任命或賞罰事例匯總後，交由進奏院「謄報天下」。但在特殊情況下也有例外，如在南宋剛定都臨安的那個特定階段，各種公文指令繁多，必須盡快抄

發各地，所以高宗下詔令，要求進奏院「限三日」把那些「依格合傳報諸路州軍文字」，盡數抄錄傳報，也就是要求一般每五日傳報一次的進奏院報狀，加快出版速度，由「五日」一報改為「三日」一報。至於由中央政府直接發布的公告（朝報），則有門下省「定本」，經過「宰相核准」後直接下發到有關部門「執（報）行」。綜而言之，朝廷通過詔令的手段，明確規定了進奏院報狀在一般情況和特殊情況下的出版週期，這對於建立和維護報刊業的運行機制具有直接而重要的作用。

2. 關於進奏院報狀傳播範圍的規定

（1）可以向全國範圍公開傳播的內容

《宋史·劉奉世傳》載，神宗熙寧三年（公元 1070 年）初，「置樞密院諸房檢詳文字，以太子中允居吏房。先是進奏院每五日具定本報狀，上樞密院，然後傳之四方」。

《宋史·職官志》所載的「進奏院」條中稱，神宗熙寧四年（公元 1071 年）詔：「應朝廷擢用才能，賞功罰罪，事可懲勸者，中書檢正、樞密院檢詳官月以事狀錄付院，謄報天下。」

《宋會要輯稿·職官》二之四六載，神宗熙寧四年（公元 1071 年）十一月詔：「應朝廷擢用才能，賞功罰罪，事可勸懲者，中書、樞密院各專令檢詳官一員，每月以事狀報送進奏院，遍下諸路。」

上述三條文獻記錄中提及的「報狀」，按照朝廷的規定都是可以向全國（即「四方」、「天下」及「諸路」）廣泛傳播的內容。

（2）只可以向特定範圍傳播的內容

《宋會要輯稿·刑法》二之一八八載，仁宗天聖七年（公元 1029 年）六月十一日，殿中侍御史朱諫言：「河北邊城，每進奏院報狀至，望令本州實封呈諸官員，若事涉機密，不為遍示。」

徽宗宣和三年（公元 1121 年）九月二十日，詔：「臣僚章疏不許傳報中外，……內敕黃行下臣僚章疏，自合傳報；其不係敕黃行下臣僚章疏輒傳報者，以違制論。」

《宋會要輯稿·職官》二之四八載，高宗紹興三年（公元 1133 年）正月二十八日，大理寺建言：「臣僚章疏，議論邊計及事理要害，不許謄報。」

《宋會要輯稿·職官》二之五一載，孝宗乾道三年（公元 1167 年）十月

四日，臣僚言：「盱眙軍朝報：如係本軍利害者，乞用省符下本軍施行。其餘不係軍事常程文字，一切免報。自餘極邊。」

　　由上述文獻記錄的內容中可知，按照宋朝「詔書」和臣僚「建言」內容的規定，宋朝的報紙在傳播範圍是不同的：第一類是可以「傳之四方」、「謄報天下」或「遍下諸路」的一類，報導的是可以向全國公開的諸如「朝廷已行差除指揮及內外常程事」或「擢用才能，賞功罰罪，事可勸懲」等內容；第二類是只傳播到特定級別官員的一類，即使傳播到某一地區，也只限相當級別官員閱看，其原因是「事涉機密」，故「不為遍示」；第三類是某些方面的消息，朝廷規定有些可以傳報，有一些則不可以傳報，倘若有敢「輒傳報者」，就要以「違制」論罪；第四類是諸如「臣僚章疏」中「議論邊計及事理要害」類的內容，不許謄報；第五類是軍事邊報，更是因其「不係軍事常程文字，一切免報」。總之，朝廷規定了不同消息內容的不同傳播範圍，從一個側面反映了宋朝比較完備的報刊管理體制。

三、規定對違規進奏官處罰的內容

　　這類的文獻記錄屢見不鮮，主要的處罰如：

1. 關於科「違制」之罪的規定

　　《宋會要輯稿‧職官》二之四五載，真宗大中祥符元年（公元 1008 年）詔：「進奏院不得非時供報朝廷事，宣令進奏官五人為保，犯者科違制之罪。」

　　《宋會要輯稿‧刑法》二之二九載，仁宗慶曆八年（公元 1048 年）正月十二日秘閣校書知相州楊孜上言：「……欲乞下進奏院，今後唯除改差任，臣僚賞罰勸過，乃得通報。自餘災祥之事，不得輒以單狀，偽題親識名銜，以報天下。如違，進奏院官吏並乞科違制之罪。」

　　《宋會要輯稿‧刑法》二之四一載，哲宗元符元年（公元 1098 年）五月十五日，尚書省言：「進奏官許傳報常程申奏及經尚書省已出文字，其實封文字或事干機密者不得傳報。如違，並以違制論。即撰造事端謄報，若交結謗訕惑眾者，亦如之，並許人告。」

　　《宋會要稿‧刑法》二下載，徽宗宣和四年（公元 1122 年）八月詔：「諸訟邊官吏，輒以私書報邊事，以違制論。」

2. 關於科「杖刑」的規定

　　《宋會要輯稿‧職官》二之五一載，孝宗乾道六年（公元 1170 年）八月

四日，尚書省言：「進奏院違戾約束，擅報告詞，係廳司劉資、馮時主承發朝報保頭人，候草。」詔：「送臨安府，並各杖一百斷罷。」

3. 關於依「坐條法」科罪的規定

《宋會要輯稿・刑法》二之五八載，孝宗隆興元年（公元 1163 年）四月二十八日，臣僚言：「近日每遇批旨差除，朝殿未退，事已傳播。甚者，諸處進奏官將朝廷機事公然傳寫謄錄，欲乞嚴行禁止。」詔：「令三省檢坐條法出榜曉諭。」

4. 關於按「聽探傳報漏泄法」科罪的規定

《宋會要輯稿・職官》二之五一載，孝宗乾道六年（公元 1170 年）八月十九日，中書門下省言：「近來進奏官輒於六部等處抄錄指揮，又將傳聞不實之事便行傳報。欲令左右司，將六曹剌報狀內合報行事，寫錄定本，呈宰執訖，發赴進奏院，方許報行。」詔：「今後不得妄行傳報。如違，依聽探傳報漏泄法科罪。」

5. 關於科「降官」罪的規定

《宋會要輯稿・刑法》二之三〇載，仁宗皇佑四年（公元 1052 年）九月十七日詔：「訪聞諸州進奏官，近多撰合事端謄報，煽惑人心，及將機密不合報外之事供申。今後許經開封府陳告。」「本犯人特行決配，同保人等第斷遣。同保覺察告首捕獲，亦與免罪酬獎。監官不舉覺，致有敗露，當行衝替降官。」

6. 關於按「典憲」科罪的規定

《宋會要稿・刑法》二下載，光宗紹熙四年（公元 1193 年）十月四日，臣僚言：「人性喜新而好奇，皆以小報為先，而以朝報為常，真偽亦不復辨也。欲乞在內令臨安府重立賞榜，緝捉根勘，重作施行。其進奏官，令院官以五人為甲，遞相委保覺察，不得仍前於小報於外，如違，重置典憲。」

7. 關於鼓勵「告發」和實行「連保」制的規定

《宋會要輯稿・職官》二之四五載，真宗大中祥符元年（公元 1008 年）詔：「進奏院不得非時供報朝廷事，宣令進奏官五人為保，犯者科違制之罪。」

《宋會要輯稿・刑法》二之一七載，仁宗天聖九年（公元 1031 年）閏十月十五日詔：「聞諸路進奏官報狀之外，別錄單狀……自今聽人告捉，勘罪決停，告者量與酬賞。」

《宋會要輯稿・刑法》二之三〇載，仁宗皇佑四年（公元 1052 年）九月十七日詔：「訪聞諸州進奏官，近多撰合事端謄報，煽惑人心，及將機密不合報外之事供申。今後許經開封府陳告。」「本犯人特行決配，同保人等第斷遣。同保覺察告首捕獲，亦與免罪酬獎。監官不舉覺，致有敗露，當行衝替降官。」

《宋會要輯稿・刑法》二之四一載，哲宗元符元年（公元 1098 年）五月十五日，尚書省言：「進奏官許傳報常程申奏及經尚書省已出文字，其實封文字或事干機密者不得傳報。如違，並以違制論。即撰造事端謄報，若交結謗訕惑眾者，亦如之，並許人告。」

《宋會要輯稿・職官》二之四九載，高宗紹興五年（公元 1135 年）閏二月十二日詔：「進奏院如將不係合報行事輒擅報行，及錄與諸處箚探人傳報者，許人告，賞錢三百貫，犯人並重作施行。」

《宋會要輯稿・職官》二之四九載：「進奏官邀阻不即批收抄發，並都簿隱匿名件，並依不應為辭遣，受財者從重，仍立賞告捉。」

8. 關於追究部門責任的規定

《宋會要輯稿・職官》二之三三載，高宗紹興三十一年（公元 1161 年），臣僚言：「近聞內降詔旨，未經朝廷放行而外人已相告語，是皆通進司洩漏之過，乞行檢查。」詔：「從之。」

從上述文獻記錄的內容中可以看出，宋朝統治者為了遏制進奏官泄漏朝廷消息的趨勢蔓延，不厭其煩地規定了處罰或獎賞的內容：如對「非時供報朝廷事」的進奏官科「違制之罪」的規定；對「別錄單狀」的進奏官「聽人告捉，勘罪決停」的規定；對那些告發泄漏消息的進奏官的人「告者量與酬賞」的規定；對「撰合事端謄報」的進奏官威脅給予「特行決配」的處罰規定；對「同保人」處罰「等第斷遣」即按同罪處置的規定；對檢舉有功的「同保」予以獎賞，對不舉覺「監官」予以「降官」懲處的規定；有對那些「將不係合報行事輒擅報行」及「錄與諸處箚探人傳報」的進奏官「重作施行」處罰的規定，更有對檢舉者「賞錢三百貫」的獎勵的規定；也有因進奏院「擅報告詞」而對「承發朝報保頭人」「送臨安府，並各杖一百」的處罰（刑罰）的規定；還有對「妄行傳報」的進奏官「依聽探傳報漏泄法科罪」的規定；還有對那些出賣朝廷消息而「受財者」予以處罰的措施和「立賞告捉」的規定；以及對可能走漏消息的進奏官「以五人為甲，遞相委保覺察……如違，

重置典憲」的處罰等規定。從相當於後世的紀律處分、人事處分到刑事處罰的所有手段，幾乎都已經被朝廷用到，但實際上都收效甚微。

四、關於處罰社會辦報人的內容

社會辦報人是一個不定的群體，是民辦報紙的經營者，也就是後面所說的「小報」的編印者。但由於民辦報紙有一個發展過程，所以被朝廷命官乃至皇帝認識也有一個過程。因為社會辦報人所辦的民辦報紙，向社會報導朝廷認為不應報導的消息，所以自民間報紙出現之日，就被朝廷視為眼中釘、肉中刺，必欲置之於死地而後快。因此，對社會辦報人即「小報」的編印傳播者予以遏制、查禁、處罰的文獻記錄很多。如：

1. 關於鼓勵「告」「捉」的規定

《宋會要輯稿·刑法》二之四七載，徽宗大觀元年（公元 1107 年）十一月十四日詔：「比來京師傳報差除，皆出偽妄。蓋緣小人意不得騁，造言欺眾，規欲動搖，以幸回遹。奸不可縱，可令開封府立賞一百貫，許告捕，仍以違制論。」

《宋會要輯稿·刑法》二之五三載，徽宗大觀四年（公元 1110 年）十一月一日詔：「近傳偽詔曰：『……前宰相蔡京目不明而強視，耳不聰而強聽，公行狡詐，行跡諂諛。內外不仁，上下無檢，所以起天下之議。四夷凶頑，百姓失業，遠竄忠良之臣，外擢暗昧之流。不察所為，朕之過也。』……此御筆手詔，深駭聞聽。且奸人乘間輒撰偽詔，撰造異端，鼓惑群心，可立賞錢，內處收捕，並訟流州縣等處，仍立知情陳告者，特與免罪。候獲不以赦降原減，當於法外痛與懲治，仍立賞錢五百貫文，召人告捉。」

《宋會要輯稿·刑法》二之七六載，徽宗宣和元年（公元 1119）六月十六日，臣僚言：「竊見邇來凡朝廷進用人才，除授差遣之類，曾未擬議，而士大夫間好事者，樂於傳播，撰造無根之言，欲望明詔有司，嚴為禁止。」詔：「今後妄有傳報差除，以違御筆論。委三省、御史臺、開封府覺察，仍令開封府捉事使臣告捉。」

《宋會要輯稿·刑法》二之一四八載，高宗紹興四年（公元 1134 年）十一月六日：「宰執進呈，監察御史田如鼇論，機事不密則害成。朝廷近來未行之事，中外已自宣傳。及號令之出，往往悉如眾人所料，嘗推求其故，皆緣人吏不能謹所致。……上命申嚴法禁。」又詔：「應漏泄邊機事務，並行軍法，

賞錢一千貫，許人告，仍令尚書省出榜。」

2. 關於「嚴行禁止」的規定

《宋會要輯稿・刑法》二之四九載，徽宗大觀三年（公元 1109 年）四月二十二日，臣僚言：「訪聞近因上殿論事，而好事之人，因緣傳會，造為語言，事出於根，喧播中外，動搖上下，因以脅持言語，顯其震怒。並恐奸人前為異誅，浸淫成風，為患不細。伏望特降睿旨，令開封府出榜，禁絕施行。」奉詔：「仰開封府嚴行禁止。仍令刑部立法聞奏。」

《宋會要輯稿・刑法》二之一二五載，光宗紹熙四年（公元 1193 年）六月十九日，臣僚言：「朝廷大臣之奏議，台諫之章疏，內外之封事，士子之程文，機謀密劃，不可漏泄。今乃傳播街市，書坊刊行，流布四遠，事屬未便。乞嚴切禁止。」

《宋會要輯稿・刑法》二之七六載，徽宗宣和元年（公元 1119 年）六月十四日，臣僚言：「竊見邇來凡朝廷進用人才，除授差遣之類，曾未擬議，而士大夫間好事者，樂於傳播，撰造無根之言，欲望明詔有司，嚴為禁止。」詔：「今後妄有傳報差除，以違御筆論。委三省、御史臺、開封府覺察，仍令開封府捉事使臣告捉。」

3. 關於「流放」和「有蔭人不用蔭、命官黜責」的規定

《宋會要輯稿・刑法》二之三四載，神宗熙寧二年（公元 1069 年）閏十一月二十五日，監察御史裏行張勘言：「竊聞近日有奸佞小人，肆毀時政，搖動眾情，傳惑天下。至有矯撰敕文，印賣都市。乞下開封府，嚴行根捉造意雕賣之人，行遣。」

《宋會要輯稿・刑法》二之四〇載，哲宗紹聖元年（公元 1094 年）五月二十三日，三省樞密院言：「近聞奸人多妄說朝廷未施行事，以惑民情。」詔：「令開封府界提點司及諸路監司，常切覺察，其違犯者，並依法情重錄察以聞，當議編配。有蔭人不用蔭，命官重行黜責。」

4. 關於科「違制」之罪的規定

《宋會要輯稿・刑法》二之四七載，徽宗大觀元年（公元 1107 年）十一月十四日詔：「比來京師傳報差除，皆出偽妄。蓋緣小人意不得騁，造言欺眾，規欲動搖，以幸回遹。奸不可縱，可令開封府立賞一百貫，許告捕，仍以違制論。」

《宋會要輯稿·刑法》二之七九載，徽宗宣和三年（公元 1121 年）元月二十四日詔：「……內敕黃行下臣僚章疏自合傳報，其不係敕黃行下臣僚章疏輒傳報者，以違制論。」

5. 關於使用法外法即另立法規處罰的規定

《宋會要輯稿·刑法》二之四〇載，哲宗紹聖元年（公元 1094 年）五月二十三日，三省樞密院言：「近聞奸人多妄說朝廷未施行事，以惑民情。」詔：「令開封府界提點司及諸路監司，常切覺察，其違犯者，並依法情重錄察以聞，當議編配。有蔭人不用蔭，命官重行黜責。」

《宋會要輯稿·刑法》二之四九載，徽宗大觀三年（公元 1109 年）四月二十二日，臣僚上言：「訪聞近因上殿論事，而好事之人，因緣傳會，造為語言，事出不根，喧播中外，動搖上下，因以脅持言語，顯其震怒。並恐奸人前為異謀，浸淫成風，為患不細。伏望特降睿旨，令開封府出榜，禁絕施行。」奉詔：「仰開封府嚴行禁止。仍令刑部立法聞奏。」

《宋會要輯稿·刑法》二之一四八載，高宗紹興四年（公元 1134）十一月六日，據《宋會要》：「宰執進呈，監察御史田如鼇，論機事不密則害成，朝廷近來未行之事，中外已自宣傳。及號令之出，往往悉如眾人所料，嘗推求其故，皆緣人吏不能謹所致。」上命申嚴法禁。又詔：「應漏泄邊機事務，並行軍法，賞錢一千貫，許人告，仍令尚書省出榜。」

《宋會要輯稿·刑法》二之八五載，徽宗宣和四年（公元 1122 年）十二月二十七日詔：「進奏院朝報，非定本事輒傳報者，令尚書省檢會以降指揮，別行措置，約束取旨。」

6. 關於「置重典」的規定

《續資治通鑒》卷一百三十一載，高宗紹興二十六年（公元 1156 年）三月詔：「……近者無知之輩，遂以為盡出於檜，不知悉由朕衷，乃鼓唱浮言，以惑眾聽，至有偽造詔令，召用舊臣，獻章公車，妄議邊事，朕實駁之。……如有妄議，當置重典。」

7. 關於「處斬」的規定

《宋會要輯稿·職官》二之三四載，高宗紹興三十一年（公元 1161 年），給事中黃祖舜提出整頓通進司的條陳，內稱：「無故輒入本司（筆者注：指通進司）者，流三千里。漏泄機密重者，處斬。」

從上述文獻記錄的內容中可以知道，社會辦報人在當時社會統治者的眼中，因他們報導的社會政治消息具有「肆毀時政，搖動眾情，傳惑天下」，「妄說朝廷未施行事，以惑民情」，「造言欺眾，規欲動搖，以幸回遹」，「因緣傳會，造爲語言，事出于根，喧播中外，動搖上下」，「撰造異端，鼓惑群心」，「鼓唱浮言，以惑眾聽」的作用，所以就成了「奸人」、「奸佞小人」、「小人」、「好事之人」、「士大夫間好事者」、「無知之輩」。總之，這是一些最高統治者恨之入骨的社會秩序破壞者，因爲他們對政權的鞏固、民心的穩定造成了很大的威脅。所以，無論是皇帝還是那些忠心耿耿的臣僚，都無不絞盡腦汁、想方設法來對付這些社會辦報人，其態度之明確、處罰之堅決、措施之多樣，是前所未有的。具體而言，其處罰措施從「嚴行根捉造意雕賣之人，行遣」，到「當議編配，有蔭人不用蔭，命官重行黜責」、「令開封府出榜，禁絕施行……令刑部立法聞奏」、「立賞錢，內外收捕……當於法外痛與懲治」、「委三省、御史臺、開封府覺察，仍令開封府捉事使臣告捉」、「並行軍法」、「當置重典」及「漏泄機密重者，處斬」等等，可見當權者是鐵了心不讓民辦報紙這棵嫩苗成長和存在的。然而，人民的意願、社會的發展以及新聞報刊事業發展的內在規律是不可抗拒的，民辦報紙始終沒有被禁絕，社會辦報人也沒有被趕盡殺絕，而是不屈不撓地在社會統治者巨石般的壓制下，雖然緩慢卻頑強地發展著。

五、關於查禁民間「小報」的內容

「小報」和「朝報」、「邸報」、「報狀」等相比，有著本質的區別。「朝報」、「邸報」、「報狀」等完全是朝廷官府辦的，主要是用於發布政令及官吏任免消息的工具。因此，不僅其內容出於官府，代表官府乃至皇帝的意志，而且其編印、傳發及閱讀、執行之人都是朝廷命官，他們的活動也受到朝廷的制約和保護。而「小報」則完全是民辦的報紙，雖然其刊載的新聞消息主要得自於官府，在形式上也似乎與官報有相近之處，但終究是「民辦」的報紙。

1. 「小報」的起源

「小報」究竟在什麼時間正式問世並得到人們的承認，目前尚沒有確切的史料可以證實。我們認爲，據目前所見的文獻記錄分析，在北宋時期還沒有出現「小報」的稱謂，或者說小報雖然已經產生並且存在，但尚未得到社會尤其是官府的承認。一直到了南宋紹興年間，才在文獻記錄中出現「小報」

一詞。

《宋會要輯稿·刑法》二之五三載，徽宗大觀四年（公元 1110 年）六月詔：「近撰造事端，妄作朝報；累有約束，當定罪賞，嚴切差人緝捉，並進奏官密切覺察。」這條記錄表明，直到北宋末期的徽宗大觀年間，社會和朝廷對「小報」仍以「朝報」概稱，只不過是加上了「妄作」的罪名，還沒有給這些雖像朝報那樣報導各種消息，但又不是朝廷所編發的「朝報」的民間出版物賦予特定的（諸如後來「小報」之類）名稱。

不僅是徽宗大觀年間沒有出現「小報」的稱謂，就是到了宋欽宗趙桓執政的最後一年（靖康二年），文獻記錄中仍然對民間報紙以「朝報」相稱。據《靖康要錄》卷十五載：欽宗靖康二年（公元 1127 年）二月十三日，「凌晨有賣朝報者，並所在各大榜揭於通衢，云金人許推擇趙氏賢者。其實奸僞之徒，假此以結百官，使畢集也」。我們知道，公開出賣的只能是民間報紙，因為「朝報」有特定的發行範圍，絕不會在大街上出賣。《靖康要錄》的作者明知在大街上賣的「朝報」是「奸僞之徒」編發的，並且是為了藉此來「結百官，使畢集」的假「朝報」，但他仍然稱之為「朝報」。由此，可以推斷，作為民間報紙後來專用稱謂的「小報」，在當時還沒有出現，或者說至少還沒有被人們普遍採用，所以《靖康要錄》中才仍然以「朝報」稱之。

2.「小報」一稱的正式問世

這種情況到南宋時期發生了變化。高宗紹興二十六年（公元 1156 年），時任朝廷中書舍人、吏部尚書的周麟之向皇帝上了一份關於請求朝廷查禁小報的奏章，是目前所見提及「小報」一稱的最早文獻記錄。該奏章稱：「方陛下頒詔旨，布命令，雷屬風行之時，不無小人譸張之說，眩惑眾聽，無所不至。如前日所謂舊臣之召用者，浮言胥動，莫知從來。臣嘗究其然，此皆私得之小報。小報出於進奏院，蓋邸吏輩為之也。比年事之有疑似者，中外未知，邸吏必竟以小紙書之，飛報遠近，謂之小報。如今日某人召，某人罷去，其人遷除，往往以虛為實，以無為有，朝士聞之，則曰已有小報矣。州郡間得之，則曰小報到矣。他日驗之，其說或然或不然。使其然耶，則事涉不密；其不然耶，則何以取信。此於害治，雖若甚微，其實不可不察。臣愚欲望陛下深詔有司，嚴立罪賞，痛行禁止。使朝廷命令，可得而聞，不可得而測；可得而信，不可得而詐，則國體尊而民聽一。」文中所提及的「前日所謂舊臣之召用者」，是指紹興年間朝臣中的主戰派想利用秦檜死去的機會乘機崛

起，便僞撰召用主戰派領袖人物張浚的詔書，通過小報在社會上發行流傳，以圖形成對主戰派有利的社會輿論，於是就有了這樣一份奇特的詔書。但秦檜雖死，執政的仍是主和派。於是他們就給皇帝施壓，說秦檜一死，「金人頗駭前盟不堅，會荊鄂聞有妄傳召張浚者，敵情益疑。……宜特降詔，具宣此意，遠人聞之，當自安矣」。於是就有了周麟之的《論禁小報》的奏章。他認爲「小報」是進奏官（邸吏）利用職務之便，把「中外未知」的朝廷消息「以小紙書之，飛報遠近」，故稱之爲「小報」。鑒於小報「眩惑眾聽」、「浮言胥動」、「以虛爲實」、「事涉不密」，導致朝廷「何以取信」的危害，他「欲望陛下深詔有司，嚴立罪賞，痛行禁止」。

3. 關於查禁「小報」的規定

自高宗以後，小報不但未得以禁絕，而且發展得愈來愈厲害，因而各個朝代的皇帝都頒下了不少查禁小報的詔書或法令。《宋會要輯稿・刑法》二之一二三載，孝宗淳熙十五年（公元 1188 年）正月十日詔：「近聞不逞之徒，撰造無根之語，名曰小報。傳播中外，駭惑聽聞。今後除將進奏院合行關報已施行事外，如有似此之人，當重決配。其所受小報官吏，取旨施行。令御史臺彈劾，臨安府常切覺察禁戢，勿致違戾。」《宋會要輯稿・刑法》二之一二四載，孝宗淳熙十六年（公元 1189 年）閏五月二十日詔：「今後有私撰小報，唱說事端，許人告首，賞錢三百貫文，犯人編管五百里。」孝宗時期的詔書已經對「小報」之人明確了「當重決配」和「犯人編管五百里」的刑罰規定，並且規定對參與傳播「小報」的官吏（即「所受小報官吏」），也要「取旨施行」，即抓住後上報由皇帝定罪處罰。可見朝廷對「小報」的重視和禁絕的決心。

到了光宗時期，小報發展的勢頭更猛。《宋會要輯稿・刑法》二之一二五載，光宗紹熙四年（公元 1193 年）十月四日，臣僚言：「……比來有司防禁不嚴，遂有命令未行，差除未定，即時謄播，謂之小報。始自都下，傳之四方，甚至鑿空撰造，以無爲有，流布遠近，疑悟群聽。且常程小事，傳之不實，猶未害也。倘事干國體，或涉邊防，妄有流傳，爲害非細。乞申明有司，嚴行約束。如妄傳小報，許人告首，根究得實，斷罪追賞，務在必行。」《宋會要輯稿・刑法》二之一二五載，光宗紹熙四年（公元 1193 年）十月，臣僚言：「朝報逐日自有門下後省定本，經由宰執，始可執行。近年有所謂小報者，或是朝報未報之事，或是官員陳乞未曾施行之事，先傳於外，固已不可。至

有撰造命令，妄傳事端，朝廷之差除，台諫百官之奏章，以無為有，傳播於外。訪聞有一使臣及閤門院子，專以探報此等事為生。或得之省院之漏泄，或得之於街市之剽聞，又或意見之撰造。日書一紙。以出局之後，省、部、寺、監、知雜司及進奏官，悉皆傳授，坐獲不貲之利。以先得者為功，一以傳十，十以傳百，以至遍達於州郡監司。人情喜新而好奇，皆以小報為先，而以朝報為常，真偽亦不復辨也。欲乞在內臨安府重立賞榜，捉緝根勘，重作施行。其進奏官令院官以五人為甲，遞相為保覺察，不得仍以前小報於外。如違，重置典憲。」詔：「從之。」

寧宗嘉泰三年（公元 1203 年）頒布的法典《慶元條法事類》中，在上述對小報採取嚴厲禁絕措施的基礎上，又加大了懲治的力度，並且作了十分具體而又嚴厲的規定。如：「諸聽探傳報漏泄朝廷機密事，若差除，流二千五百里，主行人有犯加一等，並配千里。非重害者徒三年，各不以蔭論。即傳報實封申奏應密文書，並撰造事端，謄報惑眾者，並以違制論。以上事理重者，奏裁，各許人告。於事無害者杖八十。」「事不宜傳播而輒漏泄者，杖一百。」「告獲聽探傳報漏泄朝廷機密事並差除，每人賞錢五百貫，係公人仍轉一資。」

從上述文獻記錄的內容中可以看出這樣一個趨勢，即隨著南宋政府在國力、統治及民心上的日益減弱，他們對民間報紙的限制、懲治也越來越嚴厲——從根本上講，這是他們對自己統治穩固性的信心越來越低，所以對這些傳播朝廷消息而可能引起民心不穩，進而可能導致政府統治或政權基礎不穩的「小報」也就越恐懼，迫切地想把它「置於死地而後快」，故禁止和懲治的手段也就越來越嚴厲。由一般的「聽人告捉」、「密切根捉」，發展為「當重決配」、「重作施行」；由籠統的「當議編配」，發展到具體的「編管五百里」，更發展到出乎常人意料的「流二千五百里」；除了一般的「根捉」、「決配」，還明確增加了令人髮指的肉刑——「杖刑」；賞格的標準也不斷提高，等等。由此可見，一是不但小報並沒有被禁絕，而且還在不斷發展；二是朝廷的禁絕手段並未奏效，所以才有從「累有約束」到「重作施行」。從「累有約束」這一詔令中，更反映了朝廷對「小報」未敢等閒視之，而是一直給以密切關注、高度重視。

第三節　宋朝報刊及報刊法制的特點

宋朝是古代報刊發展史上的一個重要並有顯著特點的歷史時期。在宋王

朝統治的近 400 年間，古代報刊及報刊法制有了迅速的發展，中國古代報刊進入了一個新的發展時期。報刊法制是報刊及報刊業的衍生物，正因爲有了規範報刊及報刊業的客觀需要，報刊法制才應運而生。因此，我們要研究宋朝報刊法制的特點，就必須先認識宋朝報刊及報刊業所表現出來的鮮明特點。這對於了解和認識宋朝報刊法制的基本特點無疑有直接的幫助和啓迪。

一、宋朝報刊發展的基本特點

宋朝報刊既產生於宋朝這個獨特的環境裏，也產生於報刊這個新興媒體發展了相當長的一段時間以後的獨特時間階段，因而表現出區別於漢、唐諸朝的諸多特點。

1. 宋朝對政府官報的稱謂逐漸趨向統一

儘管宋朝政府官報的稱謂，還沒有像清朝末期產生的新式報刊那樣做到專名化（即一刊長期使用一名），而是以一種在特定社會成員群體內可以理解的、約定俗成但又不盡相同的稱謂來指代的，因而在對政府官報的稱謂上表現出一種紛雜的狀態。但我們只要對不同稱謂的來源、含義、使用場合或使用的時間階段作一較爲深入的分析和思考，就可以發現宋朝政府官報的稱謂，已經比較明顯地表現出逐漸趨向統一的特點，更明顯地表現出以編輯出版機構的名稱、功能或性質爲指稱出發點的傾向。

綜觀宋朝官報的稱謂，大體可以分爲如下三類：第一類是以宋朝官報編輯發行機構「進奏院」的名稱來指稱的。如進奏院狀報、進奏院報、進奏報、進奏官報、進奏院月報、進奏院朝報、準都進奏院遞報、準進奏院關報，關報（此疑爲「進奏院關報」之省略稱謂，故列入此類）、進奏院報狀等等。第二類是以宋朝官報編輯出版機構「進奏院」的功能特點來作爲宋朝官報的指稱。眾所周知，宋朝「進奏院」的主要功能就是通報朝政、公布朝廷命官的升降任免情況，以收到「周知朝政」和「懲勸誡訓」百官的效果。也許是因爲進奏院具有「通報朝政」的主要功能，所以在一些宋人文獻中就出現了「進奏院報狀」的稱謂。後來則進一步省稱爲「報狀」。所謂「報狀」，究其字面意義，可以解釋爲「具有信息通報功能的文書狀子」。「報狀」的一個「報」字，的確抓住了宋朝官報及其編輯發行機構「進奏院」所有功能中最主要的「通報」功能方面，具有畫龍點睛的作用。第三類則是從「進奏院」屬於朝廷機構的性質出發來指稱的。由於「進奏院」是朝廷的官辦機構，進奏院狀

報的內容又主要是朝廷政事及朝廷命官的任免升降消息，所以人們就把由進奏院編印傳抄的以通報朝政爲主要功能的出版物，稱之爲「朝報」。這一名稱大概是「朝廷編寫抄傳的文報」之意，自北宋末年一直使用到南宋末年。

綜上所述，無論是以「進奏院」名稱來指稱宋朝官報而產生的一系列宋朝官報稱謂，還是以「進奏院」的功能特徵來指稱宋朝官報而產生的「報狀」這一宋朝官報稱謂，或者是以「進奏院」的性質特徵來指稱宋朝官報而產生的「朝報」這一宋朝官報稱謂，都是從它的編輯發行機構「進奏院」這一特定事物的不同特徵來指代宋朝官報。稱呼不一，來源相同，都是或明顯直接，或曲折間接地表現出與「進奏院」這一特定機構的關係。從中可知，對宋朝政府官報的稱謂，在宋朝人當中是逐漸地趨向於統一的。

2. 報刊的作用進一步被認識，控制的手段也相應加強

宋朝報刊在國家社會政治生活中的作用被社會各界人士尤其是社會統治者認識得更加清楚，因而在思想上而加重視，控制報刊的手段也進一步加強。

報刊是一柄雙刃劍。統治階級可以憑藉它通報朝政、懲惡揚善，以達到鞏固其統治的目的。《宋會要輯稿·職官》二之四六載，神宗熙寧四年（公元1071年）十一月一日詔：「應朝廷擢用才能，賞功罰罪，事可勸懲者，中書、樞密院各專令檢詳官一員，每月以事狀送進奏院，遍下諸路。」《宋會要輯稿·刑法》二之二九載，仁宗慶曆八年（公元1048年）正月十二日，秘閣校書知相州楊孜言：「進奏院逐旬發外州軍報狀，蓋朝廷之意，欲以遷授降黜示賞功罰罪，勉勵天下之爲吏者。」這就是說，朝廷爲了達到對官員們「勸」（鼓勵、引導）、「懲」（警告、懲處）的目的，將那些具有「才能」或爲國家立功、可以成爲其他官員榜樣的官員的提升、重用消息，在進奏院狀報上刊載，讓全國官員學習；而對那些因工作失職或無才無德，或對國家利益造成損害（或犯下罪行）的官員受到懲處的消息，也通過進奏院狀報這一新聞傳播媒體向全國公布，使全國官員周知，以收到警誡、提醒、鞭策的作用。無論是「勸」還是「懲」，歸根到底都是爲了整肅吏治，鞏固宋王朝的統治。然而，任何事物都是一分爲二的，報刊除了具有朝廷所希望的「勸懲」功能的一面外，同時也可能出現被人用作謀利工具的情況。這種情況的直接表現就是「小報」的出現和發展。

3. 「小報」的出現和迅速發展

或許是中國古代報刊發展的自身規律，或許是宋朝特定的社會政治環

境，也或許是當時社會環境對新聞傳播需求的急劇增加，總之，在宋朝這個特定的歷史發展階段，「小報」這一具有鮮明民間色彩、直接新聞傳播功能和更多報刊自身特徵的信息傳播工具迅速發展起來，並且從一開始就受到統治階級的關注。

　　我國台灣新聞史研究者朱傳譽先生認爲：「小報起源於何時，我們沒法作出肯定的判斷。不過，往遠推測，可以說有邸報就有小報。宋朝都進奏院的成立，就是爲了防止小報發展。其後規定採取事先檢閱制、進奏官辦連環保的種種措施，也都是爲了防止小報的發展。但從政府一再禁止進奏官不許傳報未經檢閱的新聞，可以看出小報並沒有禁絕，仍在繼續發展。不過，大體說來，北宋末年以前，小報還沒有專業化，小報的名稱也沒有出現。直到徽宗時，小報才成爲一種專業。」〔註13〕由於小報編印傳播者的直接目的是通過小報的編印傳播活動獲取經濟利益，而能獲取經濟利益的前提，則是小報的內容必須對社會成員有吸引力，可以提供他們迫切想了解的朝廷政事、官員任免及官場傾軋等方面的消息。只有在這種情況下，小報的閱讀者們才有可能冒著危險自己掏錢去購閱小報。又因爲小報是在完全脫離朝廷控制的狀態下，或是在朝廷無法控制的地下狀態中運作的，所以小報的編印傳播者在小報內容的收集、篩選過程中，更多地考慮小報的可讀性，以便吸引讀者購買。只要有可讀性，可以爲小報編印者獲利，就可能在小報上刊載，而往往不去考慮那些新聞消息尤其是事關朝廷權威、國家機密、軍情邊警等事項在小報上刊載後，可能對朝廷或國家利益造成的損害。這樣，一方面，小報的編印傳播者爲了獲利可以不顧國家利益而刊載那些有可能泄露國家機密、危害國家安全的新聞消息；另一方面，朝廷爲了維護國家利益又必須對小報這一類行爲進行限制，這就形成了宋朝報刊及報刊活動的鮮明特點之一。

　　宋朝的「小報」不是一朝一夕就突然出現並具有相當社會影響的，而是經歷了一個逐步發展的過程。從北宋乾德初年趙韓王監修國史時的「但以書庫吏抄錄報狀論次」（葉夢德《石林說語》卷二）記錄中可知，書庫吏當時只能（即「但」）抄錄由進奏院編印傳抄的「報狀」，進行編排次序後供修國史作素材，而沒有諸如後來的「雜報」、「小報」之類的其他東西可作素材，由此可以推知當時還未出現民間的小報。到了宋太宗雍熙三年，朝廷明確規定

〔註13〕朱傳譽：《宋朝傳播媒介研究》，見《先秦唐宋明清傳播事業論集》，（台灣）商務印書館 1988 年版，第 128 頁。

「開封府進奏官止依例供申本府報狀，諸州不許申發」（《宋會要輯稿・職官》二之四四）。既然朝廷明確規定「諸州不許申發」，那就實際上說明當時已經有除開封府以外的「諸州進奏官」在擅自申發開封府報狀的事情。既然是朝廷「不許」而仍有人在「申發」，可見此類行為未經朝廷許可，那麼所「申發」的報狀似乎就帶有非法（民間）的色彩，這可以看作是宋朝小報萌芽的出現。

太宗端拱二年（公元 989 年）五月，朝廷又「今緣宣命，不能抄錄諸州雜報，竊隱有誤編修（日曆）」（《宋會要輯稿・職官》一八之七八）。這裏的「諸州雜報」是一個新的稱謂，其中的一個「雜」字十分清楚地說明它和官報「報狀」不是一回事。非官辦而民辦，或非中央政府辦而地方政府辦的痕跡更加明顯。發展到仁宗天聖九年，連高高在上的皇帝都「聞諸路進奏官，報狀之外別錄單狀」（《宋會要輯稿・刑法》二之一七），也就是說一些進奏官在傳抄官報「報狀」之外，把一些比較有吸引力或趣味性、可讀性較強的內容「別錄」（即另外抄寫成）成「單狀」，向社會傳播。這「單狀」就更明顯地是「報狀之外」的東西，是朝廷禁止的非法傳報品，也可以說是後來「小報」的一個形態。但直到這時，小報的內容還仍然是官方消息的選擇性抄傳。

到仁宗皇佑四年時，皇帝聽到的情況就更加嚴重了，「訪聞諸州進奏官，近日多撰合事端謄報，煽惑人心」（《宋會要輯稿・刑法》二之三〇）。也就是說，諸州進奏官已經發展到不僅偷傳官方消息，而且自己編撰（即「撰合事端」）新聞消息在小報上刊載。由於這類消息與朝廷的聲音相左，所以皇帝認為它具有「煽惑人心」的破壞作用。到神宗熙寧二年，小報已經發展到「矯撰敕文」，而且公然「印賣都市」（《宋會要輯稿・刑法》二之三四）。也就是小報假造皇帝的敕令聖旨在報紙上刊載，並且採用印刷手段生產，在街上出售，以獲其利。

小報雖然發自民間，但內容取自官報或仿作官報，所以朝廷開始仍以「朝報」稱之。如徽宗大觀四年，宋徽宗趙佶在詔書中就說：「近撰造事端，妄作朝報。」（《宋會要輯稿・刑法》二之五三）這「妄作」的「朝報」實際上就是由民間編印傳抄後來稱之為「小報」的東西。即使到了南宋初年，在京城臨安（今杭州）出現的公開出售民間報紙的店鋪，所表明的仍然是「供朝報」。〔註14〕可見當時仍未出現「小報」這一稱謂。據文獻記載，高宗紹興二十六

〔註14〕周密：《武林舊事》卷六。轉引自朱傳譽：《宋朝傳播媒介研究》，見《先秦唐宋明清傳播事業論集》，（台灣）商務印書館 1988 年版，第 167 頁。

年，時任中書舍人、吏部尚書的周麟之向皇帝進呈了一本關於請求下旨查禁小報的奏摺，這是目前所知最早提及「小報」一稱的文獻記錄。又據《宋會要輯稿・刑法》二之一二三載，孝宗淳熙十五年（公元 1188 年）正月二十日詔：「近聞不逞之徒，撰造無根之語，名曰小報。傳播中外，駭惑聽聞。」這是目前所知最早提及「小報」一稱的詔書，爾後雖然趙宋朝廷屢下禁令，但始終是禁而未絕。

　　小報的出現和發展，對宋朝朝廷的統治產生了前所未有的影響。爲了遏制小報的發展，宋朝統治者頒布了一系列的詔令、諭旨，並使之成爲具有法令效力的「旨令」。因此，「小報」的出現和發展是宋朝報刊法制產生發展的重要動因之一。

4. 成立了「都進奏院」

　　宋朝成立了中國歷史上第一個代表中央政府主管國家新聞審查發布的職能機構「都進奏院」，從而進一步確立和完善了封建官報從新聞採集、文稿編輯、初稿送審、官報抄寫到傳播發行的完整的運作體制。

　　宋朝之前的漢、唐諸朝，尚未發現在中央政府內設置統轄全國新聞審查、發布機構的記載，一般都是由各諸侯國或藩鎮將軍、地方督撫在京師設進奏院，派得力心腹大將常駐京師，主掌「通奏報、待朝宿」的事宜。戈公振先生認爲：「通奏報云者，傳達君臣間消息之謂，即「邸報」之所由起也。」〔註 15〕漢以後的各王朝，也和漢朝一樣允許地方政府首領在京城設邸。隋朝時期，僅東都洛陽上春門外夾道南北，就設有「諸侯邸百餘所」。〔註 16〕到了唐朝，這一情況有所變化和發展，主要是從早先的諸侯（諸道）在京師設邸，發展到唐朝中期開始、後期興盛的由節度使制度發展起來的藩鎮勢力代表節度使，在京師紛紛設立專門作爲藩鎮來京師人員居停所和派駐京師辦事機構的「上都留後院」或稱「上都邸務留後院」。代宗大曆十二年後又改稱爲「上都知進奏院」，簡稱進奏院。進奏院的負責官員稱「上都知進奏官」，簡稱進奏官。「進奏官是由地方派遣的，因此只對派遣他的藩鎮和諸道長官負責，不受朝廷的管轄。」〔註 17〕由唐延續到五代，也仍然是由各州道諸侯

〔註 15〕戈公振：《中國報學史》，中國新聞出版社 1985 年版，第 22 頁。

〔註 16〕晁載之：《續談助》，第 89 頁。轉引自方漢奇主編：《中國新聞事業通史》（第一卷），中國人民大學出版社 1992 年版，第 35 頁。

〔註 17〕方漢奇主編：《中國新聞事業通史》（第一卷），中國人民大學出版社 1992 年

及藩鎮勢力在京師獨立設置辦事機構,「逐州就京師各置進奏院」,〔註18〕還是歸各州自行管轄。這一做法一直沿用到宋初,當時全國有 250 多個州,設在京師的各州進奏院,最多的時候有 200 個左右,幾乎一個州設一個進奏院。也就是說,即使到了宋初,仍然是各州道諸侯進奏院各自實施新聞發布行為,而沒有形成以朝廷為中心的統轄全國的新聞審查管理體制和運作機制。

宋太宗太平興國六年(公元 981 年),皇帝批准時任宮廷起居郎的何保樞之奏,對各州設在京師的進奏院進行整頓,同時對國家的新聞發布體制進行了改革:在京師開封設立「上都進奏院」,由朝廷任命 150 名「知進奏官」,由張文粲、王禮「統領」;對各州派駐在京師的進奏官由朝廷發給「×軍×州進奏院」銅製朱印,作為有權抄傳報朝政信息的信物標誌,沒有授予銅製朱印的進奏官不得自行傳抄文報。儘管任命了 150 名進奏官,但因全國有 250 多個州,所以有的進奏官要負責兩三個州的文報傳抄工作。這一改革,使進奏官聽命於朝廷,不再受州道管轄,使他們成為國家意志而非軍或州、道官員意志的傳聲筒。為了保證進奏院進奏官的文書傳報活動的規範性、杜絕進奏官利用工作之便洩密,朝廷將進奏官集中到「都進奏院」辦公,並規定所辦公文不准帶回家處理。通過上述措施,構建了以都進奏院為職能管理機構,朝廷任命的進奏官為執行人員,向全國統一發布傳報朝廷文報的官報運作體制,這既是宋朝報刊及報刊業管理體制發展的一大進步,更是其鮮明的特點。

5. 進奏院狀報具有了真正意義上的官報性質

宋朝確立了進奏官狀報的新聞採訪、文稿編輯、印前送審、下行印抄及傳播發行的運行程序,使進奏院狀報的整個運作過程完全控制在朝廷命官手裏,因而進奏院狀報具有了真正意義上的政府官報性質。

儘管漢朝已經設邸,而且邸吏也承擔「通奏報」的職能,但我們認為,漢朝邸吏的「奏報」主要是根據各諸侯的需要收集和匯報有關京師的消息,不能代表漢朝中央政府的意志。唐初尚未出現進奏院,只是有稱作朝集使的官「邸」。唐太宗李世民於貞觀十七年十月(公元 643 年)曾下詔「就京城內閑坊,為諸州朝集使造邸第三百餘所」。〔註19〕唐朝進奏院出現後,進奏官的

版,第 37 頁。

〔註18〕 馬端臨:《文獻通考》卷六十,職官十四。轉引自方漢奇主編:《中國新聞事業通史》(第一卷),中國人民大學出版社 1992 年版,第 63 頁。

〔註19〕 《通典》卷七四。轉引自李彬:《唐代文明與新聞傳播》,新華出版社 1999 年

活動也只對派遣他的藩鎮和州道長官負責，不受朝廷管轄。「有一部分進奏官依仗藩鎮勢力的強大，甚至目無朝廷，不僅在京官中可以頤指氣使，而且還能夠隨時要求入見天子。」〔註20〕在這種情況下，他們所從事的信息收集和文報活動，就更是各行其事、事無定規了。

　　宋太宗太平興國六年在京師設置了統管全國新聞收集、審查、發布活動的職能機構「上都進奏院」以後，朝廷對官報的運作程序也逐步確立。據《宋會要輯稿‧職官》二之四六載，真宗咸平二年六月詔：「進奏院所供報狀，每五日一寫，上樞密院，定本供報。」又，神宗熙寧四年十一月九日，劉奉世言：「舊條進奏院每五日令進奏官一名，於閣門抄箚報狀，申樞密院呈定，錄供各處。」由此可見，自宋太宗太平興國六年以後，朝廷完全控制了官報的運作過程，並且責成進奏院指派專門的進奏官每五日前往「閣門」負責收集朝政新聞。「閣門」即閣門司，設有東西二閣門使、閣門舍人、閣門祇候等職官，隸屬於門下省，主管皇帝和大臣們的朝會、遊幸、宴享、贊相、禮儀、召對、引見、辭謝等事宜，朝廷內各方面的動態消息匯總於此，是進奏官們採集朝廷政事信息的一個主要來源。〔註21〕進奏官抄錄到可在進奏院狀報上刊載的朝廷政事新聞內容後，由設在門下省的檢正、檢詳官編定初稿，經給事中判報後，再呈送密院審定，重要的新聞還要報宰相親自審定後才能發布。由樞密院審定的進奏院狀報稿稱之為「定本」，再下行回進奏院，由負責刻印或抄寫的進奏官吏們「抄報四方」。宋朝通過確立這一運行程序，把進奏院及進奏官的收集新聞、編定文稿、抄傳發布活動，完全置於皇帝、宰輔及有關職能部門（中書省、門下省、樞密院）的嚴密管理和控制之下，使進奏官們抄傳進奏院狀報完全成為朝廷的意志和聲音的傳播工具。進奏院由朝廷設立，進奏官由朝廷任命，進奏官狀報內容由朝廷命官審定，所以，和唐朝的進奏院狀相比，宋朝的進奏院狀報有了很大的發展，「開始具有封建中央政府官報的性質」。〔註22〕

版，第24頁。

〔註20〕方漢奇主編：《中國新聞事業通史》（第一卷），中國人民大學出版社1992年版，第37頁、67頁。

〔註21〕方漢奇主編：《中國新聞事業通史》（第一卷），中國人民大學出版社1992年版，第37頁、67頁。

〔註22〕方漢奇主編：《中國新聞事業通史》（第一卷），中國人民大學出版社1992年版，第112頁。

　　宋朝已經出現較爲成熟的中國古代報刊，這是學術界較爲一致的認識。但宋朝的報刊仍然和漢、唐諸前朝的報刊一樣，依舊處於萌芽發展時期。具體表現爲還沒有形成固定的形制，也沒有表現出如後世報刊那樣鮮明的報刊特徵，諸如明確單一的題名、穩定的形制版式、相對穩定明確的出版週期、連續的出版次序編號以及明確公開的編輯發行責任者等。從這個意義上講，宋朝報刊仍然是在發展過程中的報刊雛形。

　　然而，在經歷漢、唐等朝的萌芽、發展以後，中國古代報刊在宋朝得到了前所未有的發展，達到了前所未有的水平，成爲中國古代報刊發展歷程中的一個極其重要的歷史階段，表現出一些既區別於漢、唐諸朝，也區別於明、清諸朝的特點。這些特點正是宋朝報刊法制產生或發展的內在動力之一。我們認爲，宋朝報刊及報刊業發展的特點，在某種意義上決定了宋朝報刊法制的發展特點。

二、宋朝報刊法制發展的主要特點

　　由於宋朝特殊的社會背景和宋朝報刊及報刊業內在發展動力的促進，宋朝的報刊法制遠遠超出了漢、唐諸朝所能達到的水平，並且表現出諸多鮮明特點。

1. 宋朝專門報刊法制的出現和發展，開創了中國專門報刊法制的先河

　　目前還沒有發現漢、唐諸朝有專門報刊法制的文獻記錄，而僅僅有以後人眼光分析、具有報刊法制因子的有關法律司法實踐或條文。如據《漢書·元帝紀》記載：建昭二年（公元前 37 年），淮陰王的舅父張博、魏郡太守京房，因坐「漏泄省中語」罪，被朝廷處以「博腰斬，房棄市」的刑罰。這裏只是提到張博和京房是因「漏泄省中語」而獲罪的，「省」大概是指諸如後世的門下省、中書省等政府機構，「省中語」大概也就是官員們在辦公室討論的國家政事。至於如何「漏泄」，通過什麼方式和媒介「漏泄」，文獻中沒有提及。當然可能是口耳相傳，同樣也不排除諸如考試作弊那樣寫成書面文字告知別人而泄密，倘若如後者，不就有點類似南宋時期出現的「以小紙書之，飛報四方」的民間小報嗎？當然，這只能說它具有某些報刊法制的因子，因爲「漏泄省中語」畢竟僅僅與新聞的傳播具有某些內在的聯繫。到了唐朝，以「開元雜報」爲代表的中國古代報刊更爲發展，「邸報」之稱已經在文獻記

載中屢有出現，但在《唐律疏議》中也只有對驛騎傳遞活動的規定，諸如傳遞速度的法律條文，無故以書寄人行之及受寄行爲的處罰條文；文書傳遞交接手續的規定，違反規格騎用驛馬的處罰條文以及假公濟私用公家驛馬運輸私人貨物的處罰規定等。〔註23〕但這些畢竟不是專門管理報刊及報刊活動的規定。

只有到了宋朝，才出現了旨在規範報刊及報刊活動的具有法律效力的詔令、諭旨及其他法規。編敕是宋太宗以後各代皇帝的主要立法活動和立法形式。宋承唐五代編敕以應付時勢變化的餘韻，並將其大加利用，使編敕的法律地位上升，編敕的數量大幅度增長。到宋神宗時，更是以「律不足以周事情，凡律不載者一斷以敕」，甚至出現「以敕代律」的局面。因此，宋朝皇帝的詔書（敕令）就是當時的法令。

在宋朝歷代皇帝的詔令中，有相當一部分內容是針對報刊和報刊活動的。如：有規定「開封府進奏官，止依例供申本府報狀，諸州不許申發」的條文；有「進奏院所供報狀，每五日一寫，上樞密院定本供報」的規定；有「中外臣僚，許以家書附遞。明告中外，下進奏院」的規定；有「都進奏院告報諸州府軍監，自今所奏文字，凡係實封者，並令依常式封書畢，更用紙摺角重封，准前題字，及兩摺角處，並令用印。無印者細書名字。候到闕，令都進奏院監官，躬親點檢，無拆動即依例進奏，或有損動者，具收接人姓名以聞」的規定；有「應朝廷擢用才能、賞功罰罪，事可勸懲者，中書、樞密院各專令檢詳官一員，每月以事狀報送進奏院，遍下諸路」的規定；有「臣僚章疏不許傳報中外……內敕黃行下臣僚章疏，自合傳報；其不繫敕黃行下臣僚章疏輒傳報者，以違制論」的規定；也有「進奏院不得非時供報朝廷事，宣令進奏官五人爲保，犯者科違制之罪」的規定；也有「進奏院如將不繫合報行事輒擅報行，及錄與諸處篩探人傳報者，許人告，賞錢三百貫，犯人並重作施行」的規定；還有「今後有私撰小報，唱說事端，許人告首，賞錢三百貫文，犯人編管五百里」的規定；等等。假如我們從上述所引的文字內容來認識，似乎與後世的專門報刊法制條文已經十分相近了。

除了皇帝的詔令外，朝廷各主要機構負責人向皇帝所上的奏章或建議中也有不少內容涉及當時的報刊及報刊活動，這些奏章或建議（史籍中稱之爲

〔註23〕《唐律疏議》卷十。轉引自李彬：《唐代文明與新聞傳播》，新華出版社1999年版，第60～61頁。

「臣僚言」）經皇帝同意後也就具備了法令的效力。如神宗熙寧四年的「劉奉世言」：「舊條進奏院每五日令進奏官一名，於閤門抄箚報狀，申樞密院呈定，錄供各處，仍實封一送史館，一送本院時政記房」的內容；光宗紹熙四年的「臣僚言」：「朝報逐日自有門下（後）省定本，經由宰執，始可執行」的內容；又如高宗紹興三年「大理寺建言」：「臣僚章疏，議論邊計及事理要害，不許奏報」的內容；又如仁宗慶曆八年秘閣校書知相州楊孜「上言」：「今後唯除改差任，臣僚賞罰勸過，乃得通報。自餘災祥之事，不得輒以單狀，偽題親識名銜，以報天下，如違，進奏院官吏並乞科違制之罪」的內容；以及哲宗元符元年「尚書省言」：「進奏官許傳報常程申奏及經尚書省已出文字，其實封文字或事干機密者，不得傳報。如違，並以違制論。即撰造事端譽報，若交結謗訕惑眾者，亦如之，並許人告」的內容等，大都得到皇帝同意並得以施行，成為當時報刊及報刊活動必須遵照執行的法令法規。

從漢、唐時期無專門性的規範報刊及報刊活動的法令法規，到宋朝以編敕形式出現的眾多旨在專門規範當時報刊及報刊活動的皇帝詔令以及經皇帝批准後具有法律效力的臣僚言、大理寺建言，宋朝的專門報刊法制實現了從無到有的突破。宋朝專門性報刊法令的出現和發現，已經具有了後世報刊法制條文形式的基本要素，開創了中國專門性的報刊法制的先河。

2. 宋朝報刊法制在形式上具有以詔令、臣僚言及朝廷機構「建言」為主要形式的特點

和唐朝相比，宋朝的立法活動及成果遠不如唐朝。李淵代隋建唐以後，即抓緊法律的修訂。儘管當時「諸事始定，邊方尚梗，救時之弊，有所未暇」，〔註24〕但到武德七年（公元 624 年）時，左僕射裴寂等即承旨修成《武德律》，同年頒行天下。唐太宗李世民一即位，就立即召集長孫無忌、房玄齡等大臣對原有律文進行全面修訂。自貞觀元年春正月修律工作正式啟動以後，歷時 11 年，終於修訂完成了著名的《貞觀律》，並且詔頒天下。到唐高宗李治即位，他和唐高祖李淵、唐太宗李世民一樣十分重視法律修訂工作，敕令太尉長孫無忌等共同編制律令格式。次年九月在《貞觀律》基礎上，編成《永徽律》十二篇五百零二條，使法律條文更加符合當時的實際。緊接著，唐高宗鑑於律文沒有注疏造成適用法律困難，於永徽三年廣召解律者進行法律疏議工

〔註24〕《貞觀政要》卷八。轉引自曾憲義主編：《中國法制史》，北京大學出版社、高等教育出版社 2000 年版，第 146 頁。

作，長孫無忌、李勣、于志寧等承旨「疏律」，歷時一年，終於完成了對《永徽律》的疏議工作。次年經高宗批准，將疏議分附於律文之後，頒行天下，時稱《永徽律疏》。時過 67 年之後的唐玄宗開元六年，玄宗敕令吏部侍郎兼侍中宋璟等九人「刪定律令格式」，次年三月完成，向皇帝奏上律、令式。爾後，中書令李林甫又於開元二十二年至二十五年間承旨刪輯先朝傳下來的舊格、式、律、令、敕，「刊定了《（永徽）律疏》三十卷」。玄宗「敕於尚書都省寫五十本，發使散於天下」。經過開元年間的刊定，又歷經唐、五代、兩宋直到元朝，最終成爲《唐律疏議》流傳後世。我國著名法學家曾憲義先生認爲：「中國封建法制發展到盛唐時期，進入了完備化與定型化的階段。唐朝法律制度中，以《唐律疏議》爲突出代表。」〔註 25〕玄宗開元十年（公元 722 年），起居舍人陸堅受玄宗之詔，入集賢院首修六典，數年後未成。玄宗接受知集賢院張說的建議，按照「周禮六官」的體例來編纂《唐六典》，爾後如蕭嵩、劉鄭蘭、張九齡、李林甫等大批官員及學者參與編修，歷時 16 年，直到開元二十六年才告完成。所編成的《唐六典》涉及內容廣泛，被法學史界稱之爲「盛唐時期的行政法規大全」，〔註 26〕傳至後世則稱其爲《大唐六典》。

唐朝的制律工作成果卓著，萬世流芳，而宋朝雖然緊隨其後，但其制律工作卻遠遠比不上唐朝。唯一能提得起的是宋太祖趙匡胤於建隆三年（公元 962 年）命工部尚書判大理寺竇儀等人修成的《建隆重詳定刑統》（後稱《宋建隆詳定刑統》），簡稱爲《宋刑統》。於建隆四年經皇帝批准後「刻板頒於天下」，爾後宋朝歷代皇帝基本上沒有修訂刊行過新的法典。這主要是受當時特定的社會環境因素的制約所決定的。

首先是中國封建社會發展到唐朝，已經到了鼎盛階段，唐朝法律制度建設也達到了幾乎完善的水平。無論是立法思想、原則、篇章體例，還是法律內容，都承襲了以往各代立法的成果，是前朝立法之集大成者，同時又有所發展和創新，使唐律融封建法典之共性與自身發展完善之特性於一體，以「一准乎禮，而得古今之平」著稱於世，成爲完備的封建法律形態。唐律不僅對唐朝政治、經濟起到了巨大的促進作用，而且直接影響了後代中國封建法制

〔註 25〕曾憲義主編：《中國法制史》，北京大學出版社、高等教育出版社 2000 年版，第 146 頁、15 頁。

〔註 26〕曾憲義主編：《中國法制史》，北京大學出版社、高等教育出版社 2000 年版，第 146 頁、15 頁。

的發展，成為後世封建立法的典範。五代各國立法基本取法於唐。〔註27〕緊隨唐、五代之後的宋朝，由於長達數十年的五代十國分裂及紛爭，社會的經濟受到嚴重的損害，難以達到盛唐時期的整體水平，生產力和生產關係之間尚未出現超出唐朝時期的變革，所以宋朝社會生活的實際對法律制度建設的需求，也尚未超出唐律可以提供的範圍，宋朝的法制建設只需要在唐律的基礎上略加調整即可適應宋朝社會生活的需要。因此，《宋史·刑法志》中稱宋朝法制是「因唐律、令、格、式而隨時損益」。也就是說宋朝的法律制度基本上是沿用（「因」）唐朝的律、令、格、式等形式，只不過根據宋朝社會生活的變化作了一些增刪調整（「損益」）而已。在這種社會背景下，宋朝幾乎不可能出現諸如唐朝《貞觀律》、《永徽律》以及《永徽律疏》和《唐六典》這樣的法典。既然國家的整體法制水平尚且如此，作為專門法類型的報刊法制建設，當然也就很難形成更高水平的規範條文形式了。

其次是宋朝從立國以後到亡國之時，始終處於不停頓的國內統一或邊境民族戰爭狀態。內爭不停，外患不息，有時甚至危及江山社稷的穩固。宋朝的統治者在江山王位受到外族威脅的情況下，必然只能把主要精力集中於處理外患，因而用於國內法制建設的精力就相對減少，就也是宋朝法制建設無重大建樹的重要原因之一。

趙匡胤是在世宗七年（公元960年，趙匡胤登帝後改元為「建隆」，為建隆元年）被部下擁立稱帝的。爾後便致力於國內的統一戰爭，陸續削平許多並立的割據之國。「自太祖（即趙匡胤）乾德元年（公元963年）至太宗太平興國四年（公元979年）間的十五六年中，次第用兵，先後滅荊南、南平、後蜀、南漢、南唐、北漢，降吳越。中國的疆域，除後唐莊宗、明宗時割讓給契丹的燕雲十六州之外，大體統一了。」〔註28〕國內的統一戰爭剛剛結束，北方的少數民族部落便開始進逼。出於自衛，也為了安定邊境，宋王朝被迫起兵，首則是與遼戰，其次是與夏戰，再其次是與金戰，最後與忽必烈率領的元軍作戰。這最後一仗不僅未能戰勝，反而於至元十三年被元軍攻下了南宋的國都臨安（今浙江杭州），恭帝趙顯被元軍擄向北去。雖然以後的宋朝遺臣擁「二王」流亡，但也在至元十六年以大臣陸秀夫負趙昺投海而亡告終。

〔註27〕 曾憲義主編：《中國法制史》，北京大學出版社、高等教育出版社2000年版，第171～172頁。
〔註28〕 周谷城：《中國通史》（下），上海人民出版社1957年版，第13頁。

在如此頻繁、激烈、危機四伏的戰爭環境中，即使宋朝統治者想下氣力進行國內法制建設，也是不可能的。

基於上述兩個方面的原因，一是幾乎不需要做大的修改，唐律的規定就基本上能處理宋朝的問題；二是戰事頻繁使得宋朝統治者也無暇修律。所以，宋朝的法制建設就表現出重「編敕」而輕「修律」的基本特點。又因為報紙與國家朝政相比，畢竟是屬於雕蟲小技之類的瑣事，故朝廷在編敕時往往不把皇帝隨時發布的那些與報刊及報刊活動相關的詔令，通過編敕活動使之成為定式，因而現在我們看到的仍然是被各種史籍（正史）所記載的皇帝關於報刊及報刊活動的零散的詔令。這既是宋朝報刊法制建設方面的一個不足，已經有了規範報刊及報刊活動的法律內容，但沒有通過立法活動使之法律條文化；同時也是宋朝報刊法制建設的一個特點，即以詔令形式代替法律條文。

至於宋朝報刊法制中的「臣僚言」等形式，也與宋朝整體的法制建設相一致，是宋朝常見的「編例」立法活動。所謂「編例」，就是仁宗趙禎在慶曆時下的一次詔令中所說的「刑部、大理寺以前後所斷獄及定奪公事編為例」（《續資治通鑒長編》卷一百四十），附在編敕之後，作為後來斷獄或定奪公事可以徵引的法源。神宗熙寧時又下詔令，將「熙寧以來得旨改例為斷，或自定奪，或因比附辨定，結斷公案堪為典型者，編為例」，從而就有了《熙寧法寺斷例》十二卷。這些雖非法律條文，但卻可以作為後來斷案的參照，因而實際上同樣具有法律的效力。這是刑部、大理寺在判案過程中產生的斷例經整理後又作為判案依據的事。而「事例」則是把皇帝「特旨」和尚書省等官署發給下級指令的「指揮」編類為例，同樣也就成為後來判案的依據。由於皇帝在封建社會中的特殊地位，皇帝的話就是法，而且效力高於法，因而就導致整個宋朝時期各級官員重例而輕法的普遍現象。據文獻記載，「在宋神宗時就出現了『引例破法』的情況，到徽宗崇寧時依然如此」。〔註29〕南宋時更是「吏一切以例從事，法當然而無例，則事皆泥而不行，甚至隱例以壞法」（《宋史·刑法志》）。國家的整體立法尚且如此，報刊法制當然也就只能如此了。文獻記載流傳下來的宋朝大理寺、刑部的「建言」及劉奉世、楊孜等的「臣僚言」，相當一部分就屬於「斷例」的性質，所以就具備了法

〔註29〕曾憲義主編：《中國法制史》，北京大學出版社、高等教育出版社 2000 年版，第 181 頁。

律的效力。這也自然形成了宋朝報刊法制以詔令、「臣僚言」、大理寺或刑部、三省、樞密院等「建言」爲主要形式的一個特點。

3. 爲了規範民間報刊及報刊活動，宋朝報刊法制中出現了大量旨在遏制民間報刊、查禁民間小報的內容

儘管有學者推測，「有邸報就有小報」。〔註30〕但在漢唐諸朝文獻中至今未發現有關民間報刊的記載，即使到了宋朝初年，也沒有關於民間報刊的文獻記載。只是到了南宋末年，民間報刊（包括「妄作」的「朝報」和民間的「小報」）才如火如荼地發展起來，並且出現了半公開在市面出售的情況。與進奏院狀報（包括「朝報」、「報狀」等）相比，民間報刊具有更加鮮明的報刊特徵：首先是其內容的新聞性。它擺脫了政府官報內容的程式，完全以讀者的閱讀興趣來選用、編撰文稿，因而很快受到社會各界的歡迎，以至於可以在皇帝的眼皮底下「印賣都市」，獲取「不貲之利」。其次是其服務對象的社會性，即傳播範圍的社會性。它不像政府官報那樣按官職高低來規定傳播的範圍和層次。只要你感興趣，只要你肯掏錢購買閱讀，都可以得閱此類報刊，從而使報刊的內容廣爲傳播，產生巨大的影響。再則是它的時效性。和官報相比，民間報刊的編輯、刻印、發行、傳播程序相對簡單，它不需要由指定的人（如進奏官之類）去抄寫新聞消息，也不需要在編寫文稿後送哪一級政府官員去審稿，再重大的新聞只要「造意之人」就可以拍板決定是否發表刊載，而不必送到哪一位「宰執」那裏經他拍板才能發布。因此，民間報刊對社會重大新聞、讀者關注的熱點新聞等反應敏捷，內容的時效性強。因其「新」，所以人們才樂於「聞」，因爲「聞」的人多，所以才能左右人們的思想輿論，產生廣泛的社會影響。最後是它的商業性。民間報刊出於「造意」、「雕」、「賣」之人的手，他們的根本目的是「坐獲不貲之利」。無論是強調內容的新聞性也好，還是注重滿足社會各界對新聞傳播的需求也好，或者是強調民間報刊內容的時效性，重在「造意」和傳播的速度也好，其根本目的都落實到企圖獲取「不貲之利」上。爲了獲利，民間報人可以「撰造事端，妄作朝報」；爲了獲利，民間報人可以在「進奏院報狀之外，別錄單狀」；爲了獲利，民間報人可以把「災禍之事，以單狀僞題親識名銜，以報天下」；

〔註30〕 朱傳譽：《宋朝傳播媒介研究》，見《先秦唐宋明清傳播事業論集》，（台灣）商務印書館 1988 年版，第 128 頁。

爲了獲利，民間報人可以「撰合事端謄報，煽惑人心，及將機密不合報外之事供申」；爲了獲利，民間報人可以把「實封文字或事干機密者」傳報；爲了獲利，民間報人也可以「將不繫合報行事輒擅報行，及錄與諸處箚探人傳報」；爲了獲利，民間報人可以「將朝廷機事公然傳寫謄錄」；爲了獲利，民間報人也可以「將傳聞不實之事便行傳報」，更可以「輒撰僞詔，撰造事端，鼓惑人心」；還可以「將不係敕黃行下臣僚章疏輒傳報」，或將「非定本事輒傳報」，等等。總之，只要能使報刊上的內容吸引人們購買、閱讀，民間報人就可以想方設法獲取新聞，而不管這些新聞公布後可能對朝廷權威或國家利益產生的影響。

　　統治者爲了維護朝廷權威和國家利益，也可以說是在外患緊逼、而民間報刊又屢屢發難的情況下，必然關注當時民間報刊的產生、發展。爲了收到遏制、禁止民間報刊的效果，上自皇帝、下至臣僚，還包括大理寺、刑部、樞密院等機構，對民間報刊及民間報人網羅罪名，制定處罰措施，形成了宋朝報刊法制中關於處罰小報內容的一條獨特的風景線。爲了防止進奏官「非時供報朝廷事」，朝廷規定「進奏官五人爲保，犯者科違制之罪」；對「別錄單狀」的進奏官，朝廷宣布「聽人告捉，勘罪決停，告者量與酬賞」；對於「輒以單狀僞題親識名銜」把「災祥之事」報天下的進奏官，「科違制之罪」；對於「將機密不合報外之事供申」的進奏官，「本犯人特行決配，同保人等第斷遣」；對於「輒以私書報邊事」的諸訟邊官吏，「以違制論」；對於「將不繫合報行事輒擅報行，及錄與諸處箚探人傳報者」，「許人告，賞錢三百貫，犯人並重作施行」；對於「妄說朝廷未施行事以惑民情」的官員，「當議決死，有蔭人不用蔭，命官重行黜責」；對於「造言欺眾，規欲動搖」的官吏，「令開封府立賞一百貫，許人告捕，仍以違制論」；對於「無故輒入本司（通進司）者，流三千里。漏泄機密重者，處斬」，等等。對於民間小報辦報人，朝廷的處罰更嚴，如對於「撰造無根之語名日小報」的「不逞之徒」，「當重決配」；「對私撰小報，唱說事端，許人告首，賞錢三百貫文，犯人編管五百里」；對於已經實行「五人爲甲」連環保制度的進奏官，如「仍以前小報於外」，「重置典憲」；更如對「諸聽探傳報漏朝廷機密事，若差除，流二千五百里。主行人有犯加一等，並配千里。非重害者徒三年，各不以蔭論。即傳報實封申奏應密文書，並撰造事端，謄報惑眾者，並以違制論」；對於那些「事不宜傳播而輒漏泄者，杖一百」，等等。數量之多，規定之細，處罰之

嚴，實爲漢、唐諸朝所不及，因而也就形成了宋朝報刊法制中的這一極其鮮明的特點。至於宋朝報刊法制對後世的影響。我們從清廷光緒三十二年頒布的《報章應守規則》中對「詆毀宮廷」、「妄議朝政」，以及只要是「該管衙門傳論報館秘密者」的「外交，內政之件」，報館都「不得揭載」﹝註31﹞等規定中，似乎還可隱約見到宋朝報刊法制的影子。

結　語

　　本章首先分析了由宋朝獨特的政治、文化、經濟及報刊活動等要素構成的宋朝報刊法制發展的背景，著重指出：報刊法制是在特定的社會政治、經濟、文化以及報刊活動的背景下產生的；宋朝報刊業發展的實際，客觀上需要具有權威的、強制性執行的報刊法令制度來規範其運作過程，才能使報刊這一信息傳播載體更好地發揮信息傳播功能；報刊實際上無法選擇所荷載的信息內容，而是按照報刊編撰者的意志，傳播特定思想傾向的信息內容；爲了使報刊更好地維護和強化統治，封建統治者必然要採用一切可能的手段包括法制手段來規範報刊活動；封建統治者爲了維持報刊活動事業與其他社會活動事業的平衡，也必須制定相關法令促進、制約或規範報刊活動，這些都構成了報刊法制必然產生的內在動因。在此基礎上，歸納了宋朝報刊法制的主要內容，即包含確立宋朝報刊事業體制、規定報刊事業具體運行環節及標準、規定對違規進奏官的處罰標準、對社會辦報人的違規行爲進行處罰以及查禁民間「小報」的有關規定等五個方面。宋朝報刊發展的特點主要表現在對政府官報稱謂的認識漸趨統一；報刊在社會政治生活中的作用被統治者認識得更加清楚；具有鮮明民間色彩、直接的新聞傳播功能和更多的報刊自身特徵的小報的迅速發展，並且從一開始就受到統治者的關注，出現了專門管理小報的法令制度；都進奏院的設置進一步完善和確立了政府官報從新聞採集到傳播發行的完整運作體制和運作程序，使進奏院狀報的運作完全掌握在朝廷命官手裏，進而使進奏院狀報具有了眞正意義上的政府官報性質。至於宋朝報刊法制的特點，主要表現爲在性質上開創了中國專門報刊法制的先河，在形式上以詔令、臣僚言及政府機構的「建言」爲主要形式，以及在內容上出現了大量旨在遏制民間報刊、查禁民間小報的法律內容等。

﹝註31﹞劉哲民：《近現代出版新聞法規匯編》，學林出版社 1992 年版，第 30 頁。

第三章　元明時期的中國報刊法制

　　由於政治、經濟、文化、軍事、民族等複雜的社會原因，加上元朝統治者在社會管理水平等方面明顯不及宋朝，元朝於 1368 年被明太祖朱元璋率領的軍隊攻克首都大都〔今北京〕而宣告終結，歷時不足百年。本章主要論述元明兩朝報刊及報刊法制發展變化的有關內容。

第一節　元朝的報刊及報刊法制概況

一、關於元朝是否存在報刊的基本認識

　　元朝有沒有報刊？目前國內學術界存在著不同的看法。有學者認為，元朝的封建統治者入主中原後，中斷了兩宋時期確立的邸報發布制度。在元朝，不存在由中樞部門統一發布的封建政府官報。其主要根據是元朝的中央政府中沒有負責官報發布工作的專門機構和專職人員，元朝的公私文獻中還不曾發現過有關邸報的記載。〔註 1〕也有學者認為，元朝蒙古貴族因為廢除了自漢、唐、宋諸朝設立的進奏院或類似的行政機構；所設置的通政院只是負擔單純的「官文書」送達任務；元朝蒙古貴族的文化和經濟遠比宋朝落後，保存著游牧部落的狀態，而且在整個元王朝統治時期，對漢族及其他少數民族的廣大人民進行比較殘暴的鎮壓。元王朝統治者雖然也對漢族封建地主加以籠絡，給他們官做，但還是以蒙古族的大小貴族為主，等等。因此，作為

〔註 1〕參見方漢奇主編：《中國新聞事業通史》（第一卷），中國人民大學出版社 1992
　　　　年版，第 113～114 頁。

文化較爲發達的一個體現的原始形態報紙，在元初一度殘存之後就中斷了。
〔註2〕還有學者認爲，元朝建立後，由於民族間的複雜關係，此時中國的政
治、經濟、文化等方面呈現出一種特殊形態。總體說來，元朝統治者採取的
是奴隸制與封建制並存的行政體制，重武輕文、重蒙輕漢的治國之道，在這
種特殊的歷史條件下，有關元朝報紙的資料極少。〔註3〕

　　在上述所引用的觀點中，第一種觀點的代表性學者是方漢奇先生。他明
確提出，儘管在元王朝時期「新聞傳播活動仍然大量存在」，但「在元朝，不
存在由中樞部門統一發布的封建政府官報」，即他認爲元朝有新聞傳播活動而
無封建政府官報。第二種觀點的代表性學者是黃卓明先生。他認爲「作爲體
現文化較爲發達的一個方面的原始形態報紙，在元初一度殘存之後就中斷
了」，即認爲儘管元王朝統治者採取的是民族歧視和民族鎮壓政策，但「原始
形態報紙」在元初仍然「殘存」了一個階段，然後才「中斷」的。第三種觀
點的代表性學者是方曉紅先生。她認爲在蒙古貴族統治的元王朝時期，之所
以會「有關元朝報紙的資料極少」，是因爲在「元統治者採取的是奴隸制與封
建制並存的行政體制，重武輕文、重蒙輕漢的治國之道」的「這種特殊的歷
史條件下」，「有關元朝報紙的資料極少」；換言之，倘若不是這種「特殊的歷
史條件」，有關元朝報紙的資料就不會如此「極少」，而可能有較多的「有關
元朝報紙的資料」。假如有了較多的「有關元朝報紙的資料」，那麼元朝報紙
的存在不就沒有爭議和疑問了嗎？我們基本上贊同方曉紅先生的觀點，其理
由主要有如下幾點：

1. 元朝建立有比較完整的國家政令、皇帝詔書下行全國各地及地方情況「上聞於天子」的信息傳遞體系

　　元朝中央政府實行三省合一的體制，朝廷的政事消息和「大小機務」，除
了由樞密院、御史臺、徽政院、宣政院等四大機構承辦外，其餘都匯集到中
書省，由中書省承受、匯總後「上聞於天子」。經皇帝批閱的公文和頒布的詔
令等，也通過中書省下行到有關部門執行或下發到全國各地。元朝雖然不設
諸如宋朝的門下省那樣代表朝廷管理政府官報的新聞收集、編寫、送審、抄
寫和發布的國家職能部門，但它的「中書省」實際上仍然承擔了宋朝通進司

〔註2〕參見黃卓明：《中國古代報紙探源》，人民日報出版社1983年版，第73～74
　　　頁。
〔註3〕參見方曉紅：《中國新聞簡史》，南京師範大學出版社1996年版，第10頁。

和銀臺司的部分職責，即「掌出納四方文移、緘縢啓拆之事」，〔註4〕並因此專門設置了正八品的管勾一員。皇帝的聖旨、詔令及中央政府機構如樞密院、御史臺、徽政院、宣政院等部門經皇帝批准後下行的各類公文，經由中書省「徑下所司」；要遞送到京城以外地區的公文，則由中書省交由「管理全國驛站之事」的專門機構「通政院」，再通過「急遞鋪」向全國傳播。

關於「急遞鋪」，據《元史》記載：「每十里或十五里、二十五里則設一鋪」，「每鋪置鋪丁五人」，「遇有轉遞文字，當傳鋪所即注名件到鋪時刻，及所轄轉遞人姓名置簿，令轉送人取下鋪，押字交取時刻還鋪。……凡鋪兵皆腰革帶，懸鈴持槍，挾兩賫文書以行。夜則持炬火，道狹則（響鈴），車馬者、負荷者聞鈴避諸旁」。〔註5〕由此可見，元朝確實建立起了包含皇帝發布的詔令或批准後下行的各類公文──樞密院、御史臺、徽政院、宣政院、中書省（除了中書省直接承受皇帝的詔令或下行的公文外，樞密院、御史臺、徽政院、宣政院等處理結束的公文，也匯集到中書省統一處理）──通政院（管理全國驛站之事的專門機構，有點類似於後世的郵政總局或新華書店性質的機構）──急遞鋪（有點類似於投遞所或文件轉運站、機要交通局、書刊發行站等性質的機構）──文書送達的收件人等環節組成的國家信息傳遞體系，從而為元王朝時期可能存在的封建官報順利向全國傳播，提供了必不可少的信息傳播渠道和途徑。

2. 從元王朝的機構設置和官員職責的文獻記載中，可以知道元朝的確存在以「宣傳朝政、溝通情況」為目的的封建政府官報

元朝設有中書省，中書省內仍然設有負責「紀錄省、臺、諸院司奏聞之事」和「修撰起居注」等事宜的「給事中」這一官職；而在中書省的「給事中」之下，又設了「掌出納四方文移、緘縢啓拆之事」的正八品管勾，這實際上已經建立起了一個雖然不很規範，但已經比較完整的官報運作體系。如有提供朝廷政事（省臺院諸司奏聞）的部門和人員；有選擇和紀錄朝廷政事的部門和人員──中書省的給事中；有將有關文字內容複製多份後傳報出去的人──中書省內正八品的管勾，他的職責有「出（發布）、納（接受）、緘（封口）、縢（抄寫複製）、啓（開啓封口）、拆（拆開包裝）」等，也就是接受四方上報的有關內容，具體地說就是把可以發布的文字內容根據需要，先

〔註4〕《元史・百官（一）》卷八十一，中華書局1976年版，第2125頁。
〔註5〕《元史・兵（四）》卷一百一，中華書局1976年版，第2596頁。

「謄」（即抄寫複製）一定的份數，然後「緘」（即裝入郵件袋後封口付郵），再遞向全國。這是正八品管勾所應履行的「出」的職能。至於「納」就是「啓」和「拆」了，不再贅述。經過正八品管勾「謄緘」的有關文字內容，就是元王朝時期的封建政府官報，下行到「通政院」，再交到「急遞鋪」，由鋪丁傳向四方。

3. 由於特殊的政治、文化環境，元朝流傳下來的及後來歷代文獻中對元朝報紙記載的資料極少

所謂「特殊的政治、文化環境」主要表現在：第一，蒙古族貴族對漢族及其他少數民族官員存有不信任和戒備心理，有什麼朝廷政令或小道消息，很有可能僅僅限定在蒙古族貴族官員之間傳播，而不向漢族及其他少數民族官員傳播。所以在漢族官員的文獻記錄中「極少」有這方面的記載，而蒙古貴族官員又大都武丁出身，不會用文字來記載。第二，元王朝規定一切詔令奏章都使用蒙古文字，因而從整體上講就「極少」有記載了。由於文字隔閡，儘管可能有諸如宋朝進奏院狀報甚至把宮廷消息「別錄單狀」傳報的偽官報，一些漢族官員也可能因不能識別蒙古文字而難以理解其中的眞實內容和意圖，僅當作一般的官文書而失之交臂，所以也就「極少」有關於元朝官報及偽官報情況的記載。第三，殘酷的民族高壓政策，已經使那些勉強能在元王朝政府中（謀得一份差事）做官的漢族官員處處、時時、事事自危，惟恐災難從天而降，在這種以自保爲上策的心理狀態中，對那些元王朝政府一再禁止的「訛言惑眾」、「妄言時政」、「誹謗朝政」及「諸人臣日傳聖旨行事者」的非法傳播官報或偽官報的行爲，避之惟恐不及。因此，即使他們有可能得知（閱）非法傳播的官報或民間小報，爲逃避危險，一般也會視而不見、聽而不聞，絕不會參加非法傳報活動；即使有機會得閱那些非法或暗中傳播的官報或偽官報，也絕不會記錄在案，以免授人以柄，自找麻煩。這樣一來，自然導致在漢族官員的著作中對元朝報紙記載的資料「極少」。第四，元王朝統治中國的時間較之唐宋及後來的明清諸朝都短得多。元王朝始建國於世祖至元八年（公元 1271 年），八年後滅了南宋，統一了全國，到惠宗至正二十八年（公元 1368 年）被朱元璋推翻，前後計 97 年，其中掌握全國政權的時間還不到 90 年。所以，它在客觀上缺乏足夠的時間來研究、繼承宋王朝國家管理制度的精華；再加上政治體制不完備，經濟、文化落後，官員隊伍文化素質普遍太低，使得元王朝統治者更看重「武功」而輕視「文治」，對文化資

料缺乏積累的意識，對於「馬上得來的天下，缺乏變理的經驗」，〔註6〕這也是元王朝時期報紙資料「極少」的一個原因。

4. 元王朝時期不僅有政府官報，而且還有曾被朝廷屢屢嚴禁的民間報紙

已有文獻記載表明，在元王朝統治時期，不僅有中央政府編印的以蒙古族文字記載、以手抄方式行世、僅在蒙古貴族官員之間傳播的官報，而且還有民間經營的、在蒙古貴族的殘酷統治下仍然頑強存在並且被元王朝政府屢屢嚴禁的民間報紙。如在《元史‧刑法（四）》中有禁止「諸但降詔旨條畫民間輒刻小本賣於市」的記載。我們認為，這條記載至少說明了如下幾個問題：第一，在元朝有「民間」未經朝廷允許（批准）而刻印（即「輒刻」）的「小本」。第二，這一類民間輒刻的「小本」的內容主要是朝廷發布的皇上諭旨詔書、官員任免消息及元王朝政府頒布的法律法令（即「條畫」）。第三，這一類以皇上諭旨詔書、官員任免消息及政府頒布的法律法令為主要內容的「小本」，受到社會各界人士的歡迎，人們願意自己掏錢來購買、閱讀它們，從中獲得感興趣的消息，這就是所謂的「賣」。第四，這種以皇上諭旨詔書、官員任免消息及政府法律法令為主要內容的「小本」，一度可以在社會上公開出售（即「賣於市」），可見當時的「小本」曾經比較普遍，或者說在「小本」剛問世之初，元王朝還沒有意識到它對朝廷的危害，一度沒有引起重視，致使它可以公開或至少是半公開地「賣於市」，似乎有點類似南宋時期在臨安城裏出現的「供朝報」。但是後來隨著這類「小本」的影響日益擴大，官府日益感到了其危害，才採取政策禁止其運作和傳播。第五，這種以刊載皇帝諭旨詔書及政府法令為主要內容的「小本」，在當時或問世後的一段時間之後，受到政府的禁止，所以只好在民間私下傳播。為便於傳播，刻印者就如同南宋朝時代的小報製作者一樣，「以小紙書之」，正因為其用紙的尺寸要「小」於官報，所以元王朝就把這類擅自刻印、流傳並賣於市的原始形態的民間報紙稱之為「小本」。有學者指出，《元史‧刑法（四）》所載的禁止「諸但降詔旨條畫民間輒刻小本賣於市」的條例，所禁的就是民間報紙。從內容、形式和發行的方式看，這種「小本」確實很可能就是宋朝小報的延續。這就表明「小報這種新聞傳播媒介具有很強的生命力，易代之後仍

〔註6〕方漢奇主編：《中國新聞事業通史》（第一卷），中國人民大學出版社1992年版，第118頁。

有繼續出版」。〔註7〕

二、元朝報刊法制的概況

根據目前所知的文獻記載分析，元朝的確沒有產生大量的報刊法令制度——這是由元朝的報刊客觀上沒有宋朝報刊發達，以及元王朝的特殊社會背景決定的。我們只能從一些零星的文獻記載中發現或推知元朝報刊法制的概況。

1. 元王朝建立有很不完善、很不明確但卻相對完整的報刊運行體制

在報刊業體系的構建上，儘管元王朝沒有頒布過諸如宋朝皇帝的諭旨詔書、臣僚言等明確規定報刊業內容及運行機制的專門條文，但在元王朝對國家機器的建立及運行機制的規定中，仍然可以窺知其中與報刊業有關內容的一些蛛絲馬跡。據瞿蛻園的《歷代官制概述》中記載：元朝實行三省合一的國家管理體制，由「中書省爲政務中樞，其最高長官爲中書令，常以太子兼領班，在一切臣僚之上」。其運作機制是由中書省的中書令（太子）「典領百官，會決庶務」。在中書省內設「給事中」職務（位），負責「紀錄省、臺、院諸司奏聞之事」和「修撰起居注」等事宜；在「給事中」之下又設了一名「正八品的管勾」，其職責是「掌出納四方文移緘膽啓拆之事」。經「正八品管勾」「緘（封口）膽（複寫）」之後的「文移」下行到專司「管理全國驛站之事」，即負責文書傳送的「通政院」，通政院又根據文書（報）所發到的目的地，分別交由不同的「急遞鋪」，由急遞鋪的「鋪兵」「賫文書以行」，傳之四方。這就形成了一個比較完整的文書傳遞系統：皇帝——中書省（太子兼領班）——中書省內主管「紀錄省、臺、院諸司奏聞之事」的給事中——中書省內協助給事中「掌出納四方文移緘膽啓拆之事」的正八品管勾——通政院（主管全國驛站的職能機構）——急遞鋪（相當於後世的郵局或機要交通局等性質的機構），若干個急遞鋪按照所負責的傳遞範圍劃分，共同完成向全國各地遞送文件的任務——鋪兵（按照通政院下行的文報上的收件人和急遞鋪負責官員的任務分配，承擔特定的文書傳報任務）——文報收件人（即從所傳送的文報中獲取有關信息的社會成員）。儘管這一體制和運作過程是

圍繞元王朝政府的文書傳報工作而建立的，但是否也爲當時類似宋朝官報或小報的某些文報的傳遞，構建了完整的運行體制和機制呢？我們認爲是存在這種可能的。

2. 嚴格限制公開的新聞傳播活動，元朝文獻中一些零星的記載可以作爲元朝報刊法制有關情況的佐證

如前所述，蒙古貴族統治的元朝，在經濟、文化、教育等方面都遠遠落後於唐宋諸朝，所以也沒有產生諸如宋朝那樣成熟的官報和民間報紙，同樣也就沒有出現像宋朝那樣大量的旨在規範社會報刊業運作體制及社會報刊活動的法令制度性質的文獻，但是，我們從元朝制定、頒布、施行的一系列禁令及法律中，仍然可以看到有關報刊法制的影子。據《元史》中的《世祖本紀》、《英宗本紀》及《刑法志》記載，其中涉及限制、禁止社會新聞消息傳播的禁令法律有多處。諸如「訛言惑眾」有禁，「妄言時政」有禁，「誹謗朝政」有禁，甚至連「諸人臣口傳聖旨行事者」也有禁。由此我們聯想到清政府在光緒三十二年（公元 1906 年）頒布的《報章應守規則》中關於「不得詆毀宮廷」、「不得妄議朝政」，「不得妨害治安」及「不得敗壞風俗」的禁令，以及清政府在光緒三十三年（公元 1907 年）十二月頒布施行的《大清報律》中關於「報紙不得揭載詆毀宮廷之語，淆亂政體之語，損害公安之語，敗壞風俗之語」的禁令。兩者相比較，人們不難看到它們之間有著非常明顯的相似之處，看出清王朝與元王朝那些禁令的承繼關係。很顯然，清光緒末年頒布的報刊法令中的這些規定，明顯地帶有元王朝那些禁令的遺傳因子，而元朝統治者頒發上述禁令是元世祖和元英宗時期的事。

早在尚未改「元」之前的太宗（孛兒只斤窩闊台）時期，爲了禁止官員之間互傳消息泄露朝政，就頒布過「諸公事非當言而言者，拳其耳；再犯笞；三犯杖；四犯論死」的禁令。有趣的是，犯了「諸公事非當言而言」的罪行後，朝廷的處罰是「拳其耳」而不是「拳」其「口」，這似乎有一點中國儒家觀念中「刑不上大夫」的意味。因爲「耳」僅僅是接受信息傳播的器官，而只有「口」才是「言」（即傳播）信息的器官。爲什麼規定「拳耳」而非「拳口」呢？我們認爲這是元朝統治者有意偏袒官位較高的一方。因爲「公事」的互相傳播，一般都是由上一級官員有意或無意透露給下一級官員或其他人的，而下一級官員或其他人倘若再次傳播，也是向更下一級的官員傳播，因而朝廷規定「拳其耳」，就是僅僅規定處罰接受傳播的官員不該「聽」（不該

接受傳播），或「聽」到傳播之後不該再傳，也或者是處罰這些「聽」到傳播「公事」的官員忘記了朝廷的禁令，又把聽到的內容再傳給其他不該聽的人。但是爲什麼沒有規定「拳其口」呢？這是因爲在傳播的過程中，傳的一方是上一級官員，受傳的一方是較下級的官員，爲了維護上一級官員的尊嚴和利益，朝廷處罰的是下一級官員的「耳」，而不是上一級官員的「口」。照此推理，處罰的棒子永遠不會落到皇帝的頭上，因爲他永遠處在用「口」而不用「耳」的位置上。封建專制和奴隸主制度混合的特徵在此似乎有更清楚的表現。

3. 元王朝對民間新聞傳播活動的限制，從一個側面反映了元王朝對民間報紙限制、規範和扼殺的情況

《元史》中有禁止「諸但降詔旨條畫民間輒刻小本賣於市」的記載，這一條史料說明朝廷對民間報紙「小本」進行禁止的幾個方面的內容：首先是禁止「民間」傳播「詔旨條畫」（即皇帝詔書、諭旨及朝廷頒布的法令），這意味著朝廷規定這些內容只能由官方發布；其次是禁止「民間輒刻」，即假如民間要刻印傳播有關消息，須經朝廷或朝廷授權的某一級政府或機構批准，而不准私自操作；再則是禁止「民間輒刻的小本」「賣於市」，即不准民間報紙在社會上公開傳播，也就是迫使民間報紙只能在私下運作，處於半地下狀態；最後是朝廷公開表明了對民間報紙的禁止、扼殺的態度。可以設想，假如有人敢冒此大不韙。肯定要受到諸如「拳耳」、「笞」、「杖」直至「論死」的處罰，其刑罰不可謂不重。這從一個側面反映了元王朝統治者禁止民間報紙流傳的迫切心情，更從一個側面反映了當時階級、民族矛盾的尖銳，致使統治者不得不借助近似暴政的法律手段來禁止社會新聞的傳播。

以上我們只是根據目前所見的一些零星的文獻史料記載，對元王朝時期的報刊及報刊法令制度的情況作了簡單的分析和介紹。毋庸諱言，由於史料的缺乏和個人認識的局限，對這些內容的敘述是十分不夠的，有時甚至是一己之見、一得之見。我們期待著有更多的史料被研究者發現，從而增強對這一問題的說服力；同時也隨時準備根據新的史料和研究成果修正我們的觀點，以求更符合歷史的眞實。

第二節 明朝報刊法制發展的社會背景

在中國古代社會的發展史上，朱明王朝既是一個很有特點的帝國，也是

一個十分重要的朝代。「這個王朝所表現出的種種特點，既揭示了這個龐大的帝國因進入封建社會的極盛時代而表現出來的自信和成熟，以及成熟達於極點之後所日漸暴露的腐朽和衰微，同時它又賦予明朝新聞傳播事業的發展以獨特的深刻影響，並鑴刻上它自己的銘記。」〔註8〕而這些「自信」、「成熟」、「腐朽和衰微」以及對明朝新聞傳播事業的「影響」及其「銘記」，又構成了明朝報刊業法令制度產生、發展、變化的社會背景。明朝報刊法制正是在「這一個」獨特的既不同於唐宋、又不同於元清的背景下產生的。

一、明朝報刊法制產生的政治背景

報刊法制屬於上層建築和意識形態的範疇。上層建築建立在經濟基礎之上，同時又反作用於經濟基礎；意識形態受制約於物質存在，但又對物質存在產生反作用。這一普遍規律反映在明朝報刊及其法令制度上，就具體地表現為明朝報刊只有在明朝這一特定的社會環境中才能出現和發展。我們認為，作為制約報刊法令制度的明朝社會政治環境，主要有如下幾個方面的特點：

1. 權力矛盾激化與廢省設部、國家權力明放暗收

明朝和此前各朝一樣，都是高度集權的封建專制社會。但由於明朝所處的特定的社會政治環境及明朝開國皇帝朱元璋的獨特經歷和個性，明朝的中央集權比以前的歷朝走得更遠，近乎於極端，其特徵非常鮮明、強烈。

（1）開國初期，朱元璋對國家管理體制進行了重大改革

起於布衣但有治國雄才大略的朱元璋總結了前朝諸代出現過的中書操政、宰相專權、宦官干政而導致皇帝架空的教訓，斷然採取了廢除中書省和宰相制，而仿周官六卿執政之例，權力下放給吏、戶、禮、兵、刑、工六部；六部之間互不隸屬，各自對皇帝負責，由皇帝直接協調六部之間的關係。因此，這六部就實際上成了皇帝在官員任免、財政賦稅、文化教育、軍事國防、司法檢察以及工程工業、交通水利等方面的具體辦事機關，一切「指揮」均出自皇帝，一切結果又必須匯總給皇帝，皇帝真正成為國家機器的中心和首腦。正如明太祖所說：「我朝罷相，設五府、六部、都察院、通政司、大理寺各衙門，分理天下庶務，彼此頡頏，不敢相壓，事皆朝廷總之，所以穩當。」

〔註8〕尹韻公：《中國明代新聞傳播史》，重慶出版社1990年版，第6頁。

〔註9〕這種體制的確立，樹立了皇帝在國家政治生活中的絕對權威，但同時也就產生了因皇帝個人愛好、性格不同而導致國家對報刊法令制度寬嚴程度的大起大落。

（2）朱元璋在國家體制中大大提高了信息傳播工作的地位

朱元璋一改自宋太宗太平興國七年（公元 982 年）建立起來的以隸屬於門下省的都進奏院作為國家最高新聞傳播主管機構的體制，撤「都進奏院」而設通政司。在明初的國家機構序列裏，通政司和五府、六部、都察院、大理寺等衙門並列，受皇帝直接管轄，且位居作為中央審判機關的大理寺之前，其地位之重要程度可見一斑。把通政司的地位提到如此之高，是因為朱元璋感到「出納王命，為朝廷之喉舌；宣傳下情，廣朝廷之聰明，於政體關係最重也」，〔註10〕所以通政司的負責長官通政司使也就成為朝廷的三品高官。據《明史・職官志》載，明太祖朱元璋為此還特別叮囑通政司的第一任主管官員曾秉正說：「卿審命令以正百司，達幽微以通庶務。當執奏者勿忌避，當駁正者勿阿隨，當敷陳者毋隱蔽，當引見者毋留難。」由此可見通政司權力之大。洪武十二年明太祖朱元璋又「撥承敕監給事中、殿廷儀禮司、九關通事使」隸屬通政司使管轄，進一步擴大了通政司的職權範圍，強化了通政司的溝通協調職能。因通政司直接聽命於皇帝，所以這一舉措的實質是，皇帝的管理之手又直接抓到了「承敕監給事中、殿廷儀禮司、九關通事使」等方面。朱元璋通過設六部把原來由中書省、門下省及宰相的權力下放到六部及其他部門，實際上是把原來由中書省、門下省、宰相分別執掌的權力集中到皇帝一個人手裏。這種由皇帝一統天下的國家管理體制，對報刊法令制度的發展，至少對明朝邸報運作體制的建立具有直接的影響和制約作用。

2. 派別矛盾與朝廷官員之間黨爭激烈

（1）明朝「言官」制度與黨爭

朱元璋採取的一系列旨在加強皇權的政治體制改革所取得的重大成果之一就是確立和完善了言官制度。明朝的言官制分為兩個行政系統，即都察院和六科。都察院主要是一個監督機構，負責調查、監督所有京官和各省地方

〔註9〕《明太祖實錄》卷二三九，洪武二十八年六月諭。轉引自尹韻公：《中國明代新聞傳播史》，重慶出版社 1990 年版，第7～8頁。

〔註10〕陸容：《菽園雜記》卷九。轉引自黃卓明：《中國古代報紙探源》，人民日報出版社 1983 年版，第76頁。

官員的政事活動，對其中違法亂紀、貪污瀆職的官員進行彈劾。六科則是一個勸諫機構，主要負責審核和檢查所有官員的章疏與皇帝的詔諭，倘若發現裏面有違反傳統思想和綱常法紀的言行，對皇帝則實行勸諫；對官員則根據具體情況提出不同的處理意見，其中嚴重的還可能丟官或坐牢。〔註11〕在這一形勢下，一些聰明的權臣意識到言官的厲害，轉而採取不與言官對立而與言官勾結的辦法，使言官由針對自己的利器變為保護自己的工具。言官與閣臣的串通一氣、相互勾結和利用，一方面迅速淡化了朱元璋當初設立言官制度、寄厚望於言官們規範社會政治生活的初衷，另一方面也加速了言官內部「以人為線」、「以利益為線」、「以集團為線」的分裂與分化，從而加劇了言官內部的派別矛盾，導致了自嘉靖、萬曆以後延續不斷的「黨爭」。

明朝的所謂「派別」，是特指明中葉以後出現的朝廷言官（諸如都察院的左右御使、左右副都御史、左右僉都御史及全國各省份的監察御史，六科即吏、戶、禮、兵、刑、工等科的都給事中、左右給事中、給事中以及通政司的官員等）之間形成的以師承、科舉、地域、觀點、處事風格、個人愛好等相同或相近的官員派別。官員派別是一種默契，成員之間不存在明確的組織聯繫，而僅僅是在對待某事某人某問題上取相同或相近的態度。所以，對官員派別，朝廷也難以抓到把柄，只能聽之任之。有派別，必然存在派別之異；有不同派別，必然要出現派別之爭。據史籍記載，明朝言官黨派之爭序幕的正式拉開，大約是在嘉靖萬曆年間。

《明史‧趙用賢傳》載：「居正死之明年，（趙）用賢復故官，進右贊善。江東之、李損輩爭響之，物望皆屬焉。而用賢性剛，負氣傲物，數訾議大臣得失，申時行、許國等忌之。會（李）植、（江）東之攻時行，（許）國遂力詆（李）植、（江）東之，而陰斥用賢、中行。謂：『昔之專恣在權貴，今乃在下僚；昔顛倒是非在小人，今乃在君子。意氣感激，偶成一二事，遂自負不世之節；號召浮薄喜事之人，黨同伐異，罔上行私。其風不可長。』於是（趙）用賢抗辯求去。極言『朋黨之說，小人從之，去君子，空人國』。詞甚激憤。帝不聽，其求去。黨論之爭，遂自此始。」這是明朝史籍中記載的第一次黨派之爭，即趙用賢與李植、江東之為一派，申時行、許國、中行等為另一派。黨爭的結果是趙用賢抗辯不成（「帝不聽」），只好在「激憤」之情中

<hr>

〔註11〕參見尹韻公：《中國明代新聞傳播史》，重慶出版社1990年版，第210～211頁。

「求去」（自動辭職）。

在這之後，明朝言官之間又先後發生了南北言官群起攻擊被稱之為「東林黨」的李三才、王元翰、顧憲成等人及東林黨人士的反擊，最後以東林黨人士的敗北結束。爾後又有以祭酒湯賓尹等為首的「宣黨」（因其代表人物湯賓尹係宣越人氏而得此名）和以諭德顧天峻為首的「崑黨」（因其代表人物顧天峻係崑山人氏而得此名）之爭，與此同時還有另一些言官諸如御史徐兆魁、喬應甲等人自成一派，「與賓尹、天峻聲勢相倚」，幾成紛雜之勢。宣黨、崑黨之外，萬曆末年又出現了以給事中亓詩教為代表的「齊黨」和以給事中官應震等為代表的「楚黨」以及以給事中姚宗文為代表的「浙黨」，同時湯賓尹的勢力集團也益發擴大，專以「排異己為事」，當事大臣莫敢攖其鋒。最初是齊、楚、浙之黨聯合起來打擊「東林黨」，結果東林黨人士幾乎全被趕出朝廷。但時過不久，勝利後的三黨中，齊黨和浙黨出現了裂痕，爾後齊、浙兩黨人士公開反目。正如尹韻公先生所指出的那樣：「黨爭一起，政府官吏和言官便情不自禁地捲入到鬥爭的漩渦之中。整個文官集團一片混亂，各自拉幫結派，形成團團伙伙，互相攻訐，互相傾軋，爭權奪利，力圖打倒對手，把持朝廷，獨霸輿論。」〔註12〕

（2）明朝言官黨爭與邸報

言官的黨爭有特定的規律和特點，就是動嘴不動手——擅長「嘴巴」殺人，「舌頭」殺人。也就是藉「言」說動皇帝，藉皇帝之手殺自己的仇人；或者是製造輿論，左右民情，造成社會壓力，迫使對手退讓或迫使皇帝出面處治對手。「用嘴巴殺人」，既是言官的專長，也是言官置對手於死地的法寶。他們通過「臣僚言」和「奏章」的形式，使皇帝相信自己並達到打擊對手的目的。在當時的社會環境下，朝廷臣僚的奏章得以廣泛傳播的最主要途徑就是邸報。攻擊對手的奏章可以在邸報上刊載，為自己辯解的奏章可以在邸報上刊載，聲援黨友的奏章也可以在邸報上刊載。因此，邸報就成為明朝言官黨爭中攻擊對方、為己方辯解的重要陣地和工具，是言官集團志在必得的喉舌。為了盡可能地減少邸報作為攻擊朝廷命官、擾亂人心的負作用，明朝統治者通過聖諭、詔書或臣僚奏章、衙門公文等形式，對在邸報上刊載臣僚奏章作過具體的規定，以求協調「出納王命，溝通下情」和「黨同伐異，謗議紛然」的矛盾。這些聖諭、詔書及臣僚奏章、衙門公文，在當時具有強制執

〔註12〕尹韻公：《中國明代新聞傳播史》，重慶出版社1990年版，第22頁。

行的性質，因而也就成爲當時報刊法令制度內容的一部分。

3. 階級矛盾激化與農民起義此伏彼起

元朝國運短暫，掌握全國政權的時間不足 90 年，而且眞正穩定的時間又不到 50 年；同時，元朝長期處於封建奴隸制和封建專制制度的混合政治狀態，且一直以遊牧方式存在，所以在思想意識、經濟發展、文化教育、治國觀念及統治經驗等方面，與被推翻的宋王朝相比，明顯處於落後的地位。而由朱元璋創立的明王朝則是以漢族地主階級爲官員主體，從對文化的承繼以及在思想意識、經濟發展、文化教育、治國觀念及統治經驗等方面，明王朝更多地繼承了秦漢、唐宋等朝形成的傳統文化，也是中央政府高度集權的封建專制國家。我們認爲朱元璋所建立的明朝政權從性質上講，只是實現了從一個封建專制王朝向另一個封建專制王朝的更替，並沒有也不可能解決當時中國社會中最基本的矛盾即農民階級和地主階級的矛盾，故社會生活中依然危機四伏。

（1）朱元璋採取措施緩解社會矛盾

起於布衣的朱元璋是一位精明過人、對社會矛盾有比較清晰認識的封建君王。他登基後立即採取了一系列緩解社會矛盾的措施。其措施主要有普查戶口，丈量土地，獎勵農桑；均平賦稅，興修水利，推行屯田，並減輕對工匠的奴役；同時採取果斷措施，抑制豪強貪吏。他十分重視法律建設，洪武六年（公元 1373 年）冬即令刑部尚書劉惟謙等人議定《大明律》，洪武七年修成並頒行天下。明太祖總結歷史經驗，特別是吸取元朝亡國的歷史教訓，形成了一套具有封建社會後期特點的立法思想，「明刑弼教」和「重典治國」原則是其內容之一。〔註13〕洪武十三年，他以「謀逆」罪誅殺了官至右左丞相但「專權樹黨」的胡惟庸；又於洪武十六年以「謀叛」罪誅殺了被封作「涼國公」而恃功驕橫、「多蓄莊奴假子，奪佔民田，所爲多不法」的藍玉，從而震驚朝野，皇威空前，在一定程度上緩解了錯綜複雜的社會矛盾，爲明朝社會經濟、文化的恢復和發展提供了有利條件。

（2）階級矛盾激化導致農民起義是明朝滅亡的主因

由於明朝社會的根本矛盾沒有得到徹底解決，尤其是到了明朝中葉以

〔註13〕曾憲義主編：《中國法制史》，北京大學出版社、高等教育出版社 2000 年版，第 196 頁。

後，政治腐敗，豪強並起；文（言）官階層分化愈烈，甚至到了只顧黨派利益而不顧大明江山是否能維繫的地步；朝政廢弛，閹黨專權，社會矛盾迅速激化；加之享有特權的皇莊、官莊恣意兼並土地，官僚豪紳橫行鄉里，各級官府累加稅賦，逼得百姓無法生存，四處流亡，社會生產力受到嚴重摧殘，而且形成了大量的無業遊民，給社會穩定帶來嚴重威脅。由於社會生產力受到破壞，致使國力衰微，難以供養龐大的官僚群體和數量眾多的驛傳兵丁。爲維持國家財政的正常運轉，政府只好大量裁減驛丁，被裁減下來的驛丁鋪兵又形成了一股動蕩的社會力量，如明末農民起義領袖李自成等人即是被官府裁減的驛丁。又逢陝北地區連年旱災，連續數年白地無收，百姓走投無路，官府壓迫無減，只好鋌而走險，揭竿起義，殺富濟貧，求生保命。當時的中原大地，猶如在烈日下曝曬透了的乾柴，一遇火星即可成燎原之勢。從天啓七年爆發的飢民王二澄起義開始，義軍紛起，官軍全力鎮壓，然而「按下葫蘆浮起瓢」，越殺越多。農民起義軍在陝晉兩省作戰數年，發展到 36 營的名目。崇禎六年（公元 1633 年），農民起義軍開始轉到外線作戰，把戰火引向明朝統治的腹地。自山西渡黃河進入中原，轉戰河南、湖北、四川、陝西、甘肅等省，還一度攻佔明太祖出生地鳳陽，震動朝野。這場曠時持久、聲勢浩大的農民起義戰爭，以李自成率領的農民起義軍攻進北京，崇禎皇帝自盡於煤山，明朝中央政府被推翻而告結束。回望在明朝前後的幾個統治時間較長的封建王朝，亡國之因可說是各具特點：漢亡於外戚作亂，唐亡於藩鎮，宋亡於異族武力，清亡於民主革命，而獨獨明朝是亡於農民起義的烽火。可見明末農民起義時明王朝社會政治、文化、經濟的影響之大。

（3）官驛廢弛後在塘汛之制基礎上衍生了塘報

爲了及時了解農民起義軍發展以及進攻、撤退等戰鬥的動態信息，明朝政府除了加大在邸報上對農民起義的內容報導的分量外，還有意識地利用民間本已存在的自助性組織——「塘汛民勇」，略加整頓和改造後成爲半軍事化的可承擔公務但又人不離土的「塘汛之制」，即提塘制度。明朝政府借助這准軍事化的提塘制度，把前線探兵們探得的農民起義軍作戰動態，編寫成文書，由塘兵一站接一站地向京師傳遞，由此就產生了一種新興的信息傳播媒介——塘報。爲了維持塘報的正常運行，明王朝統治者上自皇帝，下至各級官員都想了不少辦法，頒布了有關諭旨詔令，提出了一些臣僚奏章，公布了一些運作規定。這些具有強制性執行的內容，在一定程度上具有報刊法令

制度的性質，因而也就構成了明王朝報刊法令制度的內容之一。

4. 民族矛盾和邊警軍情報導事關國家穩定

（1）福建等沿海地區出現的倭寇騷擾活動日益猖獗

早在 14 世紀日本南北朝時，在混戰中失敗的日本武士淪落爲浪人，與活躍於九州、四國間的走私商人勾結，在中國沿海進行走私、搶劫，成爲倭寇勢力的最早萌芽。永樂十七年（公元 1419 年），明朝總兵劉江大破倭寇盤踞的望海堝（在今遼寧大連東北），倭寇之勢漸衰。15 世紀後期，日本進入戰國時代，倭寇勢力因受到一部分封建主與寺院大地主的支持又漸趨活躍。嘉靖二年（公元 1523 年），日本封建主大內氏與細川氏的貢使在中國寧波發生衝突，雙方乘機對中國百姓的財產大肆焚掠。明朝政府爲此下令停止對外貿易，以避免倭寇勢力騷擾活動。明朝後期，倭寇乘明朝海防空虛之機，勾結土豪、奸商、流氓、海盜進行大規模的走私搶掠，其中以 16 世紀中葉最爲猖獗。明朝政府對此未採取果斷措施予以打擊驅逐，而是企圖靠閉關鎖國自保，於是嚴禁與海外貿易，禁止漁民出海捕魚，阻斷對外交通往來，但是倭寇有恃無恐，倭害愈趨凶猛。江蘇、浙江、福建等省區受害最爲嚴重，山東、廣東也受到波及，成爲明朝政府面臨的一大外患。在人民群衆的強烈要求和朝廷正義之臣的反覆請諫下，明朝政府先後派抗倭名將譚綸、戚繼光、俞大猷等人領兵抗倭，直到 16 世紀 60 年代中葉才逐漸驅除倭寇，還沿海地區以安寧。

（2）東北地區的滿族貴族軍隊日益南進

早在明萬曆四十四年（公元 1616 年），後來成爲清太祖的愛新覺羅·努爾哈赤，在赫圖阿拉（在今遼寧新賓西南）登上「汗位」（相當於中原地區的帝位），改國號爲「金」（史稱「後金」），建元「天命」。天命三年（公元 1618 年），愛新覺羅·努爾哈赤公開起兵反明，不久即把其勢力擴大到了遼河流域。天命六年（公元 1621 年，時爲明熹宗天啓元年），努爾哈赤從赤圖阿拉遷都遼陽，到天命十六年時又遷都沈陽，佔據了地產物豐的東北地區，遂逐步建立了具有鮮明滿族政治、文化特色的八旗管理體制；還在蒙古文字的基礎上，創造出滿族文字，擺出了與明朝中央政府分庭抗禮、一決雌雄的架勢。熹宗在位（天啓）僅七年，崇禎皇帝即位，他雖有重振大明皇威之志，卻缺乏重振皇威之才，再加上國力貧乏，又聽信宦官，屢屢決策失誤，所以在滿族軍隊步步進逼面前捉襟見肘，只有招架之功，毫無還手之力，最後甚至做出了向清兵求和這樣使明朝大失臉面的事。崇禎十五年（公元 1642 年），

後金軍隊大舉進攻山海關，明朝重臣洪承疇臨陣投敵，並引兵回擊，明軍幾乎一夜之間成了潰軍。崇禎皇帝大為驚慌，寢食不安。與此同時，由李自成、張獻忠等人領導的農民起義軍在中原大地和四川、湖北等地已成燎原之勢，使得崇禎皇帝無心也無力與清兵作戰，擔心造成外敵未驅、內亂更盛的局面。於是，為了保住自己的皇位，崇禎皇帝便指令時任兵部尚書的陳新甲派密使去瀋陽，向後來成為清太宗的愛新覺羅‧皇太極求和，企圖穩住清軍，抽出精銳部隊回師中原，先消滅李自成等人領導的農民起義軍，然後再設法抵禦清軍的進攻。然而，因為求和之事被無意泄密，崇禎皇帝的如意算盤很快落了空。崇禎皇帝本來正在擺出與清軍決戰的姿態，以鼓舞穩定人心，但這一消息見之於邸報以後，朝野「言路嘩然」，人心更是大亂。

（3）南疆廣西、雲南等地的少收民族對明朝邊境的騷擾

自明中葉以後，南疆地區的少數民族部落首領們似乎也感受到曾經威振四方的大明帝國已經是強弩之末，於是也就膽氣大壯，時時騷擾邊境地區。儘管沒有形成諸如倭寇侵擾、清兵進逼那樣大規模的戰事，但總是如牛虻一樣，在明帝國這頭老傷病殘等數病相加的瘦牛頭頂上，或是撲上來咬一兩口吸點血充飢，或是發出嗡嗡的攻擊預兆，使人不得安定，這也成為明末社會政治生活中的熱點之一。

由於數方矛盾均集於明朝政府一身，所以明末時期的統治者幾乎處於內外交困的狀態。而明朝的君臣百姓自然不會甘心成為「人臣」，於是不斷呼籲抗爭，更加關注邊事。邸報上關於邊事的報導，直接關係到國家民族的安危和步兵馬軍的勝敗，所以朝廷也自然加強了對邸報、塘報的管理和控制，對邸報報導的內容、報導的方式、傳播的範圍等方面都作過比較俱體的規定。這些「規定」實際上也就成為明朝報刊法令制度的重要內容。

5. 天人矛盾與災異情況報導事關國內人心穩定

所謂的「天」，這裏統指自然界的萬事萬物，上自天體星辰、風雨雷電，下至旱澇蟲災、地震山崩，還兼及人間火燭之災和兵刃相見之禍等。總之，凡人們不能予以解釋和說明的現象一律歸之於「天」。上天有道，似乎萬事萬物都在這看不見、摸不著的「天」的股掌中運行。因而上自皇帝，下至小民，無不對「天」頂禮膜拜，奉為聖靈。而所謂的「人」，則是指當時社會生活中以帝王及其代表的國家運作體制，以及在這個運作體制中活動、生存的文武百官、軍民人等。按照現代科學的觀點來認識，自然界發生的諸如日月星辰、

地震星殞、洪澇旱災等現象，實際上是自然界諸種事物互相聯繫、制約和影響的產物，本來與某一個人或某一批人（如言官派別等）沒有直接關係。但由於當時人們對客觀世界的認識水平的局限，對很多現象還不能給以科學的解釋，加上皇帝又把自己說成是「受命於天」的聖人，「王權神（亦即天）授」，因而上自文武百官，下至平民百姓都把皇帝說成「真龍天子」。人們就把天象地氣當作是上天意志的表現：君王有德，政治清廉，百官勤勉，萬民安定，老天就吉星高照，風調雨順；反之，假如災異迭現，天相劇變，兵刃相見，百姓流離，就認為是人道不公，上天生怨。在這種情況下，天活了，地也活了，洪水代表蒼天意志，隕石也帶上了人氣，地震旱澇之災及天相變化就成了天下凶吉之徵兆。再加上不同派別的言官尤其是在野一派的言官要找理由攻擊掌權的那一派，更是抓住自然界的變故來做「人」的文章，把對方說成是上天不容，於是本來沒有生命的自然現象被人們賦予了生命，本來客觀發生的自然界現象被當作攻擊敵方的工具和口實。因此，在邸報上刊載天相和天氣之變的消息，並把天相地氣變故說成是上天意志，再把上天意志與對世人的懲罰、警誡聯繫起來，就成為可能影響政局或官員去留的大事。為了解全國各地發生的天相地氣之變消息，皇帝下令各地官員對此均要如實奏報；但對於在邸報上刊載這類消息，皇帝卻比較謹慎，甚至專門下旨說明某一件事只發論、不發抄（即在邸報上傳抄）。因此，明政府對邸報上刊載災異事件內容的諭旨和規定，也成為明朝報刊法令制度的內容之一。

除了上述五個方面的特點外，要特別說明的一點是，由於明朝較長時間的國內和平和內部安定，明朝社會經濟迅速發展，不但恢復了宋元時期的生產力水平，而且還有了更大的發展。尤其是在明中葉以後，明王朝農業和手工業產品的生產水平都大大超過了前代，社會分工的趨勢比以前更加明顯，商品經濟繁榮興旺，流通速度加快，已經開始出現了資本主義經濟的萌芽。所以這些，都對明朝報刊的產生和發展提出了更高的要求，一條信息對於商人而言就可能是一筆財富，一條新聞可能決定一個官員或派別的升降沉浮。這樣就出現了：一方面社會對新聞傳播的需求加大，促使了明朝報刊（邸報、塘報及民間報紙）的發展，從而使朝廷對報刊更加重視；另一方面，朝廷和各級衙門也更看重報刊的信息傳播功能，加強了對報刊和報刊活動的管理控制，開始出現對專門民營報紙進行管理的詔令或文書及有關文獻記錄，這也是明朝報刊法令制度的內容之一。

二、明朝報刊法制產生的報刊活動背景

明朝是一個特殊的封建王朝，有其獨特的社會政治背景，而在這一獨特的社會背景裏恢復並發展起來的明朝報刊，既有中國古代報刊的共性，又有明朝這一時期報刊的個性，從而構成了明朝報刊法制發展的極其重要同時也是必不可少的背景。

1. 明朝官報獨特的管理體制和運行機制

明朝有官報，這是不爭的事實。明朝官報的內容大致和宋朝相仿，主要包括了皇帝活動、皇帝諭旨、皇室動態、皇恩浩蕩、官員任免、獎懲及喪亡、臣僚章疏、經濟情況報導、教育與科舉考試報導、軍事及軍機動態報導、對外交往情況的報導、社會怪異情況的報導、對自然災害情況的報導、社會新聞內容的報導以及就某一事件發表的評論性報導等方面。〔註14〕只不過在報導的範圍上更加廣泛、更加深入，因而也就更具有新聞傳播的特徵。然而明朝的皇帝畢竟是朱元璋而非趙匡胤，明朝官報畢竟不是宋朝的官報，明朝的國家機器也不同於宋朝，因而明朝官報的管理體制和運行機制也就表現出區別於以前諸朝的明顯特徵。

宋朝官報在管理體制和運行機制上採取的是在京師設立「鈐轄諸道都進奏院」（簡稱為「都進奏院」），對各州、軍、鎮在京城設立的進奏院和進奏官實行集中統一的管理。朝廷賦予都進奏院「掌受詔敕及三省、樞密院宣札，六曹、寺、監、局、司符牒，頒於諸路」，〔註15〕「總天下之郵遞……凡朝廷政事施設、號令、賞罰、書詔、章表、辭見、朝謝、差除、注擬等令播告四方。令通知者，皆有令格條目，具合報事件謄報」〔註16〕的職責。進奏官負責接收所分管的州、軍、路文武官員向朝廷、皇帝遞呈的章奏，然後按規定程序呈交宮中文書房，再由宮中文書房送皇帝閱處；同時又把朝廷准許發布（即「令播告四方」）的信息，謄寫傳報回派出他們的地方長官，從而完成朝廷政令和地方下情互相通達的過程，維持著國家機器的正常運轉。

明朝官報的管理體制及運行機制與宋朝相比則有較大的差異。雖然明朝官報的抄傳活動也必須聽命於皇帝，皇帝是最高新聞檢查官，可以最終決定

〔註14〕參見倪延年：《中國古代報刊發展史》，東南大學出版社 2001 年版，第 127～145 頁。

〔註15〕《宋史·志》卷一百一十四，職官一。轉引自方漢奇主編：《中國新聞事業通史》（第一卷），中國人民大學出版社 1992 年版，第 64 頁。

〔註16〕《宋會要輯稿·職官》二之五一，中華書局 1957 年影印版，第 2367 頁。

一條新聞的刊載與否。但在管理體制與運行機制上，明朝採取了中央和地方相結合的機制，即朝廷（中央政府）中設置了舉足輕重的主管全國新聞發布工作的通政司，「掌受內外章疏、敷奏封駁之事」；在通政司下（初期隸屬承敕監）設吏、戶、禮、兵、刑、工等六科，「掌侍從規諫、補闕、拾遺、稽察六部百司之事」，並且還負責把「凡內外所上章奏下，分類抄出」，〔註17〕供各衙門「抄出奉行」和「互相傳報，以知朝政」。通政司和六科都屬於中央政府的內設機構，具有相當於後世政府辦公廳的部分職能，直接貫徹執行皇帝的旨意，代表國家的意志。在中央政府之下，明朝的官報（邸報）工作是由各地政府組織和管理的。明朝的各省都派有提塘官長駐京師，同時承擔地方官員上報的軍情、政情、災情、民情等文報的轉呈及朝廷下行給地方官員的文報的傳遞任務。據沈德符在其《萬曆野獲編》中所說：「今天下一家……巡撫及總兵官俱有提塘官在京師專司邸報。」〔註18〕據專家研究，明朝不設進奏院，沒有進奏官，提塘官所從事的工作，很接近於唐宋時代的邸吏或進奏官。由於沒有類似進奏院這樣的機構，明初的提塘官們居無定所，經常散處旅店或租用民房。明朝中葉以後，一些提塘官才開始陸續在京師購置房產或自建房舍，作為辦公地點，〔註19〕同時也兼作生活地點。因為提塘官的主要職責是收發和傳遞文報，所以其辦公兼生活地點往往被當時人們通稱為提塘報房，簡稱報房。明朝中央政府公開發布的奏章，由提塘官從六科或有關衙門抄出後，再通過塘馬和驛站傳遞到各省城長官巡撫和總兵官處，再層層下傳，使全國「以知朝政」。與宋朝不同的是，明朝各地方長官派駐在京師的提塘官及提塘報房是單獨活動的，而宋朝的進奏官則是根據朝廷規定，由都進奏院統一管理並集中在一起辦公的。

2. 明朝塘報的崛起及其獨特作用

「塘報」一稱與「塘」有密不可分的關係。而關於「塘」與「塘報」的含義，學術界歷來就有不同的解釋和理解。明朝學者朱國禎認為「塘報」乃是「今軍情緊急走報者。國初有刻期百戶所，後改稱塘報。塘之取義，未解所謂，其說亦不著。閱馬塍《藝花記》云：『凡花之蚤放者曰堂花。堂一曰塘，

〔註17〕 《明史·志》卷七十四，職官三，中華書局 1974 年版，第 1805 頁。

〔註18〕 沈德符：《萬曆野獲編》卷二十四，「會館」條，中華書局 1959 年版，第 608頁。

〔註19〕 參見方漢奇主編：《中國新聞事業通史》（第一卷），中國人民大學出版社 1992年版，第 123～124 頁。

其取之此歟？』」〔註20〕即朱國禎認為「塘報」的「塘」，義出於「堂花」之「堂」，「堂花」乃是「花之蚤（早）放者」，故「塘報」也就是指因「軍情緊急」而「走報者」，亦即文報中早傳遞到的那一部分。因此，此處的「塘」可說解為「快」、「早」或「迅速」的意思，塘報就是指「有關軍事信息的快報」。〔註21〕

我國台灣的中國新聞學史研究者朱傳譽和曾虛白先生則認為，「塘」是「池塘」，過去每一個鄉村都有一個或一個以上的池塘，供食水、洗滌和灌溉用。這一類的塘往往以村為名，慢慢就變成了地名。到了明朝，塘成了軍事的基層組織，也就是所謂的「塘汛之制」。汛有汛官，是明朝最基層的武官，由千總、把總或外委擔任；汛以下設塘，塘設提塘官，「提塘」就是經管塘務的官員。正因為塘屬軍事組織，所以屬兵部管轄。〔註22〕曾虛白先生還進一步認為，塘報和提塘報在明朝已經存在，又稱堂報，與明之驛制有關。時驛制，設有兵部車駕司，於東華門左邊，設兩機關，一曰馬館，專司夫馬；一曰捷報處，收發來去文移。兵部另派武職十六員，駐紮各省會，歸按察使司管轄，經管該處直接寄京文報，名曰提塘或塘報。〔註23〕也就是說，他們認為「塘報」中的「塘」是明朝基層軍事組織「塘汛之制」的「塘」，屬兵部管轄，經管塘務的官員即稱作提塘。兵部另派武職分駐各省省會，經管該處直接寄京的文報，所寄之文報即是「塘報」。

我國著名的新聞史專家方漢奇先生認為，「塘報」中的「塘」帶有「早」和「快」的意思。明朝「塘報」的前身是漢朝的邊報，當時人稱之為「奔命書」。因為「發自塘」，且是由下到上，由地方向中央逐級匯報軍情的文報，因此它是有關軍事信息的重要傳播工具。〔註24〕

中國社會科學院新聞與傳播研究所尹韻公先生認為，提塘更接近於半軍事化組織，或者說是一種軍民合一的傳統系統。塘兵由地方民團組織管轄即

〔註20〕 朱國禎：《涌幢小品》卷十二，「塘報」條。轉引自尹韻公：《中國明代新聞傳播史》，重慶出版社 1990 年版，第 142 頁。

〔註21〕 方漢奇主編：《中國新聞事業通史》（第一卷），中國人民大學出版社 1992 年版，第 144 頁。

〔註22〕 參見朱傳譽：《宋朝傳播媒介研究》，見《先秦唐宋明清傳播事業論集》，（台灣）商務印書館 1988 年版，第 449～497 頁。

〔註23〕 參見曾虛白：《中國新聞史》，（台灣）三民書局 1984 年版，第 94 頁。

〔註24〕 參見方漢奇主編：《中國新聞事業通史》（第一卷），中國人民大學出版社 1992 年版，第 123～124 頁。

鄉勇。塘報是一種以上報重要軍事情報和緊急軍事動態為主的專業性傳播工具。明朝的各省和地方總兵官，都有自己的刻期百戶所或專門傳遞塘報的塘。〔註25〕

　　我們認為，明朝的「塘」是從「池塘」一類地名之義延伸而來的，後來發展成為一種半官半民、自救自治自衛性質的準軍事化組織。成員即是大多以「塘」為地名的村鎮裏的青年壯丁。其作用主要有：一是在暴雨發水季節組織互救，築堤攔水，救老護小，保護村莊及財物安全，這應當是「塘汛之制」的最早意思。二是在遭遇強盜搶劫、惡棍作亂、流娼敗俗、敵奸竄擾等情況下，臨時集中起來進行互救互助，以保一方平安。平時則從事勞作生息，為一般村民。三是在里甲制度下，作為塘兵或鋪兵接受官府下達的諸如送信、傳報等臨時性任務。但這些塘兵（即村鎮的壯丁）在執行送信、傳報任務時，一般是採取承接轉送的方式，一個塘接一個塘地由塘兵（壯丁）按照文書上表明的送達地點，像接力棒一樣傳遞下去，直到收件人。總而言之，「塘」是明朝產生的一種半官半民的立足於民的準軍事化組織，已經超越了原來的地名含義；「提塘」是管理（宋朝稱「提轄」）塘務的官員職位（務），是官名，因而也有人稱為「提塘官」；「塘報」就是在提塘官的組織管理下，依託塘汛之制的組織體制，由村鎮裏壯丁充任的塘兵們傳遞的文報。因為提塘官屬兵部管轄，所以塘報在內容上也以軍事情報、戰事動態、強盜流寇活動消息等與軍事行動有關的內容為主。

　　塘報的前身，可以大體稱作「飛報」。這是因為其內容屬於「軍情緊急走報者」，主要由在洪武二年為適應當時的軍事形勢需要而奉旨設置的「刻期百戶所」的兵丁承擔傳遞任務。因其兵丁是經過挑選的「能疾行者」，傳遞迅速，故有「飛報」之稱。到了明朝中葉以後尤其是明朝末年，由於朝廷大量裁撤驛站，遣散驛卒，使國家原有的驛傳系統的文報傳遞功能和效率大大削弱。在這種情況下，由兵部管轄下的提塘傳報系統的作用就更加突出了，一不要朝廷花錢，或只需花很少的錢；二可以收到運轉迅速、傳遞快捷之效，因而就逐步成為國家文報傳遞工作的主要承擔者。《天府廣記》卷三下載：「洪武十六年九月定朝儀。……凡遇朝賀等事，一體具服行禮，在外差遣赴京官員亦如之，違者論如律。惟飛報軍務者，隨即引見，不必具服。」

〔註25〕參見尹韻公：《中國明代新聞傳播史》，重慶出版社 1990 年版，第 142～146 頁。

〔註26〕可見塘報在當時國家政治生活中的特殊作用，因爲連見皇帝都可以不必具禮服。

3. 民間報紙的發展和普及

明朝的民間報紙是一個綜合的概念，一般是特指在明朝社會生活環境中存在的，脫離了明朝政府控制而自主產生、存在和發展，以面向明朝社會生活環境中的非官職人員（或是在非官方環境中官職人員）爲主要閱讀對象，以報導傳播朝廷默許或不許報導的朝廷政事動態或平民百姓感興趣的社會生活新聞事件爲主要內容，旨在傳播社會政治新聞並達到某種政治的、經濟的、社會的目的，定期或不定期傳抄、手抄或刻印的信息傳播媒介物。就目前所知的文獻記載來看，「明朝的民間報紙至少包含了《京報》、牌報和旗報或仍以『邸報』、『塘報』之名相稱而事實上已經是民間傳抄印發的具有古代報紙屬性的信息傳播媒介物」。〔註27〕

對於明朝《京報》的最早記載，見於清初俞正燮的《癸巳類稿》。在該書第十四卷中收錄有《書〈蘆城平話〉後》一文，其中明白無誤地說到「前於王氏見明時不全《京報》」，〔註28〕並且把《京報》上所刊載的有關天啓年間（公元 1621～1627 年）部分的內容，同《蘆城平話》和《明史·熹宗本紀》中的記載相對照，發現有的事情《京報》載而《本紀》未載；有的事情《本紀》載而《京報》未載；有的事情《京報》所載者與《本紀》相同，僅在時間上稍有出入。除此以外，在一些明朝或以明朝社會生活爲背景創作的小說作品如吳敬梓的《儒林外史》、金木散人的《鼓掌絕塵》及傳奇作品（《鳴鳳記》）等中，都有不同程度地對《京報》這一事物的記載。因此，我們認爲在明朝或者確切地說是明朝中葉以後至明朝末期（一直延續到清朝），當時社會上的確存在著被一以貫之地稱爲《京報》的分期連續傳抄或印行的出版物，〔註29〕並且形成了一批專門爲報紙提供新聞消息爲主要謀生手段，或以抄報爲業、送報爲生的社會成員群體，以及以刻報、印報、售報爲主要活動內容的民間報房。

〔註26〕孫承澤：《天府廣記》卷三十。轉引自尹韻公：《中國明代新聞傳播史》，重慶出版社 1990 年版，第 143 頁。

〔註27〕倪延年：《中國古代報刊發展史》，東南大學出版社 2001 年版，第 194 頁。

〔註28〕黃卓明：《中國古代報紙探源》，人民日報出版社 1983 年版，第 103 頁。

〔註29〕參見倪延年：《中國古代報刊發展史》，東南大學出版社 2001 年版，第 127～145 頁。

　　明隆慶、萬曆年間的重臣于慎行在其《谷山筆麈》中記載：「近日都下邸報，有留中未下先已發鈔者，邊塞機宜有未經奏聞先有傳者，乃至公卿往來，權貴交際，各邊府日有報帖，此所當禁也。幸而君上起居，中朝政體，昭為懸象原無可掩。設有造膝附耳之謀，不可使暴於眾，居然傳播，是何政體？又如外夷情形，邊方警急，傳聞過當，動搖人心，誤大事矣。報房賈兒博錙銖之利，不顧緩急；當事大臣，利害所關，何不力禁？」〔註30〕據史籍記載，明崇禎皇帝朱由檢登帝的當年（崇禎元年，公元 1628 年）就降下諭旨曰：「各衙門章奏，未經御覽批紅，不許報房抄發，泄漏機密。一概私揭，不許擅行抄傳，違者治罪。」（孫承澤《春明夢餘錄》卷四十九）上面兩條史料至少可以說明以下幾層意思：一是當時已經出現以收集新聞、編排內容並刻印、發售報紙為主要社會活動內容的報房；二是這些報房係民間所經營管理，不受朝廷控制，所以崇禎皇帝才明確規定「不許報房抄發，泄漏機密」；三是在社會職業中已經出現了以專門從事刻印、發售民間報紙為生的社會成員，即「報房賈兒」，有點相當於後世所稱的「報人」；四是從事刻印、發售民間報紙已經有利可圖，一般老百姓可以賴以養家糊口，也即可「博錙銖之利」；五是到崇禎初年，民間報房及其所刻印發售的民間報紙，在社會上已經產生了很大的影響——由於報房偷偷地把「未經御覽批紅」的各衙門章奏在民間報紙上私自刊載，出現了「泄漏機密」的嚴重現象，已經引起明朝最高統治者崇禎皇帝的重視，所以才直接下諭旨對報房活動——實質上就是對民間報紙的刻印發售活動進行限制。

　　除了已經出現的民間報房外，社會上還出現了一些專事「販賣新聞」的落泊文人。明朝小說家華陽散人在其所著《鴛鴦針》（第 8 頁）中說：「學內又有一個秀才，姓周名德，綽號白日鬼。這人雖是秀才，全不事舉子業。……到那有權勢的人家，又會湊趣奉承，販賣新聞，又專一拴（串）通書童俊僕，打聽事體，攛掇是非，賺那些沒脊骨的銀錢。」可見這個窮秀才平時主要做兩件事：一是「湊趣奉承，販賣新聞」，一是「拴（串）通書童俊僕，打聽事體」，也就是採集新聞和傳播新聞，似乎是一個專職的新聞從業人員。除了有採集新聞（同時也附帶傳播新聞）的人外，民間報房刻印的報紙還必須有人向社會傳播，才能產生新聞傳播價值和「博錙銖之利」，這就是明朝李樂在《見

〔註30〕于慎行：《谷山筆麈》卷十一「籌邊」，見《明史資料叢刊》（第三輯），江蘇人民出版社 1980 年版，第 91 頁。

聞雜記》中記載的「走報人」和古吳素庵主人在其《錦香亭》所記載的專事「投入葛太古衙內」等事的「報房人」,以及祁彪佳在其《祁敏公日記》中所提到的以「送邸報爲業」的「何甥」(筆者注:此爲祁彪佳之外甥,據考證姓何名光燁)。還有署名「南北鷤冠史者」在其編的《春柳鶯》中提到的「報子」等。有了專司收集新聞的「秀才」,有了把「未經御覽批紅」的各衙門章奏及通過「拴(串)通書童俊僕」打聽到各種「事體」(消息內容)刊載到民間報紙上去的「報房」,當然就有了以手抄或刻印形式行世的「民間報紙」;報紙印出後,又由那些「報房人」、「報子」、「走報人」等以「送邸報爲業」的人傳播到各處,這就構成了明朝,確切地說是明中葉以後民間報紙完整的運作體系,爲民間報紙的發展和普及提供了必要的條件。民間報業的發展及社會影響,使民間報業活動成了當時爲社會中普遍承認的一項專門性社會行業,明萬曆年間人士沈榜在其《宛署雜記》中稱之爲「抄報行」。

　　明朝獨特的社會政治背景和報刊及報刊活動背景,直接影響了具有鮮明特點的、適應明朝報刊及報刊業管理及規範需要的報刊法律制度。從另一方面來說,明朝報刊法制的產生、存在和發展,毫無疑問又推動或制約了報刊的發展,兩者相輔相成,是一對矛盾中的兩個方面。

第三節　明朝報刊法制的主要內容

　　爲了更好地發揮明朝報紙(主要是官報)「決壅蔽,達下情」[註31]的作用,統治者對邸報的報導內容採取了寬鬆的態度,這使明朝邸報的內容比此前歷朝都顯得更爲開放、透明,甚至可以說在當時達到了全世界新聞民主的最高水平。從現存的實物分析,「明朝邸報的內容確實比較豐富,從政治、經濟、軍事、外交到教育、天象、社會等,幾乎無所不包,無所不報,涉及的面很廣,報導的範圍遍及全國。」[註32]同時,明朝統治者爲了使報紙(主要是邸報)的報導和運作不對明帝國的根本利益(皇帝的尊嚴、江山的穩定、人心的向背等)產生重大損害,在不同的環境中又對邸報的運作採取(制定、頒布和實行)了不同的控制措施。這種既寬容又嚴屬的管理策略,即社會統治者對報刊進行的規範和管理,或對報刊運作進行的限制、緊縮或控制、禁

〔註31〕余繼登:《典故紀聞》卷七。轉引自尹韻公:《中國明代新聞傳播史》,重慶出版社1990年版,第28頁。

〔註32〕尹韻公:《中國明代新聞傳播史》,重慶出版社1990年版,第70頁。

止等的思想和措施，主要反映在聖諭、詔書、臣僚的章奏疏表和衙門的公文告示等內容中。在當時，這些聖諭、詔書一旦經皇帝之金口傳出，就成為玉言，即最高法律；那些臣僚的章奏疏表一經皇帝「御覽批紅」，也就成為具有法律效力的內容，各部必須堅決執行；凡是奉聖諭而頒發的公文布告，當然也具有法律的意義，軍民人等倘有違犯或不從，就可能被科以「違制」之罪。因此，這些內容實際上都具有強制執行的法律法令的性質，是統治階級對報刊的存在、發展或採取寬鬆的政策，或採取高壓的政策來進行管理、規範的依據，構成了明朝報刊法律法令制度的主體內容。

一、關於確立明朝官報管理體制和運行機制的內容

明太祖朱元璋在明朝立國之初，就在總結和借鑒前朝興亡經驗教訓的基礎上，仿周代六官之儀，對國家的組織結構進行了大刀闊斧的改革，建立起包含六部、都察院、通政司、大理寺等行政部門組成的國家機關。與此同時，他還建立了以通政司為全國最高管理部門的報刊（主要是邸報）管理和運作體制，並通過下達一系列的詔書諭旨或恩准臣僚疏章等形式，對通政司及其下屬的六科廊房的工作職責、管理功能以及運轉程序等作了明確而具體的規定，從而在根本上確立了明朝報紙的管理體制和運作程序。

1. 明朝通政司的職責與地位

《明史·職官志》卷七三載：「通政司掌受內外疏陳敷奏封駁之事。凡四方陳情建言，申訴冤滯，或告不法等事，於底簿內謄寫訴苦緣由，賚狀奏聞。凡天下臣民實封入遞，即於公廳啓視，節寫副本即五軍、六部、都察院等衙門。有事關機密重大者，其入奏仍用本司印信。凡諸司公文，勘合辨驗充當，編號注寫。公文用『日照雲記』的勘合用『驗正之記』關防之，凡在外之題本、奏本，在京之奏本，並受之，於早朝匯而進之。有徑自封進者，則參駁。午朝則引奏臣民之言事者。有機密則不時入奏。有違誤則籍而匯請。凡抄發照駁諸司公移及勘合訟諜（牒）、勾提件數、給徭人員，月終類奏，歲終通奏。凡議大政、大獄及會推文武大臣，必參預。」〔註33〕這一段文字具體地規定了明朝通政司的主要職責，即「掌受內外疏陳敷奏封駁之事」；對其運作的程序，則先後從「凡四方陳情建言」、「凡天下臣民實封入遞」、「凡在外之題本、

〔註33〕《明史·職官志》卷七三。轉引自尹韻公：《中國明代新聞傳播史》，重慶出版社 1990 年版，第 25 頁。

奏本，在京之奏本」、「凡抄發照駁諸司公移及勘合訟牒、勾提件數、給徭人員」以及「凡議大政、大獄及會推文武大臣」等方面進行了明確的規定，從而確立了通政司在國家機器中不可替代的地位。爲了加強通政司的作用，明太祖破例地授予通政司的主官通政司使爲本朝三品官，這也是明朝報刊管理體制的重要內容之一。

2. 明朝六科的職責與地位

通政司是掌管全國新聞發布（下行的詔書論旨、臣僚章奏等發付抄傳）活動的中央機關，而具體的工作則由其管轄的「六科」承擔。所謂「六科」，即是與「六部」相對應的吏科、戶科、禮科、兵科、刑科和工科，有點類似於當代國家中央政府部門內下設的「司」或「局」。各科設「都給事中」一名，正七品；左、右給事中各一人，從七品；給事中的設置，吏科4人，戶科8人，禮科6人，兵科10人，刑科8人，工科4人，並從七品。據《明史·職官志》卷七三載，明朝對六科職責的規定是「掌侍從、規諫、補闕、拾遺，稽察六部百司之事。凡制敕宣行，大事復奏，小事署而頒之；有失，封還執奏。凡內外所上章疏下，分類抄出，參署付部，駁正其違誤。……凡日朝，六科輪一人立殿左右，珥筆記旨。凡題奏，日附科籍，五日一送內閣，備編纂，其諸司奉旨處分。凡大事廷議，大臣廷推，大獄廷鞫，六科皆預焉。……而主德闕違，朝政失德，百官賢佞，各科或單疏專達，或公疏聯署奏聞。雖分隸六科，其屬重大者，各科皆得通奏。但事屬某科，則列某科爲首」。〔註34〕由此可見，明朝中央政府中的通政司所管轄下的六科，職責是「掌侍從、規諫、補闕、拾遺，稽察六部百司之事」；對履行這一職責的運作程序，則又從「凡制敕宣行」、「凡內外所上章疏下」、「凡日朝」及「凡大事廷議，大臣廷推，大獄廷鞫」等方面予以明確規定；尤其是其中「凡內外所上章疏下，分類抄出」，更是明確規定了六科在邸報新聞來源上的重要作用。

3. 明朝對邸報運作程序的規定

除了明確規定明朝官報的主管部門及其職責外，明朝政府還對官報從新聞素材的選擇到處理，再從經選擇後的新聞素材成爲可供官報刊載內容的工作過程作了明確的規定。據《明會典》卷二一二載：「凡天下臣民實封入遞，

〔註34〕《明史·職官志》卷七三。轉引自尹韻公：《中國明代新聞傳播史》，重慶出版社1990年版，第26頁。

或人賚到司，須於公廳眼同開拆，仔細檢查。事干軍情機密、調撥軍馬，及外國來降、貢臣方物、急缺官員、提問軍職，有司官員並請旨定奪；急務即在底簿內謄寫節略緣由，當將原來實封御前陳奏。畢，就於奏本後批寫旨意，送該科給事中收，轉令該衙門抄出施行。」這一段文字的內容實際上是對六科職責中「凡內外所上章疏下，分類抄出」的說明。從上述內容看，六科官員主要把天下臣民遞呈的奏疏分作兩類，一類是事關軍情機密、調撥軍馬，及外國來降、貢臣方物、急缺官員、提問軍職等方面的有一定機密性但又不是萬分緊急的奏疏，由通政司或六科官員匯總起來後向皇帝請求批示（聖旨），然後再按皇帝的決定貫徹執行；另一類是屬於「急務」性質的奏疏，即由通政司或六科官員（大約是給事中這一級別的官員，而不是主官）在收文簿上填寫日期、來文衙門及送文人以及文件的內容概要，然後把原件密封直呈皇帝，或當面向皇帝匯報（陳奏）。皇帝就該事做出決定後，將其所下旨意內容加寫在奏本之後，退回該科給事中收。在上述兩類奏疏文移處理完畢後，由通政司或六科的輔員把可以下行的臣僚言疏「轉令該衙門抄出施行」。對這些可「抄出施行」的文稿，其中又有一部分留在有關衙門內部不予公開而成為官府檔案，另一部分即可能成為官報上刊載的內容。有學者指出：「那些可以公開發抄傳報的章奏，便是朝報的報導素材；經過整理和編輯成冊的章奏，便是朝報；將朝報的內容轉抄報於京城以外發行的報紙，便是邸報。」〔註35〕

　　上面我們主要對明朝官報的管理部門及運行機制作了簡要的介紹。這實際上也就是明朝通過法律制度來構建國家報刊業的管理體制和運行機制。這一類史料還有很多，諸如：

　　《明會要‧職官》卷三十載：「四十四年，遣內使至工部侍郎林如楚私寓宣敕旨，以奉御汪良德奉准修咸安宮也。輔臣言：『明旨傳宣，定例必由內閣下科臣，然後發鈔（抄）。若不由內閣，不由科發，不經會極門，不由接本官，突以二豎傳宣於部臣之私寓，則從來未有之事。向來建議諸臣，以旨從中出，猶且慮之。況臣等竟不與聞乎？』」

　　《天府廣記》載，弘治五年六月，通政司就各衙門關於印信題本或奏本的遞進事宜，通告四方，曰：「在京各衙門有印信題本，徑自封進；其建立自陳或認罪等奏本，宣遵《諸司職掌》，俱赴本司投進。違者請治以罪。」

　　《萬曆邸鈔》載：「科臣王元翰請禁發抄，惟在軍國之機。而明旨所禁並

〔註35〕尹韻公：《中國明代新聞傳播史》，重慶出版社1990年版，第27頁。

及未奉諭旨一切章奏。」

《天府廣記》載，崇禎皇帝即位後，立即加強了對邸報傳抄臣僚奏章活動的控制，爲進一步明確對這類行爲的處罰，頒下諭旨曰：「各衙門章奏，未經御覽批紅，不許報房抄發，泄漏機密。一概私揭，不許擅行抄傳。違者治罪。」

《明史紀事本末》載，崇禎十四年冬十一月，爲了防止朝廷政事泄密，朝廷明文規定：「禁朝臣私探內閣，通內侍。」於是侍漏俱露立，毋敢入直舍。

上述史籍所載內容從不同角度反映了明朝邸報管理體制及運行機制的規定。由此可知，明王朝不但規定了通政司、六科在邸報的形成、傳抄過程中的地位和作用，而且還規定了邸報傳抄的範圍是「經御覽批紅」的章奏。在這一基礎上，對違反上述規定的行爲提出了諸如「違者請治以罪」、「違者治罪」的處罰條款，並通過皇帝諭旨、准大臣請等形式，使這些規定具有強制性執行的法律效力，從而使其部分地具有了報刊法令制度的性質，在規範明朝邸報管理體制和運行機制方面發揮了獨特的作用。

二、關於懲處邸報傳報工作中失職或不力行爲的內容

明朝通過在中央政府中設置與六部、都察院、大理寺等並列的通政司及六科等組織，建立起了官報的管理體制；又通過明確規定臣僚章奏「非經御覽批紅，不許報房抄發」，「禁朝臣私探內閣，通內侍」，「在京各衙門有印信題本，徑自封進」，而對於那些「自陳或認罪等奏」則必須「赴本司（即通政司）投進」等措施，建立起一套比較完整嚴密的明朝官報運作機制。爲了保證官報管理體制和運作機制的正常運轉，中央政府又制定頒布了一些關於違反邸報傳抄活動規定的處罰措施。這些具有強制性執行的法定性措施，我們可以從以下一些文獻記載中略知一二。

1. 對「有情不報」提塘官的處罰

余繼登撰《典故紀聞》卷六載，永樂二年，虜寇三萬衛。遼東都指揮同知沈永不能追襲，又匿以不聞。成祖以其欺蔽誅之。仍（乃）榜諭天下都司並緣邊衛所：「凡有草寇及虜寇聲息，不即以聞者，鎮守官以下，職無大小，罪與（沈）永同。」這是規定鎮守官對於所在地區發生的「草寇及虜寇聲息」，必須立即向朝廷報告。假如有「不即以聞者」，職無大小，「罪與永同」，即須受「誅」之罰。

2. 對傳遞遲誤行為的處罰

《明清史料》辛編第十本中載有兵部行《爲請旨嚴敕塘報等事》稿一文，內稱：「……業奉有塘馬專官分設蒲州、九江。依議其經行地方，責成各道府有司，逐程安撥勒限報部。如再遲惧（誤），一體究治不饒，即出通飭嚴旨。……昨據河南坐撥官伍學禮塘報，有攻陷臨晉、河津、絳州之語。若賊軍入晉，該撫按豈不預聞，部設提塘亦豈尚在醉夢間耶？相應再行嚴飭，如有怠緩因循，提塘官竟聽捉回重究。其徑行地方道府有司，本部亦得懸白簡，以繩其後矣。……凡有何干緊急軍情，務須設法確偵，蚤發塘官傳報！如有經行地方漫不設撥，致稽軍務者，希將該管職名報（兵）部，以憑指名參究施行。一牌給薄州塘官程光伊。爲此牌，仰本官遵炤（照）前奉嚴旨，並本部先令牌內事理，遇有警息，立即飛行遞報。倘官報在別報之後，致惧（即『誤』）事機，定行加等究治不貸……」這是兵部就所轄官報（塘報）的傳遞遲誤現象下發的一則告示性公文。文中首先對此前發生的蒲州、九江等地軍情傳報遲誤事件提出警告，即「如再遲惧，一體究治不饒」。其次對賊軍「攻陷臨晉、河津、絳州」而該撫按事先不知（即「不預聞」），（兵）部所設提塘也一無所報的事件以反問形式提出責難，並再一次提出警告，「如有怠緩因循，提塘官……捉回重究」；對「經行地方道府有司」，兵部也將採用「懸白簡」的方式予以懲戒。再則，對提塘經行地方，假如有「道府有司，漫不設撥，致稽軍務者」，只要有人「將該管職名報（兵）部」，兵部將「以憑指名參究施行」，即追究當事人的責任。最後對「官報在別報之後，致惧事機」的行爲，宣布兵部將「定行加等究治不貸」，即加重處罰，從嚴究治，決不手軟。在這段文字內容中，既有對已經發生的事件的處罰性警告，又有對尚未發生但可能發生事件的警戒性措施，從而顯示了發文告者思考的周密性，爲執行的可行性奠定了基礎。

3. 區分不同情況對提塘官進行處罰

《明清史料》辛編第十本載有兵部題行《遴換塘報撥馬等事》稿，內稱：「……察去年（筆者注：指崇禎十六年）十一月間，因賊在秦猖獗，眈眈窺渡，晉鄰震驚，該本部題爲請旨嚴敕塘報撥馬等事，內批專設偵官探傳賊息，仍著該地方道府逐程安撥飛遞等因具題，業奉有塘馬專官分設之旨。隨經三部於十二月初二日撥發塘官，設在蒲州……經今三月矣。賊從幾時渡河，幾處失陷，與夫賊眾之多寡，陣將之潰亂種種等情，遠在河南坐撥官伍學禮已

有報聞，本官並無一報，玩惧（誤）軍機，莫此為甚，相應提究更換等因到部。看得晉中賊情，訛言相煽，必偵探有靈，庶調度無惧（誤）。然自十二月十九日窺渡以來，河南尚有隔境之報，而蒲州竟杳無音信矣，臣於召對已經面奏訖。今於本月初六日，始有一報，則自太原發也，又且抄錄蔡撫院之報，並無一字增減。該撫院已有報矣，無庸更贅。則程光伊畏賊遠循，虛應故事，誠可恨也，相應提回究懲。……又察得光伊之報，於正月十四日發行，至二月初六日始到，已二十餘日矣。山西驛遞中斷，轉送太遲，合行再為申飭施行。」這一段文字表明，兵部長官鑒於「賊在秦猖獗，眈眈窺渡」，已於去年（崇禎十六年）十二月初二日撥發塘官，塘所設在蒲州。但三個月以來，仍然「並無一報」，認為「玩惧（誤）軍機，莫此為甚」，所以採取「相應提究更換」的措施來改變這種情況。由此可推知，兵部在請旨奉行後，即擁有了增設或撤換塘官的權力。增設是應形勢變化而增，而撤換則是對某些辦事不力的官員的懲處。其次是兵部主官對「程光伊畏賊遠循，虛應故事」的行為作出了「相應提回究懲」的處罰決定。程光伊在大敵當前之時，不僅不出兵追襲，反而帶兵避於一角，同時又不及時向朝廷匯報敵情，使朝廷失去了戰機，真是「誠可恨」。依據朝廷聖旨，得個「提回究懲」的處罰，應該說是罪有應得。最後則是兵部主官對「山西驛遞中斷，轉送太遲」的事件，「合行再為申飭施行」，即再次提出警告。對有敵情不報和遲報一事，兵部主官根據有關規定，分別作出了「提究更換」、「提回究懲」和「再為申飭施行」的處理，這從一個側面反映了明朝塘報管理制度的層次性和成熟性。

4. 規範塘兵傳報行為的規定

據《明會典》載，明朝政府十分重視對塘兵傳報行為的規範化管理，對於塘兵在傳遞文報過程中曾經出現或可能出現的稽留（私扣）文報、延誤傳報時間以及損壞所傳遞的文報等失職行為，都規定有專門的法令條文來進行約束和懲治，以確保官文書及官報傳遞活動的正常進行。（《明會典·律例八》卷一六七）又據《明會典》卷二〇一載，明王朝規定：「探聽撫按題奏副封，傳報消息者，緝事衙門、巡城御史訪拿究問，斬首示眾。」這兩條史料一條是對塘兵傳遞文報活動的法律制度規定；另一條則是對那些通過「探聽撫按題奏副封」，即把朝廷為便於文報運行而形成的撫按題本奏章副本的內容，通過打探等非法途徑獲取並作為消息傳報的人，責成「緝事衙門、巡城御史訪拿究問，斬首示眾」。即一是訪拿（調查取證，捉拿人犯），二是「究問」（追

究事情發生發展的過程，問個仔細鑿實），三是「斬首」（即把人犯處死，且是最殘酷的斬首之刑），四是「示眾」（即通過對人犯的斬首之刑，企求收到殺一儆百、警示他人的效果）。對「探聽撫按題奏副封」，傳報消息者處以「斬首」之刑，充分反映了明朝統治者對遏制撫按題奏內容洩密的迫切性，也反映了明朝爲維護其專制統治而採取措施的殘酷性。

三、關於嚴禁傳抄、洩露邊情軍機事宜的內容

明中葉以降尤其明後期以後，北方滿族貴族率領的八旗兵迅速強大，他們磨刀霍霍，窺覦中原。爲了及時掌握明朝的政治、經濟、軍事動態，滿族貴族統治者十分注意通過收集、閱讀明朝政府編印傳抄的邸報，來了解、掌握、分析明王朝的政治軍事情報。據《明史‧熹宗實錄》卷九載，天啓元年（公元 1621 年），負責巡視京師（今北京）中城的御史梁之棟，就曾親自在北京城內查獲了在較長時期內以收集朝廷編發傳抄的邸報，並密送滿州換取金銀的漢奸密探劉保父子。經刑部究問後得知，劉保父子「每月（向清軍）傳遞邸報一份，逐月得銀一百兩」，提供一份邸報即付一百兩銀子，由此可見滿族貴族統治者出大錢收買明朝邸報以獲取情報之一斑。另外，天啓年間山西道御史馮嘉也在奏章中向朝廷報告說：「不但遼左事機盡爲窺瞰，而（且）長安邸抄，亦用厚貲抄謄而去。」這就進一步說明，邸報在滿族貴族統治者心目中的重要地位。只要能「抄謄」到其內容，即使支付「厚貲」也在所不惜。由此可見，當時的明朝與滿族貴族統治者之間竊密與反竊密鬥爭的激烈和複雜。而到了明末，更是發生了一件令皇帝難堪、震動朝野的嚴重洩密事件，其結果是導致了責任人的人頭落地。這就是新陳甲洩漏議和機密而遭殺身之禍的事。

《明史‧陳新甲傳》載：「初，新甲以南北交困，遣使與清議和，私言於傅宗龍。宗龍出都日，以語大學士謝升。升後見疆事大壞。述宗龍之言於帝。帝召新甲詰責，新甲叩頭謝罪。升進曰：『倘肯議和，和亦可恃。』帝默然。尋，諭新甲密圖之，而外廷不知也。已言官諤升，升言上意主和，諸君幸勿多言，言官駭愕，交章劾升。升遂斥去。帝既以和議委新甲，手詔往返者數十，皆戒以勿洩。外廷漸知之，故屢疏爭，然不得左驗。一日，所遣職方郎馬紹愉以密語報新甲，（新甲）視之，置几上。其家僮誤以爲塘報也，付之抄傳。於是言路嘩然。」事情發生後，崇禎皇帝十分惱怒，翻臉不認帳，「嚴旨

切責新甲，令自陳」。作爲兵部尚書的陳新甲在這個時候卻認死理，不肯爲崇禎皇帝承擔責任，一味爲自己辯解和開脫罪責。朝野震動，崇禎爲了平息風波又保全自己，降旨把陳新甲「下獄棄市」，即殺人滅口。陳新甲本是深受皇帝信任的重臣，然而因爲國家機密被邸報上刊載而枉送了性命。（《明史·陳新甲傳》卷二五七）又據李清《三垣筆記》載，在馬紹愉「以密語報新甲」的文稿密件中，主要匯報了與清兵議和過程中對方開出的條件和進展情況，「見敵講和好，敵索金十三萬，銀三百萬，已許金一萬，銀一百萬兩，敵尚不肯，決要金十萬，銀二百萬兩。如不從，即發兵。爾家所失，豈止此數」。〔註36〕這樣一些話被邸報公開刊載，自然使那些「屢疏爭」而苦於「不得左驗」的外廷官員抓住了實實在在的把柄，從而不但令臣民們感到憤慨和恥辱，而且給一直以強硬姿態出現的崇禎皇帝一記沉重的耳光，加上陳新甲又不肯見風使舵讓皇帝下台階，其結果也就可想而知了。

1. 明王朝對邸報泄密行爲處罰的規定

正是鑒於國家機密屢屢在邸報上刊載而對國家利益（皇帝的威嚴）產生重大損害的情況，明朝統治者尤其是明中葉以後的歷代帝王，都十分重視對邸報傳報泄密事件的防範和查處，爲此頒下了不少詔書、聖諭，三令五申，予以禁止和查究。

《明會典》卷一六二載：「若近侍官員泄漏機密重事於人者，斬。常事杖一百，罷職不敘。」同書卷二○一載：「若邊將報到軍情重事而漏泄者，杖一百，徒一年。」

《典故紀聞》載：「故事，章奏既得旨，諸司抄出奉行，亦互相傳報，使知朝政。……自成化時汪直用事，其黨千戶吳綬以爲泄漏機密，請禁之。奸人恐不便己私，遂往往禁諸傳報者，然卒未有不傳，亦可笑矣。」

《典故紀聞》載，弘治元年（公元 1488 年）二月，明孝宗朱祐樘頒下諭旨，告誡各政府衙門：「朝廷政事，祖宗具有成憲。今後五府、六部、都察院、通政司、大理寺等衙門務須遵守，毋得互相囑託，有虧公道。如內外官敢有寫帖子囑託者，內官連人送東廠，外官送錦衣衛，奏來處治。若容隱不奏者，事發具治以重罪。」

《明史·王圖傳》載，萬曆年間，一些人僞造了一份王淑汴參劾其叔父

〔註36〕李清：《三垣筆記》，中華書局 1982 年版，第 191 頁。轉引自方漢奇主編：《中國新聞事業通史》（第一卷），中國人民大學出版社 1992 年版，第 175 頁。

王圖的章疏，並「播之邸鈔」，輿論嘩然。王圖上疏向萬曆皇帝說明了事情的真相，萬曆皇帝爲此降下諭旨，「下詔購捕」僞造此章疏的邸報和人犯。當時的邸報上刊載了神宗的御批，內云：「假揭抄傳，公行誣害，大於法紀。法司作速嚴拿傳報人，究明重擬來說。」即一方面要求法司從速捉拿傳報人，另一方面要求收回刊有別人僞作的王淑汴參劾王圖章疏的邸報，以消除不良影響。

《萬曆邸抄》載：「科臣王元翰請禁發抄，惟在軍國之機，而明旨所禁並及未奉諭旨一切章奏。」根據王元翰的奏請，首先是軍國機密不宣，即嚴禁在邸報上發表，以免泄密，但同時又包括了「明旨所禁並及未奉諭旨一切章奏」，也就是一切未經皇帝御批圈紅的章奏都不能在邸報上刊載。這實際上說明，所有刊載於邸報的章奏，都必須由皇帝親自決定，使皇帝成爲全國新聞發布的最高決策者和操作指使者。

《明史‧熹宗本紀》載，天啓元年（公元 1621 年）四月甲戌，明熹宗朱由校降下諭旨：「禁抄發軍機。」即嚴禁在邸報上刊載軍事機密方面的文稿。

《明史‧慶烈帝本紀》載，崇禎三年（公元 1630 年）正月乙未，明崇禎皇帝朱由檢又頒下諭旨，「禁抄傳邊報」，即嚴格禁止將前線將官匯報邊境敵情賊況的邊報文字，在邸報上刊載。由於查禁之嚴、科罪之重，所以「凡涉邊事，邸報一律不敢抄傳，滿城人皆以邊事爲諱」，人們再也不容易了解到邊境地區敵軍進逼的眞實情況了。

文秉的《烈皇小識》卷六載，崇禎十年十一月初八日，崇禎皇帝又頒下上諭，謂「凡關係機密者，不許抄傳」。在這裏，崇禎皇帝把不許抄傳的範圍無限地擴大了。任何文稿，只要他認定是「關係機密」，即使內容實際上可能不「關係機密」，也「不許抄傳」。可見，新聞封鎖的網收得更緊了。

2. 南明王朝時期的邸報「僞太子案」

據徐鼒《小腆紀年》卷九載，李自成率農民起義軍攻佔北京，崇禎帝自縊於煤山（今北京景山），清兵入關並在北京建都，改年號爲「順治」。南逃諸明遺臣擁立福王朱由嵩稱帝，在南京建立南明政權，歷時一年左右。順治乙酉（公元 1645 年）二月，由鴻臚小卿高夢箕密奏「先帝太子在浙」爲開端，發生了轟動一時的南明「僞太子案」，其間眾說紛紜，莫衷一是。尤其是加劇了把持朝政的馬士英一派和擁兵鎮守武昌的大將左良玉一派之間的矛盾，甚至導致了左良玉舉兵倒馬。該年四月，左良玉稱奉太子密旨，舉兵南下，自武昌移師九江。在這一事件中，左良玉親自上疏陳述自己認爲太子是眞的說

法，其中一疏云：「東宮之來，吳三桂實有符驗，史可法明知之而不敢言，此豈大臣之道？滿朝諸臣，但知逢君，罔惜大體，前者李賊逆亂，尚錫王封，何至一家，視同仇敵！明知窮究並無別情，必欲展轉株求，使皇上忘屋烏之德，臣下絕委裘之義。普天同怨，皇上獨與二三奸臣保守天下，無是理也。親親而仁民，願皇上省之。」由於左良玉手握重兵，福王政權又正處在需武將頂天之時，所以福王朱由崧對左良玉一疏儘管心存芥蒂，但還是給足了面子，降旨曰：「東宮（仍若）果眞，不失王封。但王之明假冒，正在根究。其吳三桂、史可法等語，尤係僞傳。司法將審明情節，宣論該藩。」後來，左良玉的疏章被刊載到邸報上，又傳回朝廷，工部侍郎何楷向皇帝進言，「鎮臣疏東宮甚明」，即在左良玉的疏裏，已經把東宮太子的事講得很明確了。福王大爲驚駭，曰：「此疏豈可流傳，必非鎮臣之意，令提塘官立行追毀，如敢有鼓煽者，兵部立拿正法。」由此可知，邸報上刊載了不利於皇帝的文稿，皇帝可以降旨「令提塘官立行追毀」。短短幾個字，內涵很豐富：執行旨令的是提塘官；執行的速度要快，以免再擴散；所有發出的邸報要悉數追索、收繳，不得遺漏；對追索收繳回來的邸報要立即銷毀，以絕後患。這是皇帝的諭旨，當然也就是當時的法律。可以推想，倘若皇帝查出把左良玉的疏文刊上邸報的人，起碼要「科以違制之罪」。

綜觀上述史料，可知明朝尤其是明朝中後葉，對泄漏國家機密或邊情軍機抄報的處罰是相當嚴厲的：對於近侍官員（即在皇帝身邊工作的官員）「泄漏機密重事者」，處以極刑「斬」；對於泄漏「常事」者，處「杖一百」並「罷職不敘」，即開除公職；對各衙門官員中「寫帖子囑託者，內官連人送東廠，外官送錦衣衛，「奏來處治」。東廠和錦衣衛均係特務組織，手段狠毒。不僅是對「寫帖子囑託者」處罰極嚴，就是對那些知道而未檢舉的官員（即「容隱不奏者」），查出以後也要「給以重罪」；對於「假揭抄傳，公行誣害」的人，由「法司作速嚴拿傳報人，究明重擬來說」；對於違反「禁抄發軍機」和「禁抄傳邊報」以及「凡關係機密者，不許抄傳」等禁令的人，最起碼的罪名是「違制之罪」；對於不利於皇帝的疏奏被刊上邸報後，「令提塘官，立行追毀」。這一切都是爲了防止國家機密外泄，其用心可謂良苦。

四、關於扶持民間報紙發展的內容

明朝扶持民間報紙發展的典型事例，是明萬曆十年（公元 1582 年）四月，

由時任戶部尙書的張學顏等人聯名向萬曆皇帝朱翊鈞上了一本奏章，請求對「抄報行」等三十二行「本小利微」手工業行業，「特賜寬恤」，「免其納銀」。而皇帝「念都城小民」之疾苦，頒下聖諭，同意這三十二個行業「免納稅銀」。對於抄報行等三十多個行業而言，這就是一條法律，一張護身符。有了這一法律和護身符，民間剛剛興盛起來的「抄報行」就可少繳一份稅銀。

此事被記錄在明萬曆年間（宛）平知縣沈榜所著的《宛署雜記》一書中，該書內稱：「今查得宛、大二縣，原編一百三十二行。除本多利重如典當等項一百多行，仍行照舊納銀。如遇逃故消乏，許其告首，查實豁免。外將網邊行，針篦雜糧行，碾子行，炒鍋行，蒸作行，土鹼行，豆粉行，雜菜行，豆腐行、抄報行，賣筆行、荊筐行，柴草行，燒煤行，等秤行，泥罐行，裁縫行，刊字行，圖書行，打碑行，鼓吹行，抿刷行，骨簪籮圈行，毛繩行，淘洗行，箍桶行，泥塑行，媒人行，竹篩行，土工行共三十二行。仰祈皇上特賜寬恤，斷自今年六月初一日以後，免其納銀。……萬曆十年四月，戶部尙書張學顏等題。奉聖旨：朕念都城小民云云。」〔註37〕由此可知在明萬曆十年時，社會上已經存在一個名爲「抄報行」的行業，而且在這之前官府曾一度對它的從業人員課稅徵銀。因爲抄報行不是「本多利重」的行業，張學顏等人特向皇帝提出請求，爲了使這些行業能生存和發展，自該年六月初一以後，對「抄報行」等三十二個本小利微的行業「免其納銀」。這從客觀上對民間抄報業的發展起到了一定的扶持作用。這也正是法律制度所具有的促進報刊發展功能的表現之一。

五、關於限制私揭傳抄及私揭行爲的內容

揭，即揭帖，又作揭貼。明初，揭帖是可以由內閣直達皇帝的秘密文件，有點相似於後世的「內部參考」。孫承澤所著的《春明夢餘錄》中記載說：「凡上所下，一曰詔，二曰誥，三曰制，四曰敕，五曰冊文，六曰諭，七曰書，八曰符，九曰令，十曰檄。凡下所上：一曰題，二曰奏啓，三曰表箋，四曰講章，五曰書狀，六曰文冊，七曰揭帖，八曰會議，九曰露布，十曰譯。皆審署而調劑焉。」又說：「凡內閣題本用小揭帖。」（孫承澤《春明夢餘錄》卷二三）這就是說，揭帖開世之初，是作爲文武百官用來向朝廷或皇帝匯報秘密情況的公文形式之一，而且「凡內閣題本用小揭帖」，更說明揭帖的內容

〔註37〕沈榜：《宛署雜記‧鋪行》卷十三，北京古籍出版社 1961 年版，第 96 頁。

非同一般。後來，揭帖這一形式擴散到民間，人們把公開散發的私人署名文書或傳單等稱爲私揭，即爲了私人目的，私人署名，由私人發送的文書；同時又把那些不具撰寫發送人姓名，內容無考的文書或傳單稱作匿名揭帖。

隨著明朝黨爭的白熱化，私揭也就成爲一些官員爲自己辯護、打擊對方的工具之一。這些官員或在官場上處於不利的地位，或正在受到擠壓，爲了改變自己的窘境，便不惜鋌而走險，藉助散發私揭這種方式向社會宣傳自己的主張或見解，以期爭取社會輿論的同情和支持。然而，明朝統治者從維護傳統的道德準則和穩定社會秩序的角度出發，對私揭行爲一直持否定態度，認爲私揭鼓勵了一種「逆探人心未發之蘊，搬唇弄舌」的惡劣風氣，予以嚴厲的批評和禁止。因此，對私揭的禁令從明初到明末一直不斷。

早在洪武年間，明太祖朱元璋就針對匿名揭帖一事專門下過聖諭，曰：「如今有等奸詐小人，不思朝廷凡事自有公論，但不滿所欲，便生異議，捏寫匿名文書，貼在街巷牆壁，議論朝廷，謗人長短，欺君罔上，煽惑人心。似這等文書，必有同商量寫的人，也有知道的人。恁都察院便出榜去張掛曉諭，但有知道有人曾寫這等文書的，許他首告，同得是實，犯人全家處死；首告之人，官升三等。軍民都與官職。賞銀一百兩，鈔一千貫，仍給犯人財產。」
〔註38〕這條聖諭提出了遏制匿名帖蔓延的措施：「都察院出榜曉諭」社會各色人等，鼓勵人們檢舉揭發曾經寫過「這等文書」的人。對檢舉揭發的事，經查問確鑿後，「犯人全家處死」，即株連全家，抄家滅口。對檢舉揭發之人則大加獎賞，首先是官升三等，軍民都授官職；其次是賞金多多，銀一百兩，鈔一千貫；再則是把犯人的財產作爲獎賞，獎給檢舉者。這樣做的目的，就是要遏制「議論朝廷，謗人長短，欺君罔上，煽惑人心」的匿名帖現象的蔓延。

到了明成祖時期，揭帖現象似乎不但沒有消失，而且還有愈盛之勢。永樂年間，明成祖又降下聖諭，嚴禁匿名揭帖流傳。聖諭中說：「有等小人，他與人有仇，要生事告那人，又怕虛了，都捏謗訕朝廷無禮的言語，假寫仇人名字帖子，丟貼街市，煽惑人心，意在朝廷爲他報仇，且如田瑛這等，都誅戮斷沒了。今後但見沒頭帖子便毀了，若揭將來告，見了不棄毀，念與他人聽的，都一般罪他。若有見人正在那裏貼帖子，就便拿住，連帖子解到官的，

〔註38〕黃彰健：《明清史研究叢稿》，（台灣）商務印書館，第 274 頁。轉引自尹韻公：《中國明代新聞傳播史》，重慶出版社 1990 年版，第 239 頁。

問得是實，依律賞他。」這裏講的又是一種更爲惡劣的情況，即利用揭帖栽贓害人，企圖假朝廷之刀殺自己仇人之頭。如何遏制這種惡劣現象？明成祖採取了一是「但見沒頭帖子便毀了」，盡可能縮小其在社會上產生的不良影響；二是對那些「揭將來告」即拿揭帖上的話來告狀某人的，或「見了不棄毀」即看到匿名揭帖不主動銷毀，以及「念與他人聽」的，即把匿名揭帖的內容再次擴散的人，「都一般罪他」，即和寫帖子的人同樣治罪；三是對於那些「拿住正在那裏貼帖子」的人，一經查問確實，按照法律予以獎賞，即「依律賞他」。

《明會典》卷一六九載，明萬曆七年（公元 1579 年）九月內，節奏聖旨：「近來人情險惡。動以私揭害人，報復私怨。今後兩京及在外撫按司衙門，但有投遞私揭者，俱不許聽理；若挾私忌害，顛倒是非，情重者即便參奏拿問，比誣告律坐反，欽此。」這裏皇帝在聖旨中對「私揭害人」的現象提出了處理辦法，首先是兩京及在外撫按監司衙門，對「投遞私揭者」，不許聽理；其次是對「挾私忌害，顛倒是非」的「情（節嚴）重者」，對官員可「參奏」，即向皇帝檢舉、揭發；對百姓可「拿問」，即交刑部或東廠、錦衣衛，「（捉）拿（訊）問」一經坐實，比照誣告律「坐反」。即不但不查被私揭攻擊的人，而且要讓寫私揭的人「反坐」。當然，對於情節一般者，則如明成祖在前面所說的「一般罪他」。

《萬曆邸抄》第 350 頁載：「有旨：私揭害人，傾陷可惡，著嚴行禁約。以後但有投揭的，科道官指明參奏，務要根究明白，原係貪酷被論的，查照考察事例重處。」同書第 1046 頁載：「詔：……近來私揭公行，顛倒是非，奸人得志，善類含冤。至有屬官揭害上官，軍民誣蔑本管。若有仍行投遞者，各衙門不許受理。」這兩條聖旨或詔書，一是指出對害人的私揭要「嚴行禁約」，並明確規定，對科道官員被私揭陷害的要「指明參奏」，並且「根究明白」，不使其蒙受不白之冤。對於那些原本就貪酷而被其他官員參劾、奏論的，一經查實，參照考察事例從重查處。這樣做的目的是既不因爲私揭攻擊正直官員而使其身受其害，也不因爲私揭檢舉本來貪酷的官員而使其漏網，相反對這一類官員要「查照考察事例重處」。另一份詔書財指出了私揭的危害，「顛倒是非，奸人得志，善類含冤」，甚至有下級官員藉助私揭來陷害上級官員、平民百姓利用私揭來誣蔑當地官員的現象。爲了杜絕這種現象，皇帝公開下令，假如仍有投遞私揭者，「各衙門不許受理」，從而使私揭失去市場，不治

而亡。聯想到《天府廣記》中記載的崇禎皇帝的諭令中所稱:「一概私揭,不許擅行抄傳,違者治罪。」可知自明太祖朱元璋到明末的崇禎皇帝,對私揭的態度都是明確堅決的,這從一個側面反映了私揭對社會的破壞作用之大。

明朝的報刊業已經初步顯現出包括政府官報、兵部塘報、民間《京報》以及農民起義軍牌報、旗報等的完整體系。因此,為了規範明朝報刊業的發展,明王朝提出、 制定、頒布的具有法律法令效力的措施也是多方面的,除了前面已經介紹的五個方面外,還可能有一些史料未被發現,或有一些觀點未被引起注意。其中比較明顯的不足是對民間報紙的法律法令介紹非常單薄。所有這些,只有等待新的史料出現或同行作更為詳盡的闡述了。

第四節　明朝報刊法制的主要特點和發展

客觀地說,明朝的報刊業和報刊法制建設與宋朝相比,不但達到了新的高度,而且表現出相當明顯的進步性和特點。

一、明朝報刊法制的主要特點

如前所言,相比於宋朝由皇帝頒降聖諭、詔書,臣僚建言或中央政府有關機構提出方案後,經皇帝認可執行的報刊法制而言,明朝的報刊法令制度無論是在表達的形式上,還是條規所涵蓋的範圍上,或者內容所達到的水平、層次上,都表現出比較明顯的特點。

1. 明朝報刊法制形式上的特點

據對目前所知的文獻情況進行統計對比,宋朝與報刊、報刊活動及報刊業直接相關的具有法律效力的文獻,主要分布在史籍和野史筆記中。其中以皇帝詔書的形式頒布推行的條文與以臣僚(個人)言、中央機構言的形式報經皇帝批准認可後推行的條文數量大體相等,社會統治者個人行為的色彩比較明顯。我們認為,這一現象就本質上講是統治者個人意志的體現,還沒有上升到比較規範的法令條文形式。通過對本章所引用文獻的統計分析,與宋朝的報刊法律法令制度的形式相比,明朝關於報刊法制的內容雖然也基本分布在史籍和野史筆記中,但其中以皇帝詔書、諭旨形式頒布的內容,總體是呈下降的趨勢,以臣僚(個人)言形式提出、經皇帝認可後推行的內容條文也呈下降的趨勢,相反以部門尤其是以直接掌管塘報編寫傳遞活動的兵部等

職能部門提出、經皇帝批准後具有法律效力的內容卻呈上升趨勢。尤其突出的是，以規範的法律形式問世的內容迅速增長，在《大明律》、《明大誥》及《明會典》等明朝法律中，以正式條文形式出現的關於報刊、報刊活動及報刊業方面的法令制度內容大幅度增加。

我們認為宋朝（北宋、南宋）的報刊法律制度主要分布在史籍或野史筆記等文獻中，還有一個很重要的客觀原因，即宋朝留下來的專門記載典章制度的典籍只有《宋會要》及後人輯印的《宋會要輯稿》。由於「會要」這一體裁的局限，宋朝關於報刊、報刊活動及報刊業的法律制度形式上比較粗糙，條文的形式並不十分清晰。而明朝則編印了一系列諸如《大明律》、《明大誥》、《明會典》等法律專書，收錄在這些專門律書裏的與報刊有關的法律制度內容，在形式上比較符合法律條文的規範。如收錄在《明會典・例律八・郵驛》類「遞送公文」條第二款中關於「凡鋪兵遞送公文，晝夜須行三百里，稽留三刻笞二十，每三刻加一等，罪止笞五十」的規定，在形式上與後世法律條文的形式已經十分接近。足見明朝報刊法律制度的文字表述形式，較之宋朝更為成熟，也更接近於現代意義上的法律條文形式。

2. 明朝報刊法制內容上的特點

總體來說，明朝報刊法制和宋朝一樣，內容上主要包括對官報編寫（刻印）傳遞活動的管理及規範、對民間報刊及報刊活動的管理及規範兩大部分。但明朝的報刊法制在內容上有自己的特色，主要表現在如下幾個方面：

（1）出現了宋朝報刊法制中沒有明顯表現出來的關於規範、查禁「私揭」現象的法律法令內容

宋朝可能沒有普遍地出現利用「私揭」來揭別人的短、拆別人的台、甚至是栽贓誣陷別人的現象，也可能宋朝文獻中已經有朝廷關於禁止私揭活動的法律法令條文記載，卻因年代久遠而散失，不為人知。總之，根據我們掌握的文獻史料來看，宋朝關於報刊法令制度的內容中，基本上還沒有發現有關禁止私揭、懲處利用私揭來攻擊他人的官員以及對私揭活動進行懲處的條款或內容。

因為明朝言官黨爭日趨白熱化，在兩派甚至幾派黨爭的你死我活的鬥爭中，處於劣勢的一派為了僥幸取勝，往往採取惡人先告狀的手段，以揭隱私、揭老底、算老帳、找把柄為目的，把一些近乎空穴來風甚至是無中生有的東西，寫在書帖上到處散發張貼，以尋求民間輿論支持自己，同時破壞敵對派

別官員的聲譽，以達到擺脫困境的目的。正因爲私揭、匿名揭的內容近乎空穴來風甚至是無中生有，所以極易造成官員的互相攻訐，影響人心穩定，進而影響社會的穩定和政府的正常運轉。也正因爲私揭、匿名揭具有如此嚴重的破壞作用，所以才引起明朝統治者的關注和查禁。從明太祖朱元璋在聖諭中對寫私揭的人「問得是實，犯人全家處死」；到明成祖朱棣在聖諭中所說的「若揭將來告，見了不棄毀，念與他人聽的，都一般罪他。若有見人正在那裏貼帖子，就便拿住，連帖子解到官的，問得是實，依律賞他」；再到明神宗朱翊鈞在諭旨中所規定的「今後兩京（指南京和北京）及在外撫按臨司衙門，但有投遞私揭者，俱不許聽理。若挾私忌害，顛倒是非，情重者即便參奏拿問，比誣告律坐反」，「以後但有投揭的，科道官指明參奏，務要根究明白」，「若有仍行投遞（私揭）者，各衙門不許受理」；最後到明思宗朱由檢在諭旨中所規定的「一概私揭，不許擅行抄傳，違者治罪」。這樣一條從嚴查禁私揭、匿名揭的法律制度脈絡，幾乎一直貫穿了明帝國創建到明帝國衰亡的過程中，構成了明朝報刊法律制度內容上的一個鮮明特點。

（2）出現了宋朝法律制度中沒有的關於規範塘報傳遞活動的法律內容

由於塘報源於明朝的「塘汛之制」，所以在宋朝是沒有塘報的，因而也就更談不上宋朝有關於規範和管理塘報的法制內容。因爲明朝的塘報在當時的社會政治生活中發揮了重要的作用，到明末特別是南明時期，甚至超過了官報的影響。因此，爲了規範塘報的傳播活動，提高塘報的傳播效率和速度，保證塘報內容的眞實性和準確性，明朝政府制定、推行了一系列旨在規範塘報傳播活動的、具有法律法令制度功能的措施和規定。

從《明清史料》辛編第十本中兵部行《爲請旨嚴敕塘報等事》奏稿中所提議的「如再遲悞（誤），一體究治不饒，即行通飭嚴旨」，「如有怠緩因循，提塘官竟聽捉回重究」，「如有經行地方漫不設撥，致稽軍務者……憑指名參究施行」，「倘官報在別報之後，致悞（誤）事機，定行加等究治不貸」，到兵部題行《遴換塘報撥馬等事》奏稿中所提議的對「畏賊遠循，虛應故事……相應提回究懲」，以及「驛遞中斷，轉送太遲，合行再爲申飭施行」等，均對塘報的傳播活動提出了明確的要求和違反這些規定所採取的懲處措施，口氣之嚴厲，處罰之嚴峻，遠遠超出對官報的用語。

尤其要特別指出的是，在《明會典·律例八》中，收錄了比較規範的關於塘兵（亦稱爲急遞鋪的鋪兵）傳播（遞）塘報過程的法律規定。

《明會典・律例八》在「遞送公文」條中規定：「凡鋪兵遞送公文，晝夜須行三百里，稽留三刻，笞二十，每三刻加一等。罪止笞五十。其公文到鋪，不問角（件）數多少，須要隨即遞送，不許等待後來文書。違者，鋪司笞二十。」

「凡鋪兵遞送公文，若磨擦及破壞封皮，不動原封者，一角（件）笞二十；每三角加一等；罪止杖二十。若損壞公文，一角笞四十，每二角加一等，罪止杖八十。若沉匿公文及拆動原封者，一角杖六十，每一角加一等，罪止杖一百。若事干軍情機密文書，不拘角（件）數，即杖一百，有所規避者各從重論。其鋪司不告舉者，與犯人同罪。若已告舉而所在官司不即受理施行者，各減犯人罪二等。」

「凡各縣鋪長，專一於概管鋪分往來巡視提調官吏，每月一次親臨各鋪刷勘。若失於檢舉者，通計公文稽留及磨擦破壞封皮，不動原封，十件以上者，鋪長笞四十；提調吏典笞三十；官笞二十。若損壞及沉匿公文，若拆動原封者，與鋪兵同罪，提調吏典減一等；官又減一等，府州提調官吏失於檢舉者，各遞減一等。」

「各鋪司兵，若有無籍之徒，不容正身應當，用強包攬多取工錢，致將公文稽遲沉匿等項，問罪：旗軍發邊衛；民並軍丁人等發附近，俱充軍；其問調官該吏鋪長，各治以罪。」

《明會典・律例八》在「邀取實封公文」條中規定：「凡在外大小各衙門官，但有人遞進呈實封公文至御前，而上司官令人於中途急遞鋪邀截取回者，不拘遠近，從本鋪鋪司鋪兵，所在官司告舉，隨即申呈上司，轉達該部，追究得實，斬。其鋪司鋪兵容隱不告舉者，各杖一百，若已告舉，而所在官司不即受理施行者，罪亦如之。若邀取實封至五軍都督府、六部、（都）察院公文者，各減二等。」

《明會典・律例八》在「驛使稽程」條中規定：「凡出使馳驛違限，常事一日笞二十，每三日加一等；罪止杖六十。軍情重事，加三等，因而失誤軍機者，斬。若各驛官故將好馬藏匿，推故不即應付以致違限者，對問明白，罪坐驛官。其遇水漲路道，阻礙經行者，不坐。若使使承受官司文書，誤不依題寫去處，錯去他所而違限者，減二等。事於軍務者，不減。若有公文題寫錯者，罪坐題寫之人，驛使不坐。」

綜觀上述法律條文，明朝的報刊法令制度已經相當周密，有對鋪兵遞送

文報的速度以及達不到規定速度的不同程度的懲處標準，又有對文報投遞及時性的規定，「不問角（件）數多少，須要隨即遞送……違者，鋪司笞二十」。有對在投遞過程中對文報磨損、損壞及不同文報、不同損壞方式的懲處規定，如「磨擦及破壞封皮」但「不動原封者」，每一件笞二十，每三角加一等的處罰，「罪止杖六十」；如磨擦及破壞封皮，但「損壞公文」的，損壞「一角笞四十，每二角加一等，罪止杖八十」；有對「沉匿公文及拆動原封者（這是主觀上的「拆動」，有竊密之嫌）的處罰規定，每「一角杖六十，每一角加一等，罪止杖一百」；還有磨損破壞封皮並「拆動（事干軍情機密文書）原封者」，「不拘角（件）數，即杖一百」，並且對那些「有所規避者各從重論」。

對各級官員諸如鋪司、各縣鋪長、提調典吏、府州提調官吏的不同責任的懲處內容及標準，《明會典》中也規定得十分清楚、周密。如規定各縣鋪長必須「每月一次親臨各鋪刷勘」，即檢查各鋪接收和轉投文報的登記簿冊，以便及時發現公文稽留及公文磨損情況；倘「若失去檢舉者」，致使「公文稽留及磨擦破壞封皮，但不動原封」超過十件者，「鋪長笞四十」，「提調吏典笞三十」，「官笞二十」。而對損壞及及沉匿公文，若拆動原封，上述官員不分級別，一律「與鋪兵同罪」，不過可適當減輕處罰。除了動用肉刑「笞」、「斬」外，明朝還規定對違法人員可以處「發邊衛」，到邊境地區去服兵役和「充軍」，即從內地發充到邊遠地方坐牢或任小職等。因此對明朝出現的新興傳媒工具塘報，明朝報刊法制中已有與之相適應的內容。

二、明朝報刊法制較唐宋報刊法制的新發展

和社會發展與時代進步一樣，明朝的報刊也得到了諸多明顯的發展。皇帝及朝廷內設的辦事機構六部、通政司、大理寺等以及在這些機構中工作的官員，為了使報刊更好地發揮「決壅蔽，達下情」的作用以及規範報刊活動的運作，制定、頒布、推行了一系列具有鮮明特色的明朝報刊法律法令制度，在諸多方面都在唐宋甚至漢秦諸朝報刊法制的基礎上有了新的發展。綜合起來，主要表現在如下幾個方面：

1. 明朝對報刊、新聞傳播活動在國家政治生活中地位與作用的認識，達到了前所未有的高度

這主要表現在明王朝國家機器中新聞傳播管理機構的職權和地位等方

面。如前所述，唐朝沒有建立全國統一的新聞統管機構，而是聽任各藩鎮在京師設進奏院。宋朝雖然建立了旨在統一管理全國傳播活動的都進奏院，但其級別在中央直屬部門之下，隸屬於門下省。只有到了明朝，明太祖朱元璋於洪武十年（公元 1377 年）六月下旨，在洪武三年（公元 1370 年）三月成立的原察言司基礎上設立通政司，通政司設通政司使一人，左右通政、左右參議各一人，經歷司經歷及知事各一人，以通政司使爲主官，官級爲正三品，相當於各部的侍郎。宣宗以前各朝的通政司使，都由皇帝直接任命。通政司在政府機構中也是權傾一時，除「掌受內外疏陳敷奏封駁之事」外，「凡議大政、大獄及會推文武大臣，必參預」。〔註39〕而這一切，又正是通過具有法律效力的皇帝詔書與諭旨等形式頒降後實施的，因而這些皇帝的詔書、諭旨實際上也就特別地規定了新聞傳播活動在國家政治社會生活中的地位，這是在唐宋及以前各朝（諸如漢秦）報刊法制基礎上的一大發展。

2. 明朝報刊法制在內容體系上更加完整，更適應明朝報刊活動發展變化的需要

現存的唐朝有關文獻如《唐律疏議》中只有對邸報（邸抄）等官報及傳抄活動進行規範和管理的法令制度的記載。到了宋朝，在官報（邸報、朝報）以外出現了民間報導，即「小報」，小報的存在和發展對官報的正常運作產生了直接的影響。爲了遏制小報的發展，宋朝的歷代皇帝以及有關部門的臣僚等都對「小報」這一事物提出不少看法，其中有不少就是具有法律效力的禁令法規，這形成了宋朝報刊法制內容的一大特色。發展到明朝，官報更加受到重視，但同時又出現了新的情況，主要表現在兩個方面：一是塘報的興起，二是私揭的興盛。爲了適應這兩個方面的新情況，明朝統治者迅速在報刊法制方面作出了反應，即根據明朝的實際情況，提出、頒降、推行了一系列對塘報編寫、傳播活動進行限制、規範的具有法律效力的規定，使明王朝的報刊法制內容體系較之唐宋兩朝增加了「塘報管理」這部分內容，使報刊法制體系更加完整，更加適應發展了的明朝報刊管理的實際需要。與此同時，明王朝也加強了對私揭傳播「空穴來風」式新聞「誣蔑不實之辭」的檢舉和禁止，並且提高到關係社會穩定的高度來認識私揭、匿名揭的危害，從而形成了明王朝報刊法制內容體系中的又一特色——即對私揭、匿名揭傳播新聞活

〔註39〕　《明史·職官志》卷七三。轉引自尹韻公：《中國明代新聞傳播史》，重慶出版社 1990 年版，第 25 頁。

動的規範、管理的內容。因此，我們認爲明王朝的報刊法制體系在唐宋兩朝報刊法制的基礎上又有了新的發展。

3. 明朝報刊法制在內容水平上較唐宋兩朝有了明顯提高

（1）在對違法現象的羅列和懲處標準的層次上，明朝的報刊法制規定得更爲具體詳細，具有較強的操作性

如《大明律‧吏律‧職制》中對「奸黨」罪的規定，就列舉了幾種表現及相應的刑罰：第一，「凡奸邪進讒言，左使殺人者，斬」。第二，「若犯罪律該處死，其大臣小官，巧言諫免，暗邀人心者，斬」。第三，「若在朝官員，交結朋黨，紊亂朝政者，皆斬，妻子爲奴，財產入官」。第四，「若刑部及大小各衙門吏，不執法律，聽從上司，使出入人罪者，罪亦如之」。第五，「若有不避權勢，明具實跡，親赴御前，執法陳述者，罪坐奸臣，言告之人與免本罪，仍將犯人財產均給充賞，有官者升二等，無官者量與一官，或賞銀二千兩」。另外還規定：「凡諸衙門官吏，若與內官及近侍人員互相交結，漏泄事情，夤緣作弊而符同奏啓者，皆斬；妻子流二千里安置。」〔註40〕前文所介紹的對鋪兵投遞文書違法行爲的處罰規定，也是羅列周密，標準清楚，層次區別明顯，具有較強的操作性。

（2）根據某一事物對社會的危害情況來確定懲處的刑罰，以使法律法令充分發揮威懾作用

例如對誣告的處置刑罰，明朝和唐朝就有較大的區別。相對來說，唐朝較輕而明朝較重。對誣告，唐律只規定「反坐」，而明朝法律則規定「凡誣告人笞罪」，「加重所誣罪二等」，「流徒杖罪加所誣罪三等」，「罪止杖一百，流三千里」。同時又規定，「被誣者所受損失，全部由誣告者賠償，凡被誣告充軍的，誣告者屬民，抵充軍刑；屬軍人，發邊。除處死刑外，還要將其一半家產交受害者養家。誣告十人以上者，凌遲處死；家屬遷化外」。唐朝對「誣告」只規定了一種刑罰，而明朝則很具體和嚴厲。又如對用匿名揭貼告人罪的行爲，唐朝法律僅規定：「諸投匿名書告人罪者，流二千里。得書者，皆即焚之。若將送官者，徒一年。官司受而爲理者，加二等。被告者，不坐。輒上聞者，徒三年。」（《唐律疏議》「鬥訟」條）而明朝法律則對這一行爲加重處罰，規定「凡投匿隱姓名文書告言人罪者，絞。見者，即便燒毀。若

〔註40〕 《大明律‧史律‧職制》。轉引自曾憲義：《中國法制史》，北京大學出版社、高等教育出版社2000年版，第206～207頁。

將送入官司者，杖八十。官司受而爲理者，杖一百。被告言者不坐。若能連文書捉獲解官者，官給銀十兩充賞」。要特別說明的是，不僅明朝對「投匿名書告人罪」者加重了刑罰，而且還十分注意利用分化政策，獎助檢舉揭發，這在前面所敘述的對「不避權勢，明具實跡，親赴御前，執法陳述」，即堅決與「奸黨」鬥爭的官員，不但不坐罪，而且給予「有官者升二等，無官者量與一官，或賞銀二千兩」的獎賞，這和此處對「能連文書捉獲解官者，官給銀十兩充賞」一樣，都是實例。

綜觀明朝法律，大都是先列罪名，然後列出主刑罰標準，接著又區別不同情況列出不同的刑罰標準。如前所述「驛使稽程」條中先總述了「違限」的處罰，「常事，一日笞二十，每三日加一等，罪止杖六十；軍情重事，加三等，因而失誤軍機者，斬」。然後又列舉出「若驛官故將好馬藏匿」而「以致違限」的情況，「遇水漲路道阻礙經行」而「以致違限」的情況，「若……誤不依題寫去處，錯去他所」「以致違限」的情況以及「若有公文題寫錯者」「以致違限」等四種情況，分別規定了刑罰，可見其規定是比較詳細、周密的，更具可操作性。

（3）在對報刊新聞的傳播及防止泄密相互關係的認識上，明朝有識之士有了更加深刻的認識，表現出極其可貴的辯證法思想，以至對後來新聞法規的研究和制定都具有一定的影響

應當承認，明朝邸報（邸抄）所報導的內容是相當廣泛的。從迄今所發現的明朝史料來看，整個明朝的新聞環境總的來說是比較自由的。明王朝確定了一整套完善的監察系統，不但負責監督各級政府和各級官員，而且還對皇上進行勸諫，形成了一個強大而有效的輿論群體。雖然明朝是高度集權專制的中央政府，但它卻不像中世紀歐洲那樣殘酷與黑暗。因爲「在同一時期，新聞出版自由在明朝帝國比在不列顛島和歐洲大陸要先進得多、進步得多、層次也高得多」。〔註41〕但這是就一般的情況和整體的情況而言，在特殊時期則不完全是這樣。

這裏講的「特殊時期」，主要是指兩種情況：一種是特務橫行或皇帝剛愎自用，聽不得不同意見，其中如明憲宗朱見深當政的成化時期。據明人余繼登在《典故紀聞》中記載說：「自成化時，汪直用事，其黨千戶吳綬以爲漏泄

〔註41〕尹韻公：《中國明代新聞傳播史》，重慶出版社1990年版，第272頁。

機密，請禁之（邸報）。後之奸人恐不便己私，遂往往禁諸傳報者，然卒未有不傳，亦可笑矣。」又如萬曆年間，明神宗朱翊鈞也曾實行過一段時間的新聞封鎖，「科臣王元翰請禁發（邸）抄，惟在軍國之機，而明旨所禁並及未奉諭旨一切章奏」，不但包括軍國之機在內的皇帝所明令禁止的內容不能發抄，而且連那些皇帝沒有明令禁止發抄，也沒有明確表示可以發抄的「一切章奏」，都不能發抄——原來是正本進呈皇帝後留中不出，便用副本發抄，現在「一切」都不能抄了，相當於斷絕了邸報的稿源，這當然引起了朝野的震動。由於反對的浪潮高，所以不久即恢復發抄。還有就是崇禎皇帝時期，他一上台就頒下命令「各衙門章奏，未經御覽批紅，不許報房抄發，泄漏秘密。一概私揭，不許擅行抄傳，違者治罪」。這樣一來，正如《明史·金士衡傳》中所說的，「朝中政事，四方寂然不得聞」。這種情況理所當然地遭到朝廷文武百官的非議，其中時任刑部左給事中的左懋第和御史祁彪佳分別在其疏章中，針對暢通言路和防止泄密的關係提出了自己的看法，其中不乏「既合情理，又很中肯」（尹韻公語）的見解，對後人仍有一定的借鑒意義。

左懋第在一次給崇禎皇帝的疏章中，對崇禎皇帝以「泄漏機密」為藉口而限制邸報抄傳臣僚章奏一事提出了異議。他在疏中認為：

奏疏發部，有必當密者，有不必密者。有可密於事先，而不必密於事後者；有當密於今日，而不必密於明日者。

如事關兵機，方且動於九天，藏於九地，何可不密也？如警報何邊，寇擾某地，動靜之情，勝敗之事，廷臣知之，以便各獻芻蕘：各要害知之，以使共圖備禦，何當密也？況邸報之抄傳有定，道路之訛言，疑揣轉甚，張惶孔多。廷臣縱有所聞，未免因而箝口，何可密也？

如制邊之策，諸臣有密奏，密之可也；邊已安矣，當使廷臣共知其何策以安邊。剿寇之謀，諸臣有密奏，密之可也；寇已平矣，所當使廷臣共知其何策以剿寇。此可密於事先而不必密於事後也。

如逮有罪之人，不密恐其將遁；人已獲矣，必昭布其所以逮之故。如誅有罪之人，不密，慮其人將自裁；人已正法矣，則必昭布其所誅之實。此當密於今日而不必密於明日者也。

蓋人臣事君，原無不可使天下共知之言；而朝廷行事，更無不可使天下共知之事。慎密原為成事，事成便復昭然。所謂理本相成，

變而不失其常也。

> 臣今日不言，而使朝廷一時縝密之事，因遁沿爲故例，甚至科
> 錄史館皆不能啓什襲之藏而筆（錄）之。而一時之疑信猶其小者，
> 後世之信史何所取裁？且謂壅蔽綸綍，自臣等封駁之臣始矣。〔註42〕

在左懋第的疏章中，他重點闡述了臣僚奏章中「必當密」與「不必密」、「可密於事先而不必密於事後」、「可密於今日而不必密於明日」的關係。他認爲，那些「事關兵機」的內容當然要防止泄密而不能刊載於邸報；而那些「警報何邊，寇擾某地」的敵人之「動靜」、兵家之「勝敗」，應當讓朝廷臣僚了解，使各要害（駐險關要塞之將官）了解，一起來商量抵禦的方法。對這些內容爲什麼要保密而不公開呢？而且邸報傳報的內容有定規，假如邸報不能正常發抄，勢必引起人們的猜測疑心，大臣們即使從傳言中了解一些情況，也不敢如實向朝廷訴說和匯報。因此，對應當在邸報上傳抄的臣僚章奏，不應當以「防止泄密」爲由而封鎖消息。接著他又以「制邊之事」、「剿寇之謀」爲例，說明有些事「可密於先而不必密於後」；以「逮有罪之人」和「誅有罪之人」爲例，說明有些事應當保密於「今日」而不必保密於「明日」，藉此說明保守秘密的時間性和階段性，進一步論證了在必須保密以外的時間內，一些原先應當保密的內容不應當也不需要保密，從而從正面批評了崇禎皇帝藉「泄密」而禁止「各衙門章奏，未經御覽批紅，不許報房抄發」的錯誤做法。尤其可貴的是，左懋第還嚴正指出，假如現在這種「朝廷一時縝密之事，因遁沿爲故例」，將可能使「科錄史館皆不能啓什襲之藏而筆之」，即不能根據臣僚奏章的內容來記載朝廷活動的眞實情況（因爲大部分臣僚奏章都被皇帝留中不出），這樣造成的人們一時的懷疑猜測倒是小事，但後世的人們又憑什麼來撰寫出可以令人信服的史籍呢？現在的邸報要對後來的歷史負責，不能因一時之利而害萬世之正史。並且痛心地疾呼，後人指責的「壅蔽綸綍」，千萬不能從我們這一代「封駁之臣」開始啊！眞可謂是振聲發聵之音。

在如何看待禁止在邸報上發抄臣僚奏章這件事上，祁彪佳也曾上疏給崇禎皇帝。他認爲：

> ……事關軍情，猶然茫視，遲慢漏泄，爲誤不少，仰見我皇上，
> 深謀遠慮，超越千古。蓋有見於不密之害也。然聖諭又不嘗以某本

〔註42〕 孫承澤：《天府廣記》卷十。轉引自尹韻公：《中國明代新聞傳播史》，重慶出版社 1990 年版，第 85 頁。

不妨抄傳，某本不應抄傳，令科臣看詳否。

臣愚以爲不應傳抄者，幾先之秘，臨事之謀，制勝出奇，呼吸萬變者是；不妨傳抄者，強弱之分，順逆之勢，去來之狀，勝負之常，疆場情形，一彼一此皆是。

且以言乎塘報，則將士上督撫，督撫上之皇上，敵國之人，尚能得諸偵探，豈筆牘之下，不宜公之睹聞？

以言乎章奏，則皇上下之該部，該部下之督撫，疆圍之外，尚必見諸施行，豈闕廷之前，不許共相昭揭。

今各科臣惟漏泄之不是，虞致緘藏之過密，略涉軍務，概禁抄傳。……自抄傳禁而情同射覆，隔若面牆，欲藉箸而苦曲折之未諳，欲請纓而憚遙揣之未眞。……爾來盜賊縱橫，人喜語亂，自抄禁而訛言四起，紛呶萬端……憶己巳敵震都城，臣鄉兩旬邸報不通，謠傳日四、五至。……

大凡封疆任重，欺蔽易生。自抄傳禁而專困之馳奏，俱不得揚言於在廷；言路之糾彈，遂不敢憑臆於局外。……

伏乞皇上，於諸凡塘報、奏章，苟非密切機宜，外廷必不可預聞者，沛發明旨，照常科抄。……〔註43〕

祁彪佳的疏章批評了崇禎皇帝以「防止泄密」爲藉口而鉗制輿論的錯誤做法。他不像左懋第那樣去分析該密和不該密等方面的關係，而是直截了當地指出禁止傳抄邸報帶來的種種弊端和嚴重後果。他首先把臣僚奏章分爲「不妨抄傳」和「不應抄傳」兩類，認爲關於「強弱之分，順逆之勢，去來之狀，勝負之常，疆場情形」等方面的內容是「不妨抄傳」的。接著以「塘報」和「奏章」相比，認爲上述內容沒有「不宜公之睹聞」和「不許共相昭揭」的必要；然後列舉了禁止傳抄邸報以後出現的諸多嚴重後果，有「情同射覆，隔若面牆」，有「欲藉箸而苦曲折之未諳，欲請纓而憚遙揣之未眞」，有「訛言四起，紛呶萬端」，有「專困之馳奏，俱不得揚言於在廷」，有「言路之糾彈，遂不敢憑臆於避外」，等等。他明確地指出，後果如此嚴重，全因「禁傳抄邸報」而起，所以就自然而然地引出了自己的觀點，「諸凡塘報、奏章，苟

〔註43〕轉引自尹韻公：《中國明代新聞傳播史》，重慶出版社 1990 年版，第 85～86頁。

非密切機宜，外廷必不可預聞者，沛發明旨，照常科抄」，大聲疾呼朝廷恢復抄傳邸報，以暢通輿論之渠道，表現出爲大明江山「不惜此頭」的勇氣。

或許是持不同意見的官員太多，也或者是左懋第、祁彪佳的分析說服了崇禎皇帝，當然，也可能是崇禎皇帝自己也感到這樣做不利於江山的鞏固和人心的穩定。總之，他後來在祁彪佳的疏本上御筆批示說：「言官留心兵計，自可據悃陳謀，豈必盡藉邸報；況前論兵科詳審本章，原非概秘示疑。今後除密切事情外，可照常發抄，以信前旨。」〔註44〕臣僚的疏章居然說動皇帝改變初衷，這充分說明這些疏章的內容在闡述邸報傳抄有關問題上達到的水平。如何做到既保證新聞自由、拓寬新聞渠道，又有利於維護國家利益和人心穩定，歷史上前人的智慧對我們來說是一筆不可多得的財富，值得學習和繼承。

結　語

本章在分析元明兩朝文獻記載的基礎上，提出了元朝曾經存在政府官報、民間報刊以及報刊法制萌芽的觀點。接著介紹了明朝報刊法制產生發展的社會背景，分析了明朝報刊法制發展的多方面報刊活動背景，諸如明朝官報獨特的管理和運行體制、明朝塘報的崛起及影響、民間報紙的發展和普及等；歸納出明朝報刊法制在確立官報管理體制和運行機制、懲處邸報傳抄活動中的工作失職或不力行爲、嚴禁傳抄泄露邊機軍情事宜、扶持民間報刊及抄報業發展以及限制私揭傳抄及懲處私揭傳抄行爲等五個方面的內容；認爲明朝報刊法制在形式上表現出以皇帝詔書諭旨或臣僚言爲形式的報刊法制內容均成下降趨勢，而以部門尤其是直接掌管官報或塘報編印傳抄活動的職能部門提出經皇帝批准後具有法律效力的內容卻呈上升趨勢；在內容上出現了宋朝報刊法制中沒有的旨在規範、查禁「私揭」現象和規範塘報傳遞活動的內容。與宋朝報刊法制相比，明朝報刊法制最大的進步是在對報刊新聞傳播活動在國家政治生活中地位和作用的認識上，具體表現在通政司的職權和地位等方面，達到了明以前各朝代都沒有達到的高度；其次，明朝報刊法制在內容體系上更加完整，適應了明朝報刊活動發展、變化的需要；再則，明朝報刊法制對違法現象的羅列和懲處標準的層次區別上，規定得更加具體詳

〔註44〕轉引自尹韻公：《中國明代新聞傳播史》，重慶出版社1990年版，第87頁。

細，更具有操作性，而且開始根據某一事物（行為）對社會的危害程度來確定懲處的刑法力度，使法制能更好地發揮威懾作用；最後，在促進社會新聞傳播和避免新聞傳播泄密的相互關係上，明朝統治集團中一些有識之士的認識達到了相當高的水平，其中又以左懋第關於「必當密」與「不必密」的論述、因保密致「科錄史館皆不能啟什襲之藏而筆之」（即「害萬世之正史」）嚴重後果的觀點和祁彪佳關於「不妨抄傳」和「不應抄傳」的論述為主要代表。

第四章　清初至清中葉的中國報刊法制

　　清太宗崇德元年（公元 1636 年），清太宗愛新覺羅・皇太極改國號「後金」爲「清」，標誌著以「清」爲國家名稱的封建王朝政府的正式建立。清初至清中葉是一個特定的時間概念，大致是從清世祖愛新覺羅・福臨即順治皇帝帶兵入關，定都北京，建立滿族貴族政權爲標誌的封建中央專制政府開始，到帝國主義列強之一的英國發動中英鴉片戰爭之前的 1839 年爲止。本章主要討論自清王朝建國到中英鴉片戰爭爆發前（即清初至清中葉）這一階段中國報刊法制的有關情況。對鴉片戰爭爆發後至辛亥革命勝利（即清中葉至清末）時期的中國報刊法制的發展、變化及其規律，將在下一章中予以敘述。

第一節　清初至清中葉報刊法制發展的背景

　　在清初至清中葉這一時期，由滿族貴族建立的封建中央集權專制的清政府經歷了從進取、發展到盛極而衰的轉折，其標誌就是清政府在中英鴉片戰爭中被打敗，並且十分無奈地簽訂了中國近代史上第一個不平等條約《中英江寧條約》（即「南京條約」）。由此既使中國進入半殖民地半封建社會的狀態，也使中國歷史從古代進入了近代的發展階段。

　　從清太宗愛新覺羅・皇太極改「後金」國號爲「清」，到 1840 年中英鴉片戰爭爆發前這 200 多年間，清朝政府處於一個在政治、經濟、文化、教育等方面都既和在此之間的諸朝不同，也和鴉片戰爭以後的清朝政府有明顯差別的發展階段。在這一發展階段中，清朝政權經歷了一個由初始執掌全國政權時表現出來的小心翼翼、寬容忍讓，借重和利用漢族地主階級知識份子爲

鞏固其統治服務，到獨斷專橫、壓制民主，摧殘輿論、大興文字獄，以維護其統治地位的發展過程，從而形成了一個較爲獨特的社會環境。而這樣一個獨特的社會環境，無論是對於這一階段報刊的存在和發展變化，還是對於報刊法制的發展變化，都具有直接而明顯的制約或影響。

一、清初至清中葉報刊法制發展的社會背景

1. 清朝統治者以建立和鞏固政權為「第一」的優先意識

從順治、康熙到雍正、乾隆，再到嘉慶、道光等清朝歷代皇帝，都面臨著一個從建立到鞏固、穩定政權的任務。他們把穩定政權放在第一位，凡可能對政權的穩定有破壞作用，甚至只有一定影響的思想、言論、行爲，都嚴格予以禁止。在這種指導思想下，清初至清中葉的歷代皇帝，都通過降明諭、依奏請、批奏章及衙門議准的方式，制定、頒行了各式各樣的管理報刊的法令法規。這些法令法規都圍繞一個中心，即建立、維護和穩定清王朝的統治，力求協調與維護他們的「江山」有矛盾的各種關係。諸如皇帝與王室其他成員關於王位爭奪、利益分配的矛盾關係；皇帝要強化國家統治、控制信息傳播的範圍和流向的意志與封建統治集團中的各級官吏及鄉紳迫切希望打聽宮廷爭權及朝廷政事動態，以較快、較多地獲知國家機密間的矛盾關係；皇帝要維護自己的江山，從嚴控制新聞消息的傳播與社會上的民間報房及報人希望通過向社會透露更多、更快、更廣泛的新聞消息，以此來吸引讀者，增加報紙銷量，從而獲得更大經濟利益之間的矛盾關係；等等。所有這些矛盾的解決、緩解，其主動權和優勢都在最高統治者那裏，因此就產生了那些反映皇帝意志、代表最高權威的報刊法令法規，或是有報刊法令法規性質和功能的明諭、告示及奏准等文字規定，以確保社會報刊體系按照皇帝的旨意運轉。

2. 清朝政府實行以收攏人心為「目的」的文化綏靖政策

崇禎十七年三月十九日（公元 1644 年 4 月 25 日），李自成親率農民起義軍攻破北京，明朝末代皇帝朱由檢自縊於煤山。明朝山海關守將吳三桂本欲領兵投降李自成，不料行至灤州，得聞寵妾陳圓圓被李自成部將劉宗敏擄去，便憤而率兵奔歸山海關，並決意投降清軍。四月二十三日，清攝政王多爾袞率兵至關下，吳三桂開關迎狼入關，與清軍合力擊敗李自成軍，並乘勝追擊。五月初一日，清軍抵北京，明文武百官出城五里拜降。十月初一日，年僅六

歲的當朝皇帝福臨正式進入北京。

范文瀾先生認為，滿族入關，合滿蒙漢八旗只不過二十萬，如果滿八旗佔半數，兵數不過十萬，依常例三丁抽一，滿族男丁不過三十萬，再加老幼婦女一倍，滿族全部人口最大限度不會超過六十萬，絕無統治中國的力量。可是努爾哈赤、皇太極一貫利用明降官，尤其是皇太極時代，范文程、孔有德、洪承疇以及其他大小降官都得到寵任，給關內明官一種很好的暗示。〔註1〕為了拉攏漢族知識份子，清攝政王多爾袞採納了明降官的建議，採用文化綏靖政策，頒下多次政令，為那些有投清之心的漢族知識份子提供台階，以收買漢族知識份子。這些文化綏靖的手段主要是：厚葬自縊於北京煤山的明朝末代皇帝朱由檢夫婦，令全國臣民帶孝三天，並追謚朱由檢為懷宗端皇帝，墓號思陵；對明朝降附清軍的各級官吏，不追前過，並各升級任用；對歷年來受明朝廷革職的官吏或屢次進試都未能取得官職的知識份子（時稱「山林隱士」）一概錄用，量才授官；明定鄉試、會試年份，對進士考試的會試定在辰戌丑未年，對各直（直隸）省（行省）送報舉人的鄉試定在子午卯酉年，每十二年中有八年考試，使那些傾心於功名的知識份子埋頭讀四書五經，逐漸淡忘明亡的民族情結，而且對那些曾被黜革的舉人，仍准參加會試；對明朝降附清朝的文臣，規定其衣冠制式暫用明制；薙髮的命令，在清朝統治未穩時暫緩實行；大肆宣傳清朝的江山是從農民起義軍首領李自成手裏奪得的，而不是從明朝皇帝手裏奪取的，鼓吹「國家之撫定燕都，乃得之於闖『賊』，非取之於明朝也。……願諸君子同以討『賊』為心，毋貪一身瞬息之榮，而重故國無窮之禍，為亂臣賊子所笑」。〔註2〕這是清朝統治者在立國之初籠絡漢族地主階級知識份子人心的主要做法。

這樣一來，居然真的網羅了一批不知廉恥的漢族知識份子為滿清統治者鼓噪。後來曾在清政府中官至大學士的金之俊，為迎合清王朝統治者麻痹人民意志、平息民族對立情緒的企圖，提出中原人民要在十個方面順從清朝統治者，而把滿族統治階級不想改或實際改不了的漢人習俗制度，說成是清朝統治者的寬容或漢族人民的守節，編造出「十從十不從」的謬論，以欺騙民眾。所謂「十從十不從」是「男從女不從」（男的必須按滿族習慣薙髮胡服，

〔註1〕 參見范文瀾：《中國通史簡編》（下），河北教育出版社2000年版，第690～692頁。

〔註2〕 王先謙：《東華錄》「順治元年七月」條。轉引自周谷城：《中國通史》（下冊），上海人民出版社1957年版，第259頁。

女的仍可纏足)、「生從死不從」(即活人必須從滿制,已死的人可以不從滿制),陽從陰不從(即在正式的、公開的場合必須遵從滿制,而在暗地裏則可以表示不遵從滿制),官從隸不從(即爲官的應當遵從滿制,而老百姓則可以不從滿制)、「老從而少不從」(即成年人必須從滿制,小孩可以不從),儒從而釋道不從(即信奉儒家學說的讀書從政之人必須順從滿制,而和尚道士則可不從滿制),娼從而優伶不從(在街頭賣笑的妓女必須遵從滿制改穿旗袍著高跟鞋,而從事藝術表演的戲子生旦則可不從),仕官從而婚姻不從(漢族知識份子可以到滿族貴族的政府裏著滿服當官,而滿漢之間不通婚),國號從而官號不從(國號要改稱爲「大清帝國」,而官號仍然稱作「侍郎」、「尚書」之類),役稅從而言語文字不從(即全國老百姓必須按照清王朝政府的規定,交納賦稅和服役徭,而對於人們所使用的言語文字,則可以照常使用漢語漢字)。〔註 3〕正是由於滿族貴族在立國初期採取了文化綏靖政策,所以清政府在立國之初對報刊的管理也採取較爲寬鬆的政策,因而在報刊法制方面未出台嚴厲的查禁條規。這是由當時特定的社會環境決定的,也是清初報刊法制較寬鬆的重要原因。

3. 清朝統治者實施了穩定人心和恢復經濟為「首要」的經濟政策

明朝中後期,戰亂不斷,沿海有倭寇騷擾、搶物擄人,北疆有以滿族貴族政治代表愛新覺羅‧努爾哈赤於 1616 年創建的「後金」(1636 年始改國號爲「清」)軍隊,不斷進逼,致使戰事日劇。爲了應付巨大的戰爭支出,明朝政府接受戶部侍郎孫應奎、兵部尚書梁廷棟、戶部尚書畢自嚴、楊嗣昌及督餉侍郎張伯鯨等人的建議,向全國加徵兵餉。據載:嘉靖中,以俺答入寇,戶部侍郎孫應奎已議加派,自北方諸府及廣西、貴州外,增銀一百十五萬。萬曆末年,遼左用兵,又加賦五百二十萬。崇禎二年(公元 1629 年),兵部尚書梁廷棟又以兵餉不足,請增天下田賦,於是戶部尚書畢自嚴議於每畝加九釐之外,再增三釐。崇禎十年(公元 1637 年),楊嗣昌又請增二百八十萬。舊額之糧,每畝加六合,計石折銀八錢。帝乃下詔:「不集兵無以平『賊』,不增賦無以餉兵。其累吾民一年。」當時謂之剿餉,剿餉期一年而止。崇禎十二年(公元 1639 年),餉盡而「賊」未平,於是又聽從楊嗣昌及督餉侍郎張伯鯨建議,剿餉外又增練餉七百三十萬。先後共增千六百七十餘萬。〔註 4〕

〔註 3〕參見范文瀾:《中國通史簡編》(下),河北教育出版社 2000 年版,第 692 頁。
〔註 4〕趙翼:《廿二史札記‧明末遼餉剿餉練餉》。轉引自周谷城:《中國通史》(下

「廷臣多請練邊兵，（崇禎）帝命楊嗣昌定議：邊鎮及畿輔、山東、河北，凡四總督十七總兵官各抽練額兵，總七十三萬有奇。又汰郡佐貳，設練備練總，專練民兵，於是有練餉之議。初，嗣昌增剿餉，期一年而止。後餉盡而『賦』未平，詔徵其半。至是督餉侍郎張伯鯨請全徵。……於是剿餉外，復畝加練餉銀一分，共增七百三十萬。蓋自神宗末，增賦五百二十萬；崇禎初，再增百四十萬；總名遼餉。至是（崇禎十二年），復增剿餉練餉，先後增賦千六百七十萬，民不聊生，益起爲『盜』矣。」〔註5〕

也許正是鑒於明朝無盡賦稅逼民成盜的歷史教訓，或者說滿族貴族統治者深知自己是借重於吳三桂等明朝降將才得以入主中原的，要想站住腳，必須先穩住人心。所以他們在採取文化綏靖政策的同時，在經濟方面也採取了旨在穩定人心和恢復經濟的策略，其中對普通百姓而言有實際利益的政策是取消明季所行的額外徵收。

據《東華錄》載：「前朝（筆者注：即指明朝）弊政厲民最甚者，莫如加派遼餉，以致民窮『盜』起；而復加剿餉，再爲各邊抽練而復加練餉。惟此三餉數倍正供；苦累小民，剝脂刮髓。遠者二十餘年，近者十餘年。天下嗷嗷，朝不及夕。……自順治元年爲始，凡正額之外，一切加派如遼餉、剿餉、練餉及召米買石，盡行蠲免。……如有官吏朦朧、混徵暗派者，察實糾察，必殺無赦。儻（倘）縱容不舉，即與同坐。各巡按御史作速叱馭登途，親自問民疾苦。凡境內貪官污吏加耗受賕（賄）等事，朝聞夕奏，毋得少稽。」（王先謙《東華錄》「順治元年七月」條）這樣，由於多種原因的綜合作用，明季以來壓在人民身上的超額賦稅重擔一時得到了緩解。康熙皇帝在位期間，重視農業生產，獎勵墾荒，停止皇族圈地，任用靳輔等人治理黃河，以減輕水患，保證大運河的暢通。同時，他要求進行全國性的土地測量，完成了《皇輿全圖》的繪製。康熙五十一年又頒布法令，規定人丁稅依據戶籍冊上現有人數爲準，以後不再增徵。〔註6〕

由於清初統治者採取了較爲寬鬆的經濟政策，所以社會經濟在短時期內得到了較快的恢復和發展，人民的生活水平較明末戰亂時期有一定改善，社

冊），上海人民出版社 1957 年版，第 218～219 頁。
〔註5〕《續文獻通考・田賦考》（二）。轉引自周谷城：《中國通史》（下冊），上海人民出版社 1957 年版，第 219 頁。
〔註6〕參見辭海編輯委員會：《辭海》（1999 年版縮印本），上海辭書出版社 2000 年版，第 1143 頁。

會生產力有了一定提高，皇族內部的矛盾也沒有發展到後來那樣尖銳和白熱化，因而統治者對自己統治地位的鞏固也有較足的信心，康熙皇帝在位期間號爲「治平」。因此，清朝政府對以報紙爲主要載體的社會輿論的鉗制也沒有後來那樣嚴密。所以，在這一階段內由皇帝降下的聖旨、詔書及臣僚奏章等形式的報刊法制比較寬鬆，基本上沒有出現後來大規模查禁報刊、捉殺報人的情況。

4. 清初到清中葉相對穩定的周邊及國際環境

明王朝由於朝廷腐敗，民怨沸天，邊事不斷，外敵四逼，加重了國家的政治、軍事和經濟危機，最後導致了農民起義的大爆發和明王朝政府的垮台。明亡清立，清朝統治者倚仗其強大的軍事實力和實行各方面綏靖政策後形成的穩定局面，大力整飭邊事，對少數民族採取「剿撫並用」的兩手策略，取得了一系列的勝利：首先是邊境的擴大。第一步是平定蒙古各部，從康熙三十六年（公元 1697 年）清帝親率大兵征服外蒙古，到乾隆二十二年（公元 1757）年清兵平定伊犁，完全征服了準噶爾，前後共用了 60 年時間。第二步是平定回疆。自伊犁平定以後，乾隆二十五年（公元 1760 年）乾隆皇帝遣兆惠、富德兩將領，率兵分兩路進攻天山南路回族部落的根據地。兆惠率兵由烏什赴喀什噶爾，富德率兵由和闐向葉爾羌。在大兵壓境的情勢下，回族部落首領和卓木兄弟兩人逾蔥領西逃至巴達克山，被當地酋長擒殺後獻屍於清軍，天山南部遂平定。清廷各設阿奇伯木克管理回民事務。第三步是平定西藏。康熙時已取得其宗主權。康熙五十九年（公元 1720 年）下詔冊立第六世達賴，並在藏區駐二千蒙古兵。到乾隆中葉，駐藏大臣之設立已成定制，但烏斯藏的西南有廓爾喀，似乎嘗以英、印爲後援，進攻西藏。乾隆五十四年（公元 1790 年），乾隆帝命福康安進兵西藏。次年六月兵至雍雅山，六戰六捷，廓爾喀請降。清廷允之，留番兵三千、漢蒙古兵一千戍藏。自此以後，西藏的宗主權乃得確保無虞。第四步是採用「改土歸流」的政策來管理苗族事務。所謂「土」，是指明朝時期任用苗族中的頭目爲「土司」來治理苗族的做法。所謂「流」，則特指由中央政府（朝廷）或地方政府派遣可以在一定範圍內調動派遣的官職，又稱「流官」。「改土爲流」就是把明王朝時期形成的以「土司治苗」的體制改變成爲以朝廷命官（即「流官」）來治理苗族事務的政策。清廷任命有平治西南之才的鄂爾泰爲雲貴廣（西）三省總督，治理苗疆，於是自雍正四年至九年（公元 1726 至 1731 年）苗族歸化。

〔註7〕各少數民族基本平定以後，清朝又採取分而治之、區別治之的策略，對各少數民族的事務採取不同的策略予以管理，如對蒙藏民族主要是尊重當地人民的宗教信仰；對回族則採取漢回分居，在葉爾羌、喀什噶爾等著名回城皆設有漢城與之並立，阿奇木伯克等回官居回城，中央派往之官則居漢城，並監督回民；對苗民則以「改土爲流」爲最根本的策略。爲了集中管理少數民族事宜，協調各少數民族之間的事務，統一對少數民族的政策，清朝在中央政府中設置了理藩院，規定凡關於蒙回藏的行政事宜，直接受理藩院指示。由於採取了上述多項措施，所以在清初到清中葉，國內少數民族地區基本上是比較平穩的。

在平定少數民族、安撫少數民族的同時，清朝也注意處理好與週邊鄰國的關係，努力保持一個安定的週邊環境。在清初至清中葉，清朝主要處理了與北方相鄰的俄國及與南方相鄰的緬甸、安南等國的關係。康熙二十八年（公元 1689 年），康熙皇帝派遣侍衛內大臣索額圖等作爲中央政府特使，到中俄邊境尼布楚與俄羅斯國使者費岳多羅‧額里克謝等商談並簽訂了確定中俄東段邊界的《中俄尼布楚條約》，「使我邊人與其國人分境捕獵，期永永輯睦，無相侵軼」。該條約的主要內容有：「將由北流入黑龍江之綽爾納，即烏倫穆河相近格爾必齊河爲界：循此河上流自右大興安嶺以至於海，凡嶺南一帶，流入烏龍江之溪河，盡屬我界。其以嶺北一帶之溪河，盡屬鄂羅斯國界。」「將流入黑龍江之額爾古納河爲界：河之南岸爲我屬，河之北岸令爲鄂羅斯國屬。其南岸之眉勒爾客河口所有鄂羅斯房舍，遷移北岸。」「雅克薩之地，鄂羅斯所治之城盡行除毀，所居鄂羅斯人及諸物用，聽撤往察汗之地。」「兩國獵戶人等毋許越界。如有一二小人擅自越界捕獲偷盜者，即行擒拿，送所在官司，准所犯輕重懲處。若十數相聚，持械捕獵，殺人搶掠者，必奏聞，即行正法。雖有一二人犯禁。彼此仍相和好，毋起釁端。」「從前我大清國所有鄂羅斯之人及鄂羅斯國所有我大清國之人，仍留如舊，不必遣回。嗣後有逃亡者，不許收留，即行送還。」「和好既定以後，一切行旅有准令往來文票者，許其貿易不禁。」〔註8〕

至於南方的安南國與緬甸國，康熙三年（公元 1664 年），清廷冊封安南

〔註7〕參見周谷城：《中國通史》（下冊），上海人民出版社 1957 年版，第 283〜285 頁。

〔註8〕徐文元：《與俄羅斯國定界之左碑》。轉引自周谷城：《中國通史》（下冊），上海人民出版社 1957 年版，第 286〜287 頁。

國前國王黎維之子黎維禧爲安南國王。清康熙十三年（公元 1674 年），黎維禧吞并了當時安南國的另一部落莫敬耀民族（其子莫元清在順治初年曾受清之命爲都統使，居高平）。康熙二十二年（公元 1683 年）清廷遣侍讀明圖、編修孫卓，冊封黎維祺爲安南國王，並賜御匾額「忠孝守邦」四大字。又遣侍讀鄒黑、禮部郎中周燦諭祭兩故王維禧、維棟。〔註 9〕從此安南國就成爲清朝的封國。至於緬甸，也在乾隆五十四年（公元 1789 年）臣屬中國，其首領孟隕「受清朝廷冊封爲緬甸國王，定十年一貢」。〔註 10〕

　　正因爲清初至清中葉國力雄厚，邊境安定，對清朝統治者的統治地位未有直接而嚴重的威脅，因而清政府在多方面對漢族及其他民族人民都採取較寬鬆的政策。反映在新聞傳播上，它對報刊的限制也遠比不上清末的專制，爲報刊的發展提供了一個相對寬鬆的社會環境。當然，危及其統治的小報除外。

5. 清朝與元朝立國方略差異的比較

　　清王朝特定的政權性質和特定的民族身份，必然導致清初至清中葉的封建中央集權政府表現出與此之前的歷代封建集權專制政權，甚至與清代末期的中央集權專制政權的特殊性和差異性。從政權性質上講，清王朝也是封建專制的中央集權政府，是以「皇帝爲政權的最高代表」，「王權神授」、「皇威至高無上」、「君叫臣死，臣不得不死」等封建專制社會運行規則來保持社會和國家機器正常運行。但清王朝又具有自己的特點，它是一個起先從邊遠的山區、荒野的女眞民族發展起來，勢力逐漸南侵，爾後借助農民起義和明朝降將的勢頭迅速入關後取得全國政權的王朝，在人口數量眾多、文化經濟相對發達的漢族人民眼中，是屬於「異族入主中原」的一類。

　　雖然元朝也是由屬於少數民族的蒙古族貴族建立的中央政府，但和元朝政權相比，清朝政權無論是在建立政權的過程中，還是在鞏固、維護政權的過程中，所採取的策略都有明顯的差別：元朝統治者雖然也和清朝統治者一樣，是從文化、經濟、教育不發達地區發展起來的，但卻沒有認識到自己在這些方面的不足，他們倚仗「馬上得來的天下」，仍然企圖「馬上治天下」，

〔註 9〕 參見王士禎：《池北偶談》卷四「安南始末」。轉引自周谷城：《中國通史》（下冊），上海人民出版社 1957 年版，第 287 頁。

〔註 10〕 魏源：《聖武記・乾隆征緬甸記》。轉引自周谷城：《中國通史》（下冊），上海人民出版社 1957 年版，第 288 頁。

即依靠武力鎮壓等高壓政策來進行統治，所以在元朝，統治者以軍事統治為主要手段來維護國家政權，各級政府中的主要官員必須由蒙古人氏擔任；同時，對蒙古族以外的其他民族成員表現出來的不滿、反抗或異議，均採取殘暴的武力手段予以鎮壓。因此，在元朝統治時期，民族關係一直比較緊張。而清朝的統治者則比較聰明，他們深知在文化、教育、經濟及治國管理方面，自己遠不如經濟、文化、教育、較為發達的中原地區和江南地區的漢族人；深知明末農民大起義和明末降將在他們奪得政權過程中的作用；深知僅僅依靠數量有限的八旗兵是難以長期維持政權的；同時吸取了元朝僅傳十一帝、歷時不滿百年即亡的教訓，因而他們在保證滿族貴族絕對統治地位的前提下，推行「以漢制漢」的策略，採取了一些比較有利於經濟恢復和發展、比較有利於漢族及其他民族知識份子生存和發展的措施。如為了保證滿族貴族對政權的絕對控制，不但政府的大權掌握在滿族人手裏，而且同一官職的滿族人氏要比漢族人氏官高一等。但比元朝統治者聰明的是，他們對中權和小權則部分地讓漢人或其他民族人氏分掌。元朝明令全國公文書牘一律採用蒙古文，致使從漢唐宋等朝一直起著「溝通下情，周知朝政」作用、由中央政府發布並管理、使用漢語編寫傳播的政府官報，中斷達百年之久；而清朝則採取了滿文、漢文共存的文化政策，並且允許在一般以漢人為主的社會生活領域仍以漢文為主要交流語言，滿文則為滿族人氏之間、宮廷內部的語言交流工具，同一份文件往往用兩種文字發布，這使得清朝從建國之始就允許以漢語為媒介工具的官報存在，這是與元朝明顯的不同之處。

　　此外，清王朝在經濟政策、外交政策方面也採取了一些較為開明的措施。所以有人認為：「清代的政績，以康、雍、乾三朝最為可觀。自康熙元年至乾隆六十年（公元 1662 至 1795 年）凡一百三十餘年，可算是大清帝國的黃金時代。」〔註11〕而這也正是清初至清中葉報刊發展的社會背景，其表現出來的種種特徵，體現了報刊法制產生發展所處環境的基本特徵。

二、清初至清中葉報刊法制發展的報刊活動背景

　　要研究清初至清中葉時期的報刊法制，首先必須研究中國報刊在清初至清中葉這一特定歷史階段中的發展情況及特點，因為這是直接制約報刊法制在這一階段產生和發展的最重要因素。

〔註11〕周谷城：《中國通史》（下冊），上海人民出版社 1957 年版，第 288 頁。

1. 清初至清中葉的官報管理體制

清初至清中葉的政府官報管理體制和明朝相比有比較明顯的差異。「清因明制，設內閣以總攬機要。」〔註12〕據史籍記載：「國朝（筆者注：即清朝）定制，各省設在京提塘官，隸於兵部。以本省武進士及候補候選守備爲之，由督撫遴選送部充補，三年而代，凡疏章郵遞至（京師）者，提塘官恭送通政司，通政司副使、參議校閱，封送內閣。五日後，以隨疏賚到之牒，應致各部院者，授提塘官分投。若有賜於其省之大吏，亦提塘官受而賚致之。諭旨及奏疏下閣者，許提塘官謄錄事目，傳示四方，謂之邸鈔。」（永瑢《歷代職官表》卷二十一「按語」）從這條史料中，我們大體可以知道清代初期部、省官員向朝廷遞呈的疏章，在送到京師後的運轉程序及管理體制，即：地方——京師——在京提塘官→通政司（通政司副使、參議校閱，並）封送——內閣——皇帝御批——（下到）內閣→在京提塘官，或送到省之大吏；或謄錄事目，傳示四方——「邸鈔」。和明朝一樣，清朝也設有「掌受各省題本，校閱送閣」的專門機構通政司，邸報上刊發的大量章奏就是出自於通政司。不過在清朝的中央機構中，通政司的地位似乎沒有明朝初期那樣可以在六部之上，而僅作爲接收上呈和轉遞下行奏疏文書的內部工作機構，這是清初和明代的區別之一。另一個特點是明代通政司設一個主官（即通政司使），但清王朝初期（後來成爲定制）的通政司設有兩名主官，並且規定必須由滿漢官員各一人共同擔任，而且滿族官員的級別高於漢族官員。據《清史稿》載：「通政司使初制，滿員二品，漢員三品。順治十六年並定爲三品，康熙年間復故。」〔註13〕

通政司以下，清朝也設有六科。《皇朝文獻通考》中說：「大學士掌贊理庶政，奉宣綸音。內外諸司題疏到閣，票擬進呈。得報，轉下六科，鈔發各部施行。以別本錄旨送皇史宬。」《大清會典》中說：「每日欽奉上諭，由軍機處承旨。其應發鈔者，皆下於（內）閣。內外陳奏事件，有摺奏，有題本。摺奏或奉硃旨諭旨，或由軍機處擬寫隨旨，題本或票擬欽定，或奉旨改簽。下閣後，諭旨及奏摺則傳知各衙門鈔錄遵行；題本則發科，由六科傳鈔。」「凡題奏奉旨之事，下科後令該省提塘赴科抄錄，封發各將軍督提鎮。」和明朝一樣，清朝的六科也是發抄皇帝諭旨和臣僚章奏的辦事機構。清初沿用明制，

〔註12〕戈公振：《中國報學史》，中國新聞出版社1985年版，第29頁。

〔註13〕《清史稿》卷一一五，「通政使司」條。轉引自方漢奇主編：《中國新聞事業通史》（第一卷），中國人民大學出版社1992年版，第188頁。

六科自爲署，內設吏、戶、禮、兵、刑、工等六科，其負責官員稱之爲給事中。但清朝的六科與明朝的六科不完全相同，主要有三個方面：一是明朝的六科各科設一名給事中，而清朝的六科，每科設滿漢各一人給事中。二是明朝的六科在通政司下自成一署；而清朝的六科，在雍正以後改隸於都察院，成爲院屬機關。這說明在雍正以後，通政司的權責有所削弱。三是六科在改隸於都察院以後，雖然其最主要的職責仍然是負責諭旨和章奏的發鈔工作，但同時又被朝廷賦予了稽察政事、注銷文卷、糾正朝儀、整頓官紀等職責，很顯然，後面的「糾正朝儀，整頓官儀」職責，是清朝六科改隸於都察院以後的新變化。

　　皇帝諭旨及臣僚奏章下閣後，「由六科傳抄」或由六科「令該省提塘赴科抄錄，封發各將軍督撫提鎮」。經過提塘官的手之後，宮廷的公文就成爲可供傳播的邸報，這是與明朝相同的地方。但清朝又規定：「各部院衙門，如有奏准議覆應行發鈔事件，該承辦衙門即將原奏鈔錄，鈐蓋印信，發交直隸提塘，按日刊刻頒發。仍自令該提塘將發鈔底本及原奏印文，按十日匯報兵部存案。」「各省發遞科鈔事件，例應責令提塘辦理，以杜私鈔訛傳泄漏之弊。嗣後令各提塘公設報房，其應鈔事件，親赴六科鈔錄，刷印轉發各省。所有在京各衙門鈔報，總有公報房鈔發。」〔註14〕宋代設有都進奏院統一管理並集中辦理奏章鈔發活動。明代不設進奏院，沒有進奏官，所以明代提塘官所從事的文報抄傳活動，很接近於唐宋時期的進奏官。由於朝廷未設置進奏院這樣的機構，明初的提塘官大多居無定所，經常散處旅店或租住民房，明代中葉以後，才有一些提塘官陸續在京師購置房產或自建房舍，作爲辦公地點兼生活地點，但儘管如此，他們大都單獨活動，各自對所派出的長官負責。而清朝初期雖然也和明王朝一樣有在京提塘和駐各省提塘，但卻明文規定，各部院衙門的「奏准議覆應行發鈔事件」，由承辦衙門「發文直隸提塘，按日刊刻頒發」，即直隸提塘承擔把各部院衙門「應行發鈔事件」「按日刊刻頒發」的職能，其他提塘官只能從直隸提塘獲得新聞消息再往外傳。從某種意義上講，這裏的「直隸提塘」似乎具有宋朝「都進奏院」集中管理文報鈔發活動的職能，而非明代的一般提塘那樣各司其責，這是清初至中葉提塘管理上與明代不同的一個方面。另一方面是清朝規定「令各提塘公設報房」，「所

〔註14〕《大清會典》卷七〇三。轉引自倪延年：《中國古代報刊發展史》，東南大學出版社 2001 年版，第 211～233 頁。

有在京各衙門鈔報，總有公報房鈔發」，即提塘不僅具有傳報的功能，還明文規定具有「刷印」、「鈔發」的功能，明確規定「所有⋯⋯鈔報，總有（即全部）公報房鈔發」，杜絕了諸如明朝提塘官私自鈔發奏章的現象，這是清朝政府官報管理體制上區別於明朝的又一特點。

雖然清初「因明制」，但經過一個階段以後，清朝統治者即開始對政府官報的運作程序和管理體制進行調整與改革，從而使清朝在政府官報的內部運作、中央機構設置及職能確定、六科的歸屬以及提塘活動的管理等方面都表現出與明王朝不同的特點。這無疑對清初至清中葉報刊法制的內容和形式產生了直接的影響；或者可以說，這些特點正是清王朝通過不同形式的具有法律效力的文書向社會昭示、規定和推行的。

2. 清初的塘報及提塘職能的轉變

清朝和明朝一樣都設有提塘，提塘也從事文報傳遞工作，戈公振先生認為：「清之驛制，與明無異。兵部車駕司，於東華門左近，設兩機關，一曰馬館，專司夫馬；一曰捷報處，收發來去文移。兵部另派武職十六員，駐扎各省會，歸按察使司管轄，經管該處直接寄京之文報，名曰『提塘』。此『塘報』名稱之由來也。」〔註15〕這裏所說的是清初的情況。清高宗乾隆時期，清朝把塘汛劃歸綠營兵制，並根據國內已無較大規模軍事行動的實際情況，對原來廣設的「塘」進行了撤並，如「湖南大路塘房，東西成粵黔交界，共二百五處，或一區汛塘並建，或咫尺水陸兩防，或地非扼要，應請裁撤新塘、大洋⋯⋯一十七塘」（《清高宗實錄》卷二三五）。與此同時，清政府又根據當時的實際情況對提塘的職能、組織形態、管理部門進行了較大的調整。這些調整主要有以下幾個方面：

（1）提塘工作內容的調整

清朝提塘的工作內容由明朝的傳遞軍事文報為主，逐步調整為以傳遞朝廷文報為主，即由傳遞上行文書為主改為以傳遞下行文書為主。其職能是通過朝廷文報的傳遞活動，向各行省宣示皇帝諭旨、衙門告示及朝廷政事動態，並且逐步成為國家驛傳系統的重要組成部分，而不是像明朝那樣處於補充輔助的部分。

（2）提塘組織形態的調整

〔註15〕戈公振：《中國報學史》，中國新聞出版社 1985 年版，第 35 頁。

根據其不同的職能，清朝的提塘從原來由地方向朝廷遞呈文報的平行提塘，改為由「各省駐京提塘（簡稱為「京塘」）和朝廷「駐各省會提塘」（簡稱為「省塘」）組成的雙行「提塘」體制。

（3）提塘職能分工的調整

「京塘」負責下行文書及官報（有邸報、邸抄、科抄、閣抄等不同稱謂）的傳遞。「省塘」則負責上行文書（各行省督撫、將軍或提鎮等軍政大吏向皇帝遞呈的奏疏題本、行省官府衙門向朝廷中央政府各衙門呈報的文書等）的遞呈和報送。

（4）提塘管理部門隸屬關係的調整

清朝改明朝提塘歸兵部一家管轄的體制為按照承擔傳遞文報的性質，分別劃歸兵部和按察院管理。駐京提塘的主辦官員（通稱「提塘官」）由地方（各行省和督撫、將軍或提鎮等）大吏從「武進士或候補候選守備」中遴選推薦，報兵部作為提塘官的候補人選，經兵部資格審查並確認後，才授予正式的提塘官職務。只有經兵部實授提塘官職務的官員，才能從事管理京塘塘務的工作。因而，京塘提塘官屬兵部管轄。而「駐省會提塘」的主辦官員則是兵部從所轄的高級武官員中選拔，派駐到各省會，經管各省會地方官府及軍政吏直接寄京之文報。這些省塘的提塘官雖然是由兵部選拔，但因其經管的是上行文報傳遞，故受按察司使管轄，這就形成了區別於明朝的提塘文書傳報管理體制，即下行文報的傳遞及職能部門（京塘）屬兵部管：而上行文報的傳遞及職能部門（省塘）則屬按察院管，既相互配合又相互制約，共同完成國家管理體制中上情下宣、下情上達的信息傳遞任務。

（5）提塘官的任用程序和管理職責的調整

順治朝後，把原來的將軍（藩鎮）可以根據戰況變化（前線的推進或後撤）而自主設立提塘、自主任命提塘官的做法，調整為推薦與使用分開、承擔任務與管理職責分離的方法。〔註16〕這就基本上取消了地方軍政大吏自主任命提塘官的權力，使提塘的運作更加規範。

這些調整毫無疑問對清代報刊法制的產生和發展具有直接的影響。清朝諸代皇帝為進行這些調整而降下的諭旨、臣僚的奏章及衙門的公文，實際上就具有了法律效力，因而這些文獻本身就是這一階段報刊法制文獻的重要組

〔註16〕參見倪延年：《中國古代報刊發展史》，東南大學出版社 2001 年版，第224～228 頁。

成部分。

3. 清初至清中葉民間報刊的主要特點

和明朝一樣，清初至清中葉不但有朝廷通政司、六科及提塘等具體篩選、發鈔、刻印及傳播的政府官報，而且有越來越發達的民間報刊。在清初至清中葉的民間報刊中，主要有先是半官辦色彩、後來發展成爲「純粹的民間報紙」的《京報》，以及一些存在時間長短不一、流傳範圍大小不一、產生影響大小不一的諸如清初的小報（小鈔或私抄）、產生於廣州和蘇州的轅門鈔以及廣州的「新聞紙」等。它們各有特點，共同構成了這一時期民間報刊的整體。

（1）清初至清中葉的《京報》

有人指出，《京報》是「中國歷史上第一種擁有專名的並且以『報』相稱、連續發行、廣泛傳播，曾經一度產生過巨大社會影響的信息傳播媒體，是中國古代傳統型民間報導發展的頂峰」。〔註17〕甚至可以說，它是連接中國古代報紙和中國近代報刊的橋樑和紐帶。它肇始於明末，發展於清初，一直延續到清末才自行消亡。

說它肇始於明末，主要是依據清乾隆四十年（公元 1775 年）出生的清代學者俞正燮在其所著《癸巳存稿》卷十四中的《書〈蘆城平話〉後》一文中的記載：「……前於王氏見明時不全京報……十月，《（嘉宗）本紀》有丙申逮中書舍人吳懷賢下鎮撫司獄，杖殺之，不見《京報》。……嘉慶癸亥，重過句容，住葛仙庵中，藉《（蘆城）平話》及舊報比附之，幾以爲字字可據，過《宣和遺事》遠矣。」〔註18〕這裏說的應當是明末時期的事。

明朝的《京報》起於何時，何人編寫及如何傳抄流播，僅依據俞正燮《癸巳存稿》中關於在句容王喬年家中看到的明時不全《京報》內容的轉述，我們不得而知。但從俞正燮的這一段記錄中，我們可以大致知道明代《京報》的主要內容：首先是某一官員（如傅櫆）參劾其他官員（如內閣中書汪文言）的歷史罪行，並使之受到查處的報導。明時言官參劾、攻訐成風，這應當是當時《京報》的主要內容之一。其次是對明末時期特務組織錦衣衛活動情況的報導。如《（京）報》稱：「（天啓）五年（公元 1625 年）三月，錦衣衛取供，詞連趙南星」等報導。再則是對天啓年間科舉考試情況的報導。如：《（京）

〔註17〕倪延年：《中國古代報刊發展史》，東南大學出版社 2001 年版，第 233 頁。
〔註18〕俞正燮：《癸巳存稿》卷十四。轉引自黃卓明：《中國古代報紙探源》，人民日報出版社 1983 年版，第 102～103 頁。

報》又報導：四月「夾鼎甲卑，第三名吳孔嘉，下云貫南直隸徽州府歙縣人」的報導。第四是對明末「黨禍」之災的報導。如（《京報》）稱：「八月奉聖旨，東林、關內、江西、徽州一切書院，俱著拆毀，其田土房屋，估值變賣，催解助三殿工程。」第五是對查處貪官將財產外渡藏匿情況的報導。如《（京）報》又稱：「天啓七年二月，大理寺許志吉奏，吳養春家財廣布於外，請從天津、淮揚、兩浙諸處嚴追。奉聖旨，即差許志吉辦理。」第六是對社會發生「民變」情況的報導。如（《京報》載）天啓七年四月，直隸奏黃山宣木植一案。「三月間，歙縣岩寺民人萬餘，糾合同赴府城，拆毀察院，尋殺主事呂下問。下問破後牆，攜家眷躲入同知署內。現在知府石萬程詳（佯）報病軀不能供職。奉聖旨，宣木植一事，即歸並許志吉辦理。」由此可見，明末《京報》的內容是相當廣泛的。

清軍入關定都北京後，在明朝降將的引導下，佔地奪城，追趕明末遺臣所擁戴的藩王政權（史稱南明政權）。明末降將洪承疇在得到清王朝重用後，帶兵一路南下，順治五年（公元 1648 年）兵至揚州，他向朝廷遞呈飛報的一份揭帖中較早地提到了清朝初期的《京報》。該揭帖中稱：「……順治五年二月初六日，臣舟次揚州，接正月十五日《京報》，內封工部揭貼一件，係正月十四日僉發。內開總督內院洪承疇題前事等因，順治四年七月十六日奉專旨，該部知道，欽此。」這是清初的事。

俞正燮《癸巳存稿》卷十一《麟》中稱：「雍正十二年（公元 1735 年）十二月初三日，寧陽孫永祥家牛產麟，見《京報》川督黃廷桂、川撫憲德奏。」同書卷六《俄羅斯長編稿跋》中稱：「檢乾隆二十二年九月二十七日（公元 1757 年 11 月 8 日）《京報》，錄出之。」同書同卷《阿拉善》中載：「《京報》（載）：嘉慶五年（公元 1800 年）三月，陝甘帶兵總管長齡奏稿稱：『遵旨傳諭阿拉善王旺略親班穆巴爾，率領原兵，仍回遊牧。』」這是清初至清中葉「康乾盛世」時期的事情。

綜觀清王朝統治的近三百年，前三十年左右是創業建國；經過順治近二十年的努力，國家根基立穩；爾後的康熙、雍正、乾隆三朝時期為清王朝統治的巔峰階段；接下來的嘉慶皇帝就開始走下坡路；到道光時已力不能支，終於爆發了中英鴉片戰爭，使中國進入半殖民地半封建的社會。

和明末時期的《京報》相比，清初至清中葉的《京報》主要有以下幾個方面的差異：首先是在內容上增加了「宮門鈔」這一板塊。其內容主要是報

導朝廷在當天或前一天中發生的重大事件，包括召見、引見、預備召見；王族及高級官吏向皇帝請安、請假和銷假；臣僚向皇帝謝恩謝賞；已故官吏的重要遺摺；皇帝參加的典禮或祭禮以及出巡、駐園、還宮等活動的報導。在這些內容之前，還報導這一天或前一天在朝廷值日的部門名稱。

其是在內容上形成了「宮門鈔」、「上諭」及「臣僚奏章」的固定格局。「宮門鈔」的內容已如前述，而「上諭」部分實際上僅僅刊載那些經皇帝御批可以公開發鈔的諭旨，也不包括那些御筆批注在「留中不出」的章奏題本上的諭旨，也不包話那些直接交由「廷寄」的諭旨。皇帝的諭旨主要是針對臣僚奏疏中所提出的問題，或表示態度、或作出決定、或加以裁決。因爲臣僚奏疏內容十分繁雜，因而皇帝諭旨的內容也無所不包，有對某一案件處理情況的指示，有對官員的任免、申斥、褒獎和賞賜，也有對臣僚所提出問題的說明或解釋等。這些內容雖然在明末《京報》上也有報導，但明末《京報》還沒有像清朝初期的《京報》這樣集中起來進行報導。這種處理文稿的做法似乎有些類似於後世報紙的專欄性質。

再則是在清初至清中葉的《京報》上設有專門欄目，刊載一些經皇帝御批後可以公開發鈔的臣僚奏章題本。這是清初至清中葉《京報》的內容中最具社會性、新聞性和可讀性的部分。《京報》上刊載的臣僚奏章，大多是短稿而少有長文，也有的原文較長而刊載時經過編印者的刪節，也有的原文較長因其內容具有較強可讀性而分期連載。對不能刊載的臣僚奏章，剛開始時還刊個目錄，到後來索性連目錄也不刊載了。

最後是清初至清中葉的《京報》有了明確的管理部門——提塘，而明代的《京報》則未見到有明確管理部門的記載。據《硃批諭旨》第三十四冊載：雍正六年（公元 1728 年）二月，四川巡撫憲德奏革按察使程如絲，「奉旨程如絲著即處斬，部文到在（雍正五年）十月二十九日，而《京報》之小鈔到在前五天，十月之二十四日。……則是程如絲斬決之信，在部文未到之先，已宣露五六日矣」。所以程如絲在得知這一消息後即畏罪自殺身亡，導致憲德在聖旨到達後無罪犯可斬決的尷尬局面。爲此，憲德奏請雍正皇帝：「……臣愚見，不若將提塘一項盡行革除。各驛量加夫馬，一應公文總自部收部發。」在憲德的奏本上，雍正皇帝親筆御批：「提塘管理《京報》，設立久矣，豈能禁革不用。……此等弊端，不可不加防範。應如何定例，俾緊要事件，不要先期漏泄；或以官員承充提塘，分別賞罰，定其考成。著九卿確議。」聯想

到光緒年間擔任貴州學政的嚴修在其所撰的《蟬香館使黔日記》中所記載的：「收提塘寄《京報》六封，附吏部咨文一角，禮部箚文一角。提塘於所前寄來《京報》，余以爲報已過時，竟不折開……開而視之，則公文三件在焉，已經十日餘矣。」「《京報》向有提塘寄送，各部科公文，往往附焉。今年正月起，止接《京報》三四本，亦無公文。」〔註19〕由此可見，這一時期的《京報》是由提塘管理或者說是通過提塘系統投寄的，這既說明了《京報》社會影響的擴大使得清朝加強了對《京報》的管理，也爲以後民辦的即脫離了朝廷朝報運作系統而存在的民間《京報》的出現創造了條件。先打著官辦的牌子，待可以獨立時再成爲民辦，這是後話。

總之，《京報》是中國報刊發展歷史上第一種擁有專名的、內容上與官報（邸報、邸鈔）相近而又不完全相同、管理上受清朝政教所設提塘制約（管理）而又不是提塘直接經營、開始具有半官辦色彩而後來逐步發展爲民辦性質的、發行範圍上先以官吏鄉紳爲主後逐步擴展到普通社會成員、具有從古代傳統報紙向近代社會報紙過渡特點的信息傳播媒介。正因爲《京報》的存在和發展，才使得清初到清中葉這一階段的報刊法制中出現了規範《京報》活動的內容。

（2）清初至清中葉的其他民間報紙

清初至清中葉的中國古代報刊中，除了由朝廷發布的邸報（邸鈔）和先是半官辦色彩後來發展成爲由「民間私設報房」刊發、「轉向遞送，與內閣衙門無涉」的《京報》外，還先後出現過一些存在時間長短不一的其他民間報刊。它們主要是：

第一，存在於順治至雍正時期的「小報（鈔）」。

所謂「小報」（鈔），並不像《京報》那樣是某一種出版物的專名，而是指那些和朝廷刊刻發行的官報（邸報）以及朝廷默認刊刻發行的半官辦的《京報》相對應，沒有得到朝廷允許，內容以報導各類新聞尤其是朝廷官場新聞爲主要內容的純民辦報紙。據王先謙《東華錄》載，順治十六年（公元 1659年）六月諭旨中稱：「原任總督張懸錫奏：『……詎意麻勒吉因臣悔懼之後，愈爲責備之辭，始則正告以失儀之言，而繼則漸露彼苛索之意。一則云，前日我們往湖廣去時，爾在山東豈不見小報，何爲不來迎接。再則云，我們到

〔註19〕嚴修：《蟬香館使黔日記》。轉引自朱傳譽：《宋朝傳播媒介研究》，見《先秦唐宋明清傳播事業論集》，（台灣）商務印書館 1988 年版，第 490 頁。

南邊，洪經略差人遠接，饋遺日日來見，何等小心。』……」由此可知，在順治年間已有「小報」存在，其內容主要報告朝廷政事動態，包括皇帝出巡等內容。

又據蔣良驥的《東華錄》載，康熙五十三年（公元 1714 年）三月，左都御史揆敘上疏言：「近聞各省提塘及刷寫報文者，除科抄外，將大小事件探聽寫錄，名曰『小報』。任意捏造，駭人耳目，請嚴行禁止。庶好事不端之人，有所畏懼。」皇帝諭旨「下部議行」。由此，康熙皇帝又專門降下諭旨：「各省提塘傳遞公文本章，並奉旨科抄事件外，其餘一應小抄，概行禁止。」（《東華錄》康熙朝卷十九）這一條諭旨在《大清會典》中的記載是：「各省提塘，除傳遞公文本章，並奉旨轉抄事件外，其餘一應小鈔，概行禁止，違者治罪。」（《大清會典》「康熙五十三年上諭」條）從以上史料可知：其一，所謂「小報」是由各省提塘及刷寫報文者「在科抄之外，將大小事件探聽寫錄」而成的新聞消息載體。由於不合朝廷之意，所以被「嚴行禁止」（在順治時期則尚未見到禁止「小報」的文字記錄）。其二，左都御史揆敘上疏時稱作「小報」的東西，到了皇帝頒下諭旨時則被稱作「小抄」和「小鈔」。由此可見，在康熙朝，「小報」同時也被人們稱作「小抄」或「小鈔」的，名稱雖有差異，指的卻是同一事物。

到了雍正時期，朝廷對小鈔的查禁更爲嚴厲，甚至發生了因「小鈔」所載新聞的流傳而殘殺報人的事件。雍正四年（公元 1726 年）五月初，社會上流傳的一份「小鈔」上刊載了一條宮廷活動消息。內容是說雍正皇帝在端午節這天，同近臣們乘著龍舟，從東海到西海，飲酒作樂，到申時才回宮。因爲當時雍正皇帝剛剛登上皇位，王室派別鬥爭未定，腳跟尚未完全站穩，所以心存戒意，認爲該份小鈔是有意破壞他的形象，故而大爲惱火。他於五月初九日降下明諭曰：「今觀報房小鈔，內云：初五日王大臣等赴圓明園叩節畢，皇上出宮登龍舟，命王大臣登舟，共數十隻，俱作樂，上賜蒲酒，由東海至西海，駕於申時回宮等語。……但朕於初四日即降旨，令在城諸臣不必赴圓明園叩節。初五日僅召在圓明園居住之王大臣等十餘人，至勤政殿側之四宜堂，賜饌食角黍，逾時而散，並未登舟作樂遊宴也。……而報房竟捏造小鈔，刊刻散播，以無爲有，甚有關係。著兵刑二部詳悉審訊，務究根源，以戒將來，以懲奸黨。」經過兵刑二部的嚴密究查，查出該份小鈔係報房經營者何遇恩、邵南山兩人所爲，爲此「刑部等衙門議奏：捏造小鈔之何遇恩

等依律斬決」。雍正皇帝在這一奏章上又御批了長長的一段諭旨：「何遇恩、邵南山俱改爲應斬，著監候，秋後處決。報房捏寫小鈔，以無爲有，甚屬可惡。……今觀小鈔所載，既可以捏造全無影響之談，則從前之偶爾看花，又不知如何粉飾傳播矣。……如小鈔所載，還復不少。……似此卑陋之見，謬誤之言，遠近傳聞，安能察其眞偽，故因小鈔捏造之事，並論及之。」

　　和清朝時期相比，明朝似乎沒有出現被朝廷公開查禁的諸如宋代的小報和清初的小報（小鈔）之類的民間報紙，所以明代報刊法制中很少有關於查禁民間報紙的內容。而清初至清中葉則不然，從順治朝開始，即出現了和宋末「小報」同樣性質、相近功能的小報（小鈔），它所傳報的章奏和朝廷政事動態都是未經朝廷或「御旨批發」的，是傳播邸報的提塘和出版《京報》的報房相互合作的產物。因爲不合朝廷之意，所以經常被指責爲「漏泄密封」、「任意捏造」、「以無爲有」，不像《京報》那樣具有半官辦的合法地位，因而遭到朝廷的「嚴行禁止」。也正因爲如此，清初至清中葉的中國報刊法制中，增加了明朝報刊法制中所沒有的規範（查禁、限制）小鈔（小報）的內容。

　　第二，在經濟文化比較發達的城市廣州和蘇州等地出現的「轅門鈔」。

　　相對於《京報》及「小鈔」而言，「轅門鈔」是以報導地方官府及官紳活動消息爲主要內容的中國古代報紙。就目前史料分析，大概出現於 19 世紀初的清代社會，一般只在省會或經濟文化比較發達的城市出現，大多由當地熟悉官場情況並且和官府人員有特殊關係、易於打探到官府最近動態的抄報人編印和發行。〔註 20〕其傳播範圍一般是所在城市，偶爾也傳播到該城市官府所轄的一級城市，如從知府駐所城市傳播到知縣駐所城鎮。

　　據文獻記載，清朝道光年間的廣州就出現過轅門鈔。1836 年 5 月廣州出版的英文雜誌《中國叢報》上，發表過一篇由美國傳教士裨治文撰寫的介紹廣州轅門鈔出版情況的文章。文章稱廣州轅門鈔是「蠟板，單面印刷，字跡模糊，每日出版一張」。可知當時廣州的轅門鈔已採取印刷手段進行製作，而採用蜂蠟作固定鉛字的物質材料，也比傳統的雕版或木活字更爲方便。尤其要注意的是，這些轅門鈔已是「每日出版一張」，一是說明廣州官府或官紳活動的消息（發生的事件）比較多，使轅門鈔有比較充足的信息來源；一是說明廣州的官紳及其他社會成員對猿門鈔有較大的需求，他們關注新聞，使每

〔註20〕參見方漢奇主編：《中國新聞事業通史》（第一卷），中國人民大學出版社 1992年版，第 223 頁。

天印一次的轅門鈔有較穩定的銷路。這可能與當時的廣州和外界交往較內地城市更爲密切有直接關係。其編印過程是「刊載內容無須政府檢查，每日黃昏時節，報房派員至督撫衙門，向值班的執事人取得轅門鈔（文稿），內中列述當日總督大人接見賓客及拜會活動。翌日清晨，轅門鈔便行出版」。〔註21〕由此可見，廣州轅門鈔的主要內容取自官府，但刊載的內容經報房人確定後無須再經官府審查。這既是民間報紙的特點，也是因爲消息來自官府，對政府無傷大雅，刊載後也不會闖禍，所以目前尚未看到政府限制或查禁轅門鈔的法令法規。

大約過了 50 年左右，蘇南地區的蘇州也曾編印發行過以地方官府消息爲主要內容的轅門鈔，而且其內容既有直接得自於官府的消息，又出現了報人自行採訪（探得）的消息內容，另外還可以刊載人們提供的文稿。前者如光緒十年正月二十六日該轅門鈔上刊載的「探得左中堂（即兩江總督左宗棠）於昨午到鎮江」及二月初七日的該轅門鈔上刊載的「探得新任督曾九帥（即新任兩江總督曾國荃）有初六日請訓，十三日出京之信」報導；而後者則如光緒十年三月初六日轅門鈔上刊載的「前任四川川北道庚子科翰林顧開第大人於四月初十日八十正壽」和十天之後的轅門鈔上刊載的「前日顧公館來條照登之四月初十日八十正壽。今來條囑爲更正，據云三月初十日正壽」的報導。〔註22〕前者的「探得」兩字，清楚地表明這些消息是經過報房人員「探」訪後獲「得」的；而後者的「來條照登」和「今來條囑爲更正」等字句，則清楚地表明這兩條消息都是按「顧公館」提供的文稿（來條）刊載的。這一切說明光緒時期蘇州出版的轅門鈔，一是消息來源更爲廣泛和豐富，已經不局限於官府提供的消息；二是服務的方式更加靈活，可以代人刊載文告，也可以根據顧客要求發文予以更正。因此我們認爲，光緒時期的轅門鈔更接近於近代報紙，這是後話。

第三是在廣州出版的「新聞紙」。

假如說轅門鈔是在 19 世紀初最先出現於與海外聯繫交往較早較多的南方經濟中心廣州，那麼，無獨有偶，作爲近代報紙先聲的「新聞紙」，也是最早在廣州誕生的。所謂「新聞紙」，其稱謂是從國外（西洋）引進的，大

〔註21〕 潘賢模：《清初的輿論與鈔報》。轉引自方漢奇主編：《中國新聞事業通史》（第一卷），中國人民大學出版社 1992 年版，第 223 頁。

〔註22〕 轉引自方漢奇主編：《中國新聞事業通史》（第一卷），中國人民大學出版社 1992 年版，第 224～225 頁。

概是「News Paper」的譯名。內容主要是地震、災害、戰爭、海難事故、航海遇險以及民眾暴動等社會新聞，以單張形式而非像《京報》那樣裝訂成冊的形式發行於世；內容上不僅有文字，而且還有結合文字內容的一些插圖，以使版面顯得比較活潑和豐富。其發行的方式既有坐賣的報攤，也有人批發後在街上叫賣。對這些情況進行記載的是美國商人威廉・亨德。他在其所著的《古中國拾零》一書中有這樣一段話：他對「特殊事件有如地震、災荒、戰爭及群眾非法暴動等」的了解「只能靠看單張的印件」，「這類報紙有時還有插圖」，「有時你會聽見街上高聲叫賣新聞紙。我們在廣州知道的第一件新聞，是法國船 NAVIGATEUR 號船長 Saint Arrowman 在 1828 年遭受海盜襲擊。還有英船 TROUGHTON 於 1834 年 1 月在海南附近沉沒。這些都是從這單張新聞紙上曉得的」。〔註 23〕由於這種「新聞紙」內容豐富，具有較強的新聞性和可讀性，所以一直長盛不衰，到 19 世紀發展得更為普遍。由於它刊載的內容主要是地震、災害、戰爭及民眾暴動等消息，因此，統治階級認為它不利於社會的人心穩定而頒布了禁令。據報導，光緒九年十一月二十一日（公元 1883 年 12 月 20 日），廣州市內出現「私自刊刻」的被指為「偽造謠言」的「新聞紙」。清政府駐廣州的廣東南海、番禺兩縣行政主官就曾發布告示，予以禁止。告示稱：「訪聞不法之輩，偽造謠言，並私自刊刻新聞紙等項，沿街售賣。……除飭差嚴密查拿外，合行出示曉諭。……倘經此次示諭之後，爾等仍有偽造謠言、刊賣新聞紙及聚眾滋擾名節，即以謠言滋事之罪，按律懲辦。決不姑寬。各宜凜遵毋違。」〔註 24〕但實踐的發展卻是事與願違，民間刊刻的新聞紙不但沒有禁絕，而且不斷發展，成為中國人自辦報紙的先聲。

正是由於清初到清中葉這一歷史階段中獨特的社會政治、經濟、文化、國際鬥爭背景以及在這種獨特社會環境中的報刊活動背景，才形成了具有鮮明特點的報刊法制。它既是對自漢唐、宋元及明朝積累下來的社會統治者管理、規範社會報刊活動經驗和教訓的繼承和總結，同時也是在清初到清中葉這一特定歷史社會背景下對社會管理報刊規律的新探索，是中國報刊法制發展的一個新階段。

〔註 23〕潘賢模：《清初的輿論與鈔報》。轉引自方漢奇主編：《中國新聞事業通史》（第一卷），中國人民大學出版社 1992 年版，第 227～228 頁。

〔註 24〕黃瑚：《中國近代新聞法制史論》，復旦大學出版社 1999 年版，第 59～60 頁。

第二節　清初至清中葉報刊法制的主要內容

　　眾所周知，報刊法制和其他專門性法制一樣，都屬於上層建築的範疇，屬於意識形態方面的內容。報刊法制的產生、發展和變化，從宏觀方面說是建立在經濟基礎之上，而其直接原因則是為了適應社會統治者對特定社會生活狀態中的報刊活動進行管理、控制和協調的需要而出現的。正如黃瑚先生所指出的，中國古代報紙的產生與發展，因在信息傳播方面具有一定的規模效應，必然要與封建社會一以貫之的文化專制統治政策產生矛盾與衝突。「因此，從宋代起，即在中國古代報紙已經有了一定的發展、產生了一定的社會影響之時，歷代封建王朝政府均對古代報紙予以高度重視，並運用法律手段予以調控，頒發了不可勝數的法令，對於違反有關法令者，則予以嚴酷的法律懲治。」〔註25〕這一現象到了清初至清中葉表現得更為明顯。統治者一方面表現出對漢族文化的寬容，對漢族知識份子的重用及從漢族文化中吸收精華來豐富滿族文化；另一方面又堅定不移地執行文化歧視、思想禁錮政策，對有害於清朝統治的行為和思想一律以不同的方式予以嚴格禁止。因此，清朝就產生了一系列旨在禁錮人們思想、壓制不同意見，鉗制新聞自由、封鎖不同聲音和鎮壓違法報人的皇帝諭旨、院署告示、衙門奏請（准）及臣僚奏章等具有法律效力的、符合統治者意願的社會運作規則。這在當時就是至高無上的法，是報刊存在和發展的前提。

　　綜觀這一歷史時期所產生的與社會報刊活動直接相關並具有法律效力的皇帝諭旨、衙門告示、院署奏准以及臣僚奏章等文獻，我們認為，清初至清中葉的中國報刊法制主要有五方面內容。

一、關於調整和建立報刊運行體制方面的內容

　　清代初期的國家文報傳遞系統，雖然是因襲「明制」，但畢竟所處的具體時代環境已經發生了變化。為了保證清朝的國家文報傳遞系統能適應新的時代需要，統治者首先做的一件事就是調整和建立清王朝的國家文報傳遞系統。

　　《明清史料》丙編第三本中所收錄的內院殘示稿載：「內院為申明職掌事，照得內閣職掌，從來票擬本章，查閱塘報、揭貼，並未有查收公文及呈狀（呈稟）等項。因大清朝開創之始，百務俱舉，不得不疏揭、塘報以外，兼收公文呈狀。今大小政事稍有頭緒，乃外州縣不知事體，徑以公文申□（筆

〔註25〕黃瑚：《中國近代新聞法制史論》，復旦大學出版社 1999 年版，第 36 頁。

者注：原缺一字，從文義理解似爲「報」）內院，官生軍民以多虛詞瑣事混投呈狀，甚至無知軍民冒瀆攝政王駕前投遞奏揭，甚非體統，已經嚴禁。今特再行出示申明，以便遵守。凡遠近州縣，事無大小，必申報道府撫按，決不容再申內院。把門上號官，不許混收取究。外而督撫鎮按疏揭塘報，俱照常規收行。近京各道，凡事俱申報督撫巡按。」

《大清會典》載：「每日欽奉上諭，由軍機處承旨。其應發鈔者，皆下於閣。內外承奏事件，有摺奏，有題本。摺奏或奉硃批諭旨，或由軍機處擬寫隨旨；題本或票擬欽定，或奏旨改簽。下閣後，諭旨及奏摺，則傳知各衙門鈔錄遵行。題本則發科，由六科傳鈔。」

《皇朝文獻通考》載：「大學士贊理庶政，奉宣綸音。內外諸司題疏到閣，票擬進呈。後報，轉下六科，鈔發各部施行，以別本錄旨送皇史宬。」

永瑢在《歷代職官表》卷二十一「按語」中稱：「國朝定制：各省設在京提塘官，隸於兵部，以本省武進士及候補候選守備爲之。由督撫遴選送部充補，三年而代。凡疏章郵遞至者，提塘官恭送通政司。通政使副使參議校閱，封送內閣。五日後，以隨疏齎到之牒，應致各部院者，授提塘官分投。若有賜於其省之大吏，亦提塘官受而齎致之。諭旨及奏疏下者，許提塘官謄錄事目，傳示四方，謂之邸抄。蓋即如唐宋之進奏院，而法制詳愼，其奉職信謹凜矣。」

《清史稿》卷一一五「職官」（二）中載有「通政使司」條，稱：「通政使初制滿員二品，漢員三品，順治十六年並定爲三品。康熙六年復故。」並規定通政司的職責是「掌受各省題本，校閱送閣」。

《清會典》卷七〇三載，康熙初年規定：「凡題奏奉旨之事，下科後令該省提塘赴科抄錄，封發各將軍督撫提鎮。」「凡鈔刊章奏事件，寄交各省敕書、信印物件以及各部院尋常咨行外省文件，俱交給（提塘）遞送。」

《清世宗實錄》卷七九載：「吏部議覆：江南道監察御史姚之騆奏言，向來直省督撫提鎮封上本章，例有揭帖，分遞部院科道。但各省具揭，或先期另封投遞，而通政司按期收本，不查揭貼之先後，輒發提塘分送。拜疏未上，具揭先行，恐滋弊竇。請飭令各省，必隨本章同發，封套注明月日，申送通政司。通政司於送本次日，始令提塘分送各衙門。應如所請。」（聖諭：）「從之。」

《清會典》卷七〇三載，雍正十二年（公元 1734 年）議准：「督撫提鎮以

下各衙門，有咨呈在京各部院公文，於公文別具印單，將角數及何年月封發之處，一一注明。令提塘隨公文投遞，各部院查對明白，於原來印單內注明收到日期，發還原衙門，以憑稽考有無抽壓遺漏。」

《清高宗實錄》卷一一九九載，乾隆年間「刑部議覆：江西巡撫郝碩奏稱，查刑部咨行各省決囚釘封公文，師交本省提塘官暫行轉遞，計期遲緩。且提塘係本省人，並恐滋沉擱漏泄之弊。請嗣後概令兵部加封，由驛馳遞。應如所奏。臣部一應立決人犯咨文，俱於封面注明件數及『馬上飛遞』字樣，派筆貼式送交兵部發遞」。（聖諭：）「從之。」

《欽定大清會典事例》卷七○三載，乾隆二十一年（公元 1756 年）議准：各省發遞科鈔事件，例應責令提塘辦理，以杜私鈔訛傳泄漏之弊。嗣後令各提塘公設報房，其應鈔事件，親赴六科抄錄，刷印轉發各省。所有在京各衙門鈔報，總由公報房鈔發。」

乾隆三十八年（公元 1763 年），乾隆皇帝欽定：「各部院衙門，如有奏准、議覆、應行發鈔事件，該承辦衙門，即將原奏鈔錄，鈐蓋印信，發交直隸提塘，按日刊刻頒發。仍令該提塘將發鈔底本及原奏印文，按十日匯報兵部存案。」〔註26〕

《清高宗實錄》卷三三五載：「大學士等奏：前因全川用兵，增添驛站，各衙門遞軍營公文，送軍機隨報發往，以速公務而省驛馬。今軍務告竣，台站捲撤，各衙門應照舊分別緩急，應用火牌者，即發馬遞，無庸送軍機附發，餘交提塘遞送。又查，奉旨速行及軍機緊要之件，非逐日常有，應交兵部隨到隨發，用驛馬無多，不必齊匯。至交塘遞文書，雖尋常事件，但即屬公移，理宜迅速，應交兵部行知各省遵行。現奉諭旨整飭。」（聖諭：）「從之。」

從上述史料中，我們可以得知如下幾方面信息。

1. 上述規定均產生於康熙初年到乾隆中期，而清初（順治年初甚至整個順治朝）尚未發現此類規定

這說明，在清初的順治時期，統治者一方面忙於掃除南明政權，無暇顧及文報傳遞系統管理體制的調整和建設；另一方面，也從一個側面說明了清王朝統治者的韜晦之計，即政權立足未穩，一切先套用明王朝的管理體制和運行機制，以穩定、收買漢族地主階級知識份子的人心。一旦南明政權全部被消滅，國家政權已無較大的敵對力量可以對政權的穩定造成根本性影響

〔註26〕黃卓明：《中國古代報紙探源》，人民日報出版社 1983 年版，第 109 頁。

時，他們即開始按照自己的意願（當然也考慮到各種情況的變化）來調整和組建適合自己統治需要的文報傳遞系統。

2. 清朝對文報傳遞系統的工作職責、運作程序、管理要求等方面的規定，更爲細緻、具體

清初的報刊法制之所能達到較高的水平，是因爲清朝統治者在制定、頒布、宣示這些報刊管理體制的法令法規時，曾認眞研究過前人的經驗和做法，是在總結以前歷代王朝的經驗基礎上經過調整、組合而成的，所以比較適合滿族貴族統治下的社會生活實際。因此，其所建立的報刊管理體制從一開始就表現出較高的成熟性和適用性，這也正是在清初至中葉所建立起來的報刊管理體制，直到清末沒有再做大的調整和改組的重要原因之一。

到清乾隆朝時，已經基本上完成了報刊管理體制的構建。在經歷了康熙、雍正和乾隆等朝代的調整與重組以後，清朝形成了獨具特色的報刊管理體制。根據文獻記載，清初至清中葉的報刊管理體制，大致如下：各地督撫鎮按的「疏揭塘報」，「仍照常規收行」；朝廷專設大學士負責宮廷日常事務（贊理庶政），傳達皇帝的聖旨和諭旨；京師「內外諸司」的題本、奏疏呈報到「內閣」後，由「內閣」票擬（即提出處理奏疏所言問題的初步辦法或建議）後進呈皇帝；臣僚奏疏及諸司題本經皇帝御覽或硃批後，再由內閣轉發下行到「六科」；由「六科」鈔發「各部」施行並且要求「以別本錄旨送皇史宬」（宮廷檔案館）備查，對其中一部分「可鈔」或「應鈔」事件則由「六科」傳鈔。這是中央一級的文報管理體制和運作程序。

對地方而言，明確規定各行省可在京師設提塘（史稱爲「京塘」），提塘官由派出行省的「督撫」從「本省武進士及候補候選守備」中遴選，報兵部批准後充任；駐京提塘的業務運作活動直接「隸於兵部」，並且規定提塘官必須「三年而代」（即任期爲三年，期滿必須輪換）；各省官吏可以有權直接向朝廷、皇帝遞呈奏章，對治國方略發表建議或想法或就個人問題向皇帝提出請求、申訴，這些「奏章」經過郵驛系統遞到京師提塘後，由京塘官員「恭送通政司」；通政使副使對所呈送的奏疏進行「參閱校閱」，並進行來件登記，記下奏疏臣僚的姓名、官銜、奏疏內容、收到及遞呈的時間等內容後「封送內閣」；朝廷規定臣僚奏章在宮廷內部衙門之間的運行週期爲「五日」；五日後，公文運行完畢又轉回到這一提塘，由提塘官按照皇帝諭旨或部院衙門的批示分別處理。對那些應告知有關職能部門的文牒和奏疏，由提塘官分別投

送；皇帝給「省之大吏」的批示、答覆等文牘，則由提塘官負責專門送達指定的受文人。對那些皇帝降下的明諭及奏疏下行到「六科」後，允許提塘官「謄錄事目，傳示四方」，這就是中央政府的官報——邸抄（報）。

3. 清初到清中葉的報刊法制不但確定了官報傳遞體制，而且規定了具體的工作要求

清朝的有關法令（諭旨、詔書、臣僚章疏）在規定了清朝文報傳遞系統的管理體制和運行機制後，清朝政府的職能衙門（如兵部）還具體規定了文報傳遞過程中的詳細要求，如：督撫提鎮以下各衙門，有咨呈在京各部院公文時，應將公文「別具印單」，並「將角數及何年月封發之處」一一注明；在文報投遞過程中，各部院除查對明白外，還必須「於原來印單內注明收到日期」，然後還要把印單「發還原衙門」，以杜絕「抽壓遺漏」之弊。又如規定「刑部暫行各省決囚釘封公文」，應「令兵部加封，由驛馳遞」，並且應「於封面注明件數」及「馬上飛遞」字樣，以示緊急；再如對那些「應行發鈔事件」，承辦衙門除必須「將原奏鈔錄」外，還要「鈐蓋印信」以防作偽；在「發交直隸提塘」按日刊刻頒發後，直隸提塘還必須「將發鈔底本及原奏印文」，每隔十日就匯總一次，報兵部存案備查；還如規定「各省」發遞科鈔事件，必須按照規定（例）責令提塘辦理。為了使提塘能承擔發遞科鈔工作而不僅僅是傳送文報，朝廷「令各提塘公設報房」；對那些朝廷規定的「應鈔事件」，由提塘報房人員「親赴六科抄錄」，然後「刷印轉發各省」，並且明文規定：「所有在京各衙門鈔報，總由公報房鈔發。」

這樣，通過康熙、雍正到乾隆三朝皇帝的努力，清代逐漸完成了報刊管理體制的調整和組建工作，並且以明諭、議奏、議覆等具有法律效力的文件形式宣示於眾，成為當時及以後歷代清朝統治者管理報刊事業的基本依據。

二、關於規定報刊刊發消息範圍的內容

清初至清中葉邸報的內容，一般包含了皇帝的上諭、宮門鈔及經皇帝批示可以公開發鈔的臣僚奏章。對於上諭和宮門鈔，本身就是出身皇帝嚴密控制的內宮衙門，所以是萬無一失的。然而，那些佔有邸報內容最大比例的臣僚奏章就有不同的情況，有的可以發鈔，有的不可以發鈔。這判定「可以發鈔」與「不可以發鈔」的標準就是皇帝的意志。因此，實際上皇帝直接掌握了宮廷新聞發布的取捨權，所有臣僚奏章只有經過皇帝欽准，才能進入公開

發鈔、提塘抄錄及印刷轉發各省的報刊運作過程。爲此，清初至清中葉的不少皇帝都十分關注臣僚奏章的發鈔工作，並且曾經對一些事關全局的臣僚奏章是否發鈔，作出過直接而明確的規定。

1. 關於不准或不必鈔發的規定

《東華錄》載，雍正二年（公元 1724 年）七月「甲辰，大學士等奏：松江提督高其位奏：飛鴉食蝗，秋禾豐茂，請將原摺發鈔，并宣付史館，以彰嘉瑞。得旨：若以飛鴉食蝗爲瑞，則起蝗之初，得無有由乎？昨發下奏摺與諸王大臣閱看者，誠恐爾等體聯憂民之意，不釋於懷，故將蝗不成災之處，令眾知之，非以爲瑞也。其發鈔及宣付史館俱不必行」。

《清會典》卷七○三載：「乾隆五年（公元 1740 年）奏准：各省督撫走差家人，與該省提塘俱相熟識。遇有進獻方物，該提塘通知各提塘，遂至妄行開入邸報，各報本省。至於賞賜之物，則督撫家人往往告知提塘，囑其開載邸報，以示恩榮。不知此皆不應開入邸報之事。嗣後督撫鹽政關差所有進獻方物，或奉有賞賜，俱不許提塘於邸報內開寫。」

2. 關於可以「鈔發」或「概行發鈔」的規定

《東華錄》載，乾隆二十六年（公元 1761 年）五月「戊午諭：前據楊廷璋、吳士功會審馬龍圖私用存營公項銀兩一案，輒引自首例減等定例，悖謬乖張，四出情況之外。朕即知此案立意必先出自吳士功，而楊廷璋從而附和。因降旨，令伊二人會同明白回奏。今奏到：定案時，雖係楊廷璋主稿，而督參撫審吳士功實爲主政，往來商榷，具有原札可核，果不出朕所料。……吳士功著革職，發往巴里坤，自備資斧，效力贖罪。楊廷璋身爲總督，隨聲附和，咎固難辭，但究係爲吳士功所賣，尚非發謀。可此，著革職，從寬留任八年，無過始准開復。馬龍圖著拿解來京，交三法司嚴審定擬。餘著三法司核議具奏，並將該督等前後奏摺及批論廷寄，一併鈔發。將朕辦理庶政，輕重大小，不容纖毫蒙混，並大臣等公罪私罪，一切聽其自取，亦不能纖毫假借之故，俾中外臣工共知所懲勸」。

《東華錄》載，乾隆三十一年（公元 1766 年）三月諭：「據常鈞奏：劉藻於三月初三日夜間自刎，傷痕甚重，氣息將絕，見在醫治調理等語。此事實屬大奇。……又據奏：劉藻自刎後，書桌上有紙包一封，面寫三月初三日到硃批摺四件，廷寄一件，一併恭繳等語。恐外邊無識之徒，疑硃批及廷寄

內或有嚴旨督責，勒令自裁之處。今四摺具在，一爲請安，其三皆隨事批諭，而廷寄尚係令其不可存五日京兆之見，一切並須實心經理之諭。則劉藻此舉之荒唐可詫，眾人當亦不能爲之置解也。著將常鈞奏摺及代繳硃批摺四件、廷寄一件，概行發鈔，與眾閱看，並將此通諭中外知之。」

《東華錄》載，乾隆三十二年（公元 1767 年）三月「癸巳諭：楊應琚辦理緬匪一事，種種捏飾乖張，俱非情理所有，節經明降諭旨宣示矣。今復據奏，因聞緬匪竄入孟艮，擬親往普洱就近督率堵剿等語。所奏尤屬荒謬可笑矣。……明係因新街有賊，憚於前進，故欲退回普洱，希圖潛避，顛倒錯謬若此，實不解其具何肺腸。此皆楊應琚案招著之處，難以自行掩飾者。所有楊應琚奏到之摺並著鈔發，中外知之」。

在《東華錄》中，僅僅在乾隆一朝，由乾隆皇帝親自決定或強調要發鈔的事例還有不少，據黃卓明先生考證，有乾隆四十年（公元 1775 年）十月關於處理鎮遠府知府蘇圻貪污一案的諭旨，乾隆四十六年（公元 1781 年）十月關於劉天成奏請嚴浮費之禁、以裕民生一摺的諭旨，乾隆四十七年（公元 1782 年）六月關於國史館進呈奏請諸臣列傳內原任刑部侍郎任克溥傳所載前後條陳的諭旨，乾隆四十七年（公元 1782 年）九月關於浙省查鈔王亶望貲財一案的諭旨，乾隆五十一年（公元 1786 年）六月關於處理閩浙總督雅德失職一案的諭旨，以及乾隆五十三年（公元 1788 年）十二月關於孫士毅用兵安南報捷晉封公爵的諭旨，等等。〔註 27〕在這些諭旨中，乾隆皇帝都十分明確地採用「各摺俱著發鈔」或「某某等摺一併發鈔，俾眾共知」等肯定性語句，責成內閣或六科把這些諭旨通過邸報傳鈔，以使「中外知之」。

3. 關於皇帝決定「鈔」與「不鈔」動機的分析

綜觀上述史料，我們可以看到皇帝決定諭旨發鈔與不發鈔的基本標準主要是是否有利於維護皇帝的天威和形象；是否有利於社會治安和民眾人心的穩定；是否有利於整飭吏治、警誡官紳；是否有利於鼓勵文武百官爲國家效力，建功立業。在上述史料中，皇帝關於不准鈔發「飛鴉食蝗，秋禾豐茂」的諭旨，主要是考慮維護朝野人心穩定，假如現在「飛鴉食蝗」是瑞兆，那麼「起蝗之初」不就成了「災兆」了嗎？所以皇帝明令不發鈔，以免引起人心浮動。關於不准把「督撫鹽政關差所有進獻方物，或奉有賞賜，俱不許提

〔註27〕參見黃卓明：《中國古代報紙探源》，人民日報出版社 1983 年版，第 119 頁。

塘於邸報內開寫」的諭旨，其根本目的是皇帝想掩蓋他對大臣厚此薄彼而可能引起的官員互相猜疑和不滿，以鞏固自己的「王權」和天威。相反，皇帝決定把楊廷璋和吳士功案、楊應琚臨陣逃避案、鎮遠府知府蘇圻貪污案、閩浙總督雅德失職案等諭旨公開發鈔，其用意不言自明，即「殺雞儆猴」，意圖在通過懲處對其他官員起到警戒作用。同樣，皇帝責成把劉藻自刎案的諭旨公開發鈔，則又是爲了消除人們對劉藻自刎是因皇帝「嚴旨督責，勒令自裁」的猜測，以此來說明劉藻自刎之舉的「荒唐可詫」，從而反證皇帝的英明。至於皇帝決定把孫士毅用兵安南報捷並被晉封公爵的諭旨公開發鈔，則很明顯地是表彰前方將士武功，以對其他人起勸勉作用；再如皇帝決定公開發鈔劉天成奏請嚴浮費之禁、以裕民生一摺的諭旨，則無疑是皇帝治理國家的基本觀點的宣示，同樣蘊涵勸誡之義。

三、關於查處、懲戒違反報刊管理和運作規定行爲的內容

清初至清中葉違反朝廷報刊管理和運作規定的行爲，大致有如下幾類：第一類是「在京提塘將不發鈔之事件，鈔寄該督撫等」；第二類是提塘「借郵傳之名，作奸滋弊」，「俾緊要事件」「先期漏泄」；第三類是提塘出於不同目的，在邸報上刊載本來沒有的臣僚奏疏和硃批諭旨，即「僞傳邸鈔」，造成人心浮動；第四類是在報刊上發表「多有譏刺官府」的內容。對這幾類行爲，歷代皇帝都採取了嚴厲的措施予以禁止和懲處，甚至是鎮壓。

1. 對違規行爲處罰的規定

《清會典》卷七○三載，雍正元年（公元 1723 年）議覆：「凡提塘京報人等，除題奏諭旨外，如有訛造無影之詞者，查拏治罪。」

《東華錄》載，雍正六年（公元 1728 年）議准：「嗣後除漏泄密封事件仍照定例分別議處治罪外，其雖然密封，但未經御覽批發之本章，一概嚴禁，不許刊刻傳播。如報房書吏彼此溝通，本章一到，即鈔錄刊刻圖利。及捏造訛名，並招搖詐騙情弊，各照例分別治罪，該管官吏失於覺察，科道不予糾參，皆照漏泄密封事件例，分別議處。」

《東華錄》載，雍正六年（公元 1728 年）二月，因「丙午，四川巡撫憲德奏：參革按察使程如絲，奉旨正法，於部文未到之前五六日，自縊身死。顯係提塘先期漏泄，應將各省提塘通行裁革」。雍正皇帝在該奏章上硃批諭旨曰：「伊等借郵傳之名，作奸滋弊，習以爲常。如奉旨正法之人，可以預通信

息,亦可將奉旨寬宥之人,先期設詞嚇詐,此等弊端,不可不加防範。應如何定例,俾緊要事件,不至先期漏泄,或以官員承充提塘,分別賞罰,定其考成,看九卿確議。」不久,朝廷九卿議奏:「……行令各督撫,於本省武進士及候補候選守備人員內揀選,取具該地方官印結,申送咨部,頂補三年無過,准照本班即用。怠惰貽誤者,即行革斥。如將應密事件預通信息及設詞恐嚇詐騙,一經發覺,即交刑部治罪。其出結之該地方官及督撫失察者,分別議處。」(皇帝硃批:)「從之。」

《東華錄》載,雍正四年(公元 1726 年),雍正皇帝就報房小鈔上刊載的關於他和王大臣在圓明園乘舟飲酒作樂的新聞一事降下明諭,內云:「今觀報房小鈔,內云:初五日,王大臣等赴圓明園叩節畢,皇上出宮登龍舟,命王大臣等登舟,共數十隻,俱作樂,上賜蒲酒,由東海至西海,駕於申時回宮等語。……但朕於初四日降旨,令在城諸臣不必赴圓明園叩節。初五日僅召在圓明園居住之王大臣等十餘人,至勤政殿側之四宜堂,賜饌食角黍,逾時而散,並未登舟作樂遊宴也。……而報房竟捏造小鈔,刊刻散播,以無為有,甚有關係。著兵刑二部詳悉審訊,務究根源,以戒將來,以懲奸黨。」

從上述幾條史料中表現出的嚴厲語氣,可以想見清初至清中葉的歷代皇帝為了維護其統治地位而不惜對違規的報刊活動採取嚴厲的鎮壓手段。

2. 清廷依規對報人的處罰實例

順治十三年(公元 1656 年),一個名叫馮應京的吏部書辦,接受了隨州知州程文光的賄賂,答應向朝廷舉薦他充任要地知府。程文光出了錢以後要求馮應京兌現。然而在馮應京之前,吏部曾向皇帝舉薦程文光任官,但未果。現在程文光又派家人催促馮應京,馮無法,只得推諉搪塞程文光的家人。哪知這個家人非要一份刊載有皇帝同意任命程文光為要地知府官職的邸報,帶回給程文光以交差。馮應京被逼得沒有辦法,就在一份尚未由皇帝批行的保舉程文光堪任要地知府的舊題本上,偽造了「依議」的御批,發交邸報傳抄。誰知該份邸報一報到兵部,就被人們發現。結果是主謀馮應京和經手發抄的書辦李德美(也得了程文光的銀子)及抄報人茅萬懋等人均被押送刑部審訊。主犯馮應京被處絞刑。

乾隆十五年(公元 1750 年)七月,江西撫州衛千總盧魯生得知乾隆皇帝將要南巡的消息,深恐辦差之累,便想法阻止乾隆帝的出巡,以減少百姓遭殃。經和南昌衛守備劉時達商議,決定利用邸報這一工具,形成輿論,力圖

改變乾隆皇帝的想法。他們兩個人編寫了一份奏稿，其中列舉了對皇帝出巡的「五不解」(「十大過」，反對乾隆南巡。當時朝廷的吏部尚書孫嘉淦因「敢言」享譽朝野，所以盧魯生、劉時達就在編寫的奏稿上假借了孫嘉淦的名義，充作他的奏疏，還偽造了「硃批」，假借為內閣下行的「邸鈔」，交給提塘傳抄，迅速向全國流傳。一年左右以後，這份作假的邸報被當時的雲貴總督碩色於乾隆十六年七月發覺，遂向朝廷密報。乾隆皇帝諭令直隸、河南，山東、山西、湘北、湘南、貴州等巡撫「密訪嚴拿」，「勿令黨羽得有漏網」。直到乾隆十八年（公元 1753 年）才全部結案，結果是盧魯生、劉時達並置重典。盧因在押期間病重，不待結案就提前於乾隆十八年二月十一日被凌遲處死。劉時達以及盧魯生的兩個兒子盧錫齡、盧錫榮均判斬刑，於同年秋後被處決。

　　關於報導雍正皇帝端午遊宴作樂一案，在皇帝的嚴責下，經過衙門（兵刑二部）的調查，終於查知為民間報人何遇恩、邵南山兩人所為。結果是「庚戌，刑部等衙門議奏：捏造小鈔之何遇恩等依律斬決」。皇帝降下諭旨稱：「何遇恩、邵南山俱改為應斬，著監候，秋後處決。」雖然延遲了幾日，但何、邵兩人還是因刊發小鈔掉了腦袋，成為目前有記載的經營原始形態報紙的最早被害者。真是「皇帝能做，你不能說」，這就是法。

　　康熙五十五年（公元 1716 年），由於蒙古族貴族對抗中央政權，企圖進攻哈密，貴州巡撫劉蔭樞看了「邸鈔」中有關於康熙皇帝決定舉兵北征的消息，遂給康熙皇帝上了一道奏疏，建議對蒙古族貴族的侵擾「緩圖北征」，而採取「分清邊界」的方法解決問題，同時勸康熙皇帝不要「逞一己之怒」，「統兵親剿」。康熙皇帝得閱該奏章後大為惱怒，「著九卿確議」和「著刑部等議奏」。同年三月，九卿等議覆貴州巡撫劉蔭樞奏請緩圖北征一疏：查劉蔭樞本不知兵，且遠在天邊，未悉邊界情形，妄為陳奏，交與該部（刑部）議處。康熙皇帝御批道：「……策妄阿喇布坦無知蠢動，侵擾我哈密，應發大兵即行殄滅，但朕好生為念，不忍驟加剿除，因備兵邊地，遣使宣諭，俟其悔罪自新。……劉蔭樞聽信偽傳邸鈔，妄行具奏……著乘驛前赴軍前，盡心周閱。」兩年以後，刑部等衙門會議：劉蔭樞亦應暫行停決。發往侍郎海壽處種地。而康熙皇帝還不罷休，降旨說：「劉蔭樞豈可復行發往陝西，著發往傅爾丹等地方種地。」不光是貪錢作假，或刊刻小鈔賣錢的人因觸怒了皇帝而掉了腦袋，就是不知道邸報上是刊刻的假奏章，而出於免生靈塗炭之心，奏請皇帝不要用兵的貴州巡撫劉蔭樞也因「聽信偽傳邸鈔，妄行具奏」，而先被皇帝「著

乘驛前赴軍前」，後被皇帝下諭旨「發往傅爾丹等地方種地」，由此可見統治者處罰的嚴厲程度。

另外，道光七年（公元 1827 年），葡萄牙人在澳門創辦了中英文對照的報刊《依涇雜說》，因其內容「多有譏刺官府之陋規」，且為中國人爭相購閱，創刊不久即為清政府查禁。〔註 28〕還有，乾隆三十九年發生在江蘇的一次偽造諭旨案，其結果是涉嫌「捏寫諭旨報單之人」王添盛、胡德中、楊世榮等人被捕解省究辦。〔註 29〕這些案例都從不同側面表明，清政府對於危及皇帝形象和國家穩定的報刊違規行為的鎮壓，是毫不手軟的。

四、關於提塘建設的有關內容

因為提塘在清朝文報驛傳系統中的重要地位，所以清政府高度重視提塘建設。清代提塘建設是一項系統工程，涉及人員管理、運作經費管理、運作程序的制定和執行等內容。

1. 關於提塘人員管理的內容

《明清史料》丙編第九本載有原定南王女孔四貞奏章，內稱：「……牛錄章京臣閔天俊，向系臣文箚委管提塘事……辦事迄今，未蒙實職，懇祈敕下該部查勘。如果臣言不謬，原賜少加優擢，以彰勞動。」這條史料表明，清初各藩鎮可自置提塘，並可臨時性任命提塘官（文箚委管提塘事），但這不算實職，即朝廷不予承認。若要國家列入官職人員編制，還必須報請提塘主管部門——兵部「實授」才行。

永瑢《歷代職官表》卷二十一「按語」中載：「國朝定制，各省設在京提塘官，隸於兵部，以本省武進士及候補選守備為之，由督撫遴選部充補，三年而代。」這條史料清楚地規定了清代駐京提塘官的任職資格、人員產生及任命程序、管理提塘的職能部門和駐京提塘官的任期等內容。

《東華錄》載，雍正六年（公元 1728 年）二月，雍正皇帝在四川巡撫憲德關於提塘先期泄密、奏請將提塘通行裁革的奏章上御批諭旨，內云：「……行令各督撫，於本省武進士及候補候選守備人員內揀選，取具該地方官印結，申送咨部，頂補三年無過，照本班即用。怠惰貽誤者，即行革斥。如將應密

〔註 28〕 黃瑚：《中國近代新聞法制史論》，復旦大學出版社 1999 年版，第 58～59 頁。
〔註 29〕 朱傳譽：《宋朝傳播媒介研究》，見《先秦唐宋明清傳播事業論集》，（台灣）商務印書館 1988 年版，第 412 頁。

事件預通信息及設詞恐嚇詐騙，一經發覺，即交刑部治罪。其出結之該地方官及督撫失察者分別議處。」這條史料強調提塘官的選擇範圍和要求（揀選）；規定了推舉提塘官的責任，即由地方官具結擔保；提塘官的考核和晉升以及懲處，還包含了提塘官犯事後，對具結申送提塘官的該地方官的處理等等，已經非常詳細具體。

《欽定臺規》卷十四載：「在京提塘有期滿而咨留七八年者，伊等在京久處，或暗通關節，營利作弊，均未可定。令各省督撫依限送部充補，即令以前提塘卸事回籍。如復保送遲延，照欽部案件違限例議處。」這條史料對那些在京任提塘官已期滿但仍「咨留」京城的原提塘官提出了處理意見，並且進一步強調，假如「各省督撫」「保送遲延」，要按「違限例議處」。

《硃批諭旨》第三十九冊載，直隸提督楊鯤奏：「……因查外省塘兵，俱各兼送武職文報，通融接遞，從無各營專設送文撥兵之事。今直隸沿途，均有塘兵，若亦令其兼送武職文報，洵屬便宜。所有京撥兵丁，自可一概撤回。……」這條史料是關於塘兵職責範圍擴大（即從專送軍情文書，擴大到兼送武職文報）的記載，表明清初的提塘職能，已開始向國家管理機器中的文報傳遞系統轉向，而不再僅僅是為傳遞軍事情報服務。

《清仁宗（嘉慶）實錄》卷一六六載，嘉慶皇帝曾在張師誠奏沿途塘兵遞送部文積壓延遲情形的一份奏摺上御批諭旨，內稱：「……各省塘兵之設，以備遞送部文，自應沿途迅速齊遞，方不致有誤。……此次定遠縣塘兵，竟敢將應遞江西部文積壓至二十六號之多，怠玩已極。此項塘兵，皆由地方官召選承充，且本有稽查之責，今似此積壓疲玩，地方官視為無足輕重，並不查明整頓，實為外省惡習。……嗣後著各該督撫，嚴飭管有塘站之州縣，設立章程，實力稽查，遇有遞送各省部文，務須按限馳送，毋許稍有延擱，違者即行懲處。倘州縣漠不關心，致有貽誤，並著該督查明參處，以專責成而肅郵傳。將此通諭知之。」這條史料是對塘兵積壓公文現象提出的懲治措施，要求「管有塘站之州縣」，設立章程，實力稽查，確保部文「按限馳送」，否則「即行懲處」；同時還進一步規定了州縣督查的責任，以達到「肅郵傳」的目的。可見嘉慶年間的「提塘」已經明顯地屬於「郵傳」系統的組成部分了。

2. 關於提塘運作經費的有關內容

《硃批諭旨》第十冊載，雍正五年（公元 1727 年）十一月二十日，山東巡撫塞楞額在疏中稱：「伏查台省設立塘撥，遞送部文京報……其工食銀兩出

自通省各衙門看報各官，按季解貯藩庫，提塘赴司請領。……東省各州縣原有閱報銀三千餘兩，盡可雇募，以供遞送。臣請將原撥塘兵盡行撤回，以實營伍……即令提塘召募沿途土著良民承充。其通省閱報銀兩，亦令解貯藩庫，按季支給提塘，爲募夫工食之費。」這條史料告訴我們，提塘的經費主要有兩個來源，即「通省各衙門看報各官」的閱報銀兩和「東省各州縣」的閱報銀兩，也就是省級機關和縣州官的閱報銀兩。而這些銀兩的支出項目則主要是提塘官召募的沿途土著良民們從事「遞送」工作的「工食之費」。

《硃批諭旨》第三十七冊載，雍正七年（公元 1729 年）二月二十二日，江南安徽巡撫魏廷珍疏中云：「臣前開坐京提塘公費糧四百兩，是巡撫門中所給，以辦公務。此條原係工墨銀二千一百八十兩，係州縣捐給。……今議酌減，照依下江開入耗項中，每年給銀一千兩。」這條史料表明，清政府准許地方政府通過不同方式撥款給提塘，以保證提塘正常運作的經費，其中有兩大途徑：一是由「巡撫門中」撥充公費銀，二是責成「州縣捐給」（有攤派之嫌）。這樣既然巡撫的銀兩可以從「公費銀」中開支，州縣官捐給的銀兩不也可以換個名目從州縣「公費」中開支嗎，這樣既得了「捐給」的名聲，又不需掏錢，豈不是名利雙收。

《硃批諭旨》第三十九冊載，雍正初年，直隸古北口提督楊鯤在一份奏疏中稱：「提塘料理本章部文，既有奔走之勞，且每年送看報鈔，不無紙墨之費。臣擬於協營中每年各捐一百二十金，共給銀四百八十兩，資其養贍、以便驅使。」這條史料表明，清代提塘的經費來源除了「省巡撫撥充」公費銀和「州縣捐給」外，個別官員還可以個人名義捐給——當然，這也是爲了使自己更方便地獲得消息、驅使塘兵。

上述幾條史料，雖然都出自臣僚奏章，但因收入《硃批諭旨》，所以實際都得到了皇帝的認可。因此可以說，這些做法在當時是比較通行的，也是朝廷的通用做法。

3. 關於提塘運作程序的規定內容

《清會典》卷七○三載，雍正十二年（公元 1734 年）議准：「督撫提鎮以下各衙門，有咨呈在京各部院公文，於公文別具印單，將角數及何年月日封發之處，一一注明。令提塘隨公文投遞，各部院查對明白，於原來印單內注明收到日期，發還原衙門，以憑稽考有無抽壓遺漏。」

《清世宗實錄》卷七九載：「吏部議覆，江南道監察御史姚之騆奏言，向

來直省督撫提鎮封上本章，例有揭貼，分遞部院科道。但各省具揭，或先期另封投遞，而通政司按期收本，不查揭貼之後先，輒發提塘分送。拜疏未上，具揭先行，恐滋弊竇。請飭令各省，必隨本章同發，封套注明月日，申送通政司。通政司於送本次日，始令提塘分送各衙門。應如所請。」（聖諭：）「從之。」

　　《清世宗實錄》卷一○二載：「吏部議，凡奉硃批事件，關係緊要，遇有身故官員應繳之件，定例令其子孫就近交督撫提鎮等代表奉繳，毋庸咨送呈部轉部。因並未密封，凡經手官吏，俱得閱看，至往返由提塘分送，更難免泄露。請嗣後故員應繳事件，照兵部原奏，令其子孫親呈督撫，查明封固，代為奏繳，毋庸咨送呈部，永著為例。報可。」

　　《清會典》卷七○三載，乾隆十三年（公元 1748 年）議准：「各省提塘鈔發本章，必須謹慎。有應密之事，必俟科鈔到部十日之後，方許鈔發。如有邸報先於部文者，該督撫將提塘參處。」

　　《欽定大清會典事例》卷七○三載，乾隆二十一年（公元 1756 年）議准：「各省發遞科鈔事件，例應責令提塘辦理，以杜私鈔訛傳泄漏之弊。嗣後令各提塘公設報房。其應鈔事件，親赴六科抄錄，刷印轉發各省。所有在京各衙門鈔報，總由公報房鈔發。」

　　《大清會典》載，乾隆三十八年（公元 1773 年）議定：「各部院衙門，如有奏准議覆應行發鈔事件，該承辦衙門即將原奏鈔錄，鈐蓋印信，發交直隸提塘，按日刊刻頒發。仍令該提塘將發鈔底本及原奏印文，按十日匯報兵部存案。」

　　《清世宗實錄》卷一一九九載：「刑部議覆……查刑部咨行各省決囚釘封公文，向交本省提塘官暫行轉遞，計期遲緩。且提塘係本省人，並恐滋沉擱漏泄之弊。請嗣後概令兵部加封，由驛馳遞，應如所奏。臣部一應立決人犯咨文，俱於封面注明件數及『馬上飛遞』字樣，派筆貼式送交兵部發遞。」（聖諭：）「從之。」

　　上述各條史料，儘管時間有先後，內容有差異，但都圍繞一個中心，即規定提塘的運作程序。如：把公文印單隨公文投遞；通政司於送本次日始令提塘分送各衙門；「硃批事件往返」不得「由提塘分送」；各省提塘「必俟科鈔到部十日之後，方許鈔發」；各提塘「公設報房，其應鈔事件，親赴六科抄錄，刷印轉發各省」以及對「應行發鈔事件，該承辦衙門即將原奏抄錄，鈐

蓋印信，發交直隸提塘，按日刊刻頒發」，並需「將發鈔底本及原奏印本，按
十日匯報兵部存案」等等。通過頒布、宣示和重申上述內容規定，充分保證
了提塘傳報活動的正常運行。

五、關於查處民間小報的內容

據文獻記載，清初的北京城裏就有以私人行爲從事抄報、刷報、傳報活
動的人。他們多數是衙門中的低級胥吏，在本職工作之餘，以刊刻抄發內容
與邸報相近、但又不是提塘正式發鈔的私人報紙出售，以增加自己的收入。
〔註30〕爲了承擔這些私人報紙的新聞收集、選擇、編排、刊刻和傳遞活動，
清代就出現了半地下的民間報房。這些報房是從一些提塘報房逐漸分離出來
的，就其性質而言已是獨立的「民間私設報房」，所刊刻的報紙也就是「與
內閣衙門無涉」的提塘「小報（鈔）」。這些提塘「小報（鈔）」在清初曾一
度公開存在，但朝廷對之一直十分關注，嚴格限制其傳鈔內容。對那些發表
了對皇帝、清王朝不利或危及社會穩定的內容的「小鈔」，往往以殘酷的手
段予以鎮壓。

1. 清王朝嚴禁小報的社會原因分析

綜觀清王朝對「小報（鈔）」的查禁，最嚴屬的是康熙、雍正和乾隆三朝，
究其深層次原因，康熙的目的是想穩固政權，雍正的目的是想使自己在與宗
族集團爭鬥中保住自己的王權，而乾隆則是在清朝江山穩固之後爲了強化滿
族貴族的專制統治，實行文化封殺政策。因此，這三朝表現出來的共同特點
就是「文字獄」成風。「小報（鈔）」當然也難逃其劫。那些在小報（鈔）查
禁過程中被處理（死）的人，實際上就是文字獄的受害者。一方面是要罰之
「有據」，殺之「合法」；另一方面則是不斷出現的情況，使清朝統治者不斷
細密報禁羅網。因之，也就產生了眾多限制、禁止、懲處「小報（鈔）」的諭
旨、議奏（准）等具有法令性質的規定，這些規定是這一階段清朝報刊法制
的基本內容之一。

2. 清王朝查禁小報的規定

《清世宗實錄》卷二十載，順治二年（公元 1645 年）八月二十六日，上

〔註30〕參見方漢奇主編：《中國新聞事業通史》（第一卷），中國人民大學出版社 1992
年版，第 203 頁。

諭：「一應題奏本章，非經奉旨下部，不准擅以揭貼先行發鈔。其有原本無章，徑以私揭妄付郵遞抄傳者，尤宜嚴禁。」這裏雖然未點明是「小報（鈔）」，但所明指的「擅以揭貼先行發鈔」和「以私揭妄付郵遞抄傳」的行為，實際上就是後來以「小報」稱之的社會活動。皇帝先是「不准」，接著是「尤宜嚴禁」，態度是非常鮮明的。因需向漢族地主階級知識份子顯示「寬厚、寬容」之意，所以順治皇帝還未明確提出查禁、懲處的具體措施，目的仍然是穩定人心。

《東華錄》卷二十二載，康熙五十三年（公元 1714 年）三月左都御史揆敘疏云：「近聞各省提塘及刷寫文報者，除科抄外，將大小事件探聽寫錄，名曰小報。任意捏造，駭人耳目，請嚴行禁止。庶好事不端之人，有所畏懼。」皇帝硃批道：「下部議行。從之。」康熙五十三年已明確地表示對「小報」要「嚴行禁止」，這裏一方面可知「小報」在當時社會生活中已經產生較大社會影響，使清朝統治者感到「駭人耳目」；另一方面表明小報因其內容「任意捏造」，所以對清朝統治已表現出不利的影響，所以康熙帝才贊同揆敘在疏章中提出的「嚴行禁止」小報的建議。

《清會典》卷七○三載，康熙五十三年（公元 1714 年），朝廷「議准」：「各省提塘，除傳遞公文本章，並奉旨科鈔事件外，其餘一應小鈔，概行禁止，違者治罪。」此處可知，「小報」、「小鈔」為同一類私營報紙，內容都是「科鈔事件外」的「公文本章」，所以皇帝明令「一應小鈔，概行禁止」。

《硃批諭旨》第三十四冊載，雍正六年（公元 1728 年）二月，四川巡撫憲德就參革按察使程如絲一事上奏章於雍正皇帝，內云：「……奉旨程如絲著即處斬，部文到在十月二十九日，而《京報》之小鈔到在前五天，十月之二十四日。部文單行臣署，臣得而密之。若小鈔，則川省之文武大小各衙門皆有，一齊俱到，一看皆知。……且程如絲等詭詐莫測，小鈔之信、遽得的信，亦未可定。……臣……不敢推京鈔圖謝一己之罪，而京鈔漏泄之弊若此，不得不直為皇上陳之。……」雍正皇帝硃批道：「……俾緊要事件，不至先期漏泄……著九卿確議。」「小鈔」居然可以先部文五天傳到四川，因而使程如絲得到消息後畏罪自殺，使皇帝的降旨「正法」成為一紙空文，怎不使皇帝惱火！所以他提出「俾緊要事件，不至先期漏泄」的問題，要「九卿確議」後提出解決辦法。

《東華錄》載，雍正六年（公元 1728 年）議准：「……嗣後除漏泄密封

事件，仍照定例分別議處治罪外，其雖然密封，但未經御覽批發之本章，一概嚴禁，不許刊刻傳播。如報房與書吏彼此溝通，本章一到，即鈔錄刊刻圖利。及捏造訛名，並招搖詐騙情弊，各照例分別治罪。該管官吏失去覺察，科道不予糾參，皆照漏泄密封事件例分別議處。」可見，「未經御覽批發之本章」「刊刻傳播」者，乃小報（鈔）也；鈔錄刊刻可以「圖利」，乃是「小報」與「邸報」的區別之一；至於「捏造訛名」、「招搖詐騙」則更是朝廷對小報上刊發的不利於朝廷內容的通用性罪名。對這些，朝廷採取的方針是「一概嚴禁」、「照例分別治罪」，絕不手軟。

《清會典》卷七〇三載，雍正元年（公元 1723 年）議覆：「凡提塘京報人等，除題奏事件外，如有訛造無影之詞者，查拏治罪。」對那些在「題奏事件外」再「訛造無影之詞」的提塘京報人，不僅要「查」，而且要「查拏」，並且要「治罪」。

《清世宗實錄》卷四載，雍正四年（公元 1726 年）五月初九日，雍正皇帝就報房小鈔上刊載的雍正皇帝和王大臣在圓明園過端午節一事的有關消息降下諭旨，內稱：「……報房竟捏造小鈔，刊刻散播，以無為有，甚有關係。著兵刑二部詳悉審訊，務究根源。」經兵刑二部嚴密查究，探知為報房人何遇恩、邵南山所為，於是「庚戌，刑部等衙門議奏：『捏造小鈔之何遇恩等依律斬決。』得旨：何遇恩、邵南山俱改為應斬，著監候，秋後處決。報房捏寫小抄，以無為有，甚屬可惡。……今觀小鈔所載，既可以捏造全無影響之談，則從前之偶爾看花，又不知如何粉飾傳播矣！……卑陋之見，謬誤之言，遠近傳聞，安能察其真偽，故因小鈔捏造之事，並諭及之」。何遇恩、邵南山因印刷小報，涉及皇帝，而且雍正皇帝又正處於和允禩、允禟及允禵等人爭權鬥爭的關鍵時期。偏偏在這個時候，這份小鈔被發現，為肅整形象、提高自己威信，雍正皇帝當然要下令嚴查，後又對報房中人何遇恩、邵南山從「依律斬決」，改為應斬，著監候，秋後處決」，使這兩個本想通過刊刻宮廷新聞發一點小財的人丟了腦袋。

乾隆十一年（公元 1746 年）上諭：「前有提塘串通軍機處寫字之人，將軍機處事件鈔寄該省督撫，朕降旨申飭。」既為「串通」，可見是不合規定。軍機處是內閣最高辦事機構，提塘官把軍機處「不准發鈔」的事件，私自鈔寄提塘所在行省的督撫，泄露國家朝政機密，也嚴重影響朝廷權威，事關重大，所以皇帝才親自「降旨申飭」。

《欽定六部處分則例》中載：「凡題奏請旨事件，於徑到部之先，即行鈔傳者，將該科給事中罰俸六個月（公罪）。」部下觸犯朝廷規定，即「題奏請旨事件」在「到部之先，即行鈔傳者」，除了對鈔傳者按照法律治罪外，連同該科主要負責人的給事中也要承擔被追究「領導」或「管理不力」的責任，只不過明確是「公罪」，不是本人所犯而已，罰俸六個月。真可謂「城門失火，殃及池魚」，實為明代連保政策的延續和發展。

《欽定六部處分則例》卷九載：「提塘京報人等，有串通書吏，捏造小鈔、晚貼，借端訛詐者，責成該管之給事中、巡城御史、坊官及大宛兩縣，不時訪拏。若失去拏究，將該給事中、巡城御史各罰俸一年，五城司坊官及大宛兩縣各降二級調用（俱公罪）。」同書同卷載：「凡未經批發之本，即抄寫刊刻圖利者，該官失去覺察，罰俸一年。該管科道不行查參，罰俸六個月。」「提塘京報人等」「捏造小鈔、晚貼」，皇帝責成給事中等該管官員查拏，並對失職行為規定了「罰俸」的處罰，大概是追究管理責任的意思。

《東華錄》載，乾隆三十的年（公元 1773 年）議定：「各部院衙門，如有奏准議覆應行發鈔事件，該承辦衙門，即將原奏鈔錄，鈐蓋印信，發交直隸提塘，按日刊刻頒發。……若承辦衙門並未發交，該提塘等混行刊刻傳布者，一經查出，即將該提塘查參議處。」所謂「並未發交」的「應行發鈔事件」，提塘「混行刊刻傳布者」，乃小報（鈔）也。提塘所為，一經查出，就將「該提塘官」或負責檢查督促的官員「查參議處」，即如後來的「撤職法辦」。提塘官為刊刻一條消息而丟掉飯碗，其處罰應當是很嚴屬的。

第三節　清初至清中葉報刊法制建設的發展和特色

清初至清中葉的報刊法制建設是在前朝歷代報刊法制建設經驗教訓的基礎上進行的，又結合了當時的實際，所以達到了較高的水平，並且表現出區別於前的明朝以及清中葉至清末時期報刊法制鮮明的發展和特色。

一、清初至清中葉報刊法制建設的主要進展

和唐宋元明等諸朝的報刊法制相比較，清初至清中葉的報刊法制建設在多個方面都取得了較明顯的進展，主要表現在以下三個方面：

1. 隨著統治的穩固，清初至清中葉的清朝統治者對報刊的態度發生了重要變化

綜觀從清初到清中葉統治者對報刊的態度，可以發現經歷了寬容、收緊及最後動輒殺人的發展過程。尤其是對民間報刊的態度，隨著滿族貴族政權的鞏固，從康熙朝到乾隆朝發生了急劇的改變，先是容忍，後是嚴令查禁，直到封報殺人，表現出歷代封建統治者畏懼新聞監督並採用專制手段壓制報人、鉗制輿論的共同特徵。

2. 清初至清中葉的報刊法制在內容上更具體，形式上更完備，語言上更規範

從清初到清中葉，經過開國初幾代清朝皇帝的不懈努力，已經基本上形成了包括調整和建立報刊運行體制、對報刊內容進行管理、對違反報刊管理和運作規定的行為進行查處、懲戒，對提塘傳報系統的人員、經費及運作程序進行規定以及對民間小報進行查處等相對完整的報刊法制內容體系。

3. 法制建設結合報刊實際，使法制的內容和效用達到新的水平

針對清初到清中葉這一特定歷史階段的具體情況，清王朝統治者對管理規範社會報刊活動（包含政府官報活動、提塘塘報活動、《京報》及其他民間報刊活動等多方面）提出了一些新的措施，達到了新的水平。

二、清初至清中葉報刊法制建設的特點

清初至清中葉是中國封建社會在政治、經濟、軍事等方面都發展到頂峰，然後又不可逆轉地迅速下跌到低谷，在西方列強的洋槍洋炮面前敗北認輸，簽訂喪權辱國條約，從而使社會性質進入由封建專制社會向半殖民地半封建社會過渡的特殊而又重要的歷史階段。這一階段的報刊法制，不同於 1840 年以後的晚清時期，更不同於同樣是「異族入主中原」的元朝時期，因而具有鮮明的特色。

1. 「清因明制」的特點

清初至清中葉的報刊傳報體制，與明代尤其是明中葉以後的報刊傳報體制基本相同，但實際上經歷了因襲、調整、適應和穩定的發展過程。

以開國皇帝朱元璋為代表的明王朝帝國總結了以往諸朝江山得失的歷史經驗，尤其是汲取元朝立國不滿百年即亡的深刻教訓，較快地形成了一套

集古今大成的具有封建社會後期時代特點的「明刑弼教」、「重典治國」等立法思想和立法原則，並且在這種立法思想和立法原則的指導下，下大氣力進行法制建設，取得了法制建設的豐碩成果。朱元璋一方面「遵唐制」、「仿古為治」；另一方面則「鑒元制」、「以猛治國」，先後制頒了「草創於吳元年，更定於洪武六年，整齊於（洪武）二十二年，至（洪武）三十年始頒示天下」〔註31〕的《大明律》。「洪武三十年律」（即《大明律》）的刊布，標誌著明代基本法典的最後定型，它是明初三十年中君臣「日久而慮精」、「斟酌損益」的一代名典。它的產生，「不僅標誌著明代封建立法的成就，而且影響了清代立法的格局」。〔註32〕爾後，朱元璋又親自編纂了作為特別刑法的《明大誥》，它包括《大誥一編》七十四條，《大誥續編》八十七條，《大誥三編》四十三條，《大誥武臣》三十二條，總計四編二百三十六條。內容分法外用刑的案例、嚴酷法令和皇帝對吏民的訓導三部分，是一部「以懲治官吏犯罪和豪強犯罪為主要內容的刑事特別法」。〔註33〕

　　自明太祖仿周官之制，設省罷相、政分六部後，封建政權體制與前朝相比發生了重大的變化，皇帝與朝廷部門之間、朝廷部門與朝廷部門之間、朝廷部門官員與官員之間的行政法律關係日趨複雜。為了調整這些日趨複雜的封建行政關係，明代統治者相繼制定頒行了一些帶有行政法規性質的條例。由於這些條例制定的時間有先後，規範的對象有差異，規定的標準有不同，適用的範圍有大小，就整體而言，顯得內容零散、體例不一，法律效果也因之受到影響。因此，從明英宗正統年間開始，朝廷開始組織編纂具有行政法規大全性質的《會典》，又歷經明孝宗、明武宗、明世宗和明神宗等朝代的校刊增補，《嘉靖續纂會典》和《萬曆重修會典》分別於明嘉靖二十八年（公元1549年）和萬曆十五年（公元1587年）開世，這就是後世所稱的《明會典》。《明會典》是一部在《唐六典》基礎上制訂的更加完善的封建行政法典，編纂體例以六部官職為綱，分別規定了各行政機關的職掌、沿革、事例、章程、法令、典禮，匯集了在此之前明朝諸代官修的《諸司職掌》、《皇明祖訓》等有關行政律令典章的內容。至此，明朝形成了以《大明律》為代表的基本法

〔註31〕曾憲義主編：《中國法制史》，北京大學出版社、高等教育出版社2000年版，第199頁。

〔註32〕曾憲義主編：《中國法制史》，北京大學出版社、高等教育出版社2000年版，第200～201頁。

〔註33〕徐祥民、胡世凱主編：《中國法制史》，山東人民出版社2000年版，第220頁。

典、以《明大誥》爲代表的特別刑法和以《明會典》爲代表的行政法規爲主要內容的法制體系，其中當然包含了對報刊及報刊業進行管理、限制、禁止方面的法律法令法規。

滿族貴族入關之前，在政治、經濟、文化、教育等方面都與明朝統治下的中原及江南地區有較大的差距，所制定和執行的法律制度（即後金時期的法律制度）也相對簡陋，尚處在由習慣法向成文法過渡之中。1644 年，滿族貴族藉明末降將之力和明末農民大起義之勢順利入關後，面對的是一個全新的統治對象和範圍，因而，他們原有的相對滯後的法律制度就遠遠不能適應新的統治需要。也正是在這種特定的社會背景下，出現了「清因明制」的特定的法制現象。

清世祖順治元年，因皇帝福臨年僅 6 歲，故由攝政王多爾袞下令「問刑衙門准依明律治罪」；同年 8 月，准刑科給事中孫襄關於「今法司所遵（關外原有法律）及明故律令」應依新的「時宜」進行「斟酌損益」的提議，多爾袞令「法司會同廷臣詳譯明律，參酌時宜，集議允當」，以期裁定成書，頒行天下。同年 10 月，順治皇帝又親降諭旨，在新律未成書之前，「在外（即在滿族人之外的其他民族人犯法時）仍照明律行」；同時又多次頒令全國「暫用明律」。清順治二年，當朝皇帝下令「修律官參稽滿漢條例，分輕重等差」，統一纂修大清律。次年五月完成，名爲《大清律集解附例》，頒行全國。儘管是稱之爲「大清律」，但內容上幾乎是「大明律」的翻版，未能眞正貫徹順治皇帝在該律序文中提出的「愛敕法司官廣集廷議，詳譯明律，參以國制，增損劑量，期於平允」的指導思想。主持定律的明代舊臣，對滿族入關前的法制不甚了了，所以只是簡單抄用「大明律」，律文幾乎全文照錄，例文甚至多有抄錯。經過順治之後的諸代皇帝百年間的幾次修律，到乾隆朝初期才基本定型爲《大清律例》，結束了簡單模仿明律的法律制頒階段，使《大清律例》成爲具有清朝特色、基本適應清朝統治的重要法律。

在這一階段的前期，在報刊管理和運行體制上，清朝統治者採取的也是「清因明制」策略，所以基本上沒有制定頒行關於報刊管理活動的法令（諭旨、詔書、臣僚奏章等）。直到康熙初年，皇帝才欽定「凡題奏奉旨之事，下科後，令該省提塘赴科抄錄，封發各將軍督撫提鎭」，初步規定了官報的管理體制；到乾隆二十一年（公元 1756 年）乾隆皇帝才降下諭旨：「各省發遞科鈔事件，例應責令提塘辦理，以杜私鈔訛舛泄漏之弊。嗣後令各提塘公設報

房，其應鈔事件，親赴六科鈔錄，刷印轉發各省。所有在京各衙門鈔報，總由公報房鈔發。」這才基本確定了清朝官報的運行體制：即皇帝頒下諭旨或御批臣僚章奏→由軍機處退回通政司所屬的六科→各部施行或六科發鈔→提塘官親赴六科鈔錄→提塘所設的公報房刷印→塘兵投遞轉發各省。

至於對違規報刊及報刊活動進行處罰的規定，目前所見較早的文獻記載是《清會典》卷七○三所載雍正元年（公元 1723 年）的「議覆」：「凡提塘京報人等，除題奏諭旨外，如有訛造無影之詞者，查拏治罪」和《東華錄》所載雍正六年（公元 1728 年）議准的「嗣後除漏泄密封事件仍照定例分別議處治罪外，其雖然密封，但未經御覽批發之本章，一概嚴禁，不許刊刻傳播。如報房書吏彼此溝通，本章一到，即鈔錄刊刻圖利。及捏造訛名，並招搖詐騙情弊，各照例分別治罪。該管官吏失於覺察，科道不予糾參，皆照漏泄密封事件例，分別議處」。這時的清朝，距入關定都北京已經有近百年的時間了。由此可以看出，由於清朝統治者在政治、經濟、文化及管理經驗上的落後，它在法律制度的建設上也相對滯後，這既是清朝法律制度建設的一個不足，同樣也是清王朝法制建設的一個特點。這是因為一個原本處於落後地位的民族要統治一個具有較先進文化的民族，必須經歷一個學習的過程，這也就決定了清初到清中葉的中國報刊法制建設經歷了一個因襲、調整、適應和穩定的發展過程。

2. 「斟酌損益」的特點

清初到清中葉的法制建設在經歷了因襲、調整的階段後，到「康乾」時期已經達到了相當的水平。就某些方面而言，甚至超過了明朝的法律制度，其中關於報刊管理體制和提塘運作程序的規定尤為突出。

順治朝是從明到清的過渡朝代，因而基本上沒有制頒出比較成型的法律法規。順治三年完成的《大清律集解附例》，律文四百五十九條，比明律僅少一條，篇門條目之名「一准明律」。清人談遷曾在《北遊錄》中指出：「大清律即大明律改名也。」可見「大清律」抄襲明律程度之一斑。康熙十八年（公元 1679 年），康熙皇帝命刑部把以往所有新舊條例重新酌定並酌擬新則，刑部於次年編成《刑部現行則例》。該則例比照大清律的體例框架，對律文規定以外的各類犯罪，作出了相應的處罰規定，成為清王朝當政後第一個略具清朝特點的刑法文件，被後世一直沿用。

和明朝法律制度相比，清代法律體系中得到明顯強化、迅速發展並成為

法律體系中不可缺少的組成部分的是中央政府各部院的則例，這是屬於規範各部、院政務活動的行政規則。其中比較重要的如康熙十九年編定的《刑部現行則例》（康熙二十八年，皇帝御批「特交九卿議准，附入大清律」）；《欽定吏部則例》（雍正十二年編寫，具有吏部組織法和人事行政法規的性質）；《欽定戶部則例》（乾隆四十一年編定，有戶部組織法和經濟行政法規的性質）；《欽定禮部則例》（嘉慶九年編定，有禮儀行政法規的性質）；《欽定工部則例》（乾隆十四年編成，是關於營繕、河防、水利、船政、軍火的行政法規）；《欽定中樞政考》（康熙十一年編定，爲兵部一般則例，相當於軍事行政法）；《理藩院則例》（康熙二十六年制定，是關於蒙、回、藏等少數民族及宗教事務的行政法規）；《欽定臺規》（即都察院則例，是關於都察院檢察督察工作的行政法規）；此外，國子監、內務府等也都制定了具有行政法規性質的「則例」，從而形成了比較完整的行政法規體系。

康熙二十一年（公元 1682 年），康熙令廷臣仿照《明會典》體例編制《清會典》，至康熙二十九年完成，共一百六十二卷。《清會典》「以官統事，以事類官」，按宗人府、內閣、六部、理藩院、都察院、通政使司、內務府、大理寺等機構分目，世稱《康熙會典》。其後，雍正十年經過一次修訂。到乾隆時期，因恐「典例並載」於後人不便，遂把原附於各條的「則例」分出，另行編輯，「以典爲綱，以則例爲目」，「會典」常行不變，而「則例」則可因時增減，最後完成《乾隆會典》一百卷和《乾隆會典則例》一百八十卷。至此，清朝完整的法律體系才基本形成。

與明朝的報刊法制相比較，清初至清中葉在規定官報運作體制和強化提塘運作程序上顯得更加嚴密和具體。

關於官報的運作體制，乾隆三十八年（公元 1773 年）的上諭中說：「各部院衙門，如有奏准議覆應行發鈔事件，該承辦衙門，即將原奏鈔錄，鈐蓋印信，發交直隸提塘，按日刊刻頒發。仍自令該提塘將發鈔底本及原奏印文，按十日匯報兵部存案。」在這一不足百字的諭旨中，包含了豐富的內容和嚴格的要求。首先規定了可以由提塘刊刻頒發的內容是經過「奏准、議覆」後的「應行發鈔事件」，明確規定不屬於「應行發鈔」範圍內的「奏准議覆」事件是不許發鈔的。其次是明確了官報運作過程中三個環節的不同責任部門：在「發鈔」這一環節，是該發鈔事件的「承辦衙門」；在發鈔過程中，是直接負責「按日刊刻頒發」的「直隸提塘」；而在刊發之後對這一工作負責存檔備

案、核查監督的責任部門，則是「兵部」。職責清楚，無法推諉。第三是明確規定了官報運作的工作程序，即當部院衙門有了需要、也可以發鈔的事件（公文）後，該衙門應將原奏鈔錄（而不是原件），鈐蓋印信（既以示負責，也利於辨別真偽），發交直隸提塘（這是朝廷指定的、可以刊刻頒發官報的職能部門，所以論旨中規定只能交給「直隸提塘」，而不是其他省的提塘），由直隸提塘按日刊刻頒發。在直隸提塘按日刊刻頒發以後，朝廷還命令直隸提塘將發鈔底本原奏印文報兵部存案。這裏特別要指出的是，朝廷要求提塘上報給兵部的內容包括「發鈔底本」和「原奏印文」。所謂「發鈔底本」即是用於刊刻頒發的官報的母本，也即官報的定稿本，朝廷獲得了這一「發鈔底本」就掌握了官報的真實內容。而「原奏印文」則是各部院衙門所發鈔的文本，即依「原奏」抄錄下來並加蓋官府大印的文稿。朝廷獲得了這一「原奏印文」，就可以辨別官報內容的差錯所在。雖說是意在辨錯，實際上也是一種警示、一種威懾，使無論是各院部衙門還是提塘都得時時提防著在背後監視的那雙「兵部」的眼睛。第四是明確規定了官報運作過程中的有關要求，諸如發交直隸提塘的必須是「應行發鈔事件」；交給直隸提塘的必須是「原奏鈔錄，鈐蓋印信」的文稿；直隸提塘對應行發鈔事件必須「按日刊刻頒行」；在按日刊刻頒行官報的過程中，又必須「每十日」把發鈔底本及原奏印文「匯報兵部備案」。從機構到時間，從內容到形式，都有明確的規定，短短一百字左右的論旨，對官報運作程序和要求的規定之具體、仔細，其詳盡程度令人驚嘆不已。

　　清朝報刊法制中對提塘運作程序的規定更為周密細致，大大地超過了明朝。如前所述，規定「凡疏章郵遞至者，提塘官恭送通政司。……（內閣）應致各部院者，授提塘官分投。若有賜於其省之大吏，亦提塘官受而賫致之。論旨及奏疏下者，許提塘官謄錄事目。傳示四方」；規定「凡題奏奉旨之事，下科後令該省提塘赴科抄錄，封發各將軍督撫提鎮」；規定「凡鈔刊章奏事件、寄交各省敕書、信印物件以及各部院尋常咨行外省文件，俱交給（提塘）遞送」；規定「飭令各省，必隨本章同發（揭帖），封套注明月日，申送通政司。通政司於送本次日，始令提塘分送各衙門」；還規定「督撫提鎮以下各衙門，有咨呈在京各部院公文，於公文別具印單，將角數及何年月日封發之處，一一注明。令提塘隨公文投遞。各部院查對明白，於原來印單內注明收到日期，發還原衙門，以憑稽考有無抽壓遺漏」，等等。上述種種規定，既

有規範提塘運作程序的內容，也有對提交提塘投遞的公文運作程序、環節的規定及要求的內容，還有對投遞公文部門工作要求的內容——當然，這些都與提塘的運作程序直接相關。再聯想到清朝對提塘官資格的規定、任期的規定、推薦和錄用的規定等內容，我們不得不承認，這一時期的清朝統治者對提塘的關注和重視程度遠遠超過明朝統治者，這就形成了清初至清中葉報刊法制建設的一個明顯的特點。

3.「嚴刑峻法」的特點

為壓制人民的反抗，清朝統治者在運用報刊法制手段維護其封建統治方面，達到了前所未有的嚴酷程度。報刊法制在鎮壓民間小報和諸多「偽鈔案」報人的過程中起到了重要的作用，同時也發展到了一個新的階段。

在清初至清中葉曾經有被稱作「小報」或「小鈔」的民間報紙存在，這在前面所引用的史料中已得到驗證。從順治時期欽差大臣麻勒吉責怪漢族官員張玄錫的「前日我們往湖廣去時，爾在山東豈不見小報」的話中，可以推知當時社會的確存在被稱作「小報」的民間報紙，而且「小報」報導的內容包括皇親國戚及欽差大臣等活動在內的各種消息，並且流傳的速度較快，範圍較廣——在麻勒吉他們「往湖廣去時」，似乎按常理推測，張玄錫在山東就應當見到報導他們行蹤的小報。尤其要引起我們注意的是，此時的「小報」，似乎是可以公開傳播且作為人們尤其是政府官員們一個正常的消息來源。從麻勒吉的「爾在山東豈不見小報」的責怪語氣上推知，見到「小報」是應該的，而不見到「小報」倒是一種推託之詞。聯想到雍正六年四川巡撫憲德在參革按察使程如絲一事的奏章中提到的「京報小鈔早部文四五日到川」，且「部文單行臣署，臣得而密之。若小鈔則川省之文武大小各衙門皆有，一齊俱到，一看皆知」的情況，似乎可以斷言，在清順治及以後的一個階段裏，社會上的確存在被稱之為「小報」或「小鈔」〔註34〕的民間報紙，並且至少是得到朝廷默認而在社會上公開流傳的。

儘管在雍正六年就曾經因小報提前於部文五日到達成都，又因小報提前透露皇帝批准將時任四川按察使的程如絲在「部文到日即著斬決」的消息，致使程如絲在部文到達之前「自縊身亡」；又儘管四川巡撫憲德為此曾專門上疏雍正皇帝，除承擔「監囚防範不嚴」的罪責外，竭力請求雍正「將提塘一

〔註34〕王士禎《池北偶談》卷四「朝報」條中有「亦有小報，謂之小抄」之語，可見「小報」也被人們稱之為「小鈔（抄）」。

項盡行革除」、「一應公文總自部收部發」，但雍正仍以「提塘管理《京報》，設立久矣，豈能禁革不用」爲理由，否決了憲德的奏請。但同時對提塘先期泄漏「緊要事件」的情況，認爲「不可不加防範」，並且具體地提出「以官員承充提塘，分別賞罰，定其考成」的措施，來加強對提塘的管理，杜絕小報蔓延，使「緊要事件，不要先期漏泄」。

　　對於衍生了「小鈔」的提塘系統，雍正沒有同意革除。但對於刊載了不利於他統治的消息的「小報」及其報人，他卻一點也不手軟。其中最典型的事例，是對「初五日，王大臣等赴圓明園叩節畢，皇上出宮登龍舟，命王大臣等登舟，共數十隻，俱作樂，上賜蒲酒，由東海至西海，駕於申時回宮」這一條事實有所誇大、細節有所出入、但的確不是無中生有的要聞報導的查處。由於雍正從這一條報導中看到了王權之爭自餘波，聯想到「從前阿其那、允禩、允禵等結黨營私，每好造言生事……若欲排何人，即捏造無影響之言，使此等人傳播，以簧惑無識見之輩。……至朕即位以來，即有傳言云，朕日日飲酒。又云朕頻與隆科多飲至更深，隆科多沉醉不勝，令人抬出。……此無他故，皆因阿其那、允禵素日沉湎於酒，朕頻頻降旨訓誡，而伊等遂播此流言，反加朕以好酒之名，傳之天下。……朕實天性素不能飲，內外所共知。以天性素不能飲者，尙僞造此言，則此輩之流言，何可限量也」，所以對「報房竟捏造小鈔，刊刻散播，以無爲有」十分惱怒，下令「著兵刑二部詳悉審訊，務究根源，以戒將來，以懲奸黨」。也就是說，雍正把這一份小鈔和以往對他進行攻擊的「奸黨」聯繫了起來，所以要求「詳悉審訊」。經過兵刑二部的「務究根源」，查知該份小鈔出自報人何遇恩、邵南山二人之手，便降旨處死了二人，以達到「以戒將來，以懲奸黨」的目的。據專家考證，「這是中國新聞史上因辦報獲罪被殺的有姓名可考的最早的兩個人」。〔註35〕

　　實際上，小報報導提前泄密的情況並不是在雍正時期才出現，而是早在康熙時期就已經出現，並且已經發展到相當嚴重，致使皇帝多次降下諭旨要對小報「嚴行禁止」的狀況。據文獻記載，早在康熙五十三年（公元 1714年），康熙就在揆敘所遞呈一份奏章上御批：「近聞各省提塘及刷寫文報者，除轉抄（文報）外，（還）將大小事件探聽寫錄，名曰『小報』。任意捏造，駭人耳目，請嚴行禁止，庶好事不端之人，有所畏懼。」同年又降下諭旨說：

〔註35〕方漢奇主編：《中國新聞事業通史》（第一卷），中國人民大學出版社 1992 年版，第 202 頁。

「各省提塘除傳遞公文本章，並奉旨轉抄事件外，其餘一應小鈔，概行禁止，違者治罪。」但這畢竟還是說說而已，因爲目前還未見到有當時因辦報殺人的文獻記載。只有到了雍正手上，才眞正發生了報人被殺的慘劇。經過康熙的嚴詞警告、雍正的無情動手，再加上乾隆的多次「申飭」，從清初就公開存在於社會的小鈔基本滅跡了。有專家認爲，進入乾隆以後，未能再發現有關「小報」或「小鈔」的記載，很可能就是因爲這次（何遇恩、邵南山）「報房小鈔案」遭到血腥鎮壓而被嚴加取締的緣故。迄於近代形態的報紙出現以前，中國封建社會末期就「一直保持著『邸鈔』和《京報》長期並存的局面」。〔註36〕

清朝統治者除了懲處民間報紙「小報」及其報人危及封建統治地位的違規行爲外，對邸報的管理也一天都沒有放鬆過。他們不但對於利用邸報傳播不利於清朝統治信息的官吏人等採取嚴懲不貸、格殺勿論的血腥政策，就是對那些上了邸報上刊載的假消息的當，出於對朝廷的忠誠而向皇帝建言的官員，也採取流放充軍甚至發往邊遠地方「種地」的殘酷手段，以達到整頓邸報傳報程序、維護朝廷統治權威的目的。在這個方面，比較典型的是康熙年間對「聽信僞傳邸鈔，妄行具奏」的貴州巡撫劉蔭樞的處理，可憐劉蔭樞本出於向皇帝獻忠心、出主意，無奈拂了皇上的威嚴，衝撞了天威，反倒落了個先是乘驛前往邊境地區受罰，後又被發配到傅爾丹邊遠地區「種地」的處罰，實在是個悲劇。

由此我們可以清楚地看到清朝統治者爲了維護其統治和權威，其報禁之嚴、報法之苛，實爲明朝所不及，也達到了以往諸朝都沒有達到的嚴酷水平。

結　語

本章主要敘述了清初至清中葉報刊法制發展的概況。清朝統治者實行以建立和鞏固政權爲「第一」的意識、以收攏人心爲「目的」的文化綏靖政策、以穩定和發展經濟爲「首要」的經濟政策、週邊環境的「相對平和」以及清王朝實行與元王朝不同的立國方略等因素，構成了這一時期報刊法制產生發展的社會背景；而這一時期社會報刊活動中形成的政府官報獨特的管理體制、提塘及塘報職能的轉變、以《京報》爲主要代表的民間報紙的迅速發展

〔註36〕黃卓明：《中國古代報紙探源》，人民日報出版社 1983 年版，第 175 頁。

等構成了這一時期報刊法制發展的特定報刊活動環境。正是在這種社會環境中，清初至清中葉產生了包含諸如調整和建立報刊運行體制、對報刊內容進行管理和控制、查處和懲戒違反報刊管理與運作規定的行為、加強提塘建設以及查處民間小報等方面內容的報刊法制。與明代報刊法制相比較，清初至清中葉的報刊法制具有「清因明制」、「勘酌損益」和「嚴刑峻法」的特徵。

第五章　清中葉至清末的中國報刊法制

　　清道光二十年（公元 1840 年）五月爆發的中英鴉片戰爭，以英軍迫使清政府簽訂了喪權辱國的中英《江寧條約》（俗稱「南京條約」）而告結束。條約規定中國向英國賠款二千一百萬銀元；割讓香港；開放廣州、福州、廈門、寧波、上海等五處為通商口岸，中國抽收進出口貨的稅率由中英共同議定，不得隨意變更。〔註 1〕這些強加於中國的條約內容，使清王朝統治下的中國在主權上受到了嚴重的損害，尤其是規定中國抽收進出口貨的稅率要由中英共同議定、（中國方面）不得隨意變更的內容，更明顯地說明中國已部分地喪失了治理國家的自主權。從此，中國的社會性質由原來的封建君主專制社會，逐步淪為半殖民地半封建性質的社會。中國的封建專制制度已經走到了它的盡頭，隨之而來的就是接受過西方現代教育和資產階級思想武器的中國資產階級發動資產階級民主革命並創建資產階級共和國的階段。在以孫中山為代表的資產階級民主革命派人士的領導下，經過近 20 年艱苦卓絕的奮戰，終於取得了辛亥革命的勝利，成立了中華民國，這是中國社會制度的一個質的飛躍。在清朝自鴉片戰爭以後逐步淪為半殖民地半封建社會的歷史過程中，中國在政治、經濟、文化等方面發生了巨大的變化，作為社會發展變化忠實記錄者的報刊也隨之經歷了這一場巨變和革命。同樣，以規範和管理社會報刊及報刊業為宗旨的報刊法制也發展到了一個新的歷史階段。本章主要探討從鴉片戰爭開始到辛亥革命勝利這一階段報刊法制的發展情況及其規律。

〔註 1〕參見辭海編輯委員會：《辭海》（1999 年版縮印本），上海辭書出版社 2000 年版，第 165 頁。

第一節　清中葉至清末報刊法制發展的背景

清道光二十年三月初九（公元 1840 年 4 月 10 日），英國議會正式通過發動侵華戰爭的決議案，派兵侵略中國。同年五月二十二日（公曆 6 月 21 日），英國的 48 艘軍艦載著 4000 餘名士兵開抵廣東海面，發動了罪惡的鴉片戰爭。因廣州防守嚴密，英軍轉攻廈門，被閩浙總督鄧廷楨率軍擊退，遂向浙江沿海進攻，但收效不大。直到次年，才有一些沿海城市被英國軍隊攻陷，「其重要者有：廈門，係一八四一年八月廿六號被陷；定海，係同年十月一號所陷；寧波，係十月十三號所陷；乍浦，係一八四二年五月十八號所陷……上海，係六月十九號所陷；鎮江，係七月二十一號所陷；八月九號，英軍侵抵南京；攻至十七號，英國提出條件要中國承認。到八月二十九號，在英國軍艦剛瓦立（Cornwallis）內簽訂《南京條約》，由英國代表璞鼎查（Sir. H Poltinger）及中國滿清統治階級代表耆英・伊里布與兩江總督牛鑒蓋印，呈清帝批准；九月十五號遞達南京。十二月二十八號英女皇亦加批准。兩方批准的約文，於道光二十三年（公元 1843）年六月二十六號在香港交換」。〔註2〕至此，第一次鴉片戰爭宣告結束。隨著條約的執行及西方列強侵略的變本加厲，中國社會在政治、經濟、文化等方面與清朝前期相比都發生了明顯的變化。這些變化也就成爲清中葉至清末時期報刊及報刊法制產生發展的重要背景。

一、清中葉至清末報刊法制發展的社會背景

作爲一個特定歷史階段的社會背景，一般來說總是包括了政治、經濟、軍事、文化、教育等多方面因素，而在這眾多的因素中，政治因素毫無疑問是第一因素，並且影響和制約著其他因素的發展變化。

1. 帝國主義的侵略滲透，導致中國社會性質急劇變化

和清代前期相比較，帝國主義侵略導致中國社會性質和社會背景因素的急劇變化，表現出明顯的兩大特點：

第一，由秦漢時期定制，歷經唐宋元明諸朝不斷完善，在清王朝前期達到鼎盛狀態的封建君主專制制度，已經發展到了無可救藥的地步。在 16 世紀開始興起的西方工業革命浪潮中，明朝統治者喪失了機遇，對當時出現的資本主義經濟萌芽採取了遏制的態度。爲了阻止倭寇對沿海地區的騷擾，明朝

〔註2〕周谷城：《中國通史》（下冊），上海人民出版社 1957 年版，第 354～355 頁。

政府採用封海禁通的閉關做法，加上明末連年用兵、國窮民乏，封建社會的
政治基礎受到很大動搖。雖然在清初至清中葉也曾一度出現過被後人稱之爲
「康乾盛世」的鼎盛時期，但終因封建專制制度自身不可彌補的痼疾日益發
作，加上西方列強帝國主義政治、軍事侵略的加劇，清朝的統治地位搖搖欲
墜。清朝統治者爲了極力維護自己的統治，延緩自己政權的滅亡，採取了「寧
贈外敵，不亡家奴」的可恥策略：對外敵曲膝投降，割地賠款，喪權辱國，
任人宰割甚至拱手相送；對內則張牙舞爪，高壓摧殘，魚肉百姓，專制殘暴，
從而加劇了原本就存在的民族矛盾、階級矛盾，封建專制制度的「衰敗綜合
症」已經到了無藥可治的地步。

　　第二，鴉片戰爭前後即開始出現、尤其是中國在鴉片戰爭中失敗後西方
帝國主義列強對我國政治、經濟、軍事、文化、教育等方面的侵略和滲透迅
速加深。在從 1840 年的鴉片戰爭到 1900 年簽訂「辛丑條約」短短的五六十
年間，中國的國家主權殘遭踐踏，國土淪喪，洋人在中國土地上耀武揚威，
視中國人爲「病夫」，爲亡國奴。上海一公園門口公然掛上「華人與狗不得入
內」的牌子，中國人民的民族自尊心和基本人權受到極大的傷害。鐵路、交
通、工商業及關稅等事關國計民生的國家大權受制於外人，大量的洋貨倚仗
其採用現代機械化生產獲得的價格優勢，大肆傾銷於中國內陸，民族工業在
外資產品的擠壓下紛紛破產。以自給自足爲基本特徵的中國農村封建自然經
濟迅速衰敗崩潰，大批農民因此而被迫離鄉背井，流入城市被外國資本家擄
作工廠的廉價勞力，成爲外國資本獲取鉅額利潤的剝削壓迫對象，尤其是廣
大婦女、兒童，更是身受其害。外國傳教士和教會組織獲准在中國自由傳教，
向中國灌輸西方價值觀念，散佈「侵略有理有功」的謬論，一些傳教士甚至
披著「傳教」的外衣，刺探情報，服務侵略；有的甚至擄我民女，掠我財富，
導致教案頻發，民怨沸騰。中國社會進入人民拚死反抗、統治階級全力壓迫
這一對矛盾發展到不可調和狀態的極端不穩定時期，革命已經到了一觸即發
的「臨界」狀態。

2. 社會矛盾錯綜複雜，民間反抗此起彼伏

　　爲了反抗滿清貴族爲代表的封建專制政權的階級壓迫和民族壓迫，爲了
反抗西方帝國主義列強的侵略、禦侮圖強，中國人民發動了一波接著一波、
一波高過一波的反抗運動。民間的反抗運動可以分爲兩個方面：一是傳統的
自發的民間起義運動。如從康熙年間即開始出現的天地會運動；嘉慶元年（公

元 1796 年）爆發的席捲四川、湖北、陝西、甘肅、河南等省的白蓮教農民起義，歷時近十年，至嘉慶九年（公元 1804 年）才完全平定。在鴉片戰爭以後爆發的農民起義，最重要的是太平天國農民起義。它「起於反對滿清統治者和地主階級，終於和反對外來侵略的運動相結合，形成了空前偉大的反抗運動」。〔註3〕1853 年 3 月，太平軍佔領南京，改名天京，定爲都城，正式建立了一個跟清朝封建政權對峙的農民政權。在太平天國勝利發展的鼓舞下，各族人民的反清起義蓬勃發展，主要有長江流域以南和東南沿海廣大地區天地會及其支派的起義、北方的捻軍起義和西南地區以少數民族人民爲主的起義等。在「百日維新」失敗後一年，中國又爆發了以農民爲主體的震撼中外的義和團反帝愛國運動。「這個運動是帝國主義侵略加深、民族災難空前嚴重的產物，是中日戰爭以後中國人民反侵略反瓜分鬥爭的發展，也是長期以來此起彼伏、遍及全國的群眾反對外國教士和教會侵略的鬥爭的總匯合。」〔註4〕

民間反抗的另一個方面，是以康有爲、梁啓超等爲代表的企圖通過「變法維新」來抵禦外敵、強我王朝的資產階級維新派人士的政治鬥爭。其特點是以政治組織（政黨）的形式發動群眾、喚起民心、凝聚力量、抵抗外敵侵侮。導致「戊戌變法維新」的直接動因是光緒二十年（公元 1894 年）中國在中日戰爭中失敗。次年三月，當李鴻章和日本簽訂《馬關條約》時，康有爲就發動來京應試的各省舉人 1300 多人聯名上書，提出拒約、遷都、變法等主張，一時轟動京城，世稱「公車上書」。此後不到兩年（1897 年），又發生了德國侵佔膠州灣的事件，康有爲又一次上書光緒皇帝，指出除了變法已沒有別的出路。光緒二十四年（公元 1898 年）五月初八，康有爲又一次上書請統籌全局，公開提出：「維新之始，百度甚多。惟要義有三：一曰大誓群臣，以定國是；二曰立對策所，以徵賢才；三曰開制度局，而定憲法。」〔註5〕一直到這時，「變法」的設想仍然是小民出身的清朝進士康有爲頭腦中的產物，尚未成爲皇帝的行動，因而就其本質而言，仍然屬於「民間反抗」範疇。至於清光緒皇帝於當年四月二十三日下詔定國是，正式拉開「百日維新」的序幕，則可以視作清朝統治者中的開明份子對外侮侵略採取行爲抵抗的標誌，那是後話。

〔註3〕周谷城：《中國通史》（下冊），上海人民出版社 1957 年版，第 357 頁。

〔註4〕白壽彝：《中國通史綱要》，上海人民出版社 1980 年版，第 429 頁。

〔註5〕梁啓超：《戊戌政變記》。轉引自周谷城：《中國通史》（下冊），上海人民出版社 1957 年版，第 425 頁。

　　在康有為等積極宣傳、鼓動清光緒帝變法的同時，採用組織形式對外敵侵侮和滿清貴族的民族壓迫進行反抗的是以孫中山為代表的一批資產階級民主革命份子。孫中山於 1894 年上書李鴻章提出革新政治主張被拒絕後，遂赴檀香山組織興中會，公開提出「振興中華」的口號和「驅除韃虜、恢復中國、創立合眾政府」的政治綱領。1895 年他在香港設機關並創辦《中國日報》以鼓吹革命。隨後多次在國內組織以推翻清王朝為目的的武裝起義，並在起義失敗後繼續在國外開展革命活動。1905 年，孫中山在日本聯合反清團體組成中國同盟會，並被推為總理，確定了「驅除韃虜，恢復中華，建立民國，平均地權」的資產階級革命政綱，提出三民主義學說，創辦《民報》，宣傳革命，同時在國內外發展革命組織，聯絡華僑、會黨和新軍多次發動武裝起義，直到取得辛亥革命的勝利。

　　這一方面民間反抗的最為顯著的特點，是成立了具有政黨性質的組織團體，並且都藉助報刊這種新興的宣傳鼓動工具來宣傳本派的政治口號和綱領，如康有為等人成立了強學會等團體，創辦過《強學報》、《萬國公報》及《中外紀聞》等一批宣傳變法維新理論的報刊；同樣，孫中山為代表的資產階級革命派也先後成立了興中會、中國同盟會等團體，出版過《中國日報》、《民報》等一大批宣傳革命的報紙。

3. 清政府中洋務派人士的「洋務救國」抵抗運動

　　與民間抵抗外敵入侵相對應的，是以政府行為形式進行的抵抗。這一抵抗活動的第一個高潮是以奕訢、曾國藩、李鴻章、左宗棠、張之洞等為代表的「洋務派」官員們興起的「洋務運動」。這些封建地主階級官員在鎮壓太平天國革命和跟外國侵略者交往的過程中，逐漸認識到要維持封建專制主義的統治，必須在軍事和工業技術方面向西方資本主義學習。與林則徐、魏源等人為了反對侵略而了解外國情況，通過學習一些先進的技術來抵禦外敵的侵侮不同，他們是要在保持封建統治制度不變的基礎上，學習西方資本主義國家的技術，甚至不惜引狼入室，借助外國侵略勢力，創辦新式軍事工業、民用工業，建立新式的海軍和陸軍，來納護封建統治地位。「洋務運動」以 1861 年曾國藩在安慶設立軍械所為開端，以 1865 年李鴻章在上海成立江南製造總局、1866 年左宗棠在福州設立福建船政局、1867 年崇厚在天津設立機器局為全面聯開並達到高峰。開始主要是軍事工業，爾後逐漸擴展到工礦業、交通運輸業、紡織業、冶金煉鐵業等方面。但這些從創辦之初就依賴洋人，而且

大部分技術和管理權都由洋人壟斷的封建官辦工業以及洋務派從 70 年代就開始籌辦的北洋海軍等，在 1894 年到 1895 年的中日戰爭中遭到慘敗。威海衛一戰，北洋艦隊全軍覆沒。中日戰爭的失敗和《馬關條約》的簽訂，標誌著清政府洋務新政的徹底失敗。

以政府行為的形式來進行抵抗的第二個高潮，是 1896 年 6 月 11 日由光緒皇帝正式拉開帷幕的「百日維新」運動。變法的主要內容有設立農工商總局，保護和獎勵工商業；設礦務鐵路總局，修築鐵路，開採礦產；改革行政機構，裁減多餘的官員；改革科舉制度，廢除八股文；設立學堂，學習西學；准許自由創立報館和學會，提倡上書議事；獎勵新發明，等等。這些維新措施沒有觸及封建君主專制統治的基礎，只是希望通過一些局部的改良，有利於民族資本主義的發展，增強抵禦外敵侵侮的國家實力。然而就是這樣「修補」式的改良，也未能得到以慈禧太后為政治代表的頑固派的允許、理解和支持。9 月 21 日，慈禧太后發動政變，幽禁了光緒皇帝，搜補改良派領袖人物，維新活動宣告失敗。康有為、梁啓超等人亡命國外，譚嗣同等「六君子」慷慨就義，一大批贊成和參與新政活動的官吏被革職，除了已經設立的京師大學堂外，其他的變法新政全部成了泡影。

從第一次鴉片戰爭結束到辛亥革命爆發這 70 年間，中國經歷了劇烈的動蕩和深刻的革命。在維新派與頑固派、革命派與保皇派的鬥爭中，報紙成為重要的宣傳工具。無論是康有為的強學會，還是孫中山的興中會，或者是中國留日學生的同鄉會以及以推翻滿清皇帝和建立資產階級共和國為宗旨的中國同盟會，都先後創辦了作為自己喉舌的報紙刊物，用以宣傳自己的政治觀點，同時與對方的政治觀點抗爭。作為握有國家政權的清朝統治者，一方面利用沿襲了數千年的封建官報來維護國家機器的正常運轉；另一方面又千方百計地壓制代表社會民意民願的新式報紙，尤其是對那些鼓吹反清革命或「變法維新」的報刊，更是從內部瓦解到禁報封館、捕殺報人，無所不用。為了給他們摧殘輿論的行為尋找理由，清朝統治者在封建專制法律的基礎上，參照歐美、日本的有關法律制度，頒布施行了諸如《大清報律》、《欽定大清報律》等旨在限制報刊對社會監督的法律條文。因此，這些報律條文無一不帶上這一時期特定的政治社會背景特點。

二、清中葉至清末報刊法制發展的報刊活動背景

清中葉至清末是中國報刊迅猛發展並且超過此前任何朝代的時期，同時

又是中國報刊發展變化最爲劇烈的時期，更是中國報刊由傳統的古代報刊完成向以西方現代印刷技術爲生產手段，以社會政治、文化、經濟、教育新聞爲主要內容，以社會廣大成員爲讀者對象的現代報紙過渡的重要時期。經過長達數十年時間的發展完善，到辛亥革命勝利前後，這一時期已經基本形成了中國近現代報刊完整但不很完善的結構體系。

1. 清中葉至清末封建官報的蛻變及衰亡

　　清中葉至清末的封建官報，經歷了一個極不情願的但卻是明顯的發展蛻變過程。從唐宋元明諸朝及清初至清中葉時期就存在的由朝廷發布的邸報（邸抄、科抄等），仍然在社會生活中存在，並被朝廷保守派們認定爲正統的「達民情、通政令」的主要工具。近代學者葉昌熾在其《緣督廬日記鈔》中的記載，清楚地表明朝廷邸報在當時的政府官吏中仍然發揮著通報朝政的重要作用。如他在光緒二十四年（公元 1898 年）四月二十四日的日記中載：「閱邸鈔，嚴旨變法。」同月二十五日又載：「閱邸鈔，徐子靜年丈奏保人才：工部主事康有爲、吏部主事張元濟、湖南長寶道黃遵憲、江蘇候補府譚嗣同，送部引見。」七月十五日又載：「讀邸鈔，大裁京外冗職。內而詹事府、通政使、大理寺、光祿寺、太僕寺、鴻臚寺，外而廣東、湖南、雲南三省巡撫，即日裁撤。」同月十九日又載：「邸鈔來，讀上諭，朕屢次降旨，都院司員及士民有上書言事者，均不得稍有阻格。」七月二十日又載：「閱邸鈔……楊銳、劉光弟，譚嗣同、林旭在軍機章京上行走。」八月十一日又載：「閱邸鈔：詹事府、通政司、大理寺、光祿寺、太僕寺、鴻臚寺等衙門，照常辦理，毋庸裁併。」〔註6〕葉昌熾在這一階段日記中，基本上記錄了「戊戌變法」這一事件從「嚴旨變法」、「奏保人才」，到「大裁京外冗職，對詹事府……即日裁撤」，接著是「廣開言路」，然後任命官吏「楊銳、劉光第、譚嗣同、林旭在軍機章京上行走」的發展歷程。由於維新派的先天不足，加上袁世凱的出賣和封建頑固勢力的強大，變法運動隨著慈禧太后重新垂簾聽政而告失敗。變法中宣布裁撤的「詹事府……等衙門，照常辦事，毋庸裁併」。而這些消息的來源，無一不是出自於朝廷的邸報（邸鈔）。可見邸報在當時仍然是政府官吏獲取朝政信息的主渠道。不但皇帝在北京時刊發邸報，就是咸豐帝被八國聯軍追趕逃到西安的一年左右時間內，慈禧太后控制下的「行在」政府，也編印刊發

〔註 6〕葉昌熾：《緣督廬日記鈔》。轉引自黃卓明：《中國古代報紙探源》，人民日報
　　　　出版社 1983 年版，第 121～122 頁。

了旨在「俾天下知乘輿所在」的「行在邸抄」。它在慈禧所謂「回鑾」之前存在了半年多,「記下了喪權辱國的所謂《辛丑各國和約》簽訂之前的清朝政事動態」。〔註7〕

　　19世紀末的清朝社會,除了繼續有朝廷編發的邸報(邸鈔)刊行傳播外,又出現了一股創辦新式官報的潮流。這股潮流肇始於維新派人士創辦的《強學報》被朝廷收歸官辦後,由孫家鼐飭管理書局大臣的官書局出版的《官書局報》和《官書局匯報》;中夭於因汪康年的拆台和戊戌變法失敗,康有爲、黃遵憲、梁啓超、汪康年等人創辦的《時務報》奉光緒帝之旨改辦爲官報但又沒有辦成的《時務官報》;再起於北洋軍閥首領袁世凱率先在天津創辦《北洋官報》(又稱《直隸官報》)後盛興起來的各省大吏爲標榜新政創辦的省級政府官報;其頂峰是清廷考察政治館在各省創辦政府官報、中央各衙門創辦專門官報如《商務官報》、《學部官報》、《法政官報》等的推動下,於1907年11月5日創辦的以專載國家政治文牘爲主要內容的《政治官報》;其尾聲則是於1911年8月24日(清宣統三年七月初一日)由《政治官報》爲適應所謂「新官制」內閣成立而改辦的《內閣官報》。〔註8〕清內閣在呈請御批的《奏改設〈內閣官報〉以爲公布法令機關摺》中稱:「凡中央政府之規章條教,一經擬定,即宣付官報刊登。酌量遠近路程,分別到達期限,以官報遞到之次日或數日實行之期,法令即生效力。……《政治官報》改爲《內閣官報》,即請先將明發論旨及各部院章奏咨箚例須備文通行京外各衙門,一體遵照者,量爲變通,以爲公布法律命令之程式。凡欽奉明發論旨,敬謹登載官報,宣示中外,一體欽遵。官報到達之日,即作爲奉旨日期。各衙門奏准事件,例應通行者,奉旨後恭錄論旨,抄粘原奏、蓋用堂印,片送內閣印鑄局,刊登官報。其通行咨箚等件,一併用印片徑送該局刊登,均即以此傳布。內閣例應通行文件,亦即照此辦理。自後京外各衙門,應即以官報所刊布者爲依據,毋庸另文通行。至各衙門對於一部一省並非通行事件,或雖應通告而事關秘密者,仍令各以文書傳達,以示區別。」〔註9〕從這段文字內容和後來的實物分析,《內閣官報》似乎已經與後世的中央政府公報的性質和作用十分相近了。這既是封建官報和近現代官報結合的產物,也可以看作是封建官報在新的社會

〔註7〕黃卓明:《中國古代報紙探源》,人民日報出版社1983年版,第127頁。
〔註8〕參見倪延年:《中國古代報刊發展史》,東南大學出版社2001年版,第272頁。
〔註9〕戈公振:《中國報學史》,中國新聞出版社1985年版,第43～44頁。

形勢下出於無奈的蛻變和發展。

2. 清中葉至清末「外人在華報刊」的「短暫輝煌」

　　和明末清初相比，清中葉至清末的中國報刊體系中增加了一個新的類型，即由外國人在中國創辦、以中國人爲主要讀者卻又是代表和維護外國人利益、爲西方列強的侵略政策辯護或鼓噪的中外文報刊。我們把這些報刊簡稱爲「外人在華報刊」。雖然，「外人在華報刊」直到 19 世紀末左右才對中國內政外交產生比較明顯而直接的影響，但其發端卻是在「鴉片戰爭醞釀時期，其辦報的目的，是爲打開中華帝國的大門作輿論上的準備」。〔註10〕

　　1815 年 8 月 5 日（清嘉慶二十年七月初一），由英國倫敦布道會的傳教士羅伯特・馬禮遜編印的中文月刊《察世俗每月統紀傳》在馬六甲正式創刊，這是外國人創辦的第一種以中國人爲讀者的中文近代報刊。1833 年 7 月 25 日（清道光十三年六月九日），由積極爲英國當局侵略中國活動效力的普魯士傳教士郭實臘創辦的以「維護廣州和澳門的外國公眾利益」、「使中國人認識我們的工藝、科學和道義」、「清除中國人的高傲和排外觀念」爲宗旨的《東西洋考每月統紀傳》在廣州創刊，這標誌著「外人在華報刊」正式進入了中國大陸。1835 年 5 月，由美國基督教會第一個來華的傳教士裨治文主編的以向在華外國人及外國政府提供「有關中國及其鄰邦最可靠、最有價值的情報」爲宗旨的英文雜誌《中國叢報》在廣州創刊。它的創刊和出版，標誌著外人在華報刊從宗教報刊階段進入了政治報刊的新的發展階段。它發表了大量的關於中國政府的機構、政治制度、法律條例、文武要員、軍隊武備、中外關係、商業貿易、山林礦藏、河流海港、農業畜產、文化教育、語言文字、宗教信仰、倫理道德及風俗習慣等方面的文稿，其內容的具體和詳盡程度至今仍然令不少研究者感到驚奇。

　　鴉片戰爭爆發前夕，外國人在中國內地所辦的中文報刊全部停刊，外文報刊也大都停刊或遷往澳門等地出版。鴉片戰爭之後，帝國主義份子憑藉不平等條約，突破了清朝政府的嚴格限制，獲得了在中國內地公開傳教和隨意辦報的特權，加上鴉片戰爭後中國的資本主義經濟發展，又進一步刺激了「外人在華報刊」的發展。他們憑藉從殖民地掠奪的資金和工業革命後發展起來的近代科學技術，紛紛搶灘中國大陸。在經歷了一個短暫的恢復階段後，「外

〔註10〕方漢奇主編：《中國新聞事業通史》（第一卷），中國人民大學出版社 1992 年版，第 243 頁。

人在華報刊」迅速向中國的廣州、上海、寧波、福州、廈門等沿海城市滲透，並且很快把洋報刊辦到了首都京師，成爲直接影響中國政治、經濟、文化、教育和軍事的有力工具。

就「外人在華報刊」內容的比例及辦報宗旨分析，可以大致分作兩類：一類是外國教會組織及其傳教士創辦的以「闡發基督教爲根本要務」的教會報刊。它們在鴉片戰爭以後至辛亥革命之前這一階段裏，倚仗著西方列強的軍事進逼、政治滲透、經濟高壓以及不平等條約中獲得的特權和優勢，有了較大發展。隨著時間的推移，外人在華宗教報刊也出現了分化，有的仍然圍於教會活動範圍，如上海天主教會於 1887 年 6 月 1 日創辦的《聖心報》（月刊），就是專門爲教會成員提供信息交流渠道的雜誌。隨著科學的普及和政治、文化、教育、科學類報刊的發展，這一類教會報刊的社會影響日益減弱。有一部分在原來教會報刊的基礎上，強化其知識傳播的功能，從而發展成爲知識性的報刊。如 1872 年 8 月由美國教士丁韙良，英國教士艾約瑟、包爾騰等人主編的《中西聞見錄》及其後來改名的《格致匯編》等。還有一部分則從宗教性報刊逐漸演變爲政論性綜合刊物。如 1868 年 9 月 5 日由美國傳教士林樂知創辦的《中國教會新報》，剛創刊時是一份以宣傳宗教爲主的刊物，主要刊載闡釋基督教義的文章及溝通教徒教友情況的「各地教友來信」，偶然也刊載少量聲、光、電、化學等方面的短文，但僅僅是作爲吸引讀者的手段，刊物主要在基督教和信教人士中流傳，社會影響很小。爲了配合西方列強打開中國市場的經濟侵略。《中國教會新報》於 1872 年 8 月 31 日改名爲《教會新報》，雖然保留了「教會」這一名稱。但在內容重點上發生了轉變，設置了政事、教務、中外、雜事、格致五欄，原來佔主體地位的教會內容縮減到僅佔一欄的地位。此時的該刊也從「宗教刊物」轉變爲「科技知識刊物」。出版了兩年，傳教士們發現當時的中國人對科學知識的關注遠不及對時事政治的關心。於是又從 1874 年 9 月 5 日起把《教會新報》改名爲《萬國公報》，甩掉了「教會」的羈絆，徹底地完成了從宗教刊物向以時事政治內容爲主的綜合性刊物的轉變。尤其是在 1889 年 2 月復刊後，它一方面正式成爲英美在華基督教組織「廣學會」的機關報，另一方面又增加了社說、評議、政治和中外時事、譯介西方政論和倫理、學說等內容，還增設了光緒政要欄目，包括摘錄論旨和奏摺，然後是各國新聞和電報輯要。這已純粹是一份以時事政治爲主的旨在佔領中國人思想陣地的政論性報刊了。從《中國教會新報》到《教

會新報》。又從《教會新報》到《萬國公報》，再從傳教士個人主編的《萬國公報》到廣學會機關報的《萬國公報》的發展歷程中，我們可以清楚地看出西方傳教士的辦報目的，逐漸從宣揚「上帝」而轉變爲旨在同化中國「皇帝」及臣民的思想，體現了宗教爲政治服務，宗教爲經濟侵略服務，宗教爲西方列強打開中國市場服務的特點，宗教爲帝國主義的侵華政策服務的本質也更爲清楚了。

　　「外人在華報刊」的另一類，是由外國商人或投機者創辦的新聞性報刊，也即商業性報刊。最早的中文近代報紙據說是在廣州創辦的《昭文新報》。但有實物可查的卻是 1861 年 11 月由英國字林洋行出資在上海創辦，伍德、傅立雅、林樂知等傳教士先後主編的《上海新報》。該報開始爲週報，1872 年 7 月改爲日報後，成爲嚴格意義上的現代報紙。1872 年 4 月 30 日（清同治十一年三月二十三日），由英國商人安納斯脫・美查邀集友人伍華德、麥洛基和普萊亞共同合股，由美查經手創辦的中文報紙《申報》在上海創刊。因美查是商人，辦報是他商業活動的繼續，辦報的目的在於謀利，因而圍繞「賺中國人的錢」的目的，他採取了聘中國人爲主筆和買辦；言論上強調「有繫於國計民生」；首創報紙刊載隨筆、詩詞等文藝作品；在內容上注意貼近社會生活、社會熱點；在印刷上採用中國土產的毛太紙以降低成本等措施，以與《上海新報》競爭。通過上述的「數管齊下」，《申報》銷量迅速上升，大獲其利，最終迫使《上海新報》於 1872 年底停刊。隨後他又創辦了我國最早的文藝期刊《瀛寰瑣記》、通俗報紙《民報》、第一份石印的時事畫報《點石齋畫報》，還創辦了申昌書局。在美查創辦《申報》獲利後，英商字林洋行於 1882 年 4 月 2 日用原先印刷《上海新報》的鉛字創辦了《滬報》（1882年 8 月 10 日改名爲《字林滬報》）；1893 年 2 月 17 日英商丹福士、斐禮士及中國人蔡爾康等人創辦了《新聞報》，這樣就形成了由《申報》、《新聞報》和《字林滬報》三報鼎立的上海中文商業報紙格局。由上海開始，國內其他大城市和沿海城市也相繼出現了外國人創辦的中文商業報紙。

　　在外國人之後，由中國人自己創辦的中文報紙也迅速發展起來，除了革命派和保皇派人士創辦的報紙外，較著名的報紙如彭翼仲主辦的《京話日報》、汪劍秋主編的《時事報》、獲葆平創辦的《輿論日報》、狄楚青創辦的《時報》、汪詒年任經理的《時事新報》和由滿族開明人士英斂之創辦的《大公報》等。

3. 清中葉至清末的政黨、團體報刊

早在明代，在朝和在野的知識份子就意識到：「要聯盟，必須結黨；要結黨，必須要有運動；要有運動，必須要動員社會輿論。」〔註 11〕因此，明代的邸報就曾經被當時的官僚及知識份子利用作爲黨爭的主要陣地和工具。吸取了明朝黨爭亡國的教訓，加上清朝統治者是「異族入主中原」的特殊背景，所以清朝政府十分關注思想政治領域的鬥爭，通過多種方式來維護朝廷的統治，其中之一就是嚴禁民間結社組黨。

具用鮮明政黨活動色彩的西方傳教士在鴉片戰爭結束後倚仗軍艦洋槍之威，大搖大擺地闖進中國。每一個傳教士都屬於特定的教派或教會組織，若干個同一教派的傳教士眾口一聲地宣傳同樣的教義，懷著相同的活動目的，都稱是按照「上帝的旨意」來拯救「迷途的羔羊」，這在中國人看來就無異於前人所稱的「朋黨」了。他們創辦的宗教報刊或由宗教報刊衍變而成的時事政論性報刊，發表同一觀點傾向的文章似乎也就有了政黨報刊的色彩。

從這一角度認識，傳教士們創辦的宗教報刊似乎具有某種政黨團體報刊的屬性，是中國政黨報刊的先聲。從鴉片戰爭之後到辛亥革命勝利之前這一階段中，中國社會的各色人等也創辦了品種繁多、影響不小、傾向多樣、目的不一的政黨報刊。綜而觀之，中國人創辦的政黨報刊主要可分爲以下幾類：

（1）從維新派到保皇派、再從保皇派到君主立憲派的報紙

資產階級維新派人士於 1895 年 8 月 17 日創辦的《萬國公報》，可以說是中國報刊發展史上第一種真正意義上的政黨報刊。1895 年初發生的那場「公車上書」活動，拉開了變法維新活動的序幕，但和者甚寡。在這種「死一般的冷寂」面前，康有爲等人認識到「要救國必須變法自強，要變法自強必須開通風氣，廣聯人才；要開通風氣、廣聯人才，非開會（即組織諸如學會等形式的政黨團體進行聯絡）不可」。〔註 12〕梁啓超則進一步認爲：「度欲開會，非有報館不可。報館立議論既浸漬於人心，則風氣之成不遠矣。」〔註 13〕正是出於這種目的，康有爲等人創辦了《萬國公報》。該報後因英國傳教士李提摩太認爲《萬國公報》的「刊名與廣學會機關報《萬國公報》完全相同」，「建

〔註11〕 尹韻公：《中國明代新聞傳播史》，重慶出版社 1990 年版，第 252 頁。
〔註12〕 康有爲：《康南海自編年譜》（光緒二十一年），刊於《戊戌變法》（4），神州國光社 1953 年版，第 133 頁。
〔註13〕 丁文紅、趙豐田編：《梁啓超年譜長編》，上海人民出版社 1983 年版，第 40頁。

議」維新派人士改用其他名稱而停刊，共出版了 45 冊。

1895 年 11 月中旬，中國第一個資產階級維新派政治團體強學會在北京成立，爲貫徹「先以報事爲主」的宣傳綱領，他們在原《萬國公報》基礎上創辦了兩日刊《中外紀聞》，作爲強學會機關報，於同年 12 月 16 日正式出版。早在北京的活動大體佈置就緒後，康有爲就來到南方遊說當時的代理兩江總督張之洞支持變法，並得到其鼓勵和默許。11 月中旬，康有爲從南京來到上海，和梁鼎芬、屠守仁、黃遵憲、汪康年等人共同發起成立了北京以外地區第一個資產階級維新派團體「上海強學會」，並於 1896 年 1 月 20 日在上海創辦機關報《強學報》。然而好景不長，在封建頑固勢力的高壓下，光緒皇帝被迫於 1896 年 10 月 20 日頒布了查禁京師強學會的詔令，《中外紀聞》被迫停刊。原先支持創辦上海強學會的張之洞也於 5 天之後（即 10 月 25 日），強令解散上海強學會，停辦《強學會》，這是中國政黨團體報刊的第一個起落。

面對強大的封建頑固派的勢力，維新派人士採取了諸如：陣地外移——到京師以外地區辦報宣傳變法維新。淡化團體——不再成立有形的組織團體，而是有共同思想興趣的人在一起辦報，只幹不說。集中力量——把維新派骨幹集中於一地，以強勁陣容來推動一地的變法宣傳和辦報活動。暗渡陳倉——同情支持變法的朝廷命官如嚴復等人假借別人名義辦報等。在上述策略指導下，在全國各主要城市又陸續出現了一批諸如《時務報》（上海）、《知新報》（澳門）、《湘學新報》（長沙，後改爲《湘學報》）、《湘報》（長沙）、《國聞報》（天津）等以宣傳變法維新爲明顯政治色彩的報刊。

戊戌變法失敗後，以慈禧太后爲代表的封建頑固派對革命報刊大加殺伐。從「戊戌變法」失敗後的 1898 年 9 月 26 日至 10 月 9 日，清廷多次發布上諭，命令官報「一律停辦」，嚴令各地督撫查禁報館，嚴拿報館主筆。又於 1900 年 2 月 14 日發布上諭緝捕康、梁，查禁「康黨」所設報館，並且對購閱者也「一體嚴拿懲辦」，康、梁二人被迫亡命國外。宣傳變法維新的報刊活動宣告結束後，康、梁轉爲攻擊「逆后賊臣」，鼓吹「保國存種」的改良主義宣傳，創辦了諸如《清議報》、《新民叢報》、《天南報》、《文興報》、《益友新報》、《新中國報》、《日新報》等一批宣傳「保皇改良」的報刊，並且和資產階級革命派所辦的《民報》等報刊進行過一場關於中國前途等重要問題的爭論，雙方參戰的報刊達到數十種，所在地區遍及日本、南洋、美洲等地區。以革命派人士秦力山等人在東京創辦的《國民報》上發表章太炎的《正

仇滿論》向改良派鼓吹的「保國存種」（即擁護皇帝、反對西太后）理論放出第一槍開始，到 1907 年 11 月作爲與革命派報刊對壘的改良派主要陣地報刊《新民叢報》黯然停刊爲止，這場論爭先後歷時 7～8 年。「其規模之大，時間之長，涉及問題之多，鬥爭之激烈，爲中國近代史上所少見。」〔註 14〕

同盟會成立之後，民主革命形勢蓬勃發展，朝廷內部要求改革的呼聲也日益高漲，人民群衆對清朝喪權辱國的行爲表現出極大的憤慨和失望。在這種形勢下，清朝統治者玩起了旨在挽救搖搖欲墜的封建統治的「預備仿行立憲」的政治騙局。1906 年宣布「預備仿行立憲」；1907 年宣布在中央和各省設立帶有議會性質的資政院和咨議局；1908 年頒布《欽定憲法大綱》，並宣布9 年後成立國會。這些在明眼人看來很清楚、目的是延緩清朝統治的把戲，卻使康有爲、梁啓超爲代表的保皇黨及國內的君主立憲派歡欣鼓舞，似乎看到了他們的光緒皇帝又可上台的新希望，或者說看到了借助預備立憲這場運動實現他們「保國存種」政治理想的希望，迅即群起響應。在清廷宣布「預備仿行立憲」三個月後，康有爲於同年 12 月 9 日在美國紐約的《中國維新報》上發表公告，宣布把「保皇會」改名爲「國民憲政會」，並在章程中提出「上崇皇帝，下擴民權」的政綱。隨後他們又通過多種形式，利用報刊大造聲勢，使君主立憲派報刊在當時成爲一股不可忽視的輿論力量。

他們採取的報刊活動措施主要有：首先是把原來屬於保皇會機關報且在海外出版發行的報刊一律轉爲「國民憲政會」機關報，如美國紐約的《中國維新報》、舊金山的《文興報》等；其次是指使原先留在國內的保皇黨份子，組織旨在將來立憲時可能「躋身於議會和政府」的資產階級政黨，出版旨在鼓吹推動預備立憲的機關報，這一類報刊如由蔣智由主編的政聞社機關報《政論》月刊、後來的《國風報》旬刊以及立憲派在華南地區的重要喉舌，聲稱「不偏徇一黨之意見，非好爲模棱，實鑒乎挾黨見，以論國事，必將有辟於所親好，辟於所賤惡」〔註 15〕的《國事日報》。該報由保皇黨人徐勤主辦。再則是鼓勵支持（不是直接屬於康、梁指揮的）國內其他政治團體和組織創辦以鼓吹預備立憲爲宗旨的報刊，主要的如由蘇浙閩三省立憲派人士組成的預備立憲公會機關報《預備立憲公會報》、十六省諮議局代表組成的國會請願同

〔註 14〕 方漢奇主編：《中國新聞事業通史》（第一卷），中國人民大學出版社 1992 年版，第 826 頁。

〔註 15〕 史和等編：《中國近代報刊名錄》，福建人民出版社 1991 年版，第 221 頁。

志會機關報《國民公報》、諮議局事務調查會主辦的《憲政新志》及資政院秘書廳主辦的《資政院公報》等等。各省的立憲團體也先後創辦了一批報刊，如四川有《蜀報》、《蜀風雜誌》、《西顧報》、《白話報》及《啓智畫報》等，貴州有《黔報》和《貴州公報》等，廣東有《廣東地方自治研究錄》，上海有《預備立憲官話報》和《憲政雜誌》，湖北有《憲政白話報》、《湖北自治公報》及《湖北地方自治白話報》等。最後是指使立憲派分子個人創辦以宣傳「預備立憲」爲宗旨的報刊，其中影響較大的如楊度的《中國新報》、彭翼仲（貽孫）的《京話日報》、汪劍秋的《時事報》、荻葆豐的《輿論日報》，汪詒年的《時事新報》、英劍之的《大公報》及存忠的《大同報》等。除了報紙外，一些立憲派人物還創辦了一些文藝雜誌，通過文藝手段來宣傳立憲、詆毀革命，主要的如梁啓超主編的《新小說》、李伯元主編的《繡像小說》、吳趼人的《月月小說》及許指嚴主編的《小說月報》等。還有一些在清政府宣布「預備立憲」之前創辦的報紙，因政治觀點和理想相近，在「預備立憲」鬧劇拉開序幕以後也參加到這一宣傳陣營，諸如汪康年的《中外日報》，上海的《申報》、《新聞報》，香港的《華字日報》、《循環日報》及《維新日報》等，在當時也有較大的影響。

（2）資產階級革命派創辦的報刊

幾乎與資產階級維新派同時產生、順應時代發展趨勢和人民革命意願而迅速發展的資產階級革命派，在經歷了一段時間的積蓄力量後，迅速成爲中國政壇上一股強勁的力量。其登上政治舞台的標誌是 1894 年 11 月由孫中山爲代表的主張發動排滿革命、廢除封建專制、建立民主共和政體的資產階級革命黨人在檀香山成立中國第一個資產階級革命團體興中會。興中會成立初期，革命黨人的工作主要是在國內發動反清起義，但由於未能得到人民廣泛支持而屢屢失敗。爲了向人民宣傳革命，興中會的第一份正式機關報《中國日報》於 1900 年 1 月 25 日在香港創刊。在《中國日報》帶動下，1903～1905 年間海內外形成了一個創辦革命報刊、宣傳反清革命的高潮。在香港有《世界公益報》（鄭貫公主編，1903 年 12 月 29 日創刊），《廣東日報》及其文藝副刊《無所謂》（總編輯兼督印人爲鄭貫公，1904 年 3 月 31 日創刊），《一聲鐘》（1905 年 5 月 5 日由《無所謂》改名而來）；上海有《蘇報》（1903 年 5 月 27 日聘章士釗擔任主筆後轉向革命），《大陸》（留日回國學生戢翼翬主編，1902 年 12 月 9 日創刊），《童子世界》（何梅士等主編，1903 年 4 月 6 日創刊），《國

民日日報》（章士釗主編，1903 年 8 月 7 日創刊）；《俄事警聞》（王小徐主編，1903 年 12 月 15 日創刊）等；廣州有《嶺東日報》（楊源主編，1902 年 5 月 18 日創刊），《亞洲日報》（謝英伯任總編輯，1902 年創刊）；長沙有《俚語日報》（社長宋海聞，1903 年創刊）；浙江金華有《萃新報》（張恭等主編，1904 年 6 月 2 日創刊）；重慶有《重慶日報》（聘日本人竹川藤太郎爲社長，卞小吾爲實際主辦人，1904 年 9 月創刊）；安徽蕪湖有《安徽俗話報》（陳獨秀主編，1904 年 3 月 31 日創刊於安慶）。在南洋地區則有新加坡的《圖南日報》（陳楚楠和張永福爲創辦人，1904 年創刊）；美洲有《隆記檀山新報》（1903 年 12 月成爲興中會機關報），《大同日報》（1904 年夏由革命派人士劉成禺主事後，易幟爲「大倡革命排滿、放言無忌」的革命派報紙），《仰光新報》（華僑領袖莊銀安任經理，1904 年創刊於緬甸）等。1905 年 8 月 20 日，孫中山在東京召開了中國同盟會成立大會，同時決定把原由湘、鄂、蘇、贛、閩等省留日學生聯合創辦的《二十世紀之支那》，改組爲同盟會機關報。後因日本當局以該雜誌「有害公安」的罪名沒收雜誌，故另行登記爲《民報》，作爲中國同盟會機關報。《民報》的正式創刊，標誌著中國資產階級革命派的報刊宣傳以及「中國近代新聞事業進入了一個新階段」。〔註16〕

中國同盟會的成立及其機關報《民報》創辦後，資產階級革命派的聲勢越發壯大。同時由於外敵入侵的加劇，清朝「預備立憲」的虛僞面目日益暴露，康梁保皇派「保皇扶滿」的逆時代鼓噪迅速喪失人心。從 1905 年到 1910 年前後，革命派在海外的報刊宣傳活動蓬勃發展起來。這些報刊主要集中在東南亞各國、南北美洲和大洋洲的一些華僑聚居的城市。其中新加坡有《南洋總匯報》（陳楚楠等編輯發行，1905 年冬創刊），《中興日報》（胡漢民等先後主編，1907 年 8 月 20 日創刊，同盟會新加坡分會機關報），《星洲日報》（即《星洲晨報》，周之楨等創辦於 1908 年），《南僑日報》（黃吉辰等編輯發行，1911 年夏創刊）；馬來西亞有《檳城日報》（同盟會檳城分會機關報，1907 年創刊），《光華日報》（同盟會南洋支部機關報，1910 年 12 月 20 日由莊銀安聯合黃金慶等創辦）；緬甸有《光華日報》（1908 年 8 月 27 日創刊，居正爲總主筆），《進化報》（1910 年春創刊，主筆呂志伊）；泰國有《華暹日報》（1907 年由《渭南日報》改組而來，主筆陳景華，1908 年同盟會暹羅分會成立後成

〔註16〕方漢奇主編：《中國新聞事業通史》（第一卷），中國人民大學出版社 1992 年版，第 815 頁。

爲該會機關報），《同僑報》（著名革命黨人尤列創辦，1908 年創刊）；印度尼西亞有《華鋒報》，（1909 年 5 月創刊，朱茂山主編）；《泗濱日報》（1908 年創刊，總編輯田桐）；菲律賓有《公理報》（實爲同盟會菲律賓分論機關報，吳孟嘉等先後主編，1911 年 8 月 13 日創刊）；美國有《民生日報》（同盟會美國檀香山支部機關報，1907 年夏秋間由曾長福創辦），《自由新報》（盧信等先後任總編輯，1908 年秋由《民生日報》改組而來），《少年中國晨報》（同盟會駐美國支部機關報，1910 年 8 月 18 日創刊）；加拿大有《華英日報》（1907 年創刊於溫哥華，崔通約任主筆），《大漢日報》（馮自由等任編輯及發行人，1908 年創刊），《新民國報》（同盟會加拿大分會機關報，李伯豪等先後主持報務，1911 年創刊）；秘魯則有《民醒權》（1911 年 3 月創刊，李碩夫等創辦）；澳大利亞有《警東新報》（1907 年創刊於墨爾本），《民國日報》（劉滌寰等先後主編，係澳州華僑反清團體洪門致公堂的言論機關，1910 年創刊）；等等。

　　海外的革命報刊迅速發展起來後，爲了直接指導國內的革命鬥爭，革命派報刊活動的重點開始由國外轉到國內。上海因其特定的地理政治位置——沿海開放城市且遠離清朝統治中心北京——成爲革命派報刊興起的重要基地。自 1905 年至辛亥革命爆發的數年間，革命派人士在上海創辦了十多種以宣傳革命爲主旨的報刊，成爲同盟會在東南八省進行革命宣傳的重要言論機關。其中具有較大影響的如于右任等創辦的《神州日報》，1907 年 4 月 2 日創刊，于右任創辦並自任社長。被稱爲「豎三民」之一的《民呼日報》，1909 年 5 月 15 日創辦，于右任自任社長，陳飛卿爲總文筆。因陝甘總督毛慶蕃誣告于右任侵吞賑款，蔡乃煌策劃朱雲錦等誣告《民呼日報》「毀壞名譽」，公共租界巡捕房於 8 月 2 日拘捕了于右任和陳飛卿，報紙於 8 月 14 日被迫停刊。《民呼日報》被迫停刊後，在其基礎上 1909 年 10 月 3 日很快創辦了被稱爲「豎三民」之二的《民籲日報》，于右任創辦，景耀月任主筆，曾公開聲明「將《民呼日報》機器生財等一律過盤，改名《民籲日報》，以提倡國民精神，痛陳民生利病，保存國粹，講求實學」爲宗旨。因報紙以大量篇幅揭露日本侵略中國的種種行徑，尤其是它對日本前首相伊藤博文被朝鮮志士安重根行刺喪命事件的報導和評論，被日本駐滬領事館以「任意臆測，煽惑破壞，幸災樂禍，有礙中日兩國邦交」爲罪名，要求清政府上海道蔡乃煌予以懲處。蔡遂於 11 月 9 日勾結上海法租界當局查封了該報，並拘捕了社長范光啓。爾後，會審公廨判決「該報永遠停止出版……機器不准作

印刷報紙之用」。因《民籲日報》被禁而且「原機器不准用作印刷報紙之用」，另籌資金創辦的被稱爲「豎三民」之三的《民立報》，1910 年 10 月 11 日創刊，于右任仍自任社長，報館仍設在上海法租界四馬路望平街 160 號。剛從日本回國的宋教仁擔任該報主筆，編撰人員集中了當時資產階級革命派報刊宣傳戰線上的一大批俊秀。該報在革命高潮蓬發之時，高倡「中國萬歲！民主萬歲」，並發表了宋教仁以「桃源漁父」、「漁父」等筆名寫的大量政論，深刻分析了面對帝國主義侵略、瓜分危險的古老中國的危急形勢，猛烈抨擊清政府對內凶殘、對外軟弱的腐敗賣國行徑，無情地批駁立憲派宣揚的君主立憲謬論，在讀者中產生了很大影響。《民立報》館不但出版報紙，而且還是革命黨人在上海的聯絡中轉機關。中國同盟會中部總會成立後，報館即成爲同盟會中部總會的機構，報紙也成爲機關報，辛亥革命勝利後繼續出版。對於《神州日報》和「豎三民」，于右任曾親自作過一個評價和比較，他認爲：「《神州日報》以沉鬱委婉見長，《民呼》、《民籲》則以發揚蹈厲見長，《民立報》時代可算是同盟會運動的急進時代。我們的任務一面在揭發清政府之鴆毒，喚起民眾；一面在研究實際問題，作建國的準備。」〔註 17〕

　　除了于右任創辦的《神州日報》和「豎三民」之外，革命派人士還創辦了不少報紙和刊物來宣傳革命。主要的如：林白水創辦的《中國白話報》（1903 年 12 月創刊，半月刊），丁初我創辦的《女子世界》（1904 年 1 月 11 日創刊，月刊），鄧實任總纂的《國粹學報》（1905 年 2 月，創刊月刊），傅君劍主編的《競業旬報》（1906 年 10 月 28 日創刊），秋瑾創辦的《中國女報》（1907 年 1 月 14 日創刊），陳其美等編輯的《中國公報》（1910 年 1 月 1 日創刊），李瑞椿主編的《光復學報》（1911 年 4 月創刊）以及孫中山委託美國朋友密勒等創辦的英文報紙《大陸報》（1911 年 8 月 29 日創刊）等。除了當時的上海出版了大量的革命報刊外，在香港、武漢、北京、遼寧、吉林、陝西、山東、浙江、安徽、江西、福建、廣西、河南、湖南、四川、雲南、貴州等省區，革命黨人都創辦了大量的報刊以宣傳革命。據目前掌握的資料統計，「全國在 1905 年至 1911 年間，革命派報刊或雖非革命黨人所辦但具有明顯革命傾向的報刊約有 100 種左右。這一數字還不包括武昌起義後各地蜂擁而起的爲時短暫的號外性質的革命報刊」。〔註 18〕

〔註 17〕傅德華編：《于右任辛亥文集》，復旦大學出版社 1986 年版，第 260 頁。
〔註 18〕方漢奇主編：《中國新聞事業通史》（第一卷），中國人民大學出版社 1992 年

（3）中國留日學生團體創辦的報刊

中國留日學生創辦革命報刊的活動，起於 20 世紀初，在辛亥革命前後一度達到高潮。綜觀其在這一階段的發展歷程，大致上可以劃分為兩個階段。

從戊戌變法失敗到中國同盟會成立之前的這一階段中，中國留日學生主要以學生團體和同鄉會團體的形式創辦報刊，宣傳反清革命思想。其中主要的報刊有：開智會出版的《開智錄》（1900 年 12 月 22 日創刊，創辦人為鄭貫公等），勵志會成員所辦的《譯書匯編》（1900 年 12 月 16 日創刊，戢翼翬等編輯）、《白話》（1904 年 9 月 24 日創刊，演說練習會創辦，秋瑾主編）、《國民報》（1901 年 5 月 10 日創刊，秦力山主編）等，由留日學生同鄉會團體創辦的報刊如《遊學譯編》（1902 年 12 月 14 日創刊，湖南留日同鄉會主辦，主編為楊守仁）、《湖北學生界》（1903 年 1 月 29 日創刊，湖北學生界社發行，藍天蔚等人編撰）、《浙江潮》（1903 年 2 月 13 日創刊，浙江留日學生同鄉會主辦，孫翼中主編）、《江蘇》（1903 年 4 月 27 日創刊，江蘇旅日同鄉會主辦，秦毓鎏主編）等。

中國同盟會成立後，孫中山的「三民主義」理論和十六字政綱迅速得到中國留學生們的熱烈鄉應。在同盟會會員們的組織帶動下，中國留日學生的革命報刊活動出現了第二個高潮。這一時期創辦的報刊主要有《醒獅》（1905 年 9 月 29 日創刊，高旭等主持），《復報》（1906 年 5 月 8 日創刊，柳亞子等編輯），《四川》（1907 年 12 月 5 日創刊，四川留日學生同鄉會主辦，吳玉章任編輯兼發行人），《第一晉話報》（1905 年 7 月創刊，山西留日學生同鄉會主辦，景定成等人編輯），《晉乘》（1907 年 9 月 15 日創刊，景定成等主持），《雲南》（1906 年 10 月 15 日創刊，張耀曾等主編），《河南》（1907 年 12 月 20 日創刊，中國同盟會河南分會主辦，劉積學主編），《湘路警鐘》（1909 年 7 月創刊，湖南留日學生組織湖南鐵路研究社出版，焦達峰主編）等。除了上述以團體名義創辦的革命報刊外，還有一些中國留日學生以個人名義創辦了宣傳反清革命思想的報刊，如《洞庭波》（湘南留日學生陳家鼎創辦），《漢風》（湖北留日學生但燾主編），《新女界》（河南留日女學生燕斌主編），《秦隴》（陝西留日等生黨積嶺等創辦），《粵西》（廣西留日學生卜世偉主編），《關隴》（陝西留日學生范振緒等編撰），《夏聲》（陝西留日學生趙世鈺等主編），《江西》（江西留日學生愸生等主編），等等。

綜觀清中葉至清末這一時期的報刊，無論是政府官報，還是外國人在中國創辦的報刊，或者是資產階級維新派（後來演變爲改良保皇派、君主立憲派）創辦的報刊，以及資產階級革命派創辦的報刊，都對清王朝的統治產生過比較直接的影響。這些報刊的創辦者出於不同的目的和意圖，或是爲了延緩其統治地位的垮台而搞「預備立憲」的把戲，因而創辦一批鼓吹預備立憲的報刊；或是爲了代帝國主義利益立言而編印出版《中國教會新報》（後改名爲《教會新報》、《萬國公報》等報刊，也或是爲了鼓吹反清革命而創辦《中國日報》、《民報》等革命報刊等。作爲統治者，清政府當然不會也不可能自覺自願地退出歷史舞台，在洶湧澎湃的革命浪潮面前，清朝統治者可以說是用盡了種種手段，如有製造「蘇報案」式的殘虐，有棒殺卞小吾式的凶狠，也有對于右任的「豎三民」的無情摧殘，當然也有花錢買通報人、以預備立憲爲誘餌來吸引君主立憲派爲其塗脂抹粉的手段等。在招撫失敗的情況下，他們就舉起鎮壓的大棒，封報殺人。爲了尋找鎮壓的理由，他們憑藉手中掌握的國家政權，動用政治的、經濟的、文化的各種手段，對危及其統治的報刊——不僅是革命派創辦的鼓吹反清革命的報刊，就連維新派創辦的鼓吹變法維新、抵禦外侮的報刊和保皇改良派創辦的鼓吹「保皇存種」的報刊以及君主立憲派創辦的預備立憲報刊，只要對清朝統治不利，就一律打下台去。

正是在這一階段，由於西方文明東漸，西方資產階級的國家學說、法律思想迅速在中國得到普及，因而出現了中國歷史上第一批具有近代報刊法令法規特徵的報刊法律制度。這些報刊法律制度產生的目的，是爲了制約迅速發展的報刊活動尤其是資產階級革命派的報刊活動，而現實的報刊活動則又正是統治者制定報刊法制的直接動因。從這一層意義上講，這一時期的報刊活動是促進和推動報刊法制發展的最重要的社會背景要素。

第二節　清中葉至清末報刊法制的發展歷程

清中葉至清末，是中國社會從封建君主專制社會急速地走向半殖民地半封建社會的歷史時期。其歷史的轉折點即是 1840 年發生的鴉片戰爭。在鴉片戰爭之前的清政府，對外國傳教士的傳教和辦報活動是嚴禁的，所以這些洋人辦的報刊只是在中國沿海少數城市和地區（廣州或香港、澳門）存在，並未能在中國的社會生活和讀者中產生較大的影響。中國這塊土地上政治社會信息傳播交流的主體媒介，仍然是已經延續了數千年的傳統封建官報邸報（邸

抄等）和自宋代小報以來就若明若隱地存在了數百年的民間報紙——以《京報》為代表的形式民辦、內容是官報翻版的民間報紙以及受到康、雍、乾三朝嚴厲查禁後幾近消聲匿跡的小報。這種情況在《中英江寧條約》簽訂以後迅速發生了變化。到了 19 世紀末葉，已經形成了以英美報刊為主幹，以上海、香港為主要基地的「外人在華報刊」網絡，出現了一大批由外國傳教士和商人創辦的影響深遠的中外文報刊。「它們在不平等條約的庇護下，積極地為外國在華的政治、經濟利益進行宣傳辯護，幾乎壟斷了當時中國的新聞事業。」〔註19〕

　　急劇變化的社會政治、經濟、文化環境及在這種急劇變化中的環境下產生發展起來的中國報刊及報刊業，必然要表現出區別於其他歷史時期報刊及報刊業的明顯特點。但這種特點不是一朝一夕就表現出來的，而是隨著社會環境及報刊活動環境的變化發展逐漸表現出來的。清中葉至清末是中國報刊法制在形式上新舊交替的時期，一方面是以諭旨、部議、奏准、咨覆等傳統形式且具有法律效力的用於限制、處罰、管理報刊的文牘繼續發揮作用；另一方面以西方文明為外在形式特徵的中國近代報律也在經歷了無數次陣痛以後，終於來到了人間。這個從傳統到新式的過渡過程，實際上也就是中國報律形式的突變性發展過程。這一發展過程在中國報刊法制發展的完整歷程中具有特殊的意義。

一、民主報刊法制思想的初步形成階段

　　西方民主報刊法制思想的傳入與中國民主報刊法制思想的初步形成和廣為傳播，既是清中葉至清末報刊法制產生發展的直接推動力，更是這一階段報刊法制中民主色彩的重要思想來源。從這一層意義上認識，清中葉至清末時期報刊民主法制思想的形成和傳播，就成為這一階段報刊法制重要的準備階段。這一階段大致從第一次鴉片戰爭失敗至 1898 年 6 月的「百日維新」事件之前。

　　早在 1842 年，魏源根據林則徐提供的《四洲志》譯稿並參照其他一些文獻，整理編著成《海國圖志》50 卷，刻印行世。在《海國圖志》裏，魏源首先介紹了西方的新聞紙及報刊民主情況：「澳門所謂新聞紙者，初出於意

〔註19〕方漢奇主編：《中國新聞事業通史》（第一卷），中國人民大學出版社 1992 年版，第 243 頁。

大里亞國，後各國皆出。遇事之新奇及有關係者，皆許刻印散售，各國無禁。」後又稱讚英國：「刊印逐日新聞紙以論國政，如各官憲政事有失，許百姓議之。故人恐受責於清議也。」〔註20〕在這些文字裏，魏源不僅介紹了「新聞紙」在西方世界「各國皆出」和「皆許刻印散售，各國無禁」的情況，而且進一步指出了新聞報刊在社會政治生活中的作用和影響，政府「許百姓」議論「官憲政事」中的失誤，而正因爲人們可以議論，才使那些可能做出過失之事的「官憲政事」者，因「恐受責於清議」而小心處事，即報刊具有後來人們歸納的「監督政府、嚮導國民」的功能。

1859 年，曾在香港等地接受過西方文明薰陶的太平天國政治家、乾王洪仁玕在向天王洪秀全進呈的《資政新篇》中，把西方文明中的言論及出版自由觀點結合中國當時的國情作了具體的闡述，提出「設新聞館以收民心公議」、「准賣新聞篇」、「興……新聞館以報時事常變」以及「興各省新聞官。……官職不受眾官節制，亦不節制眾官，即賞罰亦不准眾官褒貶」〔註21〕的較完整的報刊民主法制設想。這些思想和設想，在當時可以說已經達到了相當的民主思想水平。

我國早期的資產階級改良主義思想家王韜，於 1883 年 5 月出版了文集《弢園文錄外編》，他在其中的《論各省會城宜設新報館》一文中，提出清政府應當允許各省省會城市設立新報館，並且指出政府當局應當允許報紙「指陳時事，無所忌諱」、「言之者無罪，聞之者足以戒」，而且還進一步提出，爲了使「州縣不敢模糊」斷案而害百姓，應當同意「採訪新報之人得入衙觀審，盡錄兩造供詞及榜掠之狀」，即如實向社會報導案件真相和審判結果，從而對官府起到監督作用。在《論日報漸行於中土》一文中，他較詳細地介紹了英國報紙及報人的地位，「西國之爲日報主筆者，必精其選，非絕倫超群者不得預其列。今日雲蒸霞蔚，持論蜂起，無一不爲庶人之清議。其立論一秉公平，其居心務期誠正。如英國之泰晤士，人仰之幾如泰山北斗，國家有大事，皆視其所言以爲準則，蓋主筆之所持衡，人心之所趨向也」。〔註22〕這些文字裏面都浸潤著濃厚的民主報刊思想色彩。

〔註20〕魏源：《海國圖志》卷五十三，平慶涇固道署刻印本，第 1876 頁。

〔註21〕洪仁玕：《資政新篇》。轉引自張之華主編：《中國新聞事業史文選》（公元 724～1995），中國人民大學出版社 1999 年版，第 5～6 頁。

〔註22〕王韜：《弢園文錄外編》卷七。轉引自張之華主編：《中國新聞事業史文選》（公元 724～1995），中國人民大學出版社 1999 年版，第 6～7 頁。

　　另一個資產階級改良主義早期思想家陳熾，於 1893 年發憤撰成《庸書》
內外百篇。其中《報館》一文首先回顧了中國自秦以來歷朝對新聞的壓制，
指出「唐宋以下……忌諱猥多，刑戮不免，所謂言者無罪，聞者足戒，昔有
其語，今無其事」的封建專制主義現實；認爲清政府屈服於外強的壓力，在
報紙創辦上採取「於己民則禁之，於他國則聽之」的奴才主義政策，所以一
遇到外交爭議事件，那些由外國人創辦的報刊就從維護其國家利益出發，「難
免不曲直混淆，熒惑視聽，甚非所以尊國體而絕亂原也」。他強烈要求清政府
開放報禁，「曉諭民間，准其自設資本」；若創辦報刊的個人資本不足，則「官
助其成」；對於報紙主筆，則需「公明諒直，三年無過，地方管吏據實保薦，
予以出身，其或顛倒事非，不知自愛，亦宜檄令易人」。〔註23〕所述這一切，
已經初步顯露出依法對報紙進行鼓勵和對違規報紙主筆進行處罰的報刊法制
思想，這在當時是難能可貴的。

　　中國最重要的一個資產階級改良主義早期思想家鄭觀應於 1894 年秋冬間
刊行了《盛世危言》五卷本。他在其中的《日報》一文裏，集中介紹了西方
的自由報刊體制：「泰西各國上議院下議院、各省各府各縣議政局、商務局、
各衙門大小案件及分駐各國通使領事歲報、新藝商務情形、凡獻替之謨、興
革之事、其君相舉動之是非、議員辯論之高下、內外工商之衰旺，悉聽報館
照錄登報。主筆者觸類引申，撰爲論說，使知院員之優劣，政事之從違，故
日報盛行，不脛而走。」在「日報盛行」的社會環境中，必然會出現「出報
既多，閱報者越廣」的現象，政府則通過「免紙稅」、「助送報」和「出本以
資之」等方式來支持報館發展，使得報刊「聞見多而議論正，得失著而褒貶
嚴，論政者之有所刺譏，與柄政者之所有申辯，是非眾著，隱闇胥彰，一切
不法之徒，亦不敢肆行無忌」。在介紹了西方自由報刊體制的情況之後，鄭觀
應進一步提出了建立中國報刊法制的建議：「我各省當道，亦宜妥訂章程，設
法保護，札飭有體面之紳士倡辦，以開風氣。」「無事之時，官吏設法保護，
俾於勸善懲惡，興利除弊……大小官員，苟有過失，必直言無諱，不准各官
與報館爲難。如有無端詆毀，勒詐財賄者，只准其稟明上司，委員公斷，以
存三代之公。……如謂當堂挾恨，審斷不公，准其登報，以告天下，庶公論

〔註23〕陳熾：《報館》，見中國史學會編：《戊戌變法》（一），神州國光社 1953 年版。
　　　　轉引自張之華主編：《中國新聞事業史文選》（公元 724～1995），中國人民大
　　　　學出版社 1999 年版，第 10～11 頁。

不稍寬假。有事之際，官吏立法稽查，於本國之兵機，不意輕泄。」他認為，假如果眞能如此，與「今日之禁止華人而聽西人開設」報館的情況相比，「其是非得失」就不言自明了。〔註24〕

上述早期資產階級改良主義思想家們對於西方自由報刊體制和報刊法制思想的宣傳，對戊戌變法時期報刊法制的醞釀和初步嘗試，不但起了非常重要的鋪墊和輿論宣傳作用，而且標誌著中國報刊法制建議開始步入了在民主法制思想影響下進行嘗試的新的歷史階段。

二、近代報刊法制的嘗試階段

1895 年中日甲午戰爭中清政府的慘敗，迅速加劇了中華民族生死存亡的危機和中國社會性質的半殖民地化。在研究了日本經過明治維新迅速從弱變強的歷史以後，一些資產階級改良主義人士提出了「變法圖強」的政治改革設想。同年 5 月 2 日，康有為、梁啟超等聯合在京應試的 18 省 1300 多名舉人聯名上書，請求清廷拒和、遷都、練兵、變法，並且在上書中直接提出了開放報禁的要求：「近開報館，名曰新聞，政俗備存，文學兼述。小之可觀物價，瑣之可見士風。清議時存，等於鄉校。見聞日辟，可通時務……宜縱民開設，並加獎勵，庶裨政教。」康有為考中進士並被授予工部主事後，又多次向皇帝進言，請求廣開報館，並稱此乃「變法下手之方……專主開民智、通下情，合天下人之聰明才力，以治天下之事」，「宜令直省要郡各開報館，州縣鄉鎮亦令續開，日月進呈，並備數十副本發各衙門公覽，雖鄉校或非宵旰寡暇，而民隱咸達，官慝皆知。中國百弊，皆由蔽隔。解弊之方，莫良於是」。〔註25〕康有為不但有思想，行進言，而且付實踐，於發起「公車上書」後僅距 3 個半月的 8 月 17 日，就在北京創辦了宣傳變法維新的《萬國公報》（後改名為《中外紀聞》），又於 1896 年 1 月 12 日在上海創辦了強學會上海分會的機關報《強學報》。

然而，就是因為《中外紀聞》迅速產生了使封建頑固派官吏預想不到的巨大反響而使之萬分恐懼，先是北京《中外紀聞》因受御史楊崇伊等人傾力參劾而於 1896 年 1 月 20 日被光緒皇帝下令禁止發刊。接著是 5 天後，上海

〔註24〕鄭觀應：《盛世危言‧日報》，見《鄭觀應集》（上冊），上海人民出版社 1982 年版，第 347 頁。

〔註25〕湯志鈞編：《康有為政論集》（上冊），中華書局 1982 年版，第 322～324 頁。

的《強學報》也被見風使舵的張之洞查禁，維新派人士企圖衝破清廷實施了數百年的「報禁」的嘗試遂告失敗。然而維新派人士並未偃旗息鼓，而是從光緒皇帝把《強學報》館改建爲官書局並出版《官書局報》和《官書局匯報》這一微妙的暗示中，得到了鼓舞和啓發。遂於 1896 年 8 月 9 日又創辦了以宣傳變法維新爲主旨的《時務報》。該報一創刊，不受到廣大愛國紳士的歡迎，也得到清廷內部一些官吏（如張之洞、陳寶箴、廖壽豐、劉坤一等）的認可和支持，由此而出現了這一時期第一個民間自由辦報刊的高潮。

或許是受了鄭觀應介紹的西方國家通過「免紙稅」、「助送報」和「出本以資之」等方式扶助報刊發展的啓迪，清廷御史徐道焜於 1897 年 3 月奏請修改郵局章程，減低發行新聞紙的郵寄費。次年 4 月，清廷接受了這一請求，降低了新聞報紙的郵寄費，同意把報紙按「貨樣」標準納費投寄，郵費略低於普通信件。這是中國報刊法制史上第一個與報刊直接相關的專門法規，表現出鼓勵報紙發展的政策導向。

1898 年 6 月 11 日，光緒皇帝下「明定國是」詔，宣告變法正式開始。爲了適應這一形勢的需要，康有爲於 7 月 17 日以御史宋伯魯名義起草了一份《奏改時務報爲官報摺》，上呈光緒帝。內稱「大抵報館愈多者其民愈智，其國愈富且強」，並舉日本之例，「昔日本維新之始，遣伊藤博文等遊歷歐美，討論變法次第。及歸，則首請設官報局於東京」來論證盡快設官報局的必要性和應把官報局設在京師的理由；同時還提出賦予新設立的官報局具有審查各省所辦報刊之職責，即「各省民間設立之報館，言論或有可觀，體律有未盡善，且間有議論悖謬、記載不實者，皆先送官報局……悉心稽核。撮其精善進呈，以備聖覽」，「其有悖謬不實，並令糾禁」。〔註26〕光緒帝十分重視，收到此折的當日即批轉總理大學堂大臣孫家鼐「酌核妥議，奏明辦理」。10天後，孫家鼐奉諭向光緒帝上了《奏遵議上海時務報成爲官報摺》。光緒帝當天即作了御批，內稱：「報館之設，所以宣國是而達民情，必應官爲倡辦。……著照所請，將《時務報》改爲官報，派康有爲督辦其事，所出各報，隨時呈進。其天津、上海、湖北、廣東等處報館，凡有報章，著該督撫咨送都察院及大學堂各一份，擇其有關事務者，由大學堂一律呈覽。至各報體例，自應臚陳利弊、開擴見聞爲主。中外時事，均許據實昌言，不必意存忌諱，用副朝廷明目達聰、勤求治理之至意。所籌官報經費，即依議行。」

〔註26〕梁啓超：《戊戌政變記》，中華書局 1954 年版，第 35 頁。

這是中國報刊出現數百年以來第一個由皇帝發布、具有法律效力的最為開明的上諭。它的開明之處主要表現在：一是公開宣告開放報禁，准許開辦面向全社會的中央政府機關報，並且把原來民辦的上海《時務報》直接改辦成官報，遷北京出版。這從一個側面反映了當時的民間輿論對社會生活的影響和朝廷對其影響力的認可。二是公開宣布各地報館的合法地位，不再像以往那樣一律查禁，而是「凡有報章，著該督撫咨送都察院及大學堂等一份」，說明這些民間報刊可以合法存在了。三是賦予報刊可以「據實昌言」的言論自由權，並且特別指示「不必意存忌諱」。有了這一條並且倘能真正做到，後來的「蘇報案」、「沈藎案」以及其他云云總總的迫害報刊、報人的案件就不會出現了。四是宣布政府在經濟上對報刊採取扶持資助政策，即「所籌官報經費，即依議行」。五是明確宣布「各報體例，自應以臚陳利弊、開擴見聞為主」，即規定了報刊的主要社會功能，從而確定了報刊在社會生活中的地位。由此我們認為，光緒皇帝的這一上諭已經對此前和當時的民主報刊法制思想作了較為全面的梳理和概括，基本形成了可以涵蓋報刊活動多個方面的內容體例，只是沒有條款化而已。除了這一上諭外，光緒帝此後還多次發布過與報刊有關的諭旨。如 8 月 9 日發布了「命官報局所需經費，照官書局之例，由兩江總督按月籌撥銀一千兩，另撥開辦經費六千兩」的上諭；8 月 16 日發布了「其各省府州縣，皆立農務學堂，廣開農會，刊農報、購農器」的上諭；8 月 26 日發布了「……書籍報紙、一律免稅，均著照請行」的上諭；就在「戊戌變法」失敗前 10 天的 9 月 12 日，他還發布了「報館之設，原期開風氣而擴見聞，該學士所稱現商約同志於京城，創設報館，翻譯新報，為上海官報之續等語，即著瑞洵創辦以為之倡。此外官紳士民，並著順天府五城御史切實勸諭，以期一律舉行」的上諭，多層面地反映了光緒皇帝較為開明、民主的報刊法制構想。

1898 年 8 月 9 日，康有為在上光緒帝《恭謝天恩條陳辦報事宜摺》的同時，上了一個名為《請定中國報律摺》的附片，第一個正式向皇帝提出了制定專門報律的問題。康有為在折中稱：「臣查西國律例中，皆有報律一門，可否由臣將其書譯出，凡報單中所載，如何為合例，如何為不合例，酌採外國通行之法，參以中國情形，定為中國報律，繕寫進呈御覽，審定後，即遵依辦理。」為什麼康有為要提出制訂報律問題呢？從他的摺子中看大致有三方面原因：一是為了鞏固當時維新派報刊發展的成果，要求以法律的形式明確

其地位，並且使其得到更快的發展。二是爲了在「日後」萬一情況有變時，尋找法律保護的依據。即如他所說的：「惟是當開新守舊並立相軋之時，是非黑白未有定論。臣以疏逖卑微，憂時迫切，昌言變法，久爲守舊者所娼嫉，謗議紛紜。……然他日或有深文羅織，誣以顛倒混淆之罪，臣豈能當此重咎。」但他想得太天眞了，因爲即使報律制定頒行，但對於連光緒皇帝本人都可以「幽禁」的慈禧太后等輩來說，一紙報律豈能爲康有爲擋雨避風。三是爲了恢復中國在世界各國中的尊嚴，不讓「奸商」借洋人之名，「任意雌黃議論」。自 19 世紀 70 年代以後，洋人紛紛進入中國辦報。清政府對此採取「既不願承認，又不敢干涉」的鴕鳥政策，外人所辦報刊或掛洋人之名所辦報刊成爲中國法律奈何不得的特殊報刊，使國人自尊大受損害。爲此康有爲建議「由總理衙門照會各國公使領事，凡洋人在租界內開設報館者皆當遵守此律令」，從而達到對其進行約束、維護國家主權的目的。對於這些建議，光緒帝大爲讚賞，接到康有爲上書的當天就發布上諭：「泰西律例，專有報律一門。應由康有爲詳細譯出，參以中國情形，定爲報律。送交孫家鼐呈覽。」然而，由於以慈禧太后爲代表的封建頑固勢力的迅速反撲，「戊戌變法」很快失敗，不但這一擬定由康有爲起草的「中國報律」未及問世即胎死腹中，而且連早先已取得的報刊法律成果（如承認民辦報刊的合法地位等）也化爲烏有。以慈禧太后爲代表的封建頑固勢力以「百倍的瘋狂」向以「帝黨」爲代表的維新派進行反攻倒算，宣布廢官報局，停辦《時務官報》；命令各地督撫查禁民間報館，嚴拿報館主筆；禁立會社，捉拿會員，直至緝捕康梁，並對購閱「康黨」報紙的讀者「一體嚴拿懲辦」。由於光緒帝被幽禁，六君子喪命，報館被封，報館主筆或被拿被殺，康梁被迫亡命於海外，伴隨著「戊戌變法」運動而出現的中國資產階級第一次改良主義報刊法制建設嘗試，就以其不可避免的失敗而宣告結束了。

三、近代報刊法制建設的初成體系階段

　　「戊戌變法」的失敗，使國人更加看清了以慈禧太后爲代表的封建頑固派不肯對垂死的清朝統治制度作哪怕是「改良」性質的任何變革，從而加劇了人們對清朝統治的失望。1900 年的八國聯軍入侵，更使人們進一步看清了清朝的腐敗無能。中國大地開始蘊育洶湧的旨在推翻清政府朝廷統治的「地火」，即資產階級民主革命潮流。1900 年 1 月 25 日，由孫中山領導下的興中

會機關報《中國日報》在香港創刊，預示著中國資產階級民主革命運動及其報刊宣傳進入了一個新的發展階段。

迫於各方面壓力，因躲避八國聯軍而逃亡西安的慈禧太后於 1901 年 1 月 29 日指示光緒帝發布了「整頓政事」、「實行新政」的上諭。同年 10 月，慈禧攜光緒皇帝回京，「新政」全面展開。1902 年，清政府「著派沈家本、伍廷芳，將一切現行律例，按照交涉情形，參酌各國法律，悉心考訂，妥爲擬議……俟修訂呈覽。候旨頒行。」〔註27〕1904 年 5 月 1 日，清政府成立了修訂法律館，主要負責外國法律的編譯和對中國現行法律的刪改工作。1906 年 9 月 1 日，光緒帝發布《宣示預備立憲諭》，宣布：「仿行憲政，大權統於朝廷，庶論公諸輿論，以立國家萬年有道之基。」1907 年，清政府在原考察政治館基礎上組建了隸屬於軍機處的憲政編查館，承擔辦理憲政、編製法規及翻譯各國憲法等工作，開始了實質性的「仿行憲政」的準備工作。也就是在這樣一個社會環境中，清政府在既極不情願，但又無可奈何，更想藉制定報律來遏制革命報刊的威脅等多種複雜情緒的互動下，開始了制定中國報律的進程。從《大清印刷物件專律》出台的 1906 年 7 月，到在《大清報律》基礎上修改而成的《欽定報律》經清廷批准頒行的 1911 年 1 月 29 日之間的 4 年半左右時間裏，清政府有關部門先後制定、頒布、實施了一大批專門適用於報刊管理，或與報刊管理有關，或含有調整與規範報刊活動專門條款的法律與法令，基本上形成了一個比較完整的中國近代報刊法制體系。這一體系主要包含以下幾方面內容：

1. 專門適用於報刊管理的法律法令

《大清印刷物件專律》。1906 年 7 月（光緒三十二年六月）由清政府商部、巡警部和學部「會同鑒定」並公布施行。包括大綱、印刷人等、記載物件等、毀謗、教唆、時限共 6 章，計 41 條。其中《第三章　記載物件等》是有關報刊管理的專章，共 7 條。除其中的第一條係對「記載物件」概念的界定外，另外 6 條分別對報刊的註冊、註冊手續之辦理、註冊的核准、不同意註冊之上訴、註冊的費用以及報刊樣本的繳納等作了規定。

《報章應守規則》。1906 年 10 月 12 日（光緒三十二年八月二十五日），由清政府巡警部札飭京師巡警總廳頒布，令「京師及各地報紙一體遵守」。內

〔註27〕《清實錄》（德宗朝）卷四九八。轉引自張培田：《中西近代法文化衝突》，中國廣播電視出版社 1994 年版，第 131 頁。

容包括 9 條，即：不得詆毀宮廷；不得妄議朝政；不得妨害治安；不得敗壞風俗；凡關外交內政之件，如經該管衙門傳諭報館秘密者，該報館不得揭載；凡關涉詞訟之案，於未定案以前，該報館不得妄下斷語，並不得有庇護犯人之語；不得摘發人之隱私，誹謗人之名譽；記載有錯誤史實，經本人或有關係人聲請更正者，即須速爲更正；除已開報館之外，凡欲開設者，皆須來所呈報批准後，再行開設。

《報館暫行條規》。清政府民政部擬定，1907 年 9 月 5 日（光緒三十三年七月二十八日）經清廷批准頒布，作爲正式報律公布前的法令施行。該條規共有 10 條，內容與巡警部所訂的《報章應守規則》基本相同，只是加了一條，出版前要呈報巡警部，經批准後方能發行。〔註28〕

《大清報律》。清政府商部、民政部、法部等參照日本新聞法擬定，清廷憲政編查館審核議覆，1908 年 3 月 14 日（光緒三十四年二月十二日）奉旨頒行。該報律包括兩部分：正文和附則，共計 45 條，除繼承了前述《報章應守規則》和《報館暫行條例》的基本內容和精神外，新增了不少限制性條款。另外，它在形式上基本具有了西方現代法律條令的「條」「款」體例，一改前面《報章應守規則》和「報館暫行條規」中以「一」到底的傳統法規形式，以「律」中分「條」、「條」下列「款」的形式表述內容，基本上達到了形式簡潔、行文規範的法律文書要求。

《欽定報律》。係在《大清報律》及其 1910 年修訂本基礎上，再加修訂後改稱而來，1911 年 1 月 29 日（宣統二年十二月二十九日）經清廷批准後頒行。該版報律在內容上作了調整和合併，正文的條數從《大清報律》的 42 條減少到 38 條，而附則的條數則從《大清報律》的 3 條增加到 4 條。總條數從《大清報律》的 45 條減少到《欽定報律》的 42 條，但兩者在基本的內容和思想核心方面完全一樣，並且在法律名稱上突出了「欽定」二字，使其封建君主專制色彩更爲明顯。

2. 與報刊事業相關的法律法令

《電報總局傳遞新聞電報減收半價章程》。1907 年 12 月（光緒三十三年十一月）頒布施行，共 10 條。

《重訂收發電報辦法及減價章程》。清政府電報總局擬定，清廷於 1909

〔註28〕 參見方漢奇主編：《中國新聞事業通史》（第一卷），中國人民大學出版社 1992年版，第 950 頁。

年 4 月（宣統元年三月）頒布施行。

《著作權章程》。清廷內閣沈家本等主持擬定，1910 年底（宣統二年）頒布施行。該章程共分通例、權利期限、呈報義務、權利限制和附則共 5 章，計 55 條。它引進了西方資產階級思想中的著作權觀念和有關法律規定，對著作權的概念、著作物範圍、著作權利的年限、著作權的獲得程序、著作權的保護（禁例和罰例）等問題都作了相應的規定，並且達到了相當高的法律水平，無論在當時還是在後來都表現出積極的意義、影響和作用。

3. 含有調整與規範報刊活動專門條款的法律

《欽定憲法大綱》。1908 年 8 月 27 日（光緒三十四年八月初一日）頒發。其中從國民權利的角度對公民享有言論、出版及集會自由等作了規定。

《違警律》。1908 年 5 月 9 日（光緒三十四年十月初十日）頒行。其中從維護社會治安角度對社會成員的報刊活動作了相應規定。

《清新刑律》。1911 年 1 月 25 日（宣統二年十二月二十五日）公布。其中從刑事處罰和懲治角度對社會成員從事報刊活動的有關行為作了規定。

清中葉至清末，除了由中央政府制定、頒發、施行報刊法律法令外，一些地方政府，上自行省督撫，下至縣令，都曾制定頒發過不少旨在遏制、扼殺新式報刊尤其是革命宣傳報刊的法律條令。如 1906 年 5 月 30 日，廣東南海縣令虞汝鈞制頒該縣「自訂報律」8 條；1907 年 1 月 8 日，兩廣總督周馥頒布「自訂報律」3 條等等。

到辛亥革命爆發之前，中國已經基本上形成了由專門報律、相關法律及綜合性法律相配套，中央政府報律和地方政府報律相呼應的報刊法制體系。就此而言，它既是達到了中國封建專制報刊法制發展的頂峰，同時從它們不得不以資產階級法律條款格式及自由「民主」外表問世的象徵上，也昭示了封建專制報律的末日。

第三節　清中葉至清末報刊法制的主要內容

清中葉至清末的中國社會是一個半殖民地半封建性質急劇加速的特定時期，所以清政府通過上諭、部議、奏准、議覆以及採用近代西方報律形式頒布施行的報刊法律法令，在政治傾向上也具有十分明顯的半殖民地半封建色彩。總體上看，這一時期的中國報刊法制也大體上包括了對傳統報刊和新式

報刊進行管理等兩個方面的內容。

一、維護和彌補傳統報刊運作體制的內容

　　鴉片戰爭以後，儘管清政府在洋人面前已經失盡了尊嚴，但在國人面前卻仍死撐面子，死抱著祖傳的規矩不放。在報刊方面，仍然以「邸鈔」爲正宗，「邸鈔依然以中央政府公報的性質，流傳於封建統治集團人物之間」，〔註29〕並不得有絲毫的改變。

1. 對當朝官員請刻邸鈔的斥責

　　清咸豐元年（公元 1851 年），江西巡撫張芾鑒於邸鈔只限在官員之間傳閱，而又因眾多朝政大事不予發鈔，致使「各省大吏」對朝政大事亦「無從聞知」；而民間《京報》又是「內容簡略，寄遞遲延，且價貴不易得」，不利於朝政下達於民、民情上通於君的想法，於是向皇帝奏請「刊刻邸報，發交各省」。這本來是一件爲鞏固清政府的統治出點子、臣子出於「忠心」向皇帝獻言建策的事，卻受到「固守祖訓」的咸豐皇帝的斥責。咸豐三年十二月（公元 1854 年 1 月），咸豐皇帝（愛新覺羅・奕詝）發布上諭稱：「丙申，張芾奏請刊刻邸鈔，發交各省等語，識見錯謬，不知政體，可笑之至。國家設官分職，各有專司，逐日所降明發諭旨及應行鈔發內外臣工摺件，例由內閣傳知各衙門通鈔，即由各該管衙門行知各直省，或由驛站，或交提塘分遞，該衙門自能斟酌緩急輕重，遵例妥辦，豈有各省大吏從無聞知之理。所有刊刻邸鈔，乃民間私設報房；轉相遞送，與內閣衙門無涉。內閣爲經綸重地，辦事之侍讀中書，從無封交兵部發遞事件，若令其擅發鈔報，與各督撫紛紛交涉，不但無此體制，且恐別滋弊端。近日被兵省分，間有道途阻隔者，然各鄰近江西之福建、湖南、廣東等省，照例陳奏事件，依舊長弁賫京，並無稽滯。即江蘇、浙江摺差，亦俱繞越行走。江西省城久已解圍，道路已通，而張芾奏事，無論有無緊要事件，動用驛報。乾隆、嘉慶年間，疊奏諭旨申禁，定例擅動驛馬，處分綦嚴。若吝惜小費，輒因一二件關涉軍餉補查清恤各事，率由驛遞，不特有違定例，亦令聞者詫異。張芾於陳奏事件，屢經嚴旨斥責，仍不知敬畏，復逞臆見，率行瀆請，實屬謬妄，著傳旨嚴行申飭。將此由四百里諭令知之。」〔註30〕

〔註29〕黃卓明：《中國古代報紙探源》，人民日報出版社 1983 年版，第 122 頁。
〔註30〕黃卓明：《中國古代報紙探源》，人民日報出版社 1983 年版，第 123 頁。

這真是一份絕妙的頑固維護舊體制、舊秩序，即使到了四面楚歌境地，仍然聽不進「忠言」而一意孤行並且欲置進言者於死地的封建統治者的自供狀。咸豐皇帝首先認為，張苻奏請刊刻邸鈔是「認見錯謬，不知政體，可笑之至」。不但「識見錯謬」，而且「不知政體」，做出了使皇帝感到「可笑之至」的舉動，已經判了「死刑」。其次咸豐皇帝從國家設官分職——而不管這些「官」「職」是否仍然適應變化了的社會環境——來維護原有的舊體制，即再次重申皇帝發明諭或御批臣工摺件，內閣傳知各衙門，各衙門行知各直省的這一舊有體制，不許有任何改變。第三是他封死了內閣向社會發布信息的渠道，因為「內閣為經綸重地，辦事之侍讀中書，從無封交兵部發遞事件」。咸豐皇帝頑固地認為，以前沒有的，現在也不准有。由內閣發布「邸鈔」，因為祖輩「無此體制」，所以到了我這一輩也不應當有；更深一層的原因是害怕這一改革會增加新的麻煩，即「恐別滋弊端」。第四是他竭力尋找舊有體制的好處，來抵制張苻提出的「刊刻邸鈔，發交各省」建議，認為閩、湘、粵等省的「照例陳奏事件」，儘管「道路阻礙」，但「依舊長弁賫京，並無稽滯」；蘇、浙兩省的摺差，因「俱繞越行走」，似乎也沒有耽誤大事，而且「江西省城久已解圍，道路已通」，言下之意是那就更不會影響「照例陳奏事件」傳遞到北京了。既然如此，為何要多出事來，「刊刻」什麼「邸鈔」，還要「發交各省」呢？第五是咸豐皇帝為維護舊體制和舊秩序露出了凶相，使用了殺手鐧。可憐張苻，在他第一次奏請被皇帝拒之廷門之外後，仍心存痴意，反復奏請；即使在被皇帝「屢經嚴旨斥責」後，「仍不知敬畏，復逞臆見，率行瀆請」，又被咸豐皇帝斥之為「實屬謬妄」，再一次「傳旨嚴行申飭」，並「將此由四百里諭令知之」，以解心頭之恨，其維護舊體制的決心可見一斑。

2. 彌補傳統邸報傳遞體系的努力

至於清政府竭力為彌補傳統的邸報傳播體系而作的努力，我們可以從《同治中興京外奏議約編》卷七所載的御史劉慶向朝廷遞呈的一份《請整頓駐京塘務疏》中略知一二。該疏中稱：「竊照各省例設駐京提塘，原為承投該督撫題咨事件，並有親赴六科抄發具題奏覆各件之責，向由各省督撫於武進士、舉人內揀選咨充，三年更替，期滿之後，分別營衛守備選用，所以示獎勵、慎郵政也。近見各省文件，往往遲延貽誤，皆由提塘不能慎重公事之故；其不能慎重公事，皆因期滿不即更替，貪戀留辦及雇人代請，事無專責之故。臣初任兵部司員，於郵政曾加體察，伏讀中樞政考，內載提塘三年，期滿不

准咨請留辦；又例載：各省提塘將屆期滿十個月以前，兵部行知該督撫揀充補，依限咨部；如咨送遲延，將該督撫交部議處；該提塘領文不即赴部，亦照例議處。又，應密事件，不准提塘預通信息各等語，郵政所關定例甚嚴。查各省駐京提塘，例定十六缺，今聞僅存十一人，其餘五缺，皆雇請他省提塘代辦，而此十一缺中，如山東等省又多有期滿留辦之員。訪察闕額所由來，非盡各省督撫不行咨送充補，實緣該提塘等貪領每年報資，不欲交卸。即本省咨送頂補，有人來京，亦必多方勒掯。於例定封庫底墊正款外，需索攤派幫項私款，每至數千金之多。而他省提塘預爲已身日後交卸地步，亦從而附和之，勒索保結諸費，種種刁難，以致新咨來京提塘，無力承認。經年累月，不能接充，竟有自行赴部呈請咨回，不願頂補者。而舊任提塘，又因充補年久，格於例限，不敢戀缺，則每私相授受，雇請他省提塘代理，如山東則代辦湖南，直隸則代辦雲貴，廣西則代辦陝甘，福建則代辦浙江。又有業經病故，而其子孫尙掯留鈐記，不願交出，如四川提塘已於上年出缺，猶雇請江西提塘代辦，似此朋充接頂，互相效尤，將來必致盡曠其官，貽誤塘務。況預通信息，例有明禁，若以此省代辦他省，身非專責，更難免無泄漏密封等弊，相應請旨飭下兵部，嚴加整頓。嗣後凡有提塘期滿，仍例不准留辦；遇有身故者，一面勒令將鈐記繳出，派委鄰省暫行代理，一面行催本省速行咨送合例之員來京頂補。到京之日，即由兵部嚴催交替，不得仍前勒索刁難，並請飭部嚴定處分。至現在闕額諸省，應由該部查明，速行咨催充補，以專責成，庶塘務不致曠廢，而郵政可期起色矣。臣愚昧之見，是否妥當？伏乞皇太后、皇上聖鑒！謹奏。」

　　在這份奏疏中，御史劉慶匯報了當時塘務廢弛的嚴重情況，分析了導致塘務廢弛、文書傳遞效率低下及多有密封泄漏等情況的原因。他提出了「整頓駐京塘務」的幾條建議：一是「凡有提塘期滿」者，「不准留辦」。二是「遇有身故者，一面勒令將鈐記繳出，派委鄰省暫行代理；一面行催本省速行咨送合例之員來京頂補」。三是當「頂補之員到京之日，即由兵部嚴催交替」。四是規定前任提塘「不得仍前勒索刁難，並請飭部嚴定處分」。五是「現在闕額諸省」，由「該部（指兵部）查明，速行咨催充補，以專責成」。他認爲只要採取了以上措施，就可使「塘務不致曠廢」，「郵政可期起色」。結果如何不得而知。但實踐已經證明，由於舊的體制和秩序已不適應新的形勢，即使再花力氣去修補，也難免其遭到淘汰的命運。

3. 保證傳統邸報正常傳遞運行的法律規定

清光緒二十七年，清政府刊行《大清律例增修統纂集成》，其中與報刊傳播有關的內容是「造袄書袄言」條，刊於「刑律‧盜賊類」中。該條共有 3 款，其中第三款是「各省抄房，在京探聽事件，捏造言語，錄報各處者，系官革職，軍官杖一百，流三千里。該管官不行查出者，交與該（刑）部，按次數分別議處。其在貴近大臣家人子弟，倘有濫交匪類，前項事發者，將家人子弟並不行約束之家主，並照例議處治罪」。〔註31〕清政府在這一款中明確了對三種人的處罪，一是各抄房中「捏造言語、錄報各處者」的處罰，有官職的先革職，若是軍官還要「杖一百，流三千里」；二是對管理「各省抄房」的「該管官」的處罰，倘若沒有很好履行職責而被「查出者」，交與刑部按次數分別議處；三是對倚仗自己父輩是朝廷高官而「濫交匪類」向社會泄密的行為，不但要對「貴近大臣家人子弟」進行處罰，而且要對那些「不行約束之家主」，照例議處治罪。

無論是對江西巡撫張苗請求「刊刻邸鈔」的斥責，還是御史劉慶提出的「整頓駐京提塘」的措施，或者是在《大清律例增修統集成》中的「刑律‧盜賊類」下列的「造袄書袄言」罪名中對與「抄房」有關的幾類人員的處罰規定，其實質都是維護和修補由清朝皇帝祖先沿襲下來的舊體制與舊秩序。對象不同，處罰有異，但維護舊秩序、舊體制這個根本宗旨是不變的。

二、對新式報刊活動進行管理限制的內容

新式報刊是特指仿西洋報刊格式且內容上突出朝廷官報範圍，涉及社會政治新聞及科學知識等內容的各類報刊的總稱，是在鴉片戰爭後興起的一個新的報刊類型。對於清朝統治者來說是一個不願接受又不得不接受的「燙手山芋」。

1. 新式報刊的興起及其遭受的壓制摧殘

鴉片戰爭以後，西方列強蜂擁而擠進中國這塊未被開墾的處女地，開廠、經商、辦學堂、印報紙。由此，中國出現了第一批近代報刊。最早創辦的中文雜誌《遐邇貫珍》是由英國傳教士麥都思、奚理爾等先後擔任主筆，用鉛字排印，於 1853 年 9 月 3 日在香港創刊。它的創刊是外國人在中國領土上創

〔註31〕 《大清律例增修統纂集成》。轉引自張之華主編：《中國新聞事業史文選》（公元 724～1995），中國人民大學出版社 1999 年版，第 141 頁。

辦宣揚西方觀念的中文雜誌的開端。（具有諷刺意味的是，也正是在這一年，咸豐皇帝對江西巡撫張芾請求「刊刻邸鈔，發交各省」一事，予以「嚴旨申飭」，斥之爲「識見錯謬，不知政體」，「並將此由四百里諭令知之」。）爾後，外國人於 1857 年在上海創辦了《六合叢談》，1858 年在寧波創辦了《中外新報》，1861 年在上海創辦《上海新報》，1872 年創辦了舊中國出版時間最長的《申報》，1893 年創辦《新聞報》，由此在上海形成了以《字林滬報》、《申報》和《新聞報》三家由外國人所辦的中文商業報導三報鼎立的局面。在外人所辦報紙的影響和上海獨特的社會政治環境下，中國人所辦的報紙也迅速地發展起來，進而使上海迅速成爲全國報紙的中心。

中國近代著名報人姚公鶴曾對這一現象作過較爲客觀的分析。他說：「全國報紙以上海爲最先發達。故即在今日，亦以上海報紙爲最有聲光。北京稱上海報爲南報，而廣東及香港、南洋群島稱上海報爲滬報，凡事非經上海報紙登載者，不得作爲徵實，此上海報紙足以自負者也。雖然，此等資格，報紙自力造成之歟？抑別有假借歟？以吾人平心論之：一、歷史上之地位，則上海報爲全國之先導是也；二、交通上之地位，則水陸交會，傳達消息靈便是也；三、大商埠之地位，則上海一隅，爲全國視線所集，因別種關係而報紙亦隨以見重於世是也。惟以上三者，第一層取得之歷史資格，則上海各報，其初均由外人創辦；即第二層、第三層之交通商埠，亦何一非外人經營有效之後，而吾國人席其勢以謀發展者。是上海報紙發達之原因，已全出外人之賜。而況其最大原因，則以託足租界，始得免嬰國內政治上之暴力。然則吾人而苟以上海報紙自豪於全國者，其亦可愧甚矣。」〔註32〕姚公鶴分析了中國人所辦中文報紙在上海這個獨特的社會、經濟、政治環境中之所以得到迅速發展的特殊動力，如外國人率先在上海辦報爲中國人辦的報紙起了示範作用；外國人率先在上海登上中國大陸，使之成爲商埠交通交會地位爲上海報紙提供了銷路市場；外國人在上海設立租界，中國人所辦報紙可以「託足租界」，免受「國內政治上之暴力」摧殘而迅速發展。

在對報刊尤其是革命報刊或反帝報刊進行限制和迫害的過程中，清政府和帝國主義份子之間是互相勾結的。他們之間或是清政府請求外國政府或租界當局查禁在國外或租界中出版的宣傳反帝反封建的報刊；或是帝國主義份

〔註32〕姚公鶴：《上海報紙小史》，見楊光輝等編：《中國近代報刊發展概況》，新華出版社 1986 年版，第 261 頁。

子從維護其國家利益或特權出發，照會或要求、指使清政府當局通過各種手段來迫害表現出反對某一帝國主義對中國侵略傾向的中國報刊。

第一種情況如日本政府受清政府的請求，先後查禁了中國留日學生組織編輯出版的《鵑聲》、《四川》、《雲南》及《民報》等革命刊物；租界當局應清政府上海地方當局的請求，製造了當時轟動全國的「《蘇報》案」，查封了《神州日報》、《民呼日報》和《民籲日報》等一大批宣傳反清革命的報刊。

屬於第二種情況的報刊更多。如 1900 年，參加八國聯軍的各國駐粵領事以廣州《博聞報》、《嶺海報》、《中西日報》等報刊載了聯軍在華北戰敗的消息為由，照會粵撫德壽，要求清政府予以查禁；1904 年，英國駐華大使以北京《京話日報》刊載英人在南非虐待華人的消息，咨請清廷封禁；1905 年，沙俄駐華大使以漢口《漢報》刊有影響道勝銀行信用的消息，請湖北當局查禁；美國領事以廣州《拒約報》、天津《大公報》等報刊載了抵制美貨消息，照會兩廣及直隸總督要求查禁；英國領事以廈門《鷺江報》刊有英傳教士在金門欺侮百姓消息，函請地方當局查禁；德國領事以濟南《濟南報》及上海《警鐘日報》等報刊有德國掠奪山東路礦利權消息，要求山東及上海當局予以查禁；1909 年英國領事以廣州各報報導「佛山輪洋人踢斃華人」消息，激起「排外」情緒，要求粵督「諭禁各報評論此事」；1910 年，法國駐華大使以北京《愛國報》發表揭發法帝國主義派特務潛入雲南，「偵探政界舉動，調查陸軍內容，測繪地圖險要，詳訪輿論風潮」的消息為由，照會清政府外務部，要求「將此等刊登謠諑報紙嚴加懲戒，並令立即改正」；1911 年，俄國領事以哈爾濱《東陲公報》揭載了沙俄阿爾穆邊防軍派人潛入外蒙，覬覦我蒙古領土主權的消息，照會吉林交涉使，要求「諭令停刊」；日使以北京《公論實報》刊載揭發日本帝國主義「偷我礦產」、「暗探我軍容」的消息，照會清政府外務部要求查封。〔註33〕所有這些「照會」和「要求」，在諸如遵帝國主義列強之命賣勁地查封《東陲公報》並居然聲稱「寧可使文士埋怨，不可使外人生氣」的吉林交涉使兼署西北路道郭宗熙等軟骨頭、無脊樑的清政府官員面前，又無一不是高於聖旨的聖旨，當然只能是「照辦不誤」了。

2. 清政府頒布的限制新式報刊的法制內容

清政府在借助洋人勢力和手段查禁壓制反清革命報刊的同時，還通過立

〔註33〕方漢奇：《中國近代報刊史》，山西教育出版社 1981 年版，第 599～601 頁。

法手段出台了一系列報刊法制，對宣傳反清革命乃至正常的輿論報導從多方面予以鉗制和壓制。在他們制定、頒布、實施的《報章應守規則》、《大清報律》、《報館暫行條規》及《欽定報律》等法律條文中，對報刊的創辦程序、出版傳播活動、禁載內容限定及報人權限等方面都作了嚴格的規定。

（1）關於規範報刊創辦程序的內容

按照清政府統治者的本意，所有社會政治信息的發布權是集中在朝廷的，正如乾隆二十一年所議准的那樣：「……令各提塘公設報房，其應鈔事件，親赴六科抄錄，刷印轉發各省。所有在京各衙門鈔報，總由公報房鈔發。」〔註34〕然而到了鴉片戰爭之後的 20 世紀初，封建專制的鎖鐐再也限制不了民主潮流的湧動，民間報刊的創辦已成為阻擋不了的潮流，於是清政府從禁止創辦轉而改為限制創辦。縱觀清政府制定的關於報刊創辦程序的法令內容，可以說經歷了從註冊制到批准制、再從批准制到備案制附加保證金制的發展階段。

第一是報刊註冊制。代表性法令是清政府 1906 年制訂頒行的《大清印刷物件專律》。該法律規定：「京師特設一印刷註冊總局，隸商部、巡警部、學部，所有關涉一切印刷及新聞記載等，均須在該局註冊。」具體註冊手續是「凡欲以記載物件出版發行者，可向出版發行所在之巡警衙門呈請註冊，其呈請註冊之呈預備兩份，並各詳細敘明記載物件之名稱，或定期出版或不定期出版，出版發行人之姓名、籍貫及住址，出版發行所所在，有股可分利人之姓名、籍貫及住址，及各種經理人之姓名、住址」；「各該巡警衙門收到此種呈請註冊之呈後，即查明呈內所敘情形，各種列名人之行狀及所擔負之責任。如該巡警衙門以為適當，即並同原呈一份申報於京師印刷註冊總局。並以申報總局之日為該件註冊之日」。為了確保強令所有的報刊到巡警衙門去「註冊」，《大清印刷物件專律》同時規定：「凡印刷或發賣或販賣或分送各種記載物件，而該記載物件並未遵照本律所載各條向京師印刷註冊總局註冊者，即以犯法議。」〔註35〕可見，《大清印刷物件專律》所說的「註冊」具有強制性。假如創辦的是反清革命報刊，若不經過「註冊」，你就是「犯法」；

〔註34〕《欽定大清會典事例》卷七〇三。轉引自方漢奇主編：《中國新聞事業通史》（第一卷），中國人民大學出版社 1992 年版，第 197 頁。

〔註35〕《大清印刷物件專律》，清政府商部、巡警部會同學部鑒定後於 1906 年頒行。轉引自劉哲民編：《近現代出版新聞法規匯編》，學林出版社 1992 年版，第 2 ～8 頁。

而你去「註冊」，巡警衙門又可以「批斥不准」。所以，這裏的「註冊」，實際上就是「審定批准」的意思。

第二是報刊創辦批准制。代表性法令是《報章應守規則》和《報館暫行條規》。《報章應守規則》明文規定：「除已開報館之外，凡欲開設者，皆須來所呈報批准後，再行開設。」這裏一改《大清報律》的「註冊」兩字爲直接的「批准」，從而賦予巡警衙門包括在字面上的否決權，給新生報刊的創辦增加了一個法律依據上的障礙。清政府的意思很清楚，你要創辦報刊嗎？必須要經過我的「批准」，否則就是犯法。而這一規定到了《報館暫行條規》中，則又作了進一步具體的規定，稱：「凡開設報館者均應向該管巡警官署呈報，俟批准後方准發行。其以前開設之報館，均應一律補報。」〔註36〕這裏的規定和《報章應守規則》相比，有了兩處明顯的變化，一是規定中明確了管理報刊創辦的職能機關是具有專政機器屬性的「巡警官署」，而不是在學部或商部，可見清政府是抱著對新生報刊的「敵意」來確定管理部門的。二是對必須「批准」的範圍作了擴大。《報章應守規則》中要求經「批准」的報刊中是「除已開報館之外」，僅限於「凡欲（即準備）開設者」；而《報館暫行條規》則不但規定「凡開設報館者均應」向巡警官署呈報批准，而且還生怕已經開辦的報館中有人會拿《報章應守規則》中的規定來與之論理，所以特別加了一句，即「其以前開設之報館，均應一律補報」。總之，這是把阻禁新生報刊創辦的羅網編織得更加嚴密了。

第三是報刊創辦備案制加保證金制。代表性法令是於光緒三十三年十二月頒發施行的《大清報律》和宣統二年十二月二十九日頒布施行的《欽定報律》。《大清報律》規定：「凡開設報館發行報紙者，應開具下列各款，於發行二十日以前，呈由該管地方官衙門申報本省督撫，咨明民政部存案。」所需開列的「各款」內容包括：「名稱、體例、發行人、編輯人及印刷人之姓名、履歷及住址，發行所及印刷所之名稱、地址。」關於保證金，《大清報律》的規定是：「發行人應於呈報時分別附繳保押費如下：每月發行四回以上者，銀五百元；每月發行三回以下者，銀二百五十元；其專載學術、藝事、章程、圖表、物價報告等項之匯報，免繳保押費。其宣講及白話等報，確係開通民智，由官鑒定，認定毋庸預繳者，亦同。」「禁止發行及自行停辦者，准將保

〔註36〕清政府民政部制訂頒布：《報館暫行條規》，載《東方雜誌》第5卷第1期（1908年2月26日）。

押費領還，注銷存案。」〔註37〕在《欽定報律》中，這兩方面規定基本相同，只不過在呈報時所開列的「各款」內容中增加了「發行時期」這一項；同時對保押費的額度和收繳範圍作了新的規定，「每月發行四回以上者，銀三百元；每月發行三回以下者，銀一百五十元。在京師省會及商埠以外地方發行者，前項之保押費得酌量情形減少三分之一及至三分之二。其宣講白話報，專以開通民智爲目的，經官鑒定者，得全免保押費。若專載學術、藝事、圖表及物價報告者，毋庸附繳保押費」，同樣也規定「永遠禁止發行或自行停辦者，得將保押費領還，注銷存案」。〔註38〕應該說，這些規定客觀上具有一定的進步意義，而同時也從另一角度表明了清朝政府在民主浪潮的衝擊下，爲了苟延殘喘，已不得不作出極不情願的讓步，從註冊制到批准制，又從批准制到備案制，節節敗退，由此可見民主的潮流是無法抗拒的。

（2）關於規範報刊出版傳播活動的內容

綜觀清末時期頒布、施行的幾項與報刊及報刊活動直接有關的法律法規，如《大清印刷物件專律》、《報章應守規則》、《報館暫行條規》、《大清報律》和《欽定報律》等，可知清朝政府主要是通過建立和實施人員責任制、報刊樣品備查制以及報刊失實更正制等手段來實施對報刊出版活動管理的。

第一是人員責任制。所謂人員責任制是通過制定有關報刊法令法制，明確規定報刊活動有關責任人的資格和應當承擔的責任以作爲日後處罰的法律依據的一種管理制度。

首先，無論是《大清報律》還是《欽定報律》，都規定在報刊創辦前必須開具包含「發行人、編輯人及印刷人之姓名、履歷及住址」等「各款」內容，「呈由該管地方官衙門申報本省督撫，咨明民政部存案」，並要求「每號報紙均應載明發行人、編輯人及印刷人之姓名、住址」。這裏的潛台詞很明確，即「假如創辦發行的報刊出了問題，要唯發行人、編輯人及印刷人是問」。很明顯具有威脅或警誡的含義。

其次是明確規定各責任人的資格。規定「凡充發行人、編輯人及印刷人者，須具備下列電件：年滿二十歲以上之本國人；無精神病者；未經處監禁以上刑者」（《大清報律》）；「凡本國人民年滿二十歲以上，無下列情事者，得

〔註37〕　《大清報律》。轉引自劉哲民編：《近現代出版新聞法規匯編》，學林出版社 1992年版，第 31 頁。

〔註38〕　《欽定報律。》轉引自劉哲民編：《近現代出版新聞法規匯編》，學林出版社 1992 年版，第 39 頁。

充報紙發行人、編輯人、印刷人：一、精神病者；二、褫奪公權或現在停止公權者」（《欽定報律》）。由此可見清政府十分重視報刊有關人員的身心健康、社會法律責任資格和政治表現，這也算是西方文明傳入後的一個進步。清政府還規定「編輯人、印刷人不得以一人兼充」（《欽定報律》），「發行、編輯得以一人兼任，但印刷人不得充發行人或編輯」（《大清報律》）等等。

再則是明確規定因創辦、編輯、出版和發行的報刊出了問題，有關人員所必須承擔的責任。對「發行人」的責任，《大清報律》規定：「凡未照第一條呈報，遽行登報者，該發行人處十元以上、一百元以下之罰金。」「凡違第二（即充發行人，編輯人及印刷人的條件）、三條（即發行、編輯得一人兼任，印刷人不得充發行人或編輯）和第五條之第一項（即發行後如有更易，應於二十日以內重行呈報）與第六（即報紙上應載明發行人、編輯人、印刷人之姓名、住址）、七條（即報刊出版前的送該管巡警官署或地方官署檢查），該發行人處三元以上、三十元以下罰金。」「呈報不實者，該發行人處五元以上、五十元以下之罰金。」對於「編輯人」的責任，《大清報律》規定：「第四條末項所指各報（即宣講及白話等確係開通民智的報刊），其記載有出於範圍以外者，該編輯人處五元以上、五十元以下之罰金。」「違第八條第一項（即報紙記載失實）及第九條（刊載了由他報轉抄而來的記載失實事項），該編輯人經被害人呈訴訊實，處三元以上、三十元以下之罰金。」「違反第十條（即把審判衙門禁止旁聽的訴訟事件刊載於報紙）、第十一條（即把未經公判以前的預審事件揭載於報紙）者，該編輯人處十元以上、一百元以下之罰金。」除了「發行人」和「編輯人」各自應承擔的責任外，《大清報律》還規定了必須由「發行人」和「編輯人」共同承擔的責任，如規定：「違第十二（即刊載禁止登載的外交、海陸軍事件）、第十三（即刊載未經閣鈔、官報公布的諭旨章奏）及第十四條第四款（即刊載了「敗壞風俗之語」），該發行人、編輯人處二十日以上、六月以下監禁，或二十元以上、二百元以下之罰金。」「違第十四條第一、二、三款者（即報刊發表了所謂「詆毀宮廷之語，淆亂政體之語，損害公安之語」的文字內容），該發行人、編輯人、印刷人處六月以上、二年以下之監禁，附加二十元以上、二百元以下之罰金。其情節較重者，仍照刑律治罪；但印刷人實不知情者，免其處罰。」「違第十五條第一項（即發行人或編輯人不得受人賄囑、顛倒是非）者，該發行人、編輯人經被害人呈訴訊實，照所受賄之數，加十倍處以罰金；仍究其致賄人，

與受同罪。」「違第十五條第二項（即：發行人或編輯人，不得挾嫌誣蔑、
損人名譽）者，該發行人、編輯人經被害人呈訴訊實，處二十元以上、二百
元以下之罰金。」「違第十五條者，除按照前兩條（即第二十四條、第二十
五條）處罰外，其被害人得視情節之輕重，由發行人、編輯人賠償損害。」
1911年頒布的《欽定報律》的有關規定與《大清報律》大致相同，此處不再
一一列舉介紹。

　　第二是報刊樣品備查制。由清政府商部、巡警部、學部會同鑒定頒布的
《大清印刷物件專律》中規定「凡印刷人須將所印刷之物件，不論文書記載
圖畫等，均須詳細記冊，以備巡警衙門或未設巡警地方之地方官或委員隨時
檢查」，即規定印刷廠家要對所承印的物件詳細登記造冊，以備檢查；該項報
律又規定「凡印刷人印刷各種印刷物件，即按件備兩份，呈送印刷所在之巡
警衙門。該巡警即以一份存巡警衙門，一份申送京師印刷註冊總局」，即規定
印刷廠家不僅要有承印物件的清單、而且還必須把印出的報刊實物」按件備
兩份」，呈送印刷所在之巡警衙門備查；對報刊（即所稱的「記載物件」），該
專律特別規定：「經理記載物件出販（版）之人，須將所出販（版）發行之記
載物件，每件備兩份，呈送於發行所在之巡警衙門，並同時由郵局稟呈一份
於京師印刷註冊總局。」另外又特別規定：「凡違犯本條者，即援照本律第二
章第九條科之。」（即：「所科罰鍰不得過五十元，監禁期不得過一個月；或
罰鍰監禁兩科之。」〔註39〕《欽定報律》也明文規定：「每號報紙應於發行日
遞送該管官署及本省督撫或民政部各一份備查。」也就是說，按照《欽定報
律》的規定，一號報紙出版發行後，將至少有「該管官署」、「本省督撫」或
「民政部」等三個部門進行審讀檢查。要專門作一說明的是，在《大清印刷
物件專律》頒布後發布的《大清報律》，曾試圖實行報刊新聞的事先檢查制度，
如在該報律的第七條中規定：「每日發行之報紙，應於發行前一日晚十二點鐘
以前；其月報、旬報、星期報等類，均應於發行前一日午十二點鐘以前，送
由該管巡警官署或地方官署，隨時查核，按律辦理。」但終因條件不成熟而
未付諸實踐，並為1911年修訂頒行的《欽定報律》所否定。可見新聞報導事
先檢查制度的實質是扼殺、鉗制輿論，因而是不得人心的。聯想到數十年後
的國民黨政府實行新聞檢查最後落得的下場，真可謂異曲同工，殊途同歸。

〔註39〕《大清印刷物件專律》，見劉哲民編：《近現代出版新聞法規匯編》，學林出版
　　　　社1992年版，第2～8頁。

　　第三是報刊內容失實的更正制。應當說這在當時是一項比較進步的制度，其作用在於使報刊及報人在發揮監督社會功能的同時，也接受社會的監督。光緒三十二年頒發施行的《報章應守規則》中就規定，報章「記載有錯誤失實，經本人或有關係人聲請更正者，即須速為更正」。而到了《大清報律》，對於「更正」的內容就規定得更為詳細，更具有操作性。如《大清報律》規定：「報紙記載失實，經本人或關係人聲請更正，或送登辨誤書函，應即於次號照登。如辨誤字數過原文二倍以上者，准照該報普通告白例，計字收費。更正及辨誤書函，如措詞有背法律或未書姓名、住址者，毋庸照登。」「記載失實事項，由他報轉抄而來者，如見該報自行更正或登有辨誤書函時，應於本報次號照登，不得收費。」到《欽定報律》，對報刊「更正」的規定則又進一步具體化，該報律明確規定：「報導登載錯誤，若本人或關係人請求更正，或將更正辯駁書請求登載者，應即於次回或第三回發行之報紙更正，或將更正書、辨駁書照登。更正或登載更正、辨駁書，字形大小及次序先後，須與記載錯誤原文相同。更正書、辨駁書字數逾原文二倍者，得計所逾字數，照該報登載告白定例收費。若更正辨駁詞意有背法律，或不署姓名及住址者，毋庸登載。」「登載錯誤事項，由他報抄襲而來者，雖無本人或關係人之請求，若見該報更正，或登載更正書、辨駁書，應即於次回或第三回發行之報紙分別照辦。但不得收費。」和《大清報律》相比，《欽定報律》把前者規定的「應即於次號」照登，改為「應即於次回或第三回發行之報紙」更正，使之更便於操作；又把《大清報律》規定的「照登」，具體地規定為「更正或登載更正書、辨駁書，字形大小及次序先後，須與記載錯誤原文相同」。這樣，「更正」這一制度更具有可行性和可操作性。

　　通過對報刊出版活動實行人員責任制、報刊樣品備查制以及報刊報導失實的更正制等措施，清政府力圖達到控制報刊出版活動的目的。實踐證明，由於執行法令的仍然大多是封建官吏，所以即使在當時來說是具有一定進步意義和民主色彩的制度，也難以得到切實的執行，相反還曾經在《大清報律》中出現企圖實行新聞事先檢查制的條文。當然，這些措施所能起到的效果，已被後來的事實證明是不足為道的。

　　（3）關於對報刊禁載內容及違規處罰的有關規定

　　報刊是一柄雙刃劍，可以為政府歌功頌德，也可以為政府捅漏子，喝倒彩。其關鍵就在於報刊掌握在「誰」的手裏、「說什麼」、「怎麼說」以及在「什

麼時間（地點）說」。對這個問題，歷朝封建統治階級都堅持推行「民可由使之，不可由知之」的愚民政策，在報刊所報導的內容上設置了重重障礙，並且對報導有損於朝廷江山內容的報刊，規定了嚴厲的制裁措施。清政府的報律更是如此。這些條文主要體現在《大清報律》、《報章應守規則》和《欽定報律》中。

　　第一是關於報刊禁載內容的規定。清政府於光緒三十二年頒布施行的《報章應守規則》僅有9條，其中有7條都是對報刊內容的限制。該規則明文規定，報章的內容「不得詆毀宮廷；不得妄議朝政；不得妨害治安；不得敗壞風俗；凡關外交、內政之件，如經該管衙門傳諭報館秘密者，該報館不得揭載；凡關涉詞訟之案，於未定案前，該報館不得妄下斷語，並不得有庇護犯人之語；不得摘發人之隱私，誹謗人之名譽」。〔註40〕在《大清報律》中則進一步規定，「訴訟事件，經審判衙門禁止旁聽者，報紙不得揭載」；「預審事件，於未經公判以前，報紙不得揭載」；「外交、海陸軍事件，凡經該管衙門傳諭禁止登載者，報紙不得揭載」；「凡諭旨章奏，未經閣鈔、官報公布者，報紙不得揭載」以及「詆毀宮廷之語，淆亂政體之語，損害公安之語，敗壞風俗之語」，「報紙不得揭載」等等。到了《欽定報律》，又進一步規定為「冒瀆乘輿之語，淆亂政體之語，妨害治安之語，敗壞風俗之語」，「報紙不得登載」；「損害他人名譽之語，報紙不得登載」；「外交、陸海軍事件及其他政務，經該管官署禁止登載者，報紙不得登載」；「訴訟或會議事件，按照法令禁止旁聽者，報紙不得登載」。上述規定一般都比較抽象，隨意性大，所以，只要執法的官員願意，就可以對報刊「援引」任何一條禁令予以處罰。但要說明的是，清政府在《欽定報律》中，增加了一條禁載條文，即「他報不得抄襲」刊載其他報刊「有註明不許轉登字樣」的文稿。客觀地說，這條規定是保護著作權的，在當時具有一定的積極意義與進步意義。

　　第二是關於違反報刊禁載內容條文的處罰規定。清政府在規定報刊禁載內容的同時，還規定了違反這些條文後的處罰措施。《大清報律》規定，「違第十（即：「訴訟事件」）、第十一條（即：「預審事件」）者，該編輯人處十元以上、一百元以下之罰金」；「違第十二（即「外交、海陸軍事件」）、第十三條（即：「諭旨章奏」）及第十四條第四款（即「敗壞風俗之語」）者，該發行

〔註40〕　《報章應守規則》，見劉哲民編：《近現代出版新聞法規匯編》，學林出版社1992年版，第30頁。

人、編輯人處二十日以上、六月以下之監禁，或二十元以上、二百元以下之罰金」；「違第十四條第一、二、三款（即揭載了「詆毀宮廷」、「淆亂政體」、「損害公安」之語）者，該發行人、編輯人、印刷人處六月以上、二年以下之監禁。附加二十元以上、二百元以下之罰金。其情節較重者，依照刑律治罪」。而「刑律」如《大清律例・盜賊類》「造妖書妖言」條中規定：「凡造讖緯妖書妖言及傳用惑眾者，皆斬。」（監侯、被惑人不坐。不及眾者，流三千里，合依量情分坐）「若（他人造傳）私有妖書，隱藏不送官者，杖一百，徒三年。」由此可知，若報刊「詆毀宮廷」、「淆亂政體」及「損害公安」，其有關人員是可能被處以「斬刑」的，可見處罰之狠。同時《大清報律》還規定，「違第十二、第十三條及第十四條第四款者，得暫禁發行」，「違第十四條第一、二、三款者，永遠禁止發行」；「凡於報紙內撰發論說、紀事，填注名號者，不問何人，其責任與編輯同」。《欽定報律》對於報刊禁載內容及違犯這些條文的處罰，基本上照抄自《大清報律》，只是有些條文規定得更具體一些，處罰更嚴厲一些。

（4）關於報刊從業者的權限及違規處罰的內容規定

從《大清報律》、《欽定報律》等法律規定的內容分析，這些報律至少在字面上賦予報刊從業者以下幾個方面的權力：

第一是言論及出版自由的權利。從《大清報律》、《欽定報律》規定的報刊從業人員資格要求上，除了未「年滿二十歲」，患有「精神病者」及「經處監禁以上刑者」（《欽定報律》稱之為「褫奪公權或現在停止公權者」）外，都可以自由地創辦、出版、發行報刊。清政府宣布實行「新政」後，「報禁」開放，人們在事實上獲得了一定程度的言論出版自由。1908 年清廷頒發的《欽定憲法大綱》中關於「臣民權利義務」的條文中規定「臣民於法律範圍內，所有言論、著作、出版及集會、結社等事，均准其自由。」也就是在這種社會環境下，清政府關於報刊創辦、出版、發行的權力開始「普降於民」，人們在字面上獲得了自由創辦報刊的權力，這是一個歷史的進步，雖然這個權力還受到多方面因素的制約。

第二是報刊文章創作（著作）成果的專有權。《大清報律》規定，「凡論說、紀事，確係該報刊創有者，得註明不許轉登字樣，他報即不得互相抄襲」（第三十八條）；還規定「凡報中附刊之作，他日足以成書者，得享有版權之保護」（第三十九條）。關於報刊文章的著作專有權利保護問題，《欽定報

律》規定得更加具體且具有操作性，它一方面明確了不得抄襲的是「論說譯著」等具有學術性的首創性創作文章成果，而不再包括「紀事」這一類新聞報導文字；另一方面除規定「論說譯著係該報紙有註明不許轉登字樣者，他報不得抄襲」外，還特別加了一條，即「違第十五條（即上條）者，處該編輯人以三十元以下、三元以上之罰金。遇有前項情形，須被害人告訴乃論其罪」（《欽定報律》第二十七條），從而使這條法令的執行具有了可操作的法律依據。這對於保護報刊文章撰寫者、翻譯者經過辛勤勞動所獲得的勞動成果擁有權——以著作權爲表現形式的文稿、著作方面，在當時來看具有相當的進步意義。

第三是報刊從業者具有「專爲公益不涉陰私」而監督社會的權利。這一規定經歷了一個變化的過程。在《報章應守規則》中規定：「不得摘發人之隱私，誹謗人之名譽」，即新聞報導必須與保護人們的「隱私」和保證人們的「名譽」不受誹謗結合起來，這條規定應當說有進步的一面，但也不排除清政府可以隨時以保護「隱私」和「名譽」爲藉口，來限制報刊對某些人尤其是各級官吏及鄉紳行爲的監督、揭發。這一精神到了《大清報律》更規定爲「發行人或編輯人，不得受人賄囑，顛倒是非。發行人或編輯人，亦不得挾嫌誣衊，損人名譽」（第十五條）。在這裏，《大清報律》的規定在「損人名譽」之前加上了「挾嫌誣衊」，把「損人名譽」的結果起因歸結或限定爲一種個人報私仇的行爲，把報刊的監督社會責任扭曲爲個人行爲，就是旨在明確限制報刊對社會現象的監督權利。到了《欽定報律》中，這一現象有所改變，有關規定改爲「損害他人名譽之語，報紙不得登載。但專爲公益不涉陰私者，不在此限。」也就是說，報刊在「專爲公益」和「不涉陰（隱）私」的前提下，可以對一些人的行爲進行批評、監督或抨擊，使他不再「名譽」。從客觀上看，這一規定比《報章應守規則》和《大清報律》進了一步，至少是在規定的前提下，報刊多少獲得了一絲監督社會、揭發某些人不光彩行爲的權利。

另外，在「更正」方面，《欽定報律》也規定：「若更正辯駁詞意有背法律、或不著姓名及住址者，毋庸登載。」這也多少賦予了報刊從業者一點自我保護的權力。同時，《欽定報律》規定：「關於本律之訴訟，由審判衙門按照法院編制法及其他法令審理。」而不是像以前那樣由武弁執法的「巡警部」辦理，這也應當承認是一個進步。

第四節　清中葉至清末報刊法制的特點和發展

在上述闡述的基礎上，我們進一步探討這一階段報刊法制的主要特點和這一時期的報刊法制與前一時期相比的發展。

一、清中葉至清末報刊法制的基本特點

清中葉至清末的報刊法制，由於社會的進步、西方資產階級思想意識的傳入和民主思想的發展等原因，形式上已經發生了很明顯的變化，內容也更加豐富了。在傳統的與報刊有關的法令形式方面，除了具有至高無上權力的皇帝諭旨外，同樣也有大臣奏疏、衙門呈請，而且在戊戌變法失敗以後又增加了「太后諭旨」這一新的「門類」，此外更出現了具有近代法律基本特徵的政府部門（而不是由皇帝個人制定或口諭）頒布施行的專門適用於社會對報刊管理的法律。諸如《大清印刷物件專律》（第三章　記載物件等）、《報章應守規則》、《報館暫行條規》、《大清報律》以及在原《大清報律》基礎上修改而成的《欽定報律》等等。除此之外，還出台了一些與報刊相關的法令條規，其中最重要的是 1910 年底頒布的由沈家本等主持制訂的《著作權章程》等。綜觀上述與報刊相關的法律制度，我們可以比較清楚地看出清中葉至清末報刊法制具有如下幾個基本特徵：

1. 封建專制的思想內核

（1）朝廷制定報刊法制的目的是實現社會輿論一元化

封建專制主義在社會輿論方面的基本特徵，就是容不得任何與君主的想法有所不同的思想和聲音存在。無論是清光緒三十二年發布的《報章應守規則》中規定的「不得詆毀宮廷」、「不得妄議朝政」還是光緒三十三年十二月公布的《大清報律》中規定的「每日發行之報導，應於發行前一日晚十二點鐘以前；其月報、旬報、星期報等類，均應於發行前一日午十二點鐘以前，送由該管巡警官署或地方官署，隨時查核，按律辦理」，都說明了民間的報紙不能刊載對宮廷、朝政不利的言語，不能脫離巡警官署或地方官署的「查核」而獨立地發表新聞消息和評論。1891 年，廣州《廣報》因發表某大員被參的新聞，觸怒了兩廣總督兼署粵撫李瀚章，就被李瀚章以「辯言亂政……妄談時事，淆亂是非，膽大妄為」的罪名「嚴行查禁」。因觸犯了一個人，一份報紙就被查禁，其封建專制的程度可見一斑。

（2）封殺革命報刊的目的就是維護封建專制制度

戊戌變法失敗後，以慈禧太后為代表的封建頑固派勢力鑒於新式報刊在變法維新運動中的宣傳效果，在幽禁了光緒帝之後，立即下令官報統統停辦，連尚未正式開辦的《時務官報》也被一紙上諭封殺在胎胞之中。《時務官報》尚未出世，朝廷就在上諭中斷定：「《時務官報》無裨治體，徒惑人心，並著即行裁撤。」這就好像某一個人還未出生，就認定他將來長大後必定是一個「罪人」而不准其出生。不但剝奪了生存權，連他的出生權也剝奪了，其封建專制之專橫，更是表現得十分露骨。

查封了官報後，被慈禧太后控制的清廷又發布上諭，要把民間報刊斬盡殺絕。他們採用了以偏概全、「格殺勿論」的專制手段，給民間報紙統統加上了「肆口逞說，捏造謠言，惑世誣民，罔知顧忌」的罪名，「著各該督撫，飭屬認眞查禁」，並無理認定「其館中主筆之人，皆斯文敗類，不顧廉恥，即飭地方官嚴行訪拿，從重懲治，以息邪說而正民心」。這裏，他們僅用了一句「皆斯文敗類，不顧廉恥」的言語，就宣判了所有報館主筆之人均觸犯朝廷，而且必須「嚴行訪拿，從重懲治」。

為了防止被打入冷宮的民間報紙東山再起，他們還採取了不但要「砍樹」（封禁報刊），而且要「挖土」（查封出版報刊最力的社會團體），並且要消滅「栽樹人」（報人）和加罪於「過路人」（讀者）的手段，以徹底根除鼓吹變法維新報刊對他們的威脅。1898 年 10 月 11 日，清廷開始實施其「挖土」手術，發布了「禁立會社，嚴拿會員」的上諭，對出版報刊最力的各種社會團體一律予以嚴禁；次年 2 月 14 日，清廷又發布上諭，「緝捕康有爲、梁啓超，查禁康黨所設報館」，對創辦報刊最力的報人予以專制性鎮壓；尤其令人可笑的是，對「購閱」康黨報紙的讀者也實行「一體嚴拿懲辦」，這就更是加罪於「過路人」的無賴做法了。

（3）在封建專制下不可能有真正意義上的新聞和辦報自由

無論是由慈禧太后「矯詔」發布的上諭，還是以近代資產階級法律形式出台但又明文規定「不得揭載抵毀宮廷之語，淆亂政體之語，損害公安之語，敗壞風俗之語」的《大清報律》，其思想的核心仍然是封建專制主義，其本質仍然是爲了維護以清廷爲代表的封建統治制度，尤其是以慈禧太后爲代表的封建頑固勢力所奉行的封建專制制度。在這種法律制度下，人們根本不可能有自由的思想，也根本不可能有自由的報刊活動，更不可能有代表「社會輿

論」而與「朝廷輿論」相左的自由輿論活動。

2. 殖民主義的精神特徵

（1）整體上存在「治外法權」

清中葉到清末，是中國社會從封建專制社會向半殖民地半封建社會急劇
轉變的特定歷史時期，名義上有一個代表國家的政府和朝廷，而實際上這個
代表國家的政府和朝廷已經不能完全行使國家主權和行政管轄權，外國人在
中國城市內強設的租界，也成了中國法律和行政管轄權的「盲區」和「禁區」。
甚至是中國人，只要是在租界登記註冊創辦的報刊，即使觸犯了清政府的法
令，清政府對這些中國人的處罰也必須通過租界當局，這眞是典型的「國中
之國」。

（2）殖民主義的精神特徵十分明顯

這主要表現在對外國人所辦報刊和中國人所辦報刊的許可程度上。從第
一次鴉片戰爭清朝政府失敗、被迫簽訂《中英江寧條約》（即「南京條約」）
後，外國人紛紛來中國開拓市場，創辦報刊，宣傳宗教，拉攏人心。自 1857
年 1 月 26 日，英國人偉烈亞力在上海主編的《六合叢談》創刊後，外國人很
快在寧波創辦起《中外新聞》（1858），在上海創辦了《上海新報》（1861）、《中
外雜誌》（1862）、《中國教會新報》（1868）、《七日鏡覽》（1870）、《中外新聞
七日報》（1871），以及後來數十年雄踞上海報界的《申報》（1872）等等，甚
至在京師之城北京也創辦了《中西聞見錄》等報刊。對這些在當時的清廷官
員看來是鼓吹「邪說」的報刊，清朝統治者心裏是不願意讓外國人出版的。
但因爲在鴉片戰爭中的失敗，感到洋人惹不起，所以就只好採取睜一隻眼、
閉一隻眼的「鴕鳥」政策，既不願承認，也不敢阻止，聽其泛濫。因此，在
短短的一二十年中，「外人在華報刊」得到了迅速的發展，並且對當時的中國
內政外交產生了直接的影響。

相反，對於中國人自辦的報刊，清政府則是氣勢洶洶，採取強力手段予
以嚴禁。即使到了 1883 年底，廣州市內剛剛出現了中國人自辦的報刊，廣東
南海、番禺兩縣的縣官就立即發布告示予以禁止。該年 12 月 10 日，南海縣
正堂盧某、番禺縣正堂張某發表告示稱：「照得中國與西洋各國通商和好有
年，允宜受約相安，共享權利。訪聞近有不法之輩，僞造謠言，並私自刊刻
新聞紙等項，沿街售賣。……爲此，示論屬內軍民人等一體遵照。爾等須知
前項情弊，均屬有干禁令。……倘經此次示論之後，爾等仍復有僞造謠言、

刊賣新聞紙及聚眾滋擾名節，即以謠言滋事之罪，按律懲辦，決不姑寬。」兩事相比，儘管前後已相距數十年，但態度之相異，口氣之不同，使得清政府官吏的奴才面目暴露無遺。

（3）「《蘇報》案」的處理過程充分表現了清末報律的殖民特徵

中國人胡璋以其日籍妻子生駒悅名義在上海租界內以「日商」身份登記註冊了《蘇報》，後轉售給具有改良主義思想的落職官員陳範。自 1902 年冬起，該報特闢《學界風潮》專欄，言論上轉向革命。1903 年正式聘請愛國學社章士釗任主筆後，集中發表了大量鼓吹反清革命的文字，直接「威脅」清政府的統治。我們暫不從革命與反動的角度來分析清政府鎮壓革命報刊行為的反動性，而僅僅從行使國家的法律和行政管轄權角度理解，清政府完全可以對在自己國家土地上從事反對政府活動的人士行使執法權和管轄權。但這樣的基本主權在外國人面前行不通，就因為《蘇報》是以「日商」名義登記、在租界出版，所以清政府奈何不得，只得由兩江總督魏光燾派南京候補道台俞明震專程到上海，和上海道台袁樹勳一起向上海租界當局交涉。最後還是經租界方面同意並且仍然是由工部局出面發出拘票，對《蘇報》的有關人員實行拘捕。當清政府要求上海租界當局將拘捕的章太炎、鄒容等解送南京的中國法庭審訊時，上海租界當局則因維護其「租界事於租界治之的權益」的原則而拒絕，並且單方面決定由租界會審公廨組織額外公堂進行審理；在適用法律條文和量刑上，上海租界當局又以清廷所提的處罰方案「與西方的法律和道德均屬不合」為由而拒絕。在這一案件的處理過程中，清政府要求自己去抓捕「危害國體」的人等在遭到租界當局拒絕後就沒有了辦法；要求由中國法庭審理遭到租界當局拒絕而改由租界當局審理，清政府也沒有了辦法；清政府所提出的適用法律條文和量刑方案遭拒絕，最後外國人依據「西方的法律與道德」進行了判決，清廷也沒有了辦法。這不僅充分表現出此時的清朝法律所具有的殖民主義精神特徵，也正是清中葉至清末中國報刊法制殖民色彩的典型表現。

（4）屈從於治外法權，清政府不敢也不能夠查禁租界內的「反對政府」
　　　報刊

當一些報刊為維護中華民族利益而發表揭露英、美、法、日、俄等帝國主義的侵略行徑或野心的文稿時，清政府大多屈於外力而以「有礙中外邦交」為罪名予以查禁，這進一步鮮明地表現出清朝報律所具有的殖民主義特徵。

但對那些掛著「洋旗」宣傳反清革命的報刊則又因面對「洋」字特權而無可奈何。據文獻報導，1911 年 10 月 8 日，兩廣總督張鳴岐就打著外國人旗號的革命報刊如何處理，是否適用本國《報律》等問題打電報向民政部請示，民政部將電話記錄咨送外務部商議。外務部於本日作出的答覆是：「報館既掛洋旗，則吾國報律不能適用。因吾國領事裁判權尚未收回故也。現在只好電商該外國駐粵領事，請其秉公干涉。」〔註 41〕奴才面目是何等可憐、可恨又可悲。

3. 資本主義的外在形式

清中葉至清末制定、頒布的與報刊有關的法律法令，除了仍有慈禧太后「矯詔」發布的諭旨及傳統的部議、奏准形式外，一個明顯的特點就是出現了外在形式和內容的文字表述等方面已具有明顯資本主義特徵的報刊法律文本和體系，這既是「西學漸進」的結果之一，也是封建專制不敵資產階級民主的必然結果。主要表現在以下幾個方面：

（1）清中葉至清末報律基本照搬西方各國報律文本形式

清末由朝廷政府頒布施行的《大清報律》和《欽定報律》，都照搬了西方各國的報律，尤其是直接轉抄日本的新聞紙法或略作修改就直接作為中國的報律而採用。早在戊戌變法之時，康有為在給光緒帝上《恭謝天恩條陳辦報事宜摺》時上呈的附片《請定中國報律摺》中稱：「臣查西國律例中，皆有報律一門，可否由臣將其書譯出，凡報單中所載，如何為合例，如何為不合例，酌採外國通行之法，參以中國情形，定為中國報律。繕寫進呈御覽、審定後，即遵依辦理。」這就表明，中國人制訂報律的要求是直接受到西方文明的啟迪而萌發的，並且認為制定報律的基本原則就應當是「酌採外國通行之法，參以中國情形」，這就為中國報律形式上的西方化定下了基調。光緒帝在對康有為所上的關於《請定中國報律摺》的諭批中，也明確地規定：「泰西律例，專有報律一門；應由康有為詳細擇出，參以中國情形，定為報律，送交孫家鼐呈覽。」這更是直接為中國報律形式上的西方化提供了法律的依據。

（2）清末報律的文本形式達到了西方國家報律的相應水平

清末報律在內容體例上，一改清廷以往照搬祖宗舊例的做法而使人有面

〔註 41〕黃瑚：《中國近代新聞法制史論》，復旦大學出版社 1999 年版，第 106 頁。

目一新的感覺。以往的《報章應守規則》和《報館暫行條規》等法令法規，所使用的表述方式是「一『一』到底」的做法，即對若干條規定都不列數序先後，一律以「一」爲句序的標識方式。而後來的《大清報律》等則把《報章應守規則》中的「一、不得詆毀朝廷。一、不得妄議朝政。一、不得妨害治安。一、不得敗壞風俗。……」等「一」字統管若干條規定的標識方式，改爲西方報律中通用的「條」「款」形式，如《大清報律》開宗明義地規定「第一條　凡開設報館發行報紙者，應開具下列各款，於發行二十日以前，呈由該管地方官衙門申報本省督撫，咨明民政部存案。一、名稱；二、體例；三、發行人、編輯人及印刷人之姓名、履歷及住址；四、發地所及印刷所之名稱、地址」。從上述表述方式看，可以說已經達到了西方報律當時的表述水平。

（3）報律內容在字面上表現出較爲充分的民主色彩

如在報刊的創辦管理上，清末報律採用了西方國家通行的註冊制度，規定「凡開設報館發行報紙者，應由發行人開具下列各款，於發行二十日前，呈由該管官署申報民政部，或本省督撫咨（民政）部存案」；對報刊創辦者資格的規定也比較寬鬆，「凡本國人民年滿二十歲以上，無下列情事者，得充報紙發行人、編輯人、印刷人：一、精神病者；二、褫奪公權或現在停止公權者」；〔註42〕並且明確規定「損害他人名譽，報紙不得登載。但專爲公益不涉陰私者，不在此限」。〔註43〕這是一條很重要的內容，一是說明了政府保護個人的名譽；二是報紙爲了「公益」可以在一定範圍內不給某些人以「名譽」；三是同時規定報紙必須在「不涉陰私」即保護被批評者的「陰（隱）私權」的前提下批評某些人損害「公益」的行爲，這樣的規定無論是在當時，還是在後來，即使放到現在的社會環境下，其民主色彩也是十分明顯的。另外，對報紙違背報律行爲的處罰也是相對較輕的。

這些資本主義的形式特徵，一是說明西方文明對中國的滲透以及中國封建專制制度的自認失敗，二是在客觀上爲促進當時中國報刊的迅速發展起到了一定的積極作用。但我們必須看到，清政府制定頒布這些具有資本主義文明特徵的報律，其根本目的是維護清政府的封建專制統治，對所制定的報律並沒有準備認眞執行，實際上只是迷惑本國人、取悅外國人的裝飾品而已。

〔註42〕　《欽定報律》，清政府宣統二年十二月九日頒行。轉引自劉哲民編：《近現代出版新聞法規匯編》，學林出版社 1992 年版，第 39～43 頁。

〔註43〕　《欽定報律》，清政府宣統二年十二月九日頒行。轉引自劉哲民編：《近現代出版新聞法規匯編》，學林出版社 1992 年版，第 39～43 頁。

再加上執行這些報律的各級官員仍然是原來的那些封建官吏,「老子就是法」的現象俯拾皆是。在這些封建官吏手裏,一切民主的東西都會被他們在封建專制的腦袋指揮下異化爲封建主義的東西,而使其失去文字表述及形式上的進步實質,因而也就更使這些具有資本主義民主特徵詞句的報律成爲徒有虛名的一紙空文,成爲他們隨心所欲地鎮壓民意、鉗制輿論的工具。

二、清中葉至清末報刊法制的進展

1912 年 1 月 1 日,孫中山領導的中華民國臨時政府在南京正式成立,孫中山就任臨時大總統,從而結束了兩千多年來的封建帝制,建立了資產階級共和政權,中國歷史進入了一個新紀元。清中葉至清末這一時期就成了長達兩千多年的中國封建君主專制統治的最後一個階段。由於明末出現的資本主義經濟萌芽不斷發展壯大,以及自鴉片戰爭以後「西風東漸」,西方資本主義國家的政治、經濟、軍事、文化、思想意識等不斷傳入中國,從康有爲、梁啓超等人領銜發起的戊戌變法維新的衝擊,到孫中山等領導的資產階級民主革命運動的推動,迫使清政府統治者或多或少地吸收了資產階級國家學說中的法制理論,極不情願地邁出了中國近現代報刊法制建設的步伐,從而使這一階段的報刊法制建設無論是在形式還是在內容上,都達到了兩千多年來封建君主專制社會中前所未有的高度,出現了封建君主制度下的中國報刊法制建設迴光返照式的短暫「輝煌」,客觀上有了較大的進步,適應了時代的發展。我們認爲,清中葉至清末這一階段的報刊法制,與清初至清中葉乃至唐宋元明諸朝的報刊法制相比較,有如下幾方面比較明顯的進展:

1. 形式上完成了從皇帝聖諭(詔書、臣僚奏章)到具有近代法律文本基本特點的「報律」的蛻變

(1)從《大清報律》開始,中國出現了近代文本形式的報刊法律

我們在研究中國報刊法制的起源時,在分析從秦漢開始的封建專制諸朝的報刊法制時,在舉例分析不同時期報刊法制的內容和特點時,都曾經引用了大量的不同形式的文獻記載,有皇帝的諭旨詔書,也有大臣的奏章,還有朝廷職部門的奏請、議覆等。這些文獻記載的內容在當時的確具有報刊法制的實際效力,因爲地方官吏或朝廷職能部門(如刑部、兵部等)就是依據這些規定去抓人殺人,或者是給報人以革職流放、杖罰等處罰,因而在當時就是「法」,就是「律」。但儘管如此,從形式和內容的統一上認識,這些文獻

還不能稱之爲「完全意義」上的報刊法律，或者說不能稱之爲規範形式的報刊法制。

因爲報刊法制這一概念中的「法制」具有鮮明的時代特徵，是在資本主義政治、經濟、文化等社會環境中產生出來、爲維護資本主義社會的運行秩序提供保障的特定手段，而這一特定手段在以封閉、專制爲特徵的中國封建君主專制下是不可能出現的。因此，在清中葉至清末這一歷史階段之前，中國還沒有出現具有資本主義的法律文本規範形式的「報刊法制」，這既是歷史的遺憾，也是歷史發展的階段性特點使然。正如有專家指出的那樣，中國歷代封建王朝對言論、出版鉗制甚嚴，卻沒有制訂過有關文化、出版方面的專門法律。到了清代，對言論、出版的限制更爲嚴酷。在 1906 年清廷頒布《大清印刷物件專律》以前，「主要援用《大清律例》刑律『盜賊類』中有關『造妖書妖言』的規定，來處理有關報紙案件，和對民間出版物及辦報人進行迫害」。〔註44〕

（2）《報章應守規則》標誌著清末報律獨立形式的蛻變

我國早期著名的資產階級改良主義思想家鄭觀應是我國第一個提出「應制訂報刊法制」的人士。他在十四卷本的《盛世危言》中，把原來的《日報》篇充實後析爲《日報（上）》和《日報（下）》兩篇。文中不但介紹了西方的自由新聞體制，還首次提出通過新聞立法來保護人民的言論出版自由權利：「我各省當道，亦宜妥訂章程，設法保護。」〔註45〕四年之後，康有爲在「百日維新」期間明白無誤地向皇帝提出「請定中國報律」的建議，第一次把「中國報律」這一概念推上了政治文化舞台。這個建議雖然爲光緒皇帝所賞識，並指定「由康有爲……定爲報律」，但因變法失敗，所以這一將由康有爲草擬的報律未及問世便胎死腹中。

1901 年 1 月 29 日，垂簾聽政的西太后指示光緒帝發布「整頓政事、實行新政」的上諭。次年 5 月 13 日，清廷特諭內閣：「著派沈家本、伍廷芳，將一切現行律例，按照交涉情形，參酌各國法律，悉心考訂，妥爲擬議，務期中外通行，有裨治理。俟修訂呈覽，候旨頒行。」〔註46〕1904 年 5 月 1 日，

〔註44〕方漢奇主編：《中國新聞事業通史》（第一卷），中國人民大學出版社 1992 年版，第 947 頁。

〔註45〕夏東元編：《鄭觀應‧日報》（上、下），上海人民出版社 1982 年版，第 345 ～351 頁。

〔註46〕《清實錄》（德宗朝）卷四九八。轉引自張培田：《中西近代法文化衝突》，中

清政府成立了修訂法律館，專門承擔編譯外國法律和刪改中國現行法律的任務。1906 年 7 月，由清政府商部、巡警部和學部共同擬定的《大清印刷物件專律》正式公布，這一「專律」包含大綱、印刷人等、記載物件等、毀謗、教唆、時限等 6 章共 41 條，其中《第三章　記載物件等》是關於「新聞叢錄」（即新聞報刊）的專章，共有 7 條。這是中國法律中第一次出現專門適用報刊的條款，無疑是一大進步。由於該「專律」未能立即施行，因而清政府巡警部札飭京師巡警總廳，於同年 10 月 12 日頒布《報章應守規則》，令「京師及各地報紙一體遵守」。和《大清印刷物件專律》相比較，《報章應守規則》客觀地說是既有進步又有倒退。進步方面是政府頒布了旨在適用於報刊的專門法規，是中國報刊單行法的開端；倒退的是頒布報刊法令的機構由商部、巡警部和學部共同擬定退到了由巡警部札飭京師巡警總廳頒布，機構的級次降低了，機構的性質也由行政管理部門為主改為以國家專政部門（巡警部及巡警總廳）為主；同時，由幾部共同擬定改為巡警部一家說了算，也預示著統治者將採用巡警這一國家專政的手段，來對付反映民情民意的報紙，從而進一步暴露了清政府「新政」的虛偽性。但不管怎麼說，中國第一部報刊專門法規總算誕生了。

（3）《大清報律》在文本形式上徹底實現了「近代化」

真正意義上的第一部專門的中國報刊法律，是 1908 年 3 月 14 日（光緒三十四年二月十二日）清政府奉旨頒行的《大清報律》。報律由商部、民政部、法部等政府部門參照日本的新聞紙法擬定後，於該年 1 月 16 日報請清廷審批。清廷把這份法律草案批轉憲政編查館審核議覆，並且還要求奕劻、載澧、世續、張之洞、鹿傳麟、袁世凱等重臣「詳加修訂、悉心改正」，爾後才由上述幾個部門「奉旨頒行」。該報律共分 45 條，基本上包括了前面各項法規的主要內容，還增加了不少限制性條款，並且在條文的形式上徹底地實現了「近代化」，具有了現代報刊法律的主要特徵，從而完成了從皇帝聖諭到《報章應守規則》和《報館暫行條規》、從《報章應守規則》和《報館暫行條規》再到《大清報律》的文本形式的規範性飛躍，達到了前所未有的水平。儘管該「報律」之前冠了「大清」兩字似乎還帶有某種自大的色彩，但「清」畢竟是國家名稱，所以按照文字的字面意義來詮釋，可以理解為「大清（國）報刊法律」，這和英國所自稱的「大不列顛」也有相仿之處，在當時也不算過分。而 1911

國廣播電視出版社 1994 年版，第 131 頁。

年 1 月 29 日清廷在《大清報律》基礎上修訂後頒行的《欽定報律》，雖然內容形式上似乎更合理，但從其名稱上看，其封建的色彩卻更濃了，因為一個「欽定」，表明了封建皇帝的存在和至高無上的權威，這不能不說是一個倒退。

2. 報刊法制內容上的三方面進展

把清中葉至清末報刊法制與此前的各個歷史階段相比較，我們認為在內容上主要有三個方面的進步（展）：一是在報刊的創辦方面，清政府逐漸承認民間有自辦報刊的權力；二是在晚清的報律中公開規定了報刊的違禁行為和違禁後的處罰措施，增加了社會對執法者的監督透明度；三是把報刊禁過的決斷者，從皇帝個人改變為國家機關部門，減少了封建皇帝專制的形式分量。

（1）還辦報權於民

正如黃瑚先生所指出的：「對於民間的新聞信息的流傳，歷代封建統治者均頒有法令予以嚴禁。先是禁絕一切民間的新聞信息傳播活動，後是禁絕民間傳播非官方發布的消息。」〔註47〕這一狀況，無論是唐宋諸朝，還是元明乃至清初至清中葉時期，都是如此。如清世祖順治皇帝登帝的第二年即發布論令：「一應題奏本章，非經奉旨下部，不准擅以揭帖先行發抄。其有原無本章，徑以私揭妄付郵遞抄傳者，尤宜嚴禁。」〔註48〕以後各朝，禁令不斷，到乾隆二十一年（公元 1756 年），朝廷議准：「各省發遞科鈔事件，例應責令提塘辦理，以杜私鈔訛傳泄漏之弊。嗣後令各提塘公設報房，其應鈔事件，親赴六科抄錄，刷印轉發各省。所有在京各衙門鈔報，總由公報房鈔發。」〔註49〕儘管這些報房的業務工作相對獨立，報房的工作人員在朝廷並無一官半職，而且體制上和各省督撫及朝廷中央政府的兵部均無直接關係，其發抄活動僅對提塘官個人負責；雖然清政府也在對外交涉中曾一再否認《京報》為政府官報，但因為是奉朝廷之「令」而設置，而且是明確「提塘公設報房」，設報房的目的是基於「杜私鈔捻傳泄漏之弊」，奉令管理報房的又是隸屬兵部管轄的朝廷命官提塘官。因此，說這些報房「具有半官方的性質。屬於半官方的機構，也許比較符合實際」。〔註50〕從這一點上看，清初

〔註47〕黃瑚：《中國近代新聞法制史論》，復旦大學出版社 1999 年版，第 42～43 頁。

〔註48〕《清世祖（章皇帝）實錄》卷二十。轉引自方漢奇主編：《中國新聞事業通史》（第一卷），中國人民大學出版社 1992 年版，第 228～229 頁。

〔註49〕《欽定大清會典事例》卷七〇三。轉引自方漢奇主編：《中國新聞事業通史》（第一卷），中國人民大學出版社 1992 年版，第 197 頁。

〔註50〕方漢奇主編：《中國新聞事業通史》（第一卷），中國人民大學出版社 1992 年

至清中葉的統治者實際上並沒有賦予民間真正意義上的辦報權，只不過借「提塘」這一形式略微放寬了一點對新聞封鎖和壟斷的節制。

鴉片戰爭以後，「外人在華報刊」得以迅速發展。中日甲午戰爭的失敗，加劇了民族存亡的危機，加深了中國社會的半殖民地化。在中國資產階級強烈要求變法圖強的呼聲中，康有爲等人在朝廷尚未開放「報禁」的情況下，率先試「吃螃蟹」，於 1895 年在北京創辦了《萬國公報》，因其和外國傳教士所辦的報刊同名，清政府一時不明底細，所以未敢貿然動手查禁。但在該刊受到李提摩太等傳教士指責被迫改名爲《中外紀聞》後僅一個多月，就被朝廷下令封禁，《強學報》也被張之洞下令查封，資產階級維新派爭取自由辦報權的嘗試，在清朝統治者的鎮壓下不戰而敗。《強學報》雖然後來被改辦成爲《官書局報》和《官書局匯報》繼續出版，但畢竟已是「官」辦的報刊，而非「民辦」的報刊。

一波衝擊未成，康有爲等人挾變法圖強之民意民氣，又辦起了《時務報》，並且在社會上產生了很大影響，由此引發了中國新聞事業史上第一個辦報高潮，陸續出現了《湘學新報》、《國聞報》和《湘報》等由維新派人士創辦的報刊。儘管如此，清政府仍未宣布官紳士民可以自由辦報。直到 1898 年 6 月光緒皇帝「詔定國是」宣布變法後，才多次發布具有法律效力的上諭，正式承認官紳士民所辦的報紙具有合法的地位。如在該年 7 月 26 日光緒皇帝就孫家鼐遵議上海《時務報》改爲官報一摺所發上諭中稱：「報館之設，所以宣國是而達民情，必應官爲倡辦。……其天津、上海、湖北、廣東等處報館，凡有報章，著該督撫咨送都察院及大學堂各一份。擇其有關事務者，由大學堂一律呈覽。至各報體例，自應臚陳利弊、開擴見聞爲主；中外時事，均許據實昌言，不必意在忌諱，用副朝廷明目達聰、勤求治理之至意。」〔註 51〕在這道上諭裏，作爲清朝最高統治者的光緒皇帝，首先公開宣布民間報館（所辦的報紙）具有「宣國是而達民情」的功能，因而「必應官爲倡辦」，即不但政府要辦，而且政府還要提倡民間創辦報紙，表示出與清朝前期乃至唐宋元明各朝統治者一貫採取的「防民之口，甚至防川」的「嚴禁」策略截然相反的態度。第二是光緒皇帝公開承認了各地官紳士民自設的報館及其所印報紙的合法地位，要求「天津、上海、湖北、廣東等處報館，凡有報章，著該督

版，第 197 頁。
〔註 51〕梁啓超著：《戊戌政變記》，中華書局 1954 年版，第 35 頁。

撫咨送都察院及大學堂各一份，擇其有關事務者，由大學堂一律呈覽」。這裏
一是表明天津、上海、湖北、廣東等處的報館可以存在，並且要求當地行政
長官把這些報館所印報章咨送都察院及大學堂；二是要求「大學堂」從各地
報館所印報紙上，「擇其有關事務者，一律呈覽」，即皇帝本人也要通過各地
報紙來了解「有關事務」，這就更肯定了各地報館存在的合法性。三是以光緒
皇帝爲代表的資產階級維新派（帝黨）政治力量公開宣布了報刊言論自由的
主張：明確報紙應具有「臚陳利弊，開擴見聞」的功能；爲了「開擴」民眾
的「見聞」，可以對中外時事「據實昌言」，而不必「意存忌諱」。「臚陳利弊」
也好，「開擴見聞」也好，「據實昌言」也好，其原因之根本在於發揮報紙的
社會功能，即「副（輔）朝廷明目達聰、勤求治理」。光緒皇帝既然認識到報
紙所代表的社會輿論監督（「臚陳利弊」，「據實昌言」）可以使政府「明目達
聰、勤求治理」，所以對報紙言論限制的禁令也就無形中解除了。這對中國報
刊及報刊法制建設的發展無疑是一個歷史性的進步。

　　慈禧太后垂簾聽政之後，隨即開始了對民辦報紙的圍剿和鎮壓。最集中
的表現就是剝奪民間的辦報權。1898 年 9 月 21 日慈禧重新掌權後，首先摧毀
的就是維新變法運動的標誌性成果之一的新式官報，連尚未改辦出版的《時
務官報》也被冠以「無裨治體，徒惑人心」的罪名，被「著即行裁撤」。接著
又於 10 月 9 日發布上諭，指責民間報館及報紙「莠言亂政，最爲生民之害」、
「肆口逞說，捏造謠言，惑世誣民，罔知顧忌」，所以「亟應設法禁止」，「著
各該督撫，飭屬認眞查禁」。僅僅隔了兩天，清廷又發布上諭，「禁立會社，
嚴拿會員」，對出版報刊最力的各種社會團體「一律予以嚴禁」。自此，變法
維新中剛剛獲得的一點點民間辦報權，又被封建頑固派連本帶利地收回去
了。因爲不但查禁了變法維新運動開始後創辦的報刊，連在變法維新前已經
出版了數年的《官書局報》和《官書局匯報》等也被查禁了。朝野又回到了
一片死氣沉沉之中。

　　辛丑大敗，清政府徹底喪失了尊嚴和自信。爲了苟延殘喘並取悅於洋人，
清政府於 1901 年 1 月 29 日發布了「整頓政事，實行新政」的上諭。次年 5
月 13 日，清廷派沈家本、伍廷芳將一切現行律例，按照交涉情形，參酌各國
法律，悉心考訂，妥爲擬議，務期中外通行，有俾治理。〔註52〕1906 年 9 月

─────────────────────

〔註52〕《清實錄》（德宗朝）卷四九八。轉引自張培田：《中西近代法文化衝突》，中
　　　　國廣播電視出版社 1994 年版，第 131 頁。

1 日，光緒皇帝發布《宣示預備立憲諭》，宣稱要「廣求智識，更訂法制」，「仿行憲政，大權統於朝廷，庶政公諸輿論，以立國家萬年有道之基」。1908 年頒發的《欽定憲法大綱》中的「臣民權利義務」一節中規定：「臣民於法律範圍之內，所有言論、著作、出版及集會、結社等事，均准其自由。」〔註 53〕

　　也就是在這樣的社會政治背景下，《大清報律》及《欽定報律》等中國第一批具有近現代意義的與報刊活動直接相關的法律制度出現了。這些具有近現代意義的報律，在內容上的最大進步就是國民在字面上獲得了自由辦報權。《大清報律》規定只要是「年滿二十歲以上」、「無精神病」且「未經處監禁以上刑」之「本國人」，就可以充任報刊的「發行人、編輯人及印刷人者」。從理論上講，根據這條規定，只要是正常的中國人就可以辦報，因此國民具有了自由辦報的權利。當然，清朝政府的封建專制制度本質決定了朝廷不可能真正把辦報權交給國民，正如《欽定憲法大綱》中所說的，臣民的「自由」必須「於法律範圍之內」，而且皇帝還擁有「當緊急時，得以詔令限制臣民之自由」的權利，所以國民的辦報權大打折扣。但不管怎樣，《大清報律》等在文字上公開規定國民擁有自主辦報的權利，卻是歷史的進步。

　　（2）公開了執法依據

　　在《大清報律》之前，朝廷對報刊的查禁和處罰沒有公開的標準，處罰的依據和程度全憑皇帝或朝廷命官一張嘴，想怎麼做就怎麼說，怎麼說都是法。如宋眞宗大中祥符元年，皇帝下詔說：「不得非時供報朝廷事宜……犯者科違制之罪。」宋仁宗皇祐四年，皇帝頒下詔令說：「進奏官日近多撰合事端膽報，煽惑人心，及將機密不合報外之事供申。……本犯人特行決配。」又如宋哲宗元符元年頒下詔書曰：「實封文字或事干機密者不得傳報，如違，並以違制論。即撰造事端奏報，若交結謗訕惑眾者。亦如之（即以違制論）。」再如清世宗雍正六年，皇帝頒下諭令說：「如報房與書吏彼此溝通，本章一到，即鈔錄刊刻圖利，及捏造訛名並招搖詐騙情弊，各照例分別治罪」等等，幾乎都是皇帝或就一事而論事，或興致開口就成法律，對報刊及報刊活動進行處罰的隨意性極為明顯，這也是封建專制制度的基本特徵。

　　與此前的朝廷報刊律令相比，清中葉至清末時期制定頒布的《大清報律》及《欽定報律》中，相對地增加了報刊法律內容的透明度，增加了社會對執

〔註 53〕轉引自殷嘯虎著：《近代中國憲政史》，上海人民出版社 1997 年版，第 276 頁。

法者進行監督的可能性。具體而言就是把違禁事項預先列出作爲警誡，並把
違禁之後的處罰程度和內容也事先公布，以作爲執法的依據和眾人評論處罰
是否妥當的參照對象。關於違禁行爲，光緒三十二年頒布的《報章應守規則》
中明確規定，報章「不得詆毀宮廷，不得妄議朝政，不得妨害治安，不得敗
壞風俗」，不得揭載經該衙門傳諭報館屬「秘密」的「外交、內政之件」等等；
同樣，光緒三十三年十三月頒布的《大清報律》中也明確規定「訴訟事件，
經審判衙門禁止旁聽者，報紙不得揭載」，「豫（預）審事件，於未經公判之
前，報紙不得揭載」；「外交、海陸軍事件，凡經該管衙門傳諭禁止登載者，
報紙不得揭載」；「凡諭旨章奏，未經閣鈔、官報公布者，報紙不得揭載」，同
時還規定，報紙不得「揭載詆毀宮廷之語，淆亂政體之語，損害公安之語，
敗壞風俗之語」等等。尤要說明的是，《大清報律》不但規定不能做什麼，而
且還規定了假如你做了「不准做」的事，將會受到什麼樣的（多重的）處罰。
假如報刊違禁報導「訴訟事件」和「豫審事件」，該「編輯人處十元以上、一
百元以下之罰金」；假如報刊違禁報導了「外交、海陸軍事件」和「未經閣鈔、
官報公布」的諭旨章奏以及「敗壞風俗之語」，「發行人、編輯人處二十日以
上、六月以下之監禁，或二十元以上、二百元以下罰金」，並且另條規定報刊
「得暫禁發行」；假如報刊違禁刊載了「詆毀宮廷之語、淆亂政體之語，損害
公安之語」（即第十四條第一、二、三款），「該發行人、編輯人、印刷人處六
月以上、二年以下之監禁。附加二十元以上、二百元以下之罰金。其情節較
重者，仍照刑律治罪」，且「永遠禁止發行」等等。〔註54〕儘管這些規定十分
不合理，並且與《欽定憲法大綱》的內容明顯抵觸，但畢竟是形成文字、公
諸於世，與原來那種法律在皇帝嘴巴上、法律在朝廷命官肚子裏的極大隨意
性、專制性和個人意志性相比，應當說是一個重要而明顯的進步。

（3）立法執法的主體發生了變化

　　秦始皇統一中國後即實行中央集權的封建君主專制制度。早在秦國還沒
有統一中國的秦孝公時期，秦孝公就採納了商鞅的建議，實行變法。爲了保
證變法能順利進展，商鞅建議秦孝公「燔詩書而明法令，塞私門之請而遂公
家之勞，禁遊宦之民而顯耕戰之士」。〔註55〕秦孝公採納了這些建議，推進了

〔註54〕《大清報律》，清政府光緒三十三年十二月頒行。轉引自劉哲民編：《近現代
　　　　出版新聞法規匯編》，學林出版社 1992 年版，第 31～34 頁。
〔註55〕《韓非子·和氏》卷四，上海人民出版社 1974 年版，第 239 頁。

變法。分析這一過程，我們可以清楚地看出，關於「燔詩書」的建議是商鞅「這一個人」的「建議」；而秦孝公的「批准」，也僅僅是由他「一個人」的「批准」，是不必提交什麼機構討論的，然而就是他「一個人」的批准，就成為具有法律效力的國家意志，以政府的行為去實施，結果使中國的古代文化遭受了一次災難。假如說商鞅的建議經秦孝公批准後就具有了法律效力，那麼，這一由「建議」到「法律」的立法過程，就是以皇帝和個別大臣的個人意志為主體的立法過程。這也正是封建專制制度下「皇權高於一切」的集中體現。根據史籍記載，中國古代文化典籍遭受的第一次全面摧殘也是出於一人之言的結果。公元前 213 年，秦國丞相李斯鑒於被秦國陸續兼併的魏韓趙楚燕齊等國的諸侯大夫及文人「不師今而學古，以非當世，惑亂黔首」，便向秦始皇上書進言，「史官非秦記皆燒之；非博士官所職，天下敢有藏詩書百家語者，悉詣守尉雜燒之……令下三十日不燒，鯨為城旦」。〔註56〕就這樣，由李斯「這一個人」提出的主張，只經過秦始皇「這一個人」的批准，就成為具有法律效力的法令。這一道令下，先秦歷代積澱的文化遺產遭到了有史以來最為嚴重的毀滅性的摧殘。

從目前所見的歷史記載看，無論是唐宋，還是元明，直到清朝前期，那些對報刊活動具有法律效力的內容，大都是由皇帝一人發布，或由某一個臣僚一人提出，再經皇帝降旨批准的，實實在在是「一個人說了算」的立法過程。而清中葉至清末出現的具有近現代意義的報刊法律，在立法的程序和主體上，至少在形式方面有了明顯的進步，即所頒布的法律大都是政府部門（而非個人）提出法律草案，經政府立法機構審議討論通過，再由代表國家意志的皇帝欽定後頒布實施的。如《大清印刷物件專律》，是由清政府商部、巡警部與學部共同擬定與公布的；《報章應守規則》是由巡警部札飭京師巡警總廳後頒布的；《報館暫行條規》是由民政部制訂後經清廷批准後頒布施行的；《大清報律》的草案是由商部、民政部、法部等參考日本的新聞紙法擬定後報清廷，清廷將該草案批轉憲政編查館審核議覆後頒布實施的；而《欽定報律》則是清政府民政部在《大清報律》基礎上修訂後，修訂本交資政院及軍機處議覆後頒布的。由此可見，這些法律的制訂、修訂及頒布，都一改前朝由「一個人說了算」的舊程序，成為由政府職能部門擬訂或提出法律草案、由立法

〔註56〕司馬遷：《史記‧秦始皇本紀》，上海古籍出版社、上海書店 1986 年版，第 30 頁。

機構資政院或軍機處議覆，再呈皇帝簽發的近乎現代立法的程序。立法的主體，也從形式上由個人變成了國家（政府部門）。

3. 清中葉至清末的報刊法制形成了一個完整體系

清中葉至清末時期的報刊法制體系，主要包含了三個相互對立、相互統一，又互相制約、互相補充的方面。

（1）在報刊法制的內容上，既有對社會整體報刊活動運行過程進行規範、約束的法律規定，又有對某些特定的事關國家正常運行的報刊活動進行規範的法律規定

對社會整體報刊活動進行規範、約束的法律規定，在《大清印刷物件專律》頒布以前清朝處理報刊事件主要依據《大清律例》中的「刑律·盜賊類」中有關「造妖書妖言」的處罰規定。該條把「造妖書妖言」行爲認定爲「其惡已極，其罪至大」的「十惡」之一，規定「凡造讖緯妖書妖言，及傳用惑眾者，皆斬。（監候，被惑人不坐。不及眾者，流三千里。合依量情分坐。）若（他人造傳）私有妖書，隱藏不送官者，杖一百，徒三年」。〔註57〕除此以外，皇帝所下的意在查禁民間小報及假邸報（官報）的聖旨、詔書，基本也應屬於對社會報刊活動進行整體規範控制的法律條令範疇。而清末頒布的《大清報律》及《欽定報律》、《報館暫行條規》和《報章應守規則》等，都無一例外應屬於對報刊活動進行整體規範的宏觀性法律。

在頒布整體規範社會報刊活動的法律條令的同時，爲了適應當時社會報刊活動出現的新情況和特定報刊品種在社會政治生活中的特殊作用，清政府專門頒了一些旨在規範特定報刊品種的報刊活動的法律條令。這類專門報刊條令最早可以上溯到孫家鼐爲由《時務報》改辦《時務官報》擬定的「章程三條」，該報雖未辦成，但該章程卻被光緒皇帝御筆指示爲「該大臣所擬章程三條，均尚周妥」。因此，倘若《時務官報》辦成，這三條對它是具有法律約束力的。清廷又先後頒布了《政治官報章程》、《內閣官報條例》及《內閣官報發行章程》等專門性條例，規定了這些特定品種報刊的性質、宗旨、內容、範圍、運作程序以及發行方式等內容，對這些報刊的運作具有直接而明確的規範、控制和約束功能。這樣，到清末時期，就形成了一個既有整體規範控制的法律條令，又有規範約束特定報刊品種的專門條例，構成了一個比較完

〔註57〕　《大清律例增修統纂集成》，清光緒二十七年（公元 1801 年）刊行。轉引自戈公振：《中國報學史》，中國新聞出版社 1985 年版，第 258 頁。

整的報刊法律體系。

（2）在報刊法律條令的制定頒布機構上，既有中央政府頒布的報律條
令，也有地方政府頒布的報刊規定條款

由中央政府頒布的報刊法律條令諸如《大清報律》、《欽定報律》、《報章
應守規則》、《報館暫行條規》以及《大清印刷物件專律》中的「第三章　記
載物件等」的規定，這些都是覆蓋全國各地、管理各種類型的報刊法制，從
理論上講是在中國境內的所有報刊都必須遵守的。除此以外，還有一些地方
政府根據各地的特殊情況，制定公布了對本地區報刊活動進行控制和規範的
報刊條規。如 1906 年 5 月 30 日（光緒三十二年閏四月初八日），廣東南海縣
令虞汝鈞制頒該縣自訂報律八條，「要求所屬各報一律遵行」。〔註 58〕1907 年
1 月 8 日（光緒三十二年十一月二十四日），時任清政府兩廣總督的周馥頒布
自訂報律三條，規定各報刊「禁毀謗兩宮及親王。禁造謠生事，所有登報之
稿須說明訪員里居姓名，閱六個月方准毀棄，否則主筆擔其責任。禁礙治安，
有違予以懲罰」。〔註 59〕而早在 1883 年 12 月 20 日（清光緒八年十一月二十
一日），當廣州市內出現「私自刊刻」的「新聞紙」後，廣東省南海、番禺兩
縣的縣官即聯合發布告示，予以禁查，聲稱：「訪聞近有不法之輩，偽造謠言，
並私自刊刻新聞紙等項，沿街售賣。……倘經此次示諭之後，爾等仍復有偽
造謠言、刊賣新聞紙及聚眾滋擾名節，即以謠言滋事之罪，按律懲辦，決不
姑寬。」〔註 60〕除南海、番禺的縣官外，兩廣總督周馥也曾發布過嚴禁香港
各報入銷廣東各地的命令。兩江總督張之洞在《札江漢關道查禁悖逆報章》
的指示中規定：「如在華界開設者，禁止購閱遞送，房屋查封入官；如在洋界
開設，冒充洋牌，亦斷不准遞送，違者一併拿辦。」〔註 61〕直隸總督袁世凱
為防止海外進步報刊從天津進口，也曾發布命令，規定凡販賣悖逆報刊者「照
原價加罰一百倍」。在清王朝政府從中央到地方各級政府官吏制定頒布名目不
一的報律、條規、命令的同時，清政府各部門在出版發行各自官報時發布的
章程、條例，實際上也具有報律的部分屬性，如《政治官報章程》、《內閣官

〔註 58〕黃瑚：《中國近代新聞法制史論》，復旦大學出版社 1999 年版，第 94～95 頁。
〔註 59〕方漢奇主編：《中國新聞事業通史》（第一卷），中國人民大學出版社 1992 年
版，第 951 頁。
〔註 60〕黃瑚：《中國近代新聞法制史論》，復旦大學出版社 1999 年版，第 59～60 頁。
〔註 61〕方漢奇主編：《中國新聞事業通史》（第一卷），中國人民大學出版社 1992 年
版，第 953 頁。

報條例》和《內閣官報發行章程》，地方和中央政府部門官報如《北洋官報章程》、《商務官報章程》等等，似乎都具有政府管理特定報刊品種運作的專門法規的部分屬性，對由政府頒布的報刊法律在一定意義上起到了補充作用。

（3）在報刊法律條令的內容體系中，既有對社會報刊活動直接進行規範、調整、控制的專門的報刊法制，也有與政府頒布的報律相配套的其他相關法律制度

　　由清王朝中央政府及地方各級政府頒布的專門性報刊法律，如前所說的《報章應守規則》、《報館暫行條規》、《大清報律》及由原《大清報律》修訂後改稱的《欽定報律》等等。除了這些全國性的專門報律之外，還有諸如前面已經介紹過的兩廣總督周馥自訂頒布的「三條」報律；廣東南海縣令虞汝鈞制定頒布的該縣自訂「報律八條」等等，都是直接用於規範社會報刊活動的專門性的法律制度，是屬於報刊法制建設的主體（本體）部分。

　　由於社會報刊活動如新聞採訪、信息傳遞、知識產權、報刊發行等是一個涉及社會諸多方面的系統工程，所以清政府在制定、頒布專門性報律的同時，也制定和頒布了一系列與規範社會報刊活動的報律相配套的法律法規，構成了報刊活動與社會活動相協調、相關聯、相銜接的報刊法律制度體系。在這一類與社會報刊法律制度相配套、相關聯、相銜接的法律制度中，最重要的是清光緒三十四年八月初一日（公元 1908 年 8 月 27 日）頒布的《欽定憲法大綱》。它在其中的「臣民權利義務」一節中規定：「臣民於法律範圍之內，所有言論、著作、出版及集會、結社等事，均准其自由。」〔註 62〕這是第一次在國家根本大法性質的「憲法」中明確作出國民享有言論出版自由權利的規定，具有比較鮮明的資產階級法制色彩。又如清光緒三十二年由商部巡警部學部會同鑒定的《大清印刷物件專律》，其中專門設了「第三章　記載物件等」列出了 7 條，對稱之為「記載物件」的「定期出版或不定期出版，即新聞叢錄」〔註 63〕（即新聞報紙）的有關方面作了規定；如清光緒三十三年（公元 1907 年）12 月頒布的《電報總局傳遞新聞電報減收半價章程十條》以及清宣統元年（1909 年）4 月頒布的《重訂收發電報辦法及減價章程》，即對新聞電報（即為了向報紙提供新聞而通過電報形式傳遞的文字內容）的收費減半辦法。此章程的實施，既擴大了報紙內容覆蓋的時空範圍，又降低了

〔註 62〕殷嘯虎：《近代中國憲政史》，上海人民出版社 1997 年版，第 276 頁。
〔註 63〕劉哲民編：《近現代出版新聞法規匯編》，學林出版社 1992 年版，第 4 頁。

辦報的成本支出，有利於報紙的發展，直接推動了報紙內容的新穎化和全民化；再如清宣統二年（公元 1910 年）頒布的《著作權章程》，該章程不但規定了著作權的定義，即「凡稱著作物而專有重製之利益者，日著作權」，規定了「著作物」的覆蓋範圍爲「文藝、圖畫、帖本、照片、雕刻、模型皆是」，還特別從文獻類型角度明確了報刊也屬於「著作物」的範圍，即規定「編號逐次發行之著作，應從註冊後每號每冊呈報日起算（保護）年限」，「編號逐次發行之著作，或分數次發行之著作，均應於首次呈報時預爲聲明。於後每次發行仍應呈報」、「著作分數次發行者，以註冊後末次呈報日起算（保護）年限。其呈報後經過二年，尚未接續呈報，即以既發者爲末次呈報」〔註 64〕等等，對報刊文章內容著作權保護的各個方面進行了明確的規定。上述法律尤其是《著作權章程》，「引進了資產階級的著作權觀念與法律規定」，作爲中國歷史上第一部著作權法，「不僅在當時具有較大的意義、影響與作用，而且對以後的著作權立法也有重要的參考價」。〔註 65〕

　　另外，在清末時期頒布的其他一些法律中，也含有調整與規範社會報刊活動的相關內容。如清光緒三十四年十月初十日（公元 1908 年 5 月 9 日）頒布的《違警律》，其中對報導所載內容違反政府規定（即「違警」）的行爲和處罰作了比較具體的規定；清宣統二年十二月二十五日（公元 1911 年 1 月 25 日）頒布的清《新刑律》，其中一些條文雖然沒有明確地指出是「報紙」，但報紙的一些行爲很容易被政府援用此中的條款予以處罰。如該刑律對漏泄「內治外交應秘密之政務者，處三等至五等有期徒刑；若潛通外國者，處二等或三等有期徒刑，因而致與外國起紛議戰爭者，處無期徒刑或一等有期徒刑」；「知悉收領軍事上秘密之事項圖書而漏泄或發表者，處一等或二等有期徒刑」；「以文書、圖畫、演說或他法，公然煽惑他人犯罪者。……其罪之最重爲死刑、無期徒刑者，三等至五等有期徒刑，或三百元以下三十元以上罰金；其罪之最重刑爲有期徒刑者，五等有期徒刑，拘役或一百元以下罰金」；並且特別明確地規定，「以報紙及其他定期刊行之件，或以編纂他人論說之公刊書冊，而犯本條之罪者，編輯人亦依前例處斷」。〔註 66〕所有這些規定，只要統

〔註 64〕《著作權章程》，清政府宣統二年頒布。轉引自劉哲民編：《近現代出版新聞法規匯編》，學林出版社 1992 年版，第 4 頁。
〔註 65〕黃瑚：《中國近代新聞法制史論》，復旦大學出版社 1999 年版，第 94 頁。
〔註 66〕清《新刑律》。轉引自戈公振：《中國報學史》，中國新聞出版社 1985 年版，第 254 頁。

治者企圖加害於報人，是可以隨時隨意地援用其中任何一條來加以處罰的。清末發生的諸多報案，大多是在本無聯繫、卻可網羅，任意援引、無限上綱，勉強套用、從嚴處罰，直到封報殺人的情況下發生的。

　　至於這一時期報刊法制思想的出現和發展，因在前面已有敘述，故不再贅言，但毫無疑問這也是一個重要的進展。

結　語

　　本章首先闡述了清中葉至清末報刊法制發展的社會背景，主要是帝國主義列強對中國的全方位入侵導致了中國社會性質的變化，社會矛盾錯綜複雜，民間反抗此起彼伏，「洋務運動」促進了中外思想文化的交流，以及以康有爲、梁啓超等爲代表的資產階級維新派發起並受到光緒皇帝支持的「百日維新」運動；而在報刊活動及報刊業方面，則是封建官報經歷了蛻變直至最後衰亡，「外人在華報刊」經歷了短暫的輝煌，政黨團體創辦的報刊大起大落，留學生創辦的報刊獨樹一幟等等。所有這一切，構成了清中葉至清末報刊及報刊法制發展的社會背景舞台。正是在這個舞台上，林則徐、魏源、洪仁玕、王韜、陳熾以及中國最重要的資產階級改良主義思想家鄭觀應等人，在思想解放的第一個浪潮中率先宣傳報刊民主法制思想；康有爲在其《請定中國報律摺》中，第一個向皇帝提出制定中國報律的建議。

　　「辛丑」之後，清政府宣布「仿行憲政」，由此開始了制定中國近代報刊法律的進程。自 1906 年頒布《大清印刷物件專律》以後，除陸續制定或修訂、頒布了諸如《報章應守規則》、《報館暫行條規》、《大清報律》及《欽定報律》等直接管理、規範社會報刊活動的法律外，清政府又制定頒布了諸如《電報總局傳遞新聞電報減收半價章程》、《重訂收發電報辦法及減價章程》以及《著作權章程》等與報刊活動直接相關的法律法令，還在諸如《欽定憲法大綱》、《違警律》、《（清）新刑律》等法律法令中規定了一些與規範報刊活動有關的內容，從而形成了一個基本完整的近代報刊法制體系。在這一報刊法制體系中，主要包含了維護和彌補傳統報刊運作體制以及對新式報刊進行管理限制兩個方面的內容。尤其是在近代報律中，對報刊的創辦程序、出版傳播活動、禁載內容限定以及報人權限等方面都作了嚴格的規定。和清初至清中葉的報刊法制相比較，這一時期的報刊法制在內容上更清楚地表現出封建專制的思想內核、殖民主義的精神特徵和資本主義的外在形式等明顯特點，而在形式

方面則完成了從皇帝聖諭到近代報律的蛻變，達到了中國封建專制社會中的最高水平。

辛亥革命宣告了以滿清皇帝爲最後政治代表的中國封建專制統治的徹底滅亡。以孫中山爲臨時大總統的中華民國南京臨時政府的成立，標誌著中國社會進入了以「多黨共和」爲基本特徵的形式上的資產階級共和政體時期。中國的報刊及報刊法制也和歷史的車輪一起，轟然進入了一個嶄新的發展階段。隨著時代的進步、科技的發展、思想的解放和社會生產力的迅速發展，中國的報刊和報刊法制儘管會有曲折，但必將得到更快的發展。

參考文獻

（專著部分，以引用次序排列）

1. 《中國法制史》，曾憲義主編，北京大學出版社、高等教育出版社 2000 版。

2. 《唐代文明與新聞傳播》，李彬，新華出版社 1999 年版。

3. 《中國古代報紙探源》，黃卓明，人民日報出版社 1983 年版。

4. 《中國法制史》，徐祥民、胡世凱主編，山東人民出版社 2000 年版。

5. 《中國新聞業史》（古代至 1949 年），梁家祿等，廣西人民出版社 1984 年版。

6. 《中國報學史》，戈公振，中國新聞出版社 1985 年版。

7. 《漢書·刑法志》，班固，見《二十五史》，上海古籍出版社、上海書店 1986 年版。

8. 《宋代新聞史》，朱傳譽，（台灣）中國學術著作獎助委員會 1967 年版。

9. 《歷代刑法考》（第一冊），沈家本，中華書局 1985 年版。

10. 《辭海》（1999 年版縮印本），辭海編輯委員會，上海辭書出版社 2000 年版。

11. 《中國法制史教程》，薛梅卿主編，中國政法大學出版社 1988 年版。

12. 《睡虎地秦竹簡》，睡虎地秦墓竹簡整理小組編，文物出版社 1978 年版。

13. 《史記》，司馬遷，上海古籍出版社、上海書店 1986 年版。

14. 《戊戌政變記》，梁啓超，中華書局 1954 年版。

15. 《近現代出版新聞法規匯編》，劉哲民，學林出版社 1992 年版。

16. 《中國新聞事業通史》（第一卷），方漢奇主編，中國人民大學出版社 1992 年版。

17. 《中國書史》，鄭如斯、肖東發，書目文獻出版社 1991 年版。

18. 《中國古代報刊發展史》，倪延年，東南大學出版社 2002 年版。

19. 《先秦唐宋明清傳播事業論集》，朱傳譽，（台灣）商務印書館 1988 年版。

20. 《中國新聞簡史》，方曉紅，南京師範大學出版社 1996 年版。

21. 《中國新聞通史綱要》，白潤生，新華出版社 1998 年版。

22. 《中國新聞史》（古近代部分），王洪祥主編，中央民族學院出版社 1988 年版。

23. 《中國明代新聞傳播史》，尹韻公，重慶出版社 1990 年版。

24. 《簡明中國新聞史》，復旦大學新聞系新聞史教研室，福建人民出版社 1986 年版。

25. 《筆記小說大觀》，王文儒主編，上海進步出版社 1986 年版。

26. 《説庫》，王文儒輯，上海文明書局石印本 1915 年版。

27. 《中國近代新聞法制史論》，黃瑚，復旦大學出版社 1999 年版。

28. 《白文十三經·尚書》，上海古籍出版社 1983 年版。

29. 《中國法制史教程》，肖永清主編，法律出版社 1987 年版。

30. 《中國編輯史》，姚福申，復旦大學出版社 1990 年版。

31. 《高適詩集編年箋注》，劉開揚，中華書局 1981 年版。

32. 《晉書》，中華書局 1987 年點校本。

33. 《敦煌吐魯番文獻研究論集》（第三輯），北京大學出版社 1986 年版。

34. 《中國大百科全書·中國歷史卷》，中國大百科全書編委會，中國大百科全書出版社 1994 年版。

35. 《宋會要輯稿》，中華書局 1957 年影印版。

36. 《隋唐五代史》，王仲犖，上海人民出版社 1988 年版。

37. 《中國通史》，周谷城，上海人民出版社 1957 年版。

38. 《宋史·刑法志》，上海古籍出版社、上海書店 1986 年版。

39. 《明史》，中華書局 1957 年影印版。

40. 《萬曆野獲編》，沈德符，中華書局 1959 年版。

41. 《中國新聞史》，曾虛白，（台灣）三民書局 1984 年版。

42. 《谷山筆塵》，于慎行，見《明史資料叢刊》（第三輯），江蘇人民出版社 1980 年版。

43. 《三垣筆記》，李清，中華書局 1982 年版。

44. 《宛署雜記》，沈榜，北京古籍出版社 1961 年版。

45. 《元史》，中華書局 1976 年版。

46. 《明史》，中華書局 1974 年版。

47. 《中國現代報刊發展史》，倪延年、吳強，南京大學出版社 1993 年版。

48. 《中國通史簡編》，范文瀾，河北教育出版社 2000 年版。

49. 《歷代職官表》，永瑢，中華書局 1965 年版。

50. 《明史資料叢刊》（第三輯），江蘇人民出版社 1980 年版。

51. 《中國通史綱要》，白壽彝，上海人民出版社 1980 年版。

52. 《康南海自編年譜》，康有爲，神州國光社 1953 年版。

53. 《梁啓超年譜長編》，丁文紅、趙豐田，上海人民出版社 1983 年版。

54. 《中國近代報刊名錄》，史和等，福建人民出版社 1991 年版。

55. 《于右任辛亥文集》，傅德華，復旦大學出版社 1986 年版。

56. 《中國新聞事業史文選》（公元 724～1995），張之華主編，中國人民大學出版社 1999 年版。

57. 《鄭觀應集》，上海人民出版社 1982 年版。

58. 《康有爲政論集》，湯志鈞，中華書局 1982 年版。

59. 《中西近代法文化衝突》，張培田，中國廣播電視出版社 1994 年版。

60. 《中國近代報刊發展概況》，楊光輝等，新華出版社 1986 年版。

61. 《中國近代報刊史》，方漢奇，山西人民出版社 1981 年版。

62. 《近代中國憲政史》，殷嘯虎，上海人民出版社 1997 年版。

63. 《韓非子》，上海人民出版社 1974 年版。

64. 《中國新聞傳播史稿》，吳廷俊，華中理工大學出版社 1999 年版。

後　記

　　作爲拙作《中國報刊法制發展史》系列著作第一卷的《中國古代報刊法制發展史》終於完稿了。我寫下了正文的最後一個句號，望著窗外剛剛泛白的晨曦，輕輕地舒了一口氣。

　　從正式動筆撰寫到完稿，從可計時間上講只用了十多個月的業餘時間，但實際上從醞釀到動筆，再到完稿，前後長達十多個年頭。內中緣由因已在拙作《中國古代報刊發展史》的後記中有所交代，故不再贅言。

　　經過本人申報，南京師範大學《隨園文庫》編委會的專家們按照「自由申請，公平競爭，專家評議，擇優支持」的原則，在 2002 年 11 月 8 日至 9 日的評審中，決定把本人申報的《中國報刊法制發展史》項目列入《隨園文庫》叢書 2001～2002 年度的資助出版計劃予以全額資助出版。在此謹向評委會各位專家對拙作的理解、支持和鼓勵表示誠摯的謝意。

　　按照本課題的設計，《中國報刊法制發展史》是一套包含了「古代卷」、「現代卷」、「當代卷」以及「史料卷」共四卷、計 140 多萬字的系列著作。由於四卷文稿的完成需延時較久，爲保證《隨園文庫》入選著作品種的及時出版，出版社決定把《中國報刊法制發展史》（古代卷）先以《中國古代報刊法制發展史》之稱列入《隨園文庫》先行出版。待四卷書稿完成後再以《中國報刊法制發展史》「古代卷」、「現代卷」、「當代卷」、「史料卷」整體出版。

　　在撰寫本部拙作的過程中，本人查閱和利用了不少已有的研究成果，尤其是方漢奇先生主編的《中國新聞事業通史》（第一卷）、黃卓明先生的《中國古代報紙探源》、朱傳譽先生的《先秦唐宋明清傳播事業論集》、馬光仁先生主編的《上海新聞史》（1850～1949）、黃瑚先生的《中國近代新聞法制史

論》、李彬先生的《唐代文明與新聞傳播》、朱傳譽先生的《宋代新聞史》、尹韻公先生的《中國明代新聞傳播史》，以及曾憲義、懷效鋒、徐祥民和胡世凱等先生主編或撰寫的中國法制史方面的著作、教材等等，在史料和觀點等方面都提供了十分重要的借鑒，謹此表示誠摯的謝意和敬意。

中國人民大學新聞學院教授，博士研究生導師，中國新聞史學會會長方漢奇先生熱情爲全書寫序並爲本書題簽以資鼓勵；南京師範大學新聞與傳播學院副院長、教授、上海復旦大學新聞學博士後方曉紅女士，應邀在百忙之中擠出寶貴的時間爲拙作寫序，使之增色不少。南京師範大學出版社總編辦主任徐蕾女士爲拙作的出版付出了辛勤的勞動，責任編輯張春女士以細緻認眞的態度爲提高拙作的出版質量做了大量的工作；南京師範大學圖書館副研究館員季忠民先生審校了一校稿，減少了不少差錯，在此表示眞誠的敬意和謝意。

仍然要再次說明的是，在我撰寫和修改這部拙作的過程中，我的家人給予了無微不至的照顧和理解支持。倘沒有她們的關心、理解、幫助和支持，拙作也是肯定不能完成和出版的，在此我要再次說一聲：謝謝。

倪延年

2003 年 11 月 5 日

於場門口小區曉露齋